Cœurs sous surveillance

*

Prêt à tout pour elle

MAGGIE WELLS

Cœurs sous surveillance

Traduction française de
ANDREE JARDAT

BLACK ROSE

HARLEQUIN

Collection : BLACK ROSE

Titre original :
OZARKS WITNESS PROTECTION

HARPERCOLLINS FRANCE
83-85, boulevard Vincent-Auriol, 75646 PARIS CEDEX 13
Service Clients — https://www.harlequin.fr/contenu/contactez-nous
ISBN 978-2-2805-1866-6 — ISSN 1950-2753

Édité par HarperCollins France.
Composition et mise en pages Nord Compo.
Imprimé en juin 2025 par CPI Black Print (Barcelone)
en utilisant 100% d'électricité renouvelable.
Dépôt légal : juillet 2025.

FSC MIXTE Papier FSC® C159065

Pour limiter l'empreinte environnementale de ses livres, HarperCollins France s'engage à n'utiliser que du papier fabriqué à partir de bois provenant de forêts gérées durablement et de manière responsable.

1

Kayla Powers n'aurait jamais imaginé que la distance qui séparait le manoir de la grille d'entrée du domaine – distance qui s'étirait sur environ huit cents mètres – serait un jour pour elle l'occasion de s'abandonner totalement aux pensées qui se bousculaient dans sa tête avec la régularité d'un métronome. Il faut dire qu'elle avait de bonnes raisons de cogiter car, ces derniers temps, la vie lui avait réservé son lot de surprises. Et pas des moindres. Des bonnes, de très mauvaises... D'autres... inespérées. Elle posa sa paume à plat sur son ventre puis inspira une grande bouffée d'air frais.

Renoncer à l'alcool lui permettait de voir les choses sous un nouveau jour. C'était indéniable.

Avant la prise de conscience subite qui l'avait conduite à se plier à une cure de désintoxication, elle ne se serait jamais qualifiée d'alcoolique.

Elle se serait plutôt dite buveuse occasionnelle. Au lycée, elle acceptait les verres pour ne pas avoir l'air d'une fille trop sage ; en fac, pour le plaisir de faire la fête avec ses amis ; une fois le monde du travail intégré, pour se détendre après une rude journée ; puis, enfin, jeune mariée, par devoir. Pour mettre à l'aise ses prétendues amies qui levaient allègrement le coude dans les soirées chics. Pour être tout à fait honnête, parce que le pli était déjà pris.

Mais jamais, à aucun moment durant toutes ces années, elle n'avait considéré sa consommation d'alcool comme un problème majeur.

Jusqu'à ce qu'elle visionne les images filmées par les caméras de sécurité, le week-end où son mari et son beau-fils avaient été assassinés.

Cette vision avait eu sur elle l'effet d'un véritable électrochoc. Le premier d'une série qui se révélerait longue.

Elle se pencha en avant pour ramasser une feuille d'érable au rouge incandescent dont elle fit doucement tourner la tige entre ses doigts. Deux mois déjà s'étaient écoulés depuis la tragédie. C'était étrange de voir comme le temps filait à la vitesse de l'éclair en même temps qu'il s'étirait indéfiniment. En raison de la nature du décès de son mari et de l'enquête qui courait toujours, elle n'avait pas eu le temps de commencer un véritable travail de deuil.

Seule la présence de son bras droit et nouvelle meilleure amie, Michelle Fraser, lui permettait de garder les pieds sur terre. De ne pas sombrer complètement. Pourtant, malgré l'amitié qui les liait, elle ne lui avait pas confié le secret qui la réveillait aux aurores tous les matins. Le moment n'était pas venu. Pas encore. Pas tant qu'elle n'en serait pas certaine.

Non contente d'être une brillante avocate, Michelle était un agent du FBI. Elle avait infiltré le cabinet Powers Powers &Walton afin de pouvoir révéler au grand jour les magouilles financières de Harold Dennis, le doyen fiscaliste du cabinet. Sa mission bouclée, elle aurait pu repartir pour reprendre le cours de sa vie. Mais elle était restée et, depuis, offrait à Kayla une aide et un soutien aussi précieux qu'indéfectibles.

Michelle avait pris la direction du cabinet que Tyrone avait légué à Kayla. Cette parenthèse lui avait permis de traiter son addiction dans un centre réputé des plus discrets. Michelle l'avait conduite elle-même jusqu'à la porte de l'établissement en lui promettant de revenir la chercher un mois plus tard.

Elle n'avait pas failli à sa promesse. Le jour J, elle s'était présentée à Briarwood avec un énorme pot de crème glacée au beurre de cacahouète, le parfum préféré de Kayla.

Cette glace n'avait jamais eu aussi bon goût. Elle s'en était délectée avec bonheur, sans une once de culpabilité.

Depuis qu'elle avait trouvé son mari et son beau-fils morts, assassinés, Kayla avait pris l'habitude de refouler ses émotions. C'est à ce moment-là qu'elle avait développé un penchant pour les sucreries, penchant rapidement devenu un besoin insatiable. Résultat : elle avait pris cinq kilos. Un gain de poids qui l'obligeait à porter des vêtements en Lycra extensible. Michelle avait beau lui assurer que ces kilos superflus lui allaient à merveille, elle avait bien conscience qu'elle n'avait pas les formes joliment voluptueuses de son amie. Mais elle se fichait de son apparence.

Elle se sentait bien.

En pleine forme.

Ancrée dans la réalité.

Même si cette sérénité, toute nouvelle pour elle, s'assombrissait parfois de la culpabilité d'être en vie alors que son mari avait trouvé la mort dans d'affreuses circonstances. Heureusement, elle était suivie par un excellent thérapeute qui l'accompagnait dans un cheminement difficile pour s'en libérer.

Pour se maintenir en forme, elle avait pris l'habitude d'effectuer tous les jours cette petite marche pour aller relever elle-même le courrier dans la boîte aux lettres. Elle marchait d'un pas vif, s'exhortant à ne pas ralentir l'allure au retour, pourtant en pente raide. La maison était équipée d'une salle de sport mais elle préférait, de loin, ce petit rituel en plein air qu'elle s'imposait quotidiennement. Un rituel qui avait de grandes chances de se prolonger dans le temps, compte tenu du fait qu'elle n'avait pas l'intention de retourner s'installer dans sa résidence principale, trop pleine du souvenir vivace qu'elle avait encore des corps ensanglantés de son mari et de son beau-fils.

Sans cesser de faire tourner la tige entre son pouce et son index, elle amorça le virage qui menait au portail, une grille massive en fer forgé qui se dressait, tel un rempart, entre le monde extérieur et elle. La boîte aux lettres était encastrée dans l'un des piliers de brique qui encadraient le portail de part et d'autre.

Elle sourit à l'idée que, comme d'habitude, elle n'allait trouver pratiquement qu'un amas de prospectus qui finiraient directement dans le container à papiers. Se faire délivrer leur courrier à cette adresse remontait à l'époque où le père de Tyrone refusait de quitter la ville sans avoir la certitude d'être joignable par tous les moyens de communication possibles.

Avant, quand elle ne venait ici qu'en villégiature, elle ne se souciait jamais d'aller relever le courrier elle-même. Elle laissait cette tâche au gardien qui passait une fois par semaine faire le tri et transmettait tout ce qui lui semblait important aux bureaux de PP&W. Elle n'avait même remarqué la boîte que le jour où Michelle l'avait conduite ici. C'est alors qu'elles attendaient que les deux battants de la grille s'ouvrent qu'elle avait décidé qu'effectuer cette marche quotidienne lui ferait le plus grand bien.

Arrivée à quelques mètres du portail, elle s'arrêta et plongea la main dans une haie de buis parfaitement taillée. Elle souleva le couvercle du boîtier qui y était dissimulé. La première fois que Tyrone lui avait montré cette cachette, elle avait éclaté de rire. Il n'y avait bien que les gens fortunés pour avoir des idées pareilles ! Maintenant, à chaque fois qu'elle passait sa main dans la haie, elle entendait la voix grave de son mari réciter le code d'ouverture tout haut : 8,6,3,7.

— 8,6,3,7, mon chéri, murmura-t-elle.

Elle n'était pas portée sur le spiritisme ni sur la spiritualité. Elle n'était pas non plus de ces farfelues qui cherchent à entrer en contact avec l'âme de leur défunt mari. Non. C'était juste que Tyrone lui manquait terriblement. Tout lui manquait. Leurs discussions à bâtons rompus, leurs fous rires, leur complicité.

Malheureusement, il n'était plus là. Les trente jours qu'elle avait passés en cure de désintoxication lui avaient réellement fait prendre conscience de cette cruelle réalité. Et si elle avait appris quelque chose de cette parenthèse hors du temps, c'était qu'il fallait vivre l'instant présent.

Un sourire se dessina sur ses lèvres au moment où les battants du portail s'ouvrirent dans un grincement lugubre. Ce bruit, aussi sinistre fut-il, faisait partie de la routine. *Sa* routine. Une routine qu'elle jugeait rassurante.

Une fois les grilles ouvertes, elle ouvrit la boîte métallique. Elle rassembla les papiers qui se trouvaient dedans avant d'y jeter un coup d'œil distrait. Un prospectus proposait des promotions sur des fournitures de bureau. Il y avait aussi un avis de passage de la marina où Tyrone faisait réviser les bateaux avant l'hivernage.

Les bateaux... Elle n'y avait pas beaucoup pensé ces derniers temps. Il faut dire qu'ils lui rappelaient que Trey, le fils de Tyrone, était sous le coup d'une inculpation pour homicide quand son père et lui avaient été retrouvés assassinés. Il était en attente d'être jugé pour le meurtre d'une jeune femme qui était tombée dans le lac alors qu'elle se trouvait avec lui sur son bateau.

Encore une mort non élucidée.

C'était Michelle qui avait défendu Trey, au nom de Powers Powers &Walton, le cabinet d'avocats fondé par le père de

Tyrone. Kayla avait été soulagée que Michelle accepte d'être sa conseillère après la découverte des corps. Elle lui était également reconnaissante d'être restée pour prendre la tête du cabinet jusqu'à ce qu'elle-même soit en mesure de le faire.

Ce moment n'allait pas tarder à venir.

D'ici peu, elle prendrait la direction de PP&W. Elle espérait pouvoir convaincre Michelle d'abandonner définitivement ses fonctions au sein du FBI pour diriger le cabinet avec elle.

Pour l'aider en cela, elle était presque certaine de pouvoir compter sur Ethan Scott, l'inspecteur chargé d'enquêter sur le double meurtre de son mari et de son beau-fils. Il y avait quelque chose entre eux, Kayla le jurerait même si Michelle était restée très évasive à ce sujet quand elle avait tenté de lui tirer les vers du nez.

Elle baissa la tête pour s'assurer qu'il ne traînait pas encore quelque circulaire au fond de la boîte. Au moment où elle se redressait, elle entendit un coup de feu derrière elle en même temps qu'une douleur fulgurante électrisait son bras gauche.

— Qu'est-ce que…

Elle abaissa les yeux sur la manche de sa chemise. Du sang suintait à travers un trou dans le tissu. Tout en pressant sur sa blessure le tas de papiers qu'elle avait à la main, elle scruta la zone située de l'autre côté de la route.

Rien.

Elle ne décela aucun mouvement suspect.

Ce n'était pas étonnant. Il n'y avait que des bois aux alentours. Si une bonne partie des terres appartenait à la famille Powers, pas mal d'hectares étaient loués à des clubs de chasse. Il n'était pas rare qu'une balle s'égare, mais elle était presque certaine que le bruit qu'elle avait entendu ne provenait pas d'un fusil de chasse mais d'une arme de poing. Quelqu'un lui avait tiré dessus avec un pistolet. Ici, dans cette propriété où elle se pensait en sécurité.

Elle laissa tomber les papiers au sol puis, faisant pression avec sa main sur son bras aussi fort qu'elle le pouvait, courut jusqu'au boîtier.

Elle composa le code de ses doigts tremblants et maculés de sang.

— Allez..., murmura-t-elle d'un ton fébrile.

À présent, le sang coulait plus fort sur son bras.

— Allez... Allez... Allez..., répéta-t-elle en serrant les dents.

Lorsque, enfin, les grilles commencèrent à se refermer avec une lenteur exaspérante, elle réalisa que le fer forgé ne présentait aucune protection. Elle s'enfonça alors le plus qu'elle le pouvait dans la haie, priant pour ne plus être dans la ligne de mire du tireur.

L'esprit en ébullition, elle attendit d'entendre le bruit caractéristique du loquet qui s'enclenchait.

Elle avait été stupide de refuser la protection d'un officier de police que lui avait proposé la police d'État d'Arkansas, de même que le shérif du comté de Carroll. Le meurtrier de Tyrone et Trey était toujours en fuite. Mais comment aurait-elle pu imaginer qu'elle serait en danger dans cette propriété si reculée ? Qu'on viendrait jusqu'ici pour s'en prendre à elle ?

— De toute évidence, quelqu'un ne veut pas que je revienne à Bentonville, pensa-t-elle tout haut.

C'est alors que lui parvint le bruit d'un moteur qui démarrait. Elle se figea sur place, le cœur battant. Du coin de l'œil, elle vit un gros pick-up remonter la route puis ralentir en passant devant le portail.

Elle tourna légèrement la tête pour tenter de voir quelque chose sans se faire repérer. Le véhicule n'était pas un de ces pick-up Ford ou Chevrolet traditionnellement utilisés par les chasseurs du coin. Elle plissa les yeux, cherchant à voir le conducteur. Malheureusement, le soleil qui scintillait sur le pare-brise ne lui permit de distinguer qu'une silhouette masculine. Une silhouette qui lui parut familière.

Mais pourquoi quelqu'un qu'elle connaîtrait lui aurait-il tiré dessus ?

Elle avait beau essayer de se concentrer, son esprit se refusait à fonctionner normalement.

Le portail se referma enfin. Le conducteur donna un coup de volant sur la gauche et s'éloigna de l'allée en projetant une gerbe de graviers derrière lui. Kayla courut jusqu'à la grille, se démanchant le cou pour tenter de noter ce qui pourrait être utile à l'enquête qui ne manquerait pas de suivre. Mais malgré ses efforts elle n'arriva pas à voir clairement la plaque d'immatriculation.

Elle nota mentalement que le véhicule était d'un noir poussiéreux ou d'un gris foncé et qu'il était équipé de pneus arrière doubles. Des détails qui pourraient avoir leur importance dans une région où tout ce qui ne sortait pas d'une usine américaine était dénigré par la population locale.

Aussitôt que le bruit du moteur se fut éloigné, elle sortit de sa cachette et remonta l'allée. Elle marchait à grands pas, tête basse, en rasant l'alignement des arbres. La grille arrêterait un véhicule, mais qui sait si son agresseur ne s'était pas garé plus loin pour poursuivre à pied à travers bois ?

Il fallait qu'elle regagne la maison et vite.

Qui était cet homme ?

Elle fut de nouveau saisie du sentiment étrange qu'il ne lui était pas étranger. Pourtant, elle ne prit pas le temps d'y réfléchir tant il lui tardait de retrouver l'abri rassurant de sa maison.

Les terres sur lesquelles le père de Tyrone avait fait bâtir cette résidence secondaire s'étendaient sur des dizaines d'hectares difficiles à sécuriser. Il en allait de même pour le lac et ses berges. Les nombreuses criques qui bordaient Table

Rock pouvaient constituer un point d'accès idéal à quiconque voudrait atteindre la maison sans se faire repérer.

La maison qu'elle avait négligé de fermer en sortant.

Bon sang ! Où avait-elle la tête ?

Elle tapota la poche de son pantalon pour en sortir son smartphone.

Elle ne l'avait pas pris.

Une habitude qu'elle avait gardée de son séjour au centre de désintoxication. Durant les trente jours qu'elle avait passés là-bas, elle s'était volontairement passée de son portable. Elle en était arrivée à oublier ce que c'était que de consulter sans cesse cet appareil, source de communication constante avec l'extérieur. Elle avait même trouvé cette déconnexion reposante.

Mais en cet instant précis elle regrettait amèrement d'être coupée du monde.

Elle pressa le pas, les yeux rivés sur la grande bâtisse aux allures de manoir gothique qui se dressait devant elle.

Qu'est-ce qui lui faisait croire qu'elle serait en sécurité ici, dans ce coin reculé, alors que son mari ne l'avait pas été dans leur résidence principale en plein cœur du centre-ville ? Qui lui disait que son agresseur n'avait pas profité du temps qu'elle mettrait à regagner la maison pour s'y introduire ?

Elle aurait tout aussi bien pu lui dérouler le tapis rouge pour lui souhaiter la bienvenue, ironisa-t-elle en son for intérieur.

De toute façon, elle n'avait pas le choix. Il fallait bien qu'elle rentre chez elle pour demander de l'aide.

Elle franchit le seuil en trébuchant puis se dirigea droit vers le téléphone fixe dans la cuisine. Son portable devait se trouver dans son sac à main, mais elle n'en était pas certaine. Au moins, elle ne perdrait pas une seconde d'un temps précieux à le chercher.

Elle se rappelait qu'elle avait taquiné Tyrone au moment où il avait fait installer ce poste mural. Il s'était défendu en soutenant que la connexion ici pouvait se révéler aléatoire. Le temps lui avait donné raison. À plusieurs reprises, le réseau s'était révélé défaillant.

Tyrone avait poussé la précaution jusqu'à faire installer une autre ligne dans son bureau, à l'étage.

De ses doigts poisseux de sang, elle composa le 911. L'appel n'aboutit pas tout de suite. Son cœur s'emballa. Et si celui qui lui avait tiré dessus avait sectionné les câbles téléphoniques ?

Enfin, une voix féminine lui répondit :

— urgences du comté de Carroll, j'écoute.

— Heu...

— Police ou services médicaux ? la pressa la femme.

— Les deux, répondit Kayla dans un murmure.

Son souffle se faisait court. Sa vue se brouillait. Elle sentit ses jambes flageoler. Tout devenait flou autour d'elle. Elle cligna plusieurs fois des yeux pour tenter de reprendre le contrôle. En vain. Elle n'arrivait pas à fixer son regard sur quelque chose.

— J'ai besoin d'aide..., dit-elle avec peine. J'ai été...

Elle sentit ses jambes se dérober sous elle. Elle tendit la main pour s'agripper au comptoir, mais la douleur fulgurante qui lui traversa le bras eut raison de sa résistance. Elle s'écroula à terre.

— Quel genre d'aide, madame ? Madame... ?

Elle ouvrit la bouche pour répondre, mais aucun son n'en sortit. Son esprit embrumé était incapable de formuler les mots qui se pressaient dans sa gorge.

— Madame, restez avec moi, dit la répartitrice d'une voix forte.

Elle essaya de prendre une profonde inspiration mais, là encore, elle échoua. Elle était trop faible. Pourtant, dans un ultime effort, elle parvint à lâcher dans un murmure :

— On m'a tiré dessus...

Dans un geste protecteur, elle posa une main à plat sur son ventre.

La seconde d'après, elle sombrait dans le néant.

2

Kayla ouvrit les yeux sur une pièce d'un blanc immaculé. Ses paupières étaient lourdes... Si lourdes. Où se trouvait-elle ? Au paradis ?

Elle entendit le bip d'une machine en même temps qu'elle sentait la pression d'un brassard de tensiomètre sur son bras droit.

— Elle revient à elle, dit une voix féminine, quelque part derrière elle.

« Elle revient à elle. » Qu'était-elle censée comprendre ? Elle referma les yeux. Elle était épuisée.

— Madame Powers ?

Elle garda ses paupières obstinément closes. C'est alors que des mots se bousculèrent dans son esprit.

Danger...

Agresseur...

Coup de feu...

— Madame Powers, insista la voix avec douceur.

Elle ouvrit les yeux sur une femme blonde. Un stéthoscope autour du cou, elle l'observait avec attention.

— Qui... Qui êtes-vous ? demanda Kayla avec difficulté.

— Je suis le docteur Michaelson. Vous êtes aux urgences de l'hôpital d'Eureka Springs. Vous rappelez-vous dans quelles circonstances vous vous êtes retrouvée ici ?

— 911…, ânonna Kayla.

Danger…

Agresseur…

Coup de feu…

Cette femme allait-elle l'aider ? Une douleur lancinante lui traversa le corps, qui la fit grimacer. Le Dr Michaelson posa sur son bras une main qui se voulait réconfortante.

— Que s'est-il passé ? demanda Kayla.

— Nous pensons que vous vous êtes cogné la tête en tombant, au moment où vous vous êtes évanouie.

— Je me suis évanouie ?

Pourquoi ? Parce qu'elle était ivre ? Non. Elle n'avait pas bu. Elle ferma de nouveau les yeux.

— J'ai mal.

— C'est normal. Vous êtes blessée. Vous souvenez-vous pourquoi vous avez appelé le 911 ? répéta le médecin.

Elle émit un bruit de gorge qu'elle espérait pouvoir être pris pour une réponse affirmative. Une vague nauséeuse la submergea à mesure que des flashs lui revenaient en mémoire. Puis tout lui revint d'un coup.

On lui avait tiré dessus.

Elle avait reçu une balle dans le bras. D'ailleurs, elle ne le sentait plus. Avait-elle été amputée ? Elle voulut ouvrir les yeux pour vérifier mais, à la seconde où elle bougea la tête, la douleur l'assaillit avec plus de force.

— Coup de feu…, répondit-elle d'une voix presque inaudible.

— Oui, confirma Michaelson. Vous avez reçu une balle dans le bras gauche. Savez-vous comment cela s'est passé ?

— Le courrier…, commença-t-elle. Quelqu'un peut éteindre la lumière ?

Elle entendit le bruit d'un interrupteur qu'on actionnait. Elle ouvrit les yeux une nouvelle fois. Enfin, elle pouvait fixer le plafonnier sans être aveuglée. Soulagée, elle balaya la pièce du regard. Quelqu'un se tenait debout, près de la porte.

— Qui êtes-vous ? demanda-t-elle dans un souffle.

— Je suis l'adjoint Forester, madame. Département du shérif du comté de Carroll. J'aurais quelques questions à vous poser.

— Si cela ne vous dérange pas, je vous demanderai d'attendre encore un peu pour interroger Mme Powers, intervint le Dr Michaelson.

— Très bien. Je vais aller attendre dans le couloir.

— Et ne vous inquiétez pas. Je connais la procédure : pas d'analgésiques forts tant que vous n'aurez pas pris sa déposition.

— Merci, docteur.

— J'enverrai une infirmière vous chercher dès que nous aurons terminé.

Kayla referma les yeux au moment où elle entendit le bruit des anneaux métalliques du rideau glisser le long de la tringle. Avec d'infinies précautions, elle prit une profonde inspiration puis elle expira tout aussi doucement.

— Madame Powers ?

— Je vous entends. Mais est-ce que je peux garder les yeux fermés pour l'instant ? J'ai tellement mal à la tête.

— Je vais vous administrer quelque chose de léger mais qui vous soulagera quand même un peu.

— Merci.

— En attendant, je vais vérifier vos paramètres vitaux, puis je procéderai à des tests cognitifs. Mais pour cela vous devrez avoir les yeux ouverts. D'accord ?

— D'accord.

Kayla se plia docilement à tous les tests que lui fit subir le Dr Michaelson. Elle redoutait le moment où elle lui demanderait d'ouvrir les yeux. Pourquoi avait-elle si mal à la tête ? C'était pourtant dans le bras qu'elle avait reçu une balle, non ?

— Marcy, vous voudrez bien administrer un Ibuprofène

à Mme Powers, je vous prie. Et vous lui donnerez une poche de glace.

— Dieu vous bénisse, Marcy, murmura Kayla.

— Arrêtez, vous allez me faire rougir, dit Marcy en souriant.

Puis elle ajouta, alors qu'elle s'esquivait dans le couloir :

— Je reviens tout de suite.

Kayla regarda le Dr Michaelson du coin de l'œil. Elle lui trouva une certaine ressemblance avec Michelle. La taille... Les rondeurs... Comme elle, elle avait la silhouette des pin-up des années 1960.

— Je dois passer un coup de fil, dit-elle.

— Bien sûr. Dans une minute.

Le rideau s'ouvrit de nouveau sur Marcy. Kayla avala avec une gorgée d'eau les comprimés qu'elle lui tendait, puis soupira d'aise quand elle lui plaça délicatement une poche de glace sur la nuque.

— Si vous continuez à me chouchouter comme ça, je vais finir par vous demander en mariage, plaisanta-t-elle avec un sourire crispé.

— Je doute que votre mari apprécierait, rétorqua l'infirmière d'un ton taquin.

— Je n'ai plus de mari. Il est mort.

Un silence embarrassé plana au-dessus d'elles, que Marcy fut la première à rompre :

— Je suis désolée.

— Vous ne pouviez pas deviner.

Elle laissa passer quelques secondes avant de préciser :

— Il a été assassiné.

Nouveau silence.

— Par balles, continua-t-elle. C'est moi qui ai trouvé le corps dans notre maison de Bentonville.

— Je comprends, dit le Dr Michaelson d'un ton qui ne trahissait aucune émotion.

— Voulez-vous que je demande à l'adjoint Forester de revenir ? proposa Marcy.

Kayla aurait voulu répondre non de la tête, mais elle n'en avait pas la force.

— Pas encore. En revanche, j'ai besoin de mon téléphone. Je voudrais appeler le lieutenant Ethan Scott. C'est l'enquêteur chargé de l'affaire.

— Dans ce cas, je vais communiquer son nom à l'adjoint Forester. Pour ce qui est de votre téléphone, il faut que j'aille demander aux secouristes ce qu'ils ont emporté quand ils vous ont embarquée dans l'ambulance. Sans doute ont-ils pris votre sac à main avec vos papiers d'identité. Avec un peu de chance, votre téléphone sera dedans.

Sur ce, elle disparut comme elle l'avait déjà fait un moment plus tôt.

— Dans quel état est mon bras ? s'enquit Kayla avec anxiété.

— Compte tenu du contexte, cela aurait pu être pire.

— Je ne le sens pas.

— C'est la magie de l'anesthésie. Ne vous inquiétez pas. La plaie était assez profonde mais elle a été très bien recousue. Il vous faudra être patiente, mais vous n'en garderez aucune séquelle. Croyez-moi, il y a des blessures plus superficielles qui font beaucoup plus mal.

— Comme lorsqu'on se coupe avec du papier. Des points de suture ne sont pas nécessaires, pourtant la douleur est vive.

— Exactement.

Le Dr Michaelson pressa doucement l'épaule de Kayla, dans un geste plein d'empathie.

— Reposez-vous encore un peu, lui conseilla-t-elle. Je vais aller demander à l'adjoint Forester de contacter Ethan Scot. Ce serait plus judicieux qu'ils vous interrogent ensemble plutôt que séparément.

Kayla esquissa un faible sourire qui se voulait reconnaissant.

— Son numéro, comme celui de ma meilleure amie, Michelle Fraser, sont enregistrés dans ma liste de contacts.

— Vous avez de la famille que nous pourrions joindre ?

Elle déglutit avec peine. Sa bouche était aussi sèche que du buvard.

— Michelle s'occupera de tout. Merci.

Le Dr Michaelson exerça une nouvelle pression sur son épaule, geste qu'elle accompagna cette fois d'un sourire compatissant.

— Vous avez de la chance d'avoir une meilleure amie. Je ne doute pas qu'elle vous sera d'une aide précieuse pour traverser cette période compliquée.

— C'est vrai, j'ai de la chance. Car non seulement elle est ma meilleure amie mais elle est aussi mon avocate.

— Ne vous inquiétez pas, elle sera prévenue dans les meilleurs délais. J'y veillerai personnellement. En attendant, reposez-vous. Vous en avez bien besoin.

Quand elle se réveilla, Kayla n'aurait su dire si elle avait dormi quelques minutes ou quelques heures. Ce qu'elle savait, en revanche, c'était que, aussitôt que le Dr Michaelson l'avait laissée seule, elle avait sombré dans un profond sommeil. Un sommeil de plomb, sans rêve. Son regard croisa celui, inquiet, de Michelle.

— Hé, dit-elle d'une voix pâteuse.

— Hé, répondit Michelle en écho. Devine qui n'a plus le droit de retourner seule dans sa maison du lac ?

— Je suppose que c'est moi ?

— Bingo !

— Où est Ethan ? Il n'est pas venu avec toi ?

— Je l'ai envoyé nous chercher des cafés. Un peu de caféine nous fera le plus grand bien.

— Michelle… Quelqu'un m'a tiré dessus.

Michelle enroula les doigts autour de la barrière latérale du lit.

— C'est ce que j'ai entendu dire, en effet.

— Je ne peux pas véritablement l'affirmer, mais l'homme que j'ai aperçu au volant de son véhicule m'a vaguement rappelé quelqu'un, mais je ne pourrais pas dire qui.

— Quel nom te viendrait spontanément ? demanda Michelle, l'air de rien.

— Je dirais Del, répondit-elle d'une voix étranglée. Mais encore une fois, je ne peux pas l'affirmer. Disons que c'est ce que me souffle mon instinct.

Delray Powers. Le neveu de son défunt mari. Le fils du sénateur William Powers, qu'elle avait un temps considéré comme un ami. Mais c'était avant que Tyrone ne fasse d'elle son unique héritière. Celle à qui il avait légué le cabinet d'avocats fondé par la première génération des Powers.

— Tu as pu le voir distinctement ?

— Non. Le soleil se reflétait sur le pare-brise. C'est bien pour cela que je ne peux rien affirmer.

Michelle opina en silence.

— Je comprends.

Kayla couva son amie d'un regard reconnaissant. Elle était si heureuse de l'avoir dans sa vie ! Depuis l'instant où Kayla était entrée chez elle et avait découvert les corps inanimés de Tyrone et de Trey, elle ne lui avait jamais menti. Michelle n'avait jamais remis sa parole en question. À aucun moment. Leur amitié était née de cette confiance mutuelle qui ne s'était jamais démentie.

— Est-ce que je dois le dire à Ethan ? demanda-t-elle en regardant son amie droit dans les yeux.

— Pour quelle raison ne le ferais-tu pas ?

Kayla éclata de rire.

— Tu n'es pas avocate pour rien, toi. Toujours à répondre à une question par une autre question. C'est la règle, n'est-ce pas ?

Michelle se pencha plus près d'elle, comme pour mieux se faire entendre.

— Sérieusement. Pourquoi le cacherais-tu à Ethan ?

— Parce que je n'ai pas pu voir clairement le visage du conducteur. À la barre, je ne pourrais pas jurer que c'est Del. En plus, pour autant que je sache, il ne possède pas de pick-up comme celui que conduisait cet homme. Je n'ai aucune bonne raison de certifier que c'était lui.

Dans un geste machinal, elle posa une main sur son ventre. Il faudrait qu'elle parle au Dr Michaelson ; que celle-ci lui fasse faire un test de grossesse qui confirmerait ce qu'elle savait déjà au plus profond d'elle-même.

— Jusqu'à présent, ton instinct ne t'a pas beaucoup trompée, lui rappela Michelle. Mais si c'est bien Del que tu as vu, il va falloir nous montrer prudents. Ne pas dévoiler notre jeu. Car si c'est une chose qu'un éminent avocat, ami proche du sénateur Powers, soit sous les verrous pour escroquerie et blanchiment d'argent, c'en est une autre d'accuser le fils de ce dernier de tentative d'homicide sur ta personne. Il va nous falloir du solide.

— Je sais. C'est bien le sens de ma question : sachant cela, dois-je faire part de mes soupçons à Ethan ? demanda-t-elle encore une fois.

Michelle acquiesça d'un hochement de tête.

— Mais attendons un peu d'en savoir plus. Sinon Ethan pourrait s'en prendre à Del. Pas de manière irréfléchie, certes, mais disons... qui risquerait de manquer d'objectivité.

— Tu as raison.

Un sourire rassurant se dessina sur les lèvres de Michelle.

— Tu sais que tu peux lui faire confiance. Il l'a prouvé par le passé.

— C'est vrai.

Dans un geste plein d'affection, Michelle prit dans la sienne la main de son amie qu'elle pressa doucement.

— En attendant, nous allons te mettre sous protection. Tu ne peux pas rester seule.

Kayla ouvrit la bouche pour protester, mais Michelle l'en empêcha d'une pression plus forte sur sa main.

— Ne discute pas. Tu sais que j'ai raison. Tant que nous n'aurons pas mis la main sur l'assassin de Tyrone et Trey, tu seras en danger.

— Je ne céderai pas à la peur.

— C'est ton orgueil qui parle pour toi, Kayla. Mais laisse-moi te dire qu'il n'a pas sa place dans cette affaire. Je te rappelle que quelqu'un a cherché à te tuer aujourd'hui.

— Comme si tu avais besoin de me le rappeler. C'est sur moi qu'on a tiré. Et justement, maintenant que je sais que je suis une cible, je resterai sur mes gardes en permanence.

Elle accompagna ces paroles d'un regard appuyé sur son amie.

— Je l'espère bien. Mais cela ne suffira pas. Je vais quand même m'assurer que tu bénéficies d'une protection rapprochée.

— Michelle...

L'arrivée d'Ethan Scott, du département des enquêtes criminelles de la police d'État d'Arkansas, l'empêcha de poursuivre.

— Toc, toc, dit-il en passant la tête par le rideau.

Le visage habituellement impassible de Michelle s'éclaira instantanément. Il irradiait d'un bonheur tout neuf que Kayla ne lui connaissait pas.

— Entrez, dit Michelle, un sourire presque béat aux lèvres.

Ethan entra, porteur de trois gobelets de café. Il était suivi de près par l'adjoint Forester.

— Madame Powers, vous sentez-vous capable de faire votre déposition ? demanda l'adjoint.

Tout en parlant il avait dégainé son téléphone.

— Vous comptez l'enregistrer ? intervint Michelle qui avait aussitôt retrouvé ses réflexes d'avocate.

— Compte tenu du fait que Mme Powers ne peut pas se déplacer, c'est plus facile pour moi d'enregistrer sa déposition, en effet. J'aurai tout ce qu'il me faudra pour faire mon rapport. Mais si vous préférez, je peux prendre des notes. Ça ne me pose aucun problème.

Il se tourna vers Kayla pour s'adresser directement à elle.

— C'est à vous de voir, madame Powers.

Kayla interrogea son amie du regard. Elle ne craignait pas de se contredire. Elle était allée relever le courrier dans sa boîte quand quelqu'un lui avait tiré dessus. Si Forester insistait pour en savoir plus sur le véhicule et son conducteur, elle resterait évasive, voilà tout. Enfin, pour le moment.

— Je ne vois aucun problème à ce que vous enregistriez ma déposition, déclara-t-elle.

Les deux hommes enclenchèrent le mode enregistrement de leur smartphone puis les posèrent côte à côte sur une petite table roulante. Ethan laissa le jeune homme mener l'interrogatoire. Kayla raconta la routine qu'elle avait mise en place depuis son installation dans sa maison du lac Table Rock et comment, ce jour-là comme les jours précédents, elle avait effectué le chemin jusqu'à la boîte aux lettres, avait ressemblé le courrier puis, au moment de repartir, avait entendu un coup de feu en même temps qu'elle avait ressenti une douleur fulgurante lui traverser le bras gauche. Arrivée à ce point de son récit, elle ferma les yeux, s'exhortant à chasser les images trop vivaces qui lui faisaient revivre ce moment de profonde confusion. Quand Forester lui demanda de décrire son assaillant, elle lui en donna une description sommaire, se gardant bien d'évoquer le nom de Delray Powers.

Quand elle eut fini de parler, Forester la remercia pour le

temps qu'elle avait bien voulu lui consacrer. Il lui souhaita un prompt rétablissement puis quitta les lieux, après lui avoir assuré qu'il garderait le contact avec elle.

Alors que Michelle se levait pour aller vérifier qu'il ne traînait pas dans le couloir, Kayla ferma de nouveau les yeux. Rien ne l'empêchait de dormir, maintenant. Elle était si fatiguée ! Malheureusement, la voix impérieuse d'Ethan Scott la fit sursauter violemment.

— Ne vous endormez pas, lui ordonna-t-il d'un ton autoritaire qui la sortit tout à fait de l'état léthargique dans lequel elle se trouvait.

Elle le fusilla du regard.

— Je ne faisais que fermer les yeux, rétorqua-t-elle sèchement. C'est un crime ? Et sans doute l'ignorez-vous, mais je souffre d'une légère commotion cérébrale.

Il émit un ricanement moqueur qui la fit sourire. Lui et elle avaient largement dépassé le stade des formalités d'usage. Il existait une réelle complicité entre eux.

— Vous, un traumatisme crânien ? Vous avez pourtant la tête dure. J'ai du mal à le croire.

Michelle laissa retomber le rideau et vint reprendre sa place au chevet de Kayla.

— Curieusement, il apparaît que plus les gens ont la tête dure, plus les dégâts sont importants, dit-elle. La preuve : elle s'imagine qu'elle va tranquillement retourner vivre chez elle, dans sa maison du lac.

Ethan fronça les sourcils en même temps qu'il dardait sur elle un regard sévère. Il ne lui en fallut pas plus pour ruer dans les brancards.

— Je vais rester chez moi, s'entêta-t-elle. Que vous le vouliez ou non. Vous n'avez aucun moyen légal de m'en empêcher.

— Sur ce point, vous avez raison, rétorqua Ethan. Mais ce ne serait pas raisonnable.

— Kayla, tu viens de le dire toi-même, tu souffres d'une commotion cérébrale, renchérit Michelle. Tu ne peux pas rester seule.

— Eh bien, je te suggère de venir dormir à la maison. Tu en profiteras pour me mettre au courant des affaires en cours, puis nous regarderons une bonne comédie sentimentale sur une plate-forme de streaming.

Michelle prit le parti d'ignorer le ton narquois de son amie.

— Pourquoi pas ? dit-elle en souriant. Cela me paraît être un bon programme. Sauf qu'il faudra le prolonger au-delà de cette nuit.

— Si nous réfléchissions aux prochaines étapes ? proposa Ethan pour calmer le jeu. Mais avant toute chose je pense que la présence d'un garde du corps s'impose. Je parle d'une protection sept jours sur sept, vingt-quatre heures sur vingt-quatre. Désolé, Kayla, mais je crains bien que nous n'ayons pas le choix.

— Je ne crois pas que je serai capable de vivre sous surveillance permanente.

— Et moi, je ne crois pas que tu aies le choix, trancha Michelle.

— On a toujours le choix, intervint Ethan qui, visiblement, voulait se poser en médiateur. L'important est de faire le bon.

— Je n'ai pas envie d'avoir un flic planté devant ma porte en permanence.

— Je crois que vous n'avez pas bien compris. Nous ne parlons pas d'un policier en faction, ni d'une voiture de patrouille chargée de faire des rondes. Nous parlons d'un garde du corps qui sera chargé de ne pas vous lâcher d'une semelle.

Il marqua une courte pause avant d'enfoncer le clou.

— Quelqu'un vous a tiré dessus avec l'intention manifeste de vous tuer. Vous avez eu beaucoup de chance que ce ne soit pas un bon tireur. Car, à l'heure qu'il est, vous pourriez ne plus être de ce monde. Est-ce que vous comprenez bien cela, Kayla ?

— Je crois que oui, répondit-elle à contrecœur.

Il approuva d'un hochement de tête.

— Bien. J'ai un ami qui travaille aussi pour la police d'État d'Arkansas. Leur bureau est basé à Little Rock. Ils sont spécialisés dans la protection rapprochée. Je vais voir si je peux le faire transférer ici. Compte tenu du fait que les affaires touchant aux Powers sont très médiatisées, je doute qu'on me refuse quoi que ce soit.

Kayla poussa un profond soupir.

— Puis-je savoir qui est cet ami ?

— Il s'appelle Ryan Hastings. Il est sergent-chef à la brigade criminelle de Little Rock. En ce moment, il est affecté au service de sécurité. Il s'occupe de la protection des cadres.

Elle esquissa une moue dédaigneuse.

— Un sergent ? J'aurais pensé que vous m'enverriez un officier plus haut gradé.

Ethan eut un sourire amusé.

— Différentes divisions… différents grades… Croyez-moi, quand vous connaîtrez Ryan, vous me remercierez de lui avoir confié votre sécurité. Il a assuré la protection de stars du show-business, de dignitaires étrangers, de hauts fonctionnaires. Il a même été garde du corps de votre beau-frère, le sénateur Powers.

À ce nom, Kayla comprit qu'elle ne pouvait pas se taire plus longtemps. Elle devait faire part de ses soupçons à Ethan.

— Ethan, il faut que vous sachiez que je n'ai pas tout dit à l'adjoint Forester. Quand il m'a demandé de lui décrire le conducteur du véhicule, je suis restée évasive. Mais je crois bien que c'était Delray Powers.

Contre toute attente, Ethan ne broncha pas.

— Pourriez-vous en témoigner à la barre ?

— Non.

— C'était juste une impression ?

— Une intuition, plutôt. Au début, c'était un sentiment fugace. Je n'arrivais pas à comprendre ce qui me faisait penser que cette silhouette m'était familière. C'est quand je me suis réveillée que le nom de Del m'est venu à l'esprit.

— J'en prends note, dit-il. Je vais vous laisser, à présent. J'ai des coups de fil à passer. Essayez de la convaincre de revenir en ville, ajouta-t-il à l'adresse de Michelle. La maison du lac est trop isolée et pas du tout sécurisée.

— Nous en discuterons plus tard, si vous voulez bien, trancha Kayla. En attendant, Michelle, pourrais-tu aller dire au Dr Michaelson que j'ai besoin de la voir ? Je dois parler avec elle de mon suivi médical.

À la minute où elle se retrouva seule, elle passa une main sur son ventre encore plat. Elle ne pourrait trouver meilleur moment ni meilleur endroit pour obtenir la confirmation de sa grossesse. S'il s'avérait qu'elle était enceinte, elle devrait céder à certaines des exigences de Michelle et d'Ethan.

Elle ne patienta qu'un court instant, mais contre toute attente ce fut Marcy qui passa la tête par le rideau.

— Le Dr Michaelson est en consultation, dit-elle. Qu'est-ce que je peux faire pour vous, ma belle ?

Kayla fit signe à l'infirmière d'approcher.

— J'aimerais faire un test de grossesse, dit-elle si bas qu'elle n'était pas sûre d'avoir été entendue.

— Un test de grossesse ? répéta Marcy avant d'ajouter : quand une femme arrive inconsciente dans notre service, c'est l'une des premières choses que nous faisons. Vous ne le saviez pas ?

Elle secoua la tête, luttant contre les larmes brûlantes qui menaçaient de déborder.

— Le test était positif, poursuivit l'infirmière. Vous êtes bien enceinte. Vous avez une idée de la date de la conception ?

Elle fouilla dans sa mémoire, essayant de se rappeler combien de temps s'était écoulé depuis que Tyrone et elle avaient fait l'amour pour la dernière fois. Était-ce une semaine avant sa mort ou deux ?

— Des mois, finit-elle par répondre. Plus de deux mois.

Submergée d'émotion, elle éclata en sanglots convulsifs.

Marcy lui tapota doucement la main, dans un geste plein de compassion.

— Il vous faudra aller voir un gynécologue obstétricien dès votre retour en ville, mon petit. Ils vont probablement faire une échographie du fœtus.

Ses pleurs redoublèrent en même temps qu'une vague de culpabilité la submergeait.

Quelle avait été sa consommation d'alcool au cours de ces derniers mois ? Elle avait pris des sédatifs quelque temps après la découverte des corps ; tout cela avait-il fait du mal à son bébé ? Avait-elle déjà tout gâché ?

Marcy lui tendait la boîte de Kleenex quand Michelle réapparut dans un cliquetis d'anneaux de rideau. Son sourire se figea sur ses lèvres quand elle vit son amie en pleurs.

— Kayla ! Qu'est-ce qui t'arrive ?

— Rien..., répondit-elle à travers ses larmes. C'est cette fichue migraine.

Elle vit le regard interrogateur de son amie sur Marcy. Mais cette dernière, tenue par le secret médical, tint sa langue.

Kayla ne se sentait pas prête à révéler son secret à son amie. Elle avait besoin de temps pour réfléchir. Pour planifier la venue au monde de ce bébé inespéré. Et puis, elle voulait d'abord avoir la certitude que tout allait bien.

— Mon bras me fait mal aussi, ajouta-t-elle. On m'a tiré dessus, tu t'en souviens ?

— Je vais m'occuper de votre autorisation de sortie, dit Marcy, laissant les deux amies seules.

3

Ryan Hastings n'était pas particulièrement enthousiaste à l'idée de chaperonner une bourgeoise oisive des quartiers chics de Bentonville. Mais en ces temps difficiles pour lui il était prêt à faire n'importe quoi pour sortir de sa routine quotidienne. À l'époque où il était agent spécial à la brigade criminelle, il était toujours en mouvement. Toujours sur le terrain. Puis, lorsque l'opportunité s'était présentée d'être transféré au service de la protection rapprochée, il s'était dit que c'était une bonne idée, finalement. Ça l'était, à bien des égards. Sauf que cette fonction lui laissait pas mal de temps libre.

L'Arkansas n'était pas une destination très prisée des hauts dignitaires étrangers ni des stars du show-business.

Comble de malchance, en voulant protéger le fameux entraîneur d'un club de football prestigieux, il s'était retrouvé pris au beau milieu d'une mêlée exubérante au cours de laquelle il avait violemment été projeté au sol. Il en était résulté une déchirure du ligament croisé antérieur dont il se remettait à peine et qui le voyait confiné à des tâches administratives depuis des mois. Un temps qui lui paraissait interminable.

Alors qu'il roulait le long de l'autoroute de l'ouest, il laissa ses pensées vagabonder. Les Américains avaient-ils la moindre conscience du fait que les fonctionnaires les mieux rémunérés n'étaient pas les politiciens mais les entraîneurs chargés de conduire les équipes de base-ball les plus prestigieuses sur le chemin de la victoire ?

Il grimaça alors qu'il levait la jambe gauche pour ancrer son pied sur le plancher. Fléchir régulièrement son genou était la règle de base quand il se lançait dans un trajet aussi long. Et il en avait encore pour deux bonnes heures. Il roulait depuis un moment quand il avait éteint la radio, fatigué de chercher en vain une station qui accrocherait vraiment son intérêt. Pour tromper son ennui, il activa la commande vocale de son smartphone et passa un appel à son vieil ami, le lieutenant Ethan Scott.

— Tu es en route ? lui demanda ce dernier en guise de bonjour.

— Oui. Mais je n'ai même pas fait la moitié du trajet.

— Je vois.

— Si tu me racontais de nouveau ce qu'il s'est passé ?

— Toi, tu t'ennuies.

— Pas faux.

Bien sûr, aussitôt qu'Ethan lui avait proposé cette mission – et qu'il l'avait acceptée –, il s'était penché sur l'affaire. Il s'était intéressé de près aux accusations officielles portées contre Trey Powers au moment de son assassinat ainsi qu'à l'enquête en cours concernant ce double homicide.

Il faut dire que l'histoire avait de quoi susciter la curiosité malsaine de la population. Les médias nationaux s'étaient emparés de l'affaire, ou plutôt des affaires, et en faisaient encore leurs choux gras. Enfin, des faits divers dramatiques en dehors de New York et de Los Angeles ! Et pas n'importe quels faits divers. Ils tenaient là les meurtres d'un homme et de son fils, des proches du sénateur William Powers, tous des hommes riches et influents. Il y avait aussi l'incarcération d'un des principaux actionnaires de la société familiale, arrêté pour détournement de fonds et blanchiment d'argent. Qui pouvait imaginer ce que cachaient les images de cartes postales de ces petites villes de province ?

— Il était une fois un homme qui s'appelait Tyrone Delray Powers, commença Ethan. Parti de rien, l'homme en question réussit au point d'acheter une bonne partie des terres du nord-ouest de l'Arkansas.

— Moi, je dirais que ça sent les magouilles à plein nez, rétorqua Ryan. Délit d'initié, même.

— Possible. D'autant que deux ans plus tard le service du génie de l'armée a envoyé des ingénieurs sur place pour endiguer la rivière White, inonder les vallées et créer les lacs que nous connaissons aujourd'hui sous les noms de Bull Shoals, Table Rock et Beaver.

— Trois de mes endroits préférés sur terre, commenta Ryan.

— Moi aussi. Bref, quoi qu'il en soit, le vieux Powers a amassé une fortune assez conséquente dans la spéculation immobilière. Il faut dire qu'il savait bien s'entourer. Il était connu pour être le roi des opportunistes. Mais ça a marché. Il a très vite intégré le gratin local.

— Qui se ressemble s'assemble.

— C'est ce qu'on dit, en effet. Notre ami était du genre industrieux. En plus de ses activités immobilières, il s'était lancé dans des études de droit. Une fois ses diplômes en poche, il a ouvert ce qui est devenu par la suite le cabinet d'avocats le plus prestigieux et le plus prisé de la région. Encore une fois, il a eu du flair. Dès qu'un de ses riches amis se retrouvait dans la mouise, c'était à lui qu'il faisait appel, ce qui resserrait un peu plus les liens en même temps que cela multipliait les renvois d'ascenseur.

— Je commence à mieux cerner le personnage.

— Lorsque ses fils ont eu l'âge d'aller à l'université, il les a envoyés étudier sur la côte Est, histoire de ratisser plus large et d'étoffer encore un carnet d'adresses pourtant déjà considérable.

— Ses fils étant Tyrone Junior et le sénateur William Powers. Je me trompe ?

— Non. Papa Powers a également aidé un de ses bons amis qui cherchait à caser son neveu. Il a offert à ce dernier de devenir associé dans la société, ce qui n'est pas rien.

— Laisse-moi deviner... Le W de Powers Powers. Walton.

— Exactement. Si certains voyaient en lui le parent pauvre, ce n'est plus le cas aujourd'hui. Comme tous les hommes de la famille Powers, il a su faire ses preuves et montrer qu'il était digne de la confiance dont l'avait honoré Tyrone Powers Senior.

— J'ai cru entendu dire qu'il était juge ?

— C'est bien ça.

— S'il est juge, le fait d'être associé dans un cabinet d'avocats ne crée-t-il pas une sorte de conflit d'intérêts ?

— Cela peut paraître louche pour un observateur extérieur, mais n'oublions pas que lorsqu'il a pris ses fonctions, il y a une vingtaine d'années, Bentonville n'était pas la communauté florissante que nous connaissons aujourd'hui. D'ailleurs, Walton n'a pas attendu si longtemps. Lorsqu'il a accédé à la magistrature, il s'est retiré de la société.

— Les gens d'ici n'ont pas jasé ?

— Penses-tu ! Ils adorent cette famille. Jusqu'à il y a quelques mois encore, ils sollicitaient leur présence à chaque événement, même le plus insignifiant. C'était un honneur pour eux de pouvoir les approcher de près, de leur faire embrasser leurs enfants. Chaque fois qu'un membre de la famille faisait son apparition quelque part, la foule était en liesse.

Ethan marqua une courte pause avant de reprendre :

— Ceci dit, malgré les apparences, la frontière entre les nantis et les démunis est très marquée. Il faudrait voir à ne pas la franchir.

Ryan pianota du bout des doigts sur son volant.

— Tu ne crois pas que ces richesses affichées peuvent attiser la jalousie ? Que celui qui a fait ça en a juste assez de ne pas avoir sa part du gâteau ?

— C'est possible, admit Ethan. Nous n'excluons aucune piste. Mais PP&W défend une clientèle triée sur le volet. Ses avocats ne prennent pas les affaires courantes. Ils ne sont pas en contact avec la frange défavorisée de la population locale. Ils s'occupent principalement de la propriété intellectuelle, du droit des affaires, de la criminalité en col blanc. Ce genre de choses.

— Ce qui veut dire ?

— Eh bien, qu'ils ne se salissent pas les mains. Ils laissent ça à la concurrence.

— Je vois. Et la veuve Powers ? Qu'est-ce que tu peux m'en dire ?

— Kayla ?

Ethan s'esclaffa.

— Je ne veux pas m'avancer, mais je pense que tu vas être agréablement surpris.

— Comment ça ?

— Elle ne correspond pas du tout à l'image qu'on pourrait se faire d'elle. Tu me diras ce que tu en penses, ajouta-t-il sur un ton énigmatique.

— Je n'y manquerai pas. Mais j'avoue que je suis intrigué.

— Eh bien, disons que nous avons à peu près tous le même préjugé dès lors qu'il s'agit d'une seconde épouse, beaucoup plus jeune que son mari très fortuné.

— Le stéréotype hollywoodien.

Ethan ne savait pas – comment l'aurait-il pu ? – que la mère de Ryan avait été, elle aussi, la seconde épouse d'un homme immensément riche. Il s'empressa de chasser ces pensées de son esprit. Son passé n'avait rien à voir avec l'affaire qui l'occupait.

— Absolument pas. Kayla est brillante. Vive. Elle était avocate quand elle a épousé Tyrone.

— Une opportuniste croqueuse de diamants, alors ?

— Certains le pensent, bien sûr, mais ce n'est pas mon avis. Elle est devenue avocate sans l'aide de personne et semble plutôt penser que ce qu'elle a reçu en héritage est un cadeau empoisonné. Je crois qu'elle aimait sincèrement son mari. C'était un mariage d'amour avec des hauts et des bas, comme souvent. Elle est d'une rare franchise, elle n'aura donc aucun mal à te dire que, au moment de la mort de Tyrone, ils traversaient une mauvaise passe.

— Quel genre ?

— Rien de grave. Elle se plaignait de ce que son mari la délaissait ; qu'il semblait moins s'intéresser à elle que par le passé. Mais il faut dire que Tyrone avait son lot de soucis avec son fils et les accusations portées contre lui.

— J'ai lu des articles de presse à ce sujet. Cette famille connaît quand même de sérieux problèmes.

— Comme toutes les familles, non ?

— Sans doute.

Pour être franc, la sienne n'échappait pas à la règle.

— J'apprécie beaucoup Kayla pour son franc-parler, ajouta Ethan.

— Si je comprends bien, ce n'est pas le genre à tourner autour du pot mais plutôt à aller droit au but.

— Exactement. Elle pense comme une avocate et elle en a toutes les qualités : claire, factuelle, logique…

Ethan s'interrompit, semblant hésiter à poursuivre.

— Distante ? hasarda Ryan.

— Non. Pas du tout.

— Quoi alors… ?

— Je sais qu'elle ne m'en voudra pas si je t'en parle, parce que ce sera probablement le premier sujet qu'elle abordera quand tu la rencontreras. Il se trouve qu'elle sort tout juste d'une cure de désintoxication. Elle a passé un mois dans un établissement spécialisé.

Tout en écoutant son ami, il repéra du coin de l'œil le panneau indiquant qu'il devrait prendre la prochaine sortie en direction des monts Ozarks. Il ne quittait pas la route des yeux, mais son esprit était entièrement tourné vers cette femme si droite, si franche et si riche qui connaissait néanmoins des problèmes d'addiction et qui venait d'échapper à une tentative de meurtre.

— Drogue ?

— Non, alcool.

— D'autres problèmes dont tu devrais me parler ? D'ordre psychologique ou psychiatrique ? A-t-elle un comportement violent ?

— Non, rien de tel, assura Ethan. Je dirais qu'elle s'est tournée vers la boisson à un moment de sa vie où elle se sentait seule. Depuis le drame qu'elle a vécu et sa sortie de cure, elle a tendance à vouloir se terrer dans sa maison du lac.

— Pauvre petite fille riche, ironisa Ryan tandis qu'il s'engageait sur la bretelle de sortie. Elle a besoin de prendre ses distances par rapport à tout l'argent et le pouvoir qu'elle a épousés ?

— N'aie pas la dent aussi dure. Tu ne la connais pas. Attends de voir. Je t'assure que c'est une fille bien. Si elle cherche à s'isoler, c'est pour échapper au sort que l'on réserve habituellement aux secondes épouses lorsqu'elles sont jeunes, jolies et intelligentes. En plus, elle n'a plus son mari pour la défendre.

Il laissa échapper un profond soupir. L'histoire de Kayla était similaire par bien des côtés à celle de sa mère. Il savait exactement le genre de traitement que l'on réservait aux femmes comme elles. Sa mère aussi avait subi la vindicte populaire quand elle s'était aventurée dans ces eaux dangereuses. Il l'avait vue se transformer en une épouse docile que la seule idée de commettre un faux pas terrorisait.

Pendant son adolescence, il avait vu sa mère, auparavant si aimante, cacher ses faiblesses, et donc ses sentiments, sous une épaisse carapace qui ne laissait plus rien filtrer. Il se demandait alors si elle regrettait son défunt mari. Jerry Hastings avait été un agent d'assurances moyennement prospère. Il était moyennement beau, aussi. Des cheveux d'un roux foncé, un visage souriant. Un bon père qui aimait passer du temps avec son fils. Il avait été l'entraîneur de Ryan au foot. Il était son premier et plus fidèle supporter. Combien d'heures avaient-ils passées ensemble à construire des maquettes de bateaux ou des caisses à savon !

Cette harmonie familiale avait cessé de manière brutale quand Jerry avait été tué par un chauffard ivre. Ryan n'avait alors que treize ans.

Les trois années qui avaient suivi, il avait fait de son mieux pour protéger sa mère, assumant le rôle d'homme de la maison, s'occupant d'elle du mieux qu'un adolescent de cet âge pouvait le faire. Puis sa mère avait rencontré Richard Stephensen, un entrepreneur très fortuné du coin. Ils s'étaient mariés peu de temps après. Tout d'un coup, Ryan s'était retrouvé avec un beau-père qu'il connaissait à peine et qui avait endossé à sa place le rôle de chef de famille.

— OK. J'essaierai de m'en souvenir.

— Je te remercie. Si je t'ai raconté tout ça, c'est parce que je ne voulais pas que tu t'imagines que je veux la protéger du monde extérieur. Elle a assez de caractère pour s'en charger elle-même.

— Dans ce cas, à mon tour de te remercier. Plus j'en saurai, mieux je pourrai anticiper mon plan d'attaque.

Un court silence s'installa entre les deux hommes qu'Ethan fut le premier à rompre.

— Elle a besoin de quelqu'un qui porte un œil neuf sur tout cela. Comme toi.

Ethan venait de toucher la corde sensible. Il le savait, Ryan était incapable de résister à l'envie d'aider quelqu'un qui avait besoin de lui.

— Je propose que nous nous retrouvions à la maison du lac, dit Ethan. Je t'enverrai les coordonnées GPS.

— Elle est si difficile à localiser ?

— La propriété se trouve sur le lac Table Rock, dans un coin très reculé. Michelle et moi avons essayé de convaincre Kayla de s'installer plus près de la ville mais elle ne veut rien entendre. Je compte sur toi pour lui faire comprendre que nous ne sommes pas alarmistes mais réalistes, et qu'il est nécessaire qu'elle change d'avis.

— Tu m'as bien dit que c'était dans cette propriété qu'on lui avait tiré dessus ?

— Oui. Je t'ai aussi dit qu'elle était têtue. Nous ne serons pas trop de trois pour revenir à la charge.

À ce moment, le téléphone de Ryan lui signala l'arrivée d'un message. Les coordonnées GPS que venait de lui envoyer Ethan.

— Temps restant : une heure et cinquante-deux minutes, lut-il tout haut.

— OK. À plus tard, conclut Ethan avant de mettre fin à l'appel.

Ryan se renfonça dans son siège. Ses pensées dérivèrent aussitôt vers la femme dont il s'apprêtait à assurer la protection. S'il se fiait aux renseignements qu'Ethan venait de lui communiquer, il n'allait pas se retrouver face à une veuve éplorée. Il y avait même de fortes chances pour que Kayla Powers lui donne du fil à retordre. Autant mettre à profit le temps de trajet qui lui restait pour élaborer une stratégie de persuasion. La grande question étant de savoir comment il allait l'aborder pour ne pas la braquer.

Il arriva à l'heure prévue par le GPS. Ethan n'avait pas exagéré en disant que la propriété était isolée. En fait, elle se trouvait au milieu de nulle part. Son œil exercé remarqua tout de suite la vieille grille en fer forgé qui, si elle fermait, n'en était pas moins un poil déglinguée. Il nota également les manques dans la clôture. Autant dire que les lieux n'étaient pas sécurisés. En revanche, la demeure l'impressionna. Avec ses tours octogonales et les nombreux pignons qui hérissaient le toit, elle avait tout d'un manoir gothique.

À la seconde où il se retrouva face à Kayla Powers, il comprit ce qu'avait voulu dire Ethan. Elle ne correspondait en rien à l'image qu'il s'était faite d'elle.

Il avait pourtant vu de nombreuses photos d'elle dans la presse, dans les journaux télévisés ou sur Internet, au cours des recherches qu'il avait faites sur elle. Son portrait figurait également dans les rapports de police. Par ailleurs, il avait lu pas mal d'articles la concernant. Tous ces éléments combinés lui avaient permis de se faire une petite idée de la personne à laquelle il allait être confronté.

Pourtant, la réalité était tout autre.

Tandis qu'Ethan faisait les présentations, il prit une minute pour tenter de trouver où se situaient les différences. Dans le physique, tout d'abord. Ses cheveux étaient d'un blond plus discret que sur les photos ? Ses joues n'étaient pas aussi creusées et son regard semblait hanté par le drame qu'elle avait vécu. Elle était habillée simplement d'un pantalon de yoga et d'un sweat-shirt à l'effigie de l'université d'Arkansas. Une tenue bien éloignée des robes somptueuses qu'elle arborait lorsqu'elle était en représentation.

Il pointa son sweat-shirt du menton.

— Vous avez fait vos études là-bas ? demanda-t-il alors qu'il connaissait déjà la réponse.

— Oui. J'y ai fait tout mon premier cycle. Ensuite, j'ai étudié le droit à Yale.

Il n'y avait aucune trace de vantardise dans sa voix. Elle énonçait juste un fait.

En guise de réponse, il lui sourit puis alla s'asseoir dans le fauteuil qu'elle lui avait désigné.

— Vous êtes originaire de l'Arkansas ? demanda-t-il encore.

— Oui. Je suis née et j'ai grandi dans la périphérie d'Altus. Mais je suppose que vous le savez déjà. Je me trompe ?

Elle accompagna ses paroles d'un coup d'œil complice à Ethan.

Ethan s'était installé face à Michelle Fraser, l'avocate de la défense qui avait représenté Trey Powers avant de défendre Kayla. Il comprit aussitôt que la nature de leur relation dépassait largement le cadre professionnel. Tout dans leur langage corporel trahissait leur degré d'intimité. Il régnait entre eux une charge électrique qui sautait aux yeux.

— Je préfère que vous me répondiez en personne plutôt que de me baser sur l'idée que les autres se font de vous, éluda-t-il. En apprenant à vous connaître, je serai plus à même d'élaborer la meilleure stratégie à adopter. Une stratégie que je vous soumettrai et qui devra vous convenir, bien entendu.

— Ethan, lui, préférait me laisser parler plutôt que d'orienter la discussion.

— Nous avons chacun notre style, répondit-il dans un sourire amusé. Ethan privilégie la vision globale quand je penche plutôt pour des données détaillées.

Cette déclaration lui valut un sourire reconnaissant de la part de Michelle.

— Je n'arrête pas de lui seriner que nous n'avons jamais

assez de détails, dit-elle en épinglant Ethan d'un regard taquin. Mais il préfère que je lui fasse un résumé des faits importants.

— D'accord, d'accord, j'ai bien compris que je n'aurai pas gain de cause contre vous deux, fit mine de capituler Ethan. Ryan, que penserais-tu de passer la nuit ici en attendant de trouver autre chose ?

Kayla Powers leva les yeux au ciel en même temps qu'elle enfonçait ses deux mains dans les poches de son sweat. Une manière évidente d'afficher clairement sa désapprobation.

— Je ne pense pas que ce soit nécessaire, lieutenant, décida-t-elle. Nous verrons cela une fois que le sergent Hastings aura décidé d'une stratégie.

Ryan la regarda droit dans les yeux.

— Ne vous attendez à rien d'extraordinaire, madame Powers, la prévint-il. Mais il est vrai que cette maison est trop isolée. Il n'y a qu'une route pour entrer et sortir de la zone. De plus, même s'il y a un portail, la propriété n'est pas sécurisée. Je suppose que c'est la même chose du côté du lac.

— C'est exact, répondit-elle en soutenant son regard.

— Je ne doute pas que la maison soit équipée d'une bonne alarme et de caméras de vidéosurveillance, mais cela ne vaut que si vous prévoyez de vivre barricadée ici, sans intention d'en sortir.

— Je ne supporte pas l'idée de devoir faire des choix de vie sous la pression, lança-t-elle d'un ton glacial. Quelle que soit l'origine de cette pression.

Face à la détermination de Kayla, Ryan comprit qu'il devait y mettre les formes.

— Je comprends tout à fait. Mais en fait, étant donné que le meurtrier de votre mari court toujours et que vous-même avez été victime d'une tentative de meurtre, je dirais que c'est une question de vie ou de mort.

Au lieu de se résigner, comme il s'attendait à ce qu'elle le fasse, elle releva le menton et le défia du regard.

— Sergent Hastings..., commença-t-elle.

— Ryan.

— Sergent Hastings, répéta-t-elle avec plus de force.

Ethan n'avait pas menti. La diablesse était têtue.

— Oui, madame Powers ?

Ses traits se détendirent en même temps qu'elle affichait un air contrit.

— Avant que vous n'arriviez, Michelle et Ethan n'ont pas ménagé leurs efforts pour me convaincre de partir d'ici. Mais où voudriez-vous que j'aille ?

Il écarta les mains devant lui dans un geste visant à exprimer qu'il était ouvert à toutes les possibilités.

— Pour commencer, vous pourriez retourner à Bentonville ou aller à Little Rock. Troisième option : quitter définitivement la région pour vous installer ailleurs.

Elle le fusilla du regard.

— Vous croyez que c'est aussi facile ? Je vous rappelle que j'ai un cabinet d'avocats à gérer.

— Kayla, intervint Michelle. Tu sais que je peux m'en occuper aussi longtemps que tu auras besoin de moi.

— C'est vrai, mais le fait est que je n'ai plus besoin de toi, riposta Kayla.

— Ne jouons pas sur les mots, tu veux bien ? Je sais que tu es tout à fait capable de diriger le cabinet. Mais je serais heureuse de pouvoir t'aider pendant le temps que tu passeras en sécurité quelque part en attendant que celui qui en a après toi soit sous les verrous. Car même si nous aimerions tous croire que Harold Dennis a quelque chose à voir avec le double assassinat de ton mari et de ton beau-fils, nous n'avons jusque-là aucune preuve de sa culpabilité ou d'une éventuelle complicité. Et compte tenu de ce qu'il s'est passé hier, il n'est pas idiot de dire que quelqu'un veut ta peau.

Ryan regarda Kayla contracter les mâchoires. Il était clair qu'elle n'aimait pas ce qu'elle venait d'entendre. Pourtant, tout dans sa posture indiquait que ce message n'avait pas atteint son but. Les deux femmes s'affrontaient du regard, chacune campant sur ses positions et attendant de l'autre qu'elle capitule. Laquelle allait céder la première ? Il lança à Ethan un regard interrogateur auquel son ami répondit en secouant la tête d'un air impuissant.

— Elles sont très fusionnelles, se contenta-t-il de commenter.

— Nous t'entendons, répliqua Michelle sans même lui accorder un regard.

Ethan esquissa un sourire amusé.

— C'est que j'ignorais le degré de télépathie dans lequel vous vous trouviez plongées, toutes les deux.

Ryan sentit que le moment était venu de reprendre la main.

— Madame Powers, vous possédez bien une maison à Bentonville, n'est-ce pas ?

Kayla lâcha le regard de Michelle pour tourner lentement la tête vers lui.

— En effet, répondit-elle. Mais il n'est pas question que je remette les pieds là-bas.

Il réalisa soudain sa maladresse. Quel crétin ! Comment avait-il pu oublier que c'était dans cette maison que Kayla avait découvert les corps ensanglantés de son mari et de son beau-fils ?

— Bien sûr, je comprends. Dans ce cas, nous pourrions essayer de trouver quelque chose à louer. Un logement plus modeste, ajouta-t-il en lançant un coup d'œil significatif sur l'aménagement luxueux. Un endroit où personne ne s'attendrait à vous trouver.

— Contrairement à ce que vous semblez penser, sergent,

je ne suis pas née avec une cuillère en argent dans la bouche, répliqua-t-elle d'un ton glacial.

— Je vous crois. Mais aujourd'hui, il se trouve que vous êtes une femme très fortunée. Personne ne pourrait vous imaginer vivre autrement que dans le luxe auquel vous êtes maintenant habituée. D'où l'importance de brouiller les pistes. Tirons avantage des idées préconçues qui circulent à votre sujet.

— Dans ce cas, pourquoi ne pas louer une cabane dans les bois ? suggéra-t-elle avec une pointe de sarcasme.

Un coin de la bouche de Ryan s'étira en un sourire amusé. Il commençait à bien aimer l'humour en demi-teinte de Kayla Powers.

— Et pourquoi pas ? Si vous aimez les trophées de chasse ou les poissons naturalisés exhibés aux murs.

— Si vous pensiez m'effrayer, c'est raté. Sachez que j'ai grandi entourée de chasseurs et que j'en ai même épousé un. Alors, ce ne sont pas deux bestioles empaillées qui me dissuaderaient de vivre quelque part.

— Je suis ravi de vous l'entendre dire, cela nous facilitera les choses.

Il s'interrompit un court instant, au terme duquel il ajouta d'un ton qui se voulait conciliant :

— Voici ce que je vous propose : des locations de courte durée. Nous les choisirions ensemble dans un rayon de quelques kilomètres autour de Fayetteville, Rogers, Springdale et Bentonville. Je sais bien que la circulation y est difficile aux heures de pointe, mais j'imagine que vous pouvez vous organiser pour aller à votre bureau en dehors de ces heures-là, puisque c'est vous la patronne.

Un sourire amusé se dessina sur ses lèvres.

— En effet, je peux fixer mes propres horaires.

— Nous nous adresserons à des conciergeries spécialisées dans ce genre de locations. Nous resterons au même endroit une semaine, voire deux, mais pas au-delà. Nous alternerons : une fois en ville, une fois à la campagne, une fois sur les rives d'un des lacs.

— Combien de temps devrons-nous aller de place en place, comme cela ?

— Ça, c'est une question pour le lieutenant, dit-il en jetant un coup d'œil à Ethan. Son boulot consiste à retrouver le meurtrier de votre mari et de Trey ; le mien, à assurer votre protection tant que le coupable ne sera pas sous les verrous.

— En d'autres termes, vous êtes un garde du corps.

Il secoua la tête.

— Les gens font souvent la confusion, mais il y a une différence entre les deux. Un garde du corps est l'un de ces grands types baraqués que vous voyez faire barrage de leur corps pour éloigner des paparazzi ou disperser une foule trop compacte. Ce que je fais est de la protection rapprochée. Je dois trouver des moyens stratégiques de garder mes clients en sécurité, à l'écart de tout danger.

— Vous pensez être bon dans ce que vous faites ?

Le ton était redevenu froid.

— Je crois, oui. Mas si vous avez besoin de références, je peux vous en fournir quelques-unes.

— Vraiment ?

Elle fronçait les sourcils, visiblement sceptique.

— Évidemment, je ne peux pas vous communiquer de coordonnées ni même de noms, car toutes ces missions ont été accomplies dans le cadre de mes fonctions d'officier de police. Mais je peux vous donner des indices. Si vous êtes supporter de l'équipe de foot des Razorback, sachez que j'ai assuré la protection de l'un des joueurs, le plus célèbre. Sans doute même avez-vous dû dîner à la même table que lui au cours d'une de vos soirées de gala.

— En effet, je vois de qui vous parlez. Et j'ai bien dîné avec lui. Il était accompagné de son épouse. Un couple charmant, vraiment.

— J'ai également travaillé avec votre beau-frère. Ce n'est pas trahir un secret que de le dire, puisqu'il s'agit de votre famille.

— Et s'il vous reconnaissait ? lança-t-elle.

Il s'esclaffa.

— Madame Powers, mon métier consiste à me fondre dans la masse. Je serais prêt à parier que le sénateur Powers ne me reconnaîtrait pas, même si nous nous trouvions face à face dans la même pièce.

4

Le premier logement que leur avait dégotté le sergent Ryan Hastings était un trois-pièces typique de banlieue. Un petit pavillon situé au fin fond d'un lotissement, à la périphérie nord de Fayetteville. Bien que modeste, il offrait tout le confort nécessaire.

Quand Tyrone avait été assassiné, Kayla s'était sentie terriblement seule. Son mari était sa seule famille. Et puis, au fil des jours, elle avait reconsidéré son point de vue. Elle n'était pas seule. Elle avait Michelle. Leur amitié était toute récente mais elle se sentait très liée à elle. C'était l'idée qu'elle se faisait d'une sœur si elle en avait eu une. Elle avait Ethan, aussi. Parfait dans le rôle du grand frère protecteur, un brin autoritaire et donc agaçant. En tant que fille unique, elle avait toujours envié ses amis quand ils se plaignaient à elle de leurs frères et sœurs. Elle, elle aurait tout donné pour connaître les disputes et les petites rivalités qui règnent forcément au sein d'une fratrie.

Une crampe lui contracta le ventre en même temps que sa vue se brouillait de larmes. Instinctivement, elle porta une main à son ventre. Elle regarda par la fenêtre de la cuisine les jeux en bois qui émaillaient le jardinet.

— La maison vous convient ?

La voix chaude et grave, légèrement altérée de Ryan, la

troubla. Comment prendrait-il la chose si elle lui disait qu'elle ne se voyait pas vivre ici, dans cet endroit insignifiant qui lui fichait le cafard ? Comment réagirait-il si elle refusait ce premier hébergement ?

— Elle est parfaite, mentit-elle.

Les mots étaient sortis de sa bouche malgré elle, alors qu'elle se posait toujours la question.

Ryan parut surpris mais ne fit aucun commentaire. Il alla se poster devant la baie vitrée qui donnait sur le jardin et jeta un coup d'œil à l'extérieur. Espérait-il trouver son agresseur traînant sur la pelouse ou les épiant, assis sur la balançoire ? ironisa-t-elle en son for intérieur.

— Je sais que ce n'est pas le genre d'endroit auquel vous êtes habituée, rétorqua-t-il. Mais je me suis assuré qu'il y avait toutes les commodités à proximité. Il y a même un service de livraison de plats cuisinés. Au moins, nous ne mourrons pas de faim.

Quelque chose dans le ton rassurant de Ryan la mit mal à l'aise. Que s'imaginait-il ? Qu'elle était si loin de la réalité qu'elle était incapable de se faire cuire un œuf ?

— J'ai grandi dans une maison semblable à celle-ci, dit-elle.

Il se retourna lentement vers elle. Il semblait surpris.

— Vraiment ?

Elle acquiesça.

— Mon père vendait du matériel agricole et ma mère était secrétaire médicale dans un cabinet dentaire. Pas vraiment de quoi se payer du personnel de maison, voyez-vous.

Elle avait énoncé cette dernière phrase plus sèchement qu'elle n'aurait voulu.

— Je vois parfaitement.

— Tout cela pour vous dire que je sais cuisiner et que le ménage n'a aucun secret pour moi, poursuivit-elle d'un ton radouci. Une vraie fée du logis.

Ce trait d'humour amena un sourire amusé sur les lèvres de Ryan. Un sourire en coin qui la troubla de nouveau. Le sergent Hastings était un bel homme, très séduisant, qui savait jouer de son charme. Elle n'allait pas culpabiliser pour l'attirance que ses sourires faisaient naître en elle. Car elle n'était pas dupe. Elle aussi était attirante et, si les dernières volontés de Tyrone résistaient aux contestations familiales qui n'allaient pas manquer de pleuvoir, elle serait bientôt très riche. Elle était devenue une cible à bien des égards. Mais s'il y avait une chose contre laquelle elle pouvait lutter, c'était se laisser prendre au piège des tentatives de séduction de son garde du corps.

— C'est bon à savoir, souligna-t-il.

Le sourire s'était dissipé aussi rapidement qu'il était apparu. Le ton était redevenu neutre. Professionnel.

— Je vais aller faire des courses, ajouta-t-il. Juste le nécessaire. Si vous avez besoin de quelque chose, je peux l'ajouter à la liste que j'ai déjà faite.

— Je peux aller faire mes propres courses, objecta-t-elle.

Il exhala un soupir un brin excédé qui irrita Kayla. Pour qui la prenait-il à la fin ? Pour une enfant capricieuse ?

— Je vous préviens, vous ne me retiendrez pas prisonnière ici contre...

Il leva une main devant elle, coupant court à ses protestations.

— Vous n'êtes pas prisonnière, assura-t-il. Simplement, ce serait mieux de laisser passer une journée sans prendre le risque de vous faire repérer.

— Aucune des personnes que je connais ne vient à Fayetteville, en dehors de la saison des championnats de foot ou de basket, insista-t-elle.

— Personne ? Vraiment ?

Le ton était teinté d'un mélange de scepticisme et de sarcasme.

— Comment pouvez-vous être sûre qu'aucun de vos amis

d'université n'est resté dans les parages ? Qu'aucun ne travaille et ne vit ici ?

Ce flot d'interrogations posé avec une assurance inébranlable la déstabilisa.

— D'accord… Peut-être… Je parlais des gens que j'ai rencontrés depuis.

— Nous savons tous que l'Arkansas est un petit État. Vous êtes libre d'aller où bon vous semble mais ne vous étonnez pas si la nouvelle de votre présence ici se répand comme une traînée de poudre et nous pousse à devoir déménager dans la précipitation.

Il s'interrompit pour la dévisager de manière ostensible.

— Dois-je vous rappeler que le nom de Powers fait la une de presque tous les journaux depuis plus de deux mois maintenant ? À ce propos, savez-vous que vous avez fait la couverture d'un magazine à scandale, récemment ?

Comme preuve de ce qu'il avançait, il dégaina son portable et lui brandit sous le nez un journal en ligne qui titrait :

LA VEUVE NOIRE AURAIT-ELLE TROUVÉ SON ÉGAL ?

— Qu'est-ce que…

D'un geste brusque, elle s'empara du smartphone et se mit à scruter le titre, incapable de s'en dégager, comme hypnotisée par les mots qui dansaient devant ses yeux. En plus, l'article n'émanait pas d'un tabloïd mais du plus grand quotidien de Little Rock. Certes, il s'agissait de l'édition numérique mais il n'y avait pas là de quoi la rassurer.

— J'ai lu l'article, dit-il. Il commence plutôt bien mais ça se gâte très vite. Le journaliste explique que vous n'étiez pas armée quand on vous a tiré dessus. Même s'il ne le formule pas clairement, sans doute par peur d'être attaqué pour diffamation, il laisse entendre par la suite…

Il ne finit pas sa phrase, ce qui provoqua chez elle une vive impatience.

— Quoi ? Que laisse-t-il entendre ?

— Qu'il est possible que ce soit vous la meurtrière de votre mari et votre beau-fils et que, finalement, si celui qui vous a tiré dessus n'avait pas raté son coup, vous n'auriez eu que ce que vous méritiez.

Elle lui rendit son téléphone, sonnée par tant de méchanceté gratuite.

— Ces... Ces insinuations sont écœurantes.

— Leur but est d'inciter les gens à s'abonner à leur journal. Et quoi de mieux que le sensationnalisme ? C'est l'ère Internet, Kayla. Il règne en maître aujourd'hui. Le bon vieux temps où les gens allaient tous les jours acheter leur quotidien au kiosque du coin de la rue est révolu.

Comme elle ne trouvait rien à redire à cela, elle se contenta d'inspirer profondément par le nez puis d'expirer par la bouche tout aussi lentement.

— Finalement, je vais aller faire une liste de courses, dit-elle.

— Autre chose... Vous rendre à votre bureau multiplierait les chances de vous localiser. Que pourrais-je dire pour vous en dissuader ?

C'étaient bien les hommes, ça. Donnez-leur un doigt et ils vous prennent le bras.

Cela dit, il n'avait pas tort. Et d'ailleurs, d'un commun accord, Michelle, Ethan et elle avaient décidé qu'elle prendrait quelques jours de repos en plus. Del ne s'était pas rendu au bureau dans les semaines qui avaient suivi l'arrestation de Harold Dennis, mais son père, le sénateur William Powers, serait informé de sa venue à la seconde où elle franchirait le seuil du cabinet. De là à ce qu'elle y croise Del... Cette pensée la fit frissonner d'effroi.

Elle se mordit les lèvres tout en quittant la cuisine pour se rendre dans le salon. À chaque minute qui passait, elle avait un peu plus la certitude que c'était bien Del qu'elle avait aperçu au volant du pick-up. Plus elle y pensait, plus les doutes qu'elle nourrissait à son égard augmentaient.

Elle ne voyait qu'un moyen d'évacuer tout ce stress. Changer de sujet.

— Combien y a-t-il de chambres ? demanda-t-elle.

Le ton, désinvolte, était bien loin de refléter l'inquiétude qui l'habitait.

— Trois, répondit-il. La chambre principale occupe tout l'étage. Vous pouvez choisir de vous y installer, mais je vous avoue que je préférerais que nous dormions chacun dans une chambre du rez-de-chaussée. Elles sont plus petites mais confortables et je vous promets d'éviter autant que possible de vous déranger.

Elle perçut dans son ton une tension qui la hérissa. C'était elle que cette intrusion dans sa vie dérangeait. Lui, il ne faisait que son boulot. Elle soupira de nouveau tout en tirant à elle l'un des tabourets du comptoir.

Elle sentit le regard méfiant de Ryan peser sur elle tandis qu'elle s'asseyait puis calait son menton dans la paume de sa main. Elle passa une main sur son bandage dans l'espoir que Ryan attribuerait son humeur massacrante à la douleur que lui causait sa blessure et non au fait qu'elle était une enquiquineuse.

— Je suis désolée, s'excusa-t-elle d'un ton faussement contrit.

Il planta ses yeux dans les siens.

— Je comprends que ce ne soit pas facile pour vous, lui assura-t-il. Si cela peut vous consoler, sachez que ça ne l'est pas pour moi non plus.

Curieusement, cet aveu lui fit du bien. Le savoir aussi mal à l'aise qu'elle la rassérénait, tout d'un coup.

— Vraiment ?

Il acquiesça d'un hochement de tête.

— Nous nous sommes rencontrés hier. C'est la première fois que j'emménage avec une femme aussi rapidement.

Ce trait d'humour n'eut pas l'effet escompté. Au lieu de la faire rire, il la crispa.

— Ha ha...

Elle réalisa soudain qu'elle ne savait rien de cet homme avec qui elle allait partager sa vie pour un temps indéterminé. Était-il marié ? En couple ? Avait-il une petite amie qui l'attendait à Little Rock ?

— Excusez-moi. Mais je trouve cette situation tellement surréaliste. Vous imaginez un peu... Vivre vingt-quatre heures sur vingt-quatre avec un parfait inconnu. Un homme dont je ne sais strictement rien. Vous êtes marié ?

Il secoua la tête.

— Je l'ai été mais j'ai divorcé il y a longtemps.

Elle éclata d'un petit rire moqueur.

— Vous exagérez. Il ne doit pas y avoir aussi longtemps. Quel âge avez-vous ? Trente-trois ans ? Trente-quatre ?

— Trente-huit. Je me suis marié à dix-huit ans. J'ai divorcé un an plus tard. Vous voyez, je ne vous ai pas menti.

Ses traits affichèrent une vive incompréhension.

— Vous étiez si jeune...

— En effet. Nous avons joué à être grands quelques mois, mais notre couple n'a pas résisté à notre jeune âge. En réalité, nous n'étions que des enfants. Nous nous sommes séparés d'un commun accord et sommes restés en bons termes. Je suis tombée sur elle à un match de base-ball, l'été dernier. Elle m'a raconté qu'elle s'était remariée et qu'elle était maman de deux petits garçons.

Cette confession la laissa sans voix. Elle n'aurait jamais imaginé Ryan Hastings vivre une telle expérience.

— Waouh...

— D'après ce qu'elle m'a dit, son mari est un chic type. En fin de compte, nous avons tous les deux fait le bon choix.

— Le vôtre a été de rester célibataire ? se hasarda-t-elle à demander.

— Je préfère rester concentré sur mon travail.

Une réponse trop élusive pour Kayla qui insista :

— À l'exclusion de tout le reste ?

— La vie que je me suis choisie me rend heureux. J'ai de la chance. Peu de gens peuvent en dire autant, vous savez.

Il tira à lui l'autre tabouret qu'il éloigna jusqu'à laisser un bon espace entre elle et lui.

— Enfin... disons que ma vie m'allait jusque-là, précisa-t-il. Avant que je me blesse au genou et que cette blessure m'oblige à rester confiné dans un bureau. La paperasse, ce n'est pas ce que je préfère.

— Quand Ethan vous a appelé pour vous proposer cette mission, vous...

— J'ai sauté sur l'occasion. J'ai fait mon sac et j'ai claqué la porte.

Elle tourna la tête vers lui pour pouvoir le regarder droit dans les yeux.

— Vous avez le droit de tout laisser en plan derrière vous ? Vous n'obéissez pas à une hiérarchie ? Je suppose que vous ne pouvez pas décider seul de ce que vous pouvez faire. Vous devez sans doute suivre un protocole.

Il prit quelques secondes avant de répondre.

— Madame Powers, vous n'ignorez pas que le double homicide de votre mari et de son fils est pour le moment l'unique priorité de la brigade criminelle. Tous les policiers et les enquêteurs que compte l'État d'Arkansas sont sur les dents et le resteront tant qu'ils n'auront pas mis la main sur le criminel. Aussi, si Ethan Scott avait dit à ses supérieurs qu'il lui fallait une licorne violette avec une crinière à pois, à l'heure qu'il est, ils seraient en train de peindre un cheval.

Cette image la fit éclater d'un rire joyeux.

— C'est malin, dit-elle. Maintenant je ne pourrai plus voir Ethan Scott autrement que chevauchant une licorne violette.

Il émit un gloussement moqueur qu'il s'empressa de réprimer.

— Le fait est que, par voie de conséquence, vous aussi vous êtes devenue une priorité. Vous imaginez un peu s'il vous arrivait quelque chose ?

Elle esquissa un sourire taquin.

— Et ils n'ont rien trouvé de mieux, pour assurer ma protection, qu'un flic avec un genou en compote ? Le choix d'un membre de la SWAT aurait été plus judicieux, non ?

— Restrictions budgétaires, répondit-il en haussant les épaules.

Ce trait d'humour la fit rire de nouveau.

— Je comprends.

Un sourire aux lèvres, elle ouvrit la page « Notes » de son portable et commença à pianoter sur les touches du clavier.

— Vous êtes du genre à prendre un petit déjeuner ? s'enquit-elle.

— Je suis du genre petit déjeuner, déjeuner et dîner, répondit-il du tac au tac. Mais ne vous souciez pas de moi. Faites une liste de ce dont vous avez besoin, vous. Je m'occuperai du reste.

— J'aime beaucoup cuisiner, vous savez. C'est un bon moyen pour moi de me détendre. Et puis, je vous avoue qu'il est plus agréable de se mettre aux fourneaux pour deux personnes que pour une seule.

— Je vous assure que je peux me débrouiller.

— Dans ce cas, je propose que nous cuisinions à tour de rôle.

Elle marqua une courte pause durant laquelle elle se remit à taper sur son clavier.

— Avant, je n'étais pas une adepte du petit déjeuner,

poursuivit-elle sans lever la tête. Mais depuis peu, j'ai changé d'avis. Je pense que c'est le repas le plus important de la journée. Je crois que c'est aussi une façon de me rebeller contre les diktats des régimes à tout prix. Quand j'y pense, j'ai l'impression d'avoir été obsédée par ma ligne une bonne partie de ma vie.

— Je pense que les gens feraient mieux de se préoccuper de la qualité de ce qu'ils ont dans leur assiette plutôt que de leur poids.

Elle inclina légèrement la tête sur le côté sans pour autant lever les yeux sur lui. Elle entendait ainsi lui faire comprendre qu'elle écoutait ce qu'il disait.

— Comment cela ?

— Je parle des conservateurs, des colorants, bref de toutes les cochonneries qu'on trouve dans la cuisine industrielle et qui sont mauvaises pour la santé.

Elle leva les yeux sur lui, un sourire aux lèvres.

— Seriez-vous un adepte du bio ?

— Pas nécessairement du bio. Mais de l'alimentation saine, oui. Sans hésitation.

— Vous voulez dire que vous défendez le fait maison à tout prix ?

— Autant que possible, en effet.

— En réalité, je suis comme vous.

Elle se tut pour ajouter quelque chose à sa liste.

— J'essaie de privilégier une alimentation saine, moi aussi. Mais j'avoue avoir quelques faiblesses.

— Qui n'en a pas ?

Elle releva la tête et accrocha son regard.

— Je suis sobre depuis trente-sept jours, dit-elle. Mais encore vulnérable. Aussi, je vous demanderai de ne pas laisser traîner de bouteilles d'alcool dans la maison.

Il soutint son regard sans ciller, l'air grave.

— Madame Powers, ma mission est d'assurer votre protection. Je ne vois pas comment je pourrais le faire en m'adonnant à la boisson.

— Je vous crois.

— Merci.

— Au fait, appelez-moi Kayla. Puisque nous devons vivre ensemble quelque temps, laissons tomber les formalités. Puis-je vous appeler Ryan ?

— Bien sûr.

Elle le remercia d'un léger hochement de tête, un brin embarrassée par la tournure que prenait cet échange. Elle trouvait étrange de vivre sous le même toit qu'un homme qui n'était pas son mari. Même si c'était absurde, elle avait l'impression de tromper Tyrone. Non, le terme était trop fort. De le trahir, plutôt. N'empêche. Cette situation pour le moins inhabituelle la mettait mal à l'aise.

— Et vous, qu'est-ce qui vous fait craquer ? C'est le moment d'en parler. Je suis en train de faire la liste de ce que j'aime.

— Laissez-moi deviner...

Il fit mine de chercher.

— Vous êtes accro au chocolat.

— Raté.

Elle tourna son smartphone vers lui de manière qu'il puisse jeter un coup d'œil à ses notes.

— Comme vous pouvez voir, je privilégie le salé plutôt que le sucré.

Les yeux de Ryan s'arrondirent de surprise devant le nombre impressionnant de marques de biscuits salés qu'elle avait notées.

— J'avoue... Je ne m'attendais pas à ça, dit-il.

— Et je n'ai pas fini.

Pour preuve de ce qu'elle avançait, elle inscrivit encore deux ou trois choses.

Elle regarda Ryan du coin de l'œil, mais elle ne vit sur son visage aucune trace de jugement. Au contraire, il semblait s'amuser de la situation.

Levant soudain les yeux sur elle, il la surprit en train de le dévisager.

— Désolée, murmura-t-elle avant de s'affairer à lire le SMS que Michelle venait de lui envoyer.

Selon son amie, Del désertait toujours le cabinet. En revanche, il se connectait régulièrement au serveur de l'entreprise.

On aurait pu penser qu'il s'y connaissait suffisamment en informatique pour ne pas commettre une telle erreur

écrivit-elle en réponse.

Elle regarda fixement les trois petits points qui indiquaient que Michelle donnait suite à son message.

Il faut croire qu'il n'en sait pas assez pour savoir que je peux savoir.

J'adore quand tu joues sur les mots comme cela.

Je pourrais être plus explicite mais je perdrais de mon mystère. Sinon, à quoi occupez-vous votre temps, sergent canon et toi ?

Elle essaya de se persuader que les regards furtifs qu'elle lançait régulièrement à Ryan Hastings relevaient du réflexe pur, mais ce serait se mentir à elle-même et à Michelle. Mieux valait tabler sur l'humour désinvolte.

Nous aménageons notre nouveau nid, faisons des listes de courses, débattons sur la perspective d'une guerre nucléaire mondiale. Et nous essayons surtout de ne pas penser au tueur en cavale. Bref, les sujets habituels, quoi.

Elle espérait que cette tirade spirituelle masquerait l'anxiété croissante que générait l'idée de vivre vingt-quatre heures sur vingt-quatre sous le même toit qu'un homme qu'elle ne connaissait pas.

Toujours la même rengaine.

Exactement. Ceci mis à part, comment va mon cabinet d'avocats ?

RAS.

Elle attendit un instant mais Michelle semblait avoir conclu l'échange avec ces trois lettres. Elle s'apprêtait à mettre son portable de côté quand les petits points dansants réapparurent.

Un collègue du bureau me signale que Del s'est connecté à partir d'une autre adresse IP. Il semblerait qu'il se déplace beaucoup ces derniers temps.

Elle se mordit les lèvres, faisant de son mieux pour ne pas céder à la panique. Pour autant qu'elle sache, le neveu de Tyrone était plutôt casanier. Pas le genre à se lier facilement ni à socialiser, contrairement à son cousin Trey et aux autres jeunes avocats du cabinet. Il fuyait les mondanités, les soirées guindées et tout ce qui l'obligeait à se fondre dans une foule. Il était discret, pour ne pas dire effacé, choisissant de ne jamais se mettre en avant. Cette réserve faisait de lui un être difficile à cerner, à la personnalité insaisissable. Autant de caractéristiques qu'elle avait jusque-là considérées comme des qualités mais qui, au vu des événements récents, prenaient une tournure menaçante.

Elle décida de faire part de ses craintes à Michelle.

Ce que tu dis me rend nerveuse. Le Del que je connais est un pantouflard solitaire, pas du tout le genre à écumer la région en voiture. Ce qu'il n'a, d'ailleurs, aucune raison de faire.

J'entends ce que tu dis. Ce qui me conforte dans l'idée que nous avons eu raison de faire appel à Ryan Hastings.

Toi, tu te fais des films. Tu passes trop de temps avec ton beau lieutenant.

Je ne m'abaisserai même pas répondre à cela.

De toute façon, je ne veux rien savoir.

Elle avait dû laisser échapper un ricanement moqueur car la voix de Ryan la ramena brusquement sur terre.

— Qu'y a-t-il ?

Elle posa son portable sur le comptoir, à portée de main.

— Rien.

— Pourtant, j'ai vu votre visage, tout à l'heure. Vous aviez l'air d'avoir peur.

— Non. Vous vous trompez.

— D'accord, dit-il en se remettant à pianoter sur le clavier de son mobile. Toujours aucun signe de vie de Delray Powers ?

Il avait posé la question sans lever les yeux sur elle.

— Il ne va plus au bureau.

Une barre soucieuse se forma soudain entre ses sourcils. Pourquoi Ryan ne lui avait-il pas demandé avec qui elle venait d'échanger ?

— Comment savez-vous que j'écrivais à Michelle ? demanda-t-elle d'un ton offensif.

— Mmm ? marmonna-t-il, les yeux toujours fixés sur son écran.

— Comment savez-vous que c'était à Michelle que j'écrivais ? répéta-t-elle avec plus de force. Je ne vous l'ai pas précisé.

Il esquissa un sourire contrit. Il posa son smartphone sur le comptoir au moment où le sien se mettait à vibrer, l'avertissant d'une nouvelle notification.

— C'est mon travail de veiller sur vous, dit-il pour se justifier. J'essaie de ne pas être intrusif, mais comprenez que je...

Son explication tourna court, interrompue par la sonnerie de son téléphone. Kayla eut le temps de voir le nom d'Ethan Scott s'afficher sur l'écran avant que Ryan ne prenne l'appel.

— Salut, Ethan. Tu as du nouveau ?

Elle jeta un coup d'œil distrait à la notification qu'elle avait reçue. Ryan lui avait envoyé une mise à jour de leur liste de courses commune. Elle ouvrit l'application, curieuse de voir ce qu'il avait ajouté, quand elle l'entendit soudain jurer tout haut.

Elle chercha à lire sur son visage alors qu'il écoutait ce qu'Ethan lui disait. En vain.

— Quoi ? demanda-t-elle dans un murmure pressant.

Il secoua la tête en même temps qu'il articulait en silence qu'il ne pouvait pas lui répondre tout de suite.

Enfin, au bout d'un temps qui lui parut interminable, elle l'entendit dire :

— D'accord. Pour le moment, on ne bouge pas. On se rappelle plus tard.

— Quoi ? répéta-t-elle d'un ton impatient aussitôt qu'il eut mis fin à l'appel. Il s'est passé quelque chose ?

— En fait, non. Mais il se peut que nous n'ayons pas le temps de faire nos courses, finalement. Kayla, nous allons peut-être devoir quitter les lieux précipitamment.

— Pourquoi ? Comment quelqu'un peut-il savoir où nous sommes ?

Il pointa du menton son portable, qu'il avait reposé sur le comptoir.

— Peut-être que Delray Powers est un as en nouvelles technologies, finalement, répondit-il.

Il se frotta le visage de ses deux mains tout en poussant un long soupir.

— Il n'a pas répondu aux nombreux appels de la police. Ethan a fini par demander un mandat de perquisition, qu'il a obtenu.

— Et... ?

— Ils sont allés fouiller son appartement.

— Ils ont trouvé quelque chose ?

Elle avait du mal à cacher l'irritation que suscitaient ces informations qu'il lui distillait au compte-gouttes.

Il secoua la tête.

— C'est plutôt ce qu'ils n'ont pas trouvé qui est inquiétant. La femme de ménage qui vient chaque semaine est arrivée en même temps qu'Ethan et son équipe. Elle leur a dit que l'endroit donnait l'impression que Del n'avait pas dormi chez lui depuis plusieurs jours ; pourtant, il n'avait pas informé le service de nettoyage qu'il serait absent, ce qui n'est pas dans ses habitudes. De plus, sa voiture n'a pas bougé de place. Elle est stationnée dans son garage.

— Je ne reconnais pas Del dans ce nouveau personnage. Il est tellement différent de celui que je côtoyais !

La douleur dans son bras se réveilla soudain. Elle pressa sa paume dessus dans l'espoir de l'atténuer.

— Il n'a rien emporté ? demanda-t-elle.

— Toujours d'après sa femme de ménage, tous ses costumes sont rangés dans sa penderie. Il n'aurait pris que les affaires de plein air qu'il gardait dans une armoire au garage.

— Ethan a vérifié, bien entendu ?

— Bien entendu. Et il a confirmé que cette armoire était vide.

Il pianota du bout des doigts sur la surface lisse du comptoir, signe manifeste d'une grande nervosité.

— Il manque un kayak, son matériel de pêche et il a vidé son coffre-fort.

— Ce qui voudrait dire...

— Ce qui voudrait dire que Delray Powers est allé se planquer quelque part.

5

— Je persiste à dire que ce n'est pas une bonne idée, grommela Ryan alors qu'il franchissait les portes de PP&W à la suite de Kayla, le lendemain matin.

— Objection rejetée, rétorqua Kayla en prenant son ton d'avocate.

Sans même lui lancer un regard, elle fila droit vers le bureau d'accueil derrière lequel officiait une jolie jeune femme blonde et souriante.

Comment s'appelait-elle déjà ? Britney ? Brianna ?

— Madame Powers, la salua la réceptionniste en se levant d'un bond de son siège.

— Bonjour, Bailey. Comment allez-vous ?

Le prénom de la jeune femme lui était revenu d'un coup, du plus profond de sa mémoire. Tyrone aimait plaisanter à ce sujet, n'hésitant pas à faire le parallèle entre Bailey et la fameuse liqueur irlandaise. Kayla aimait ces moments de complicité durant lesquels ils s'amusaient ensemble de ces petites plaisanteries stupides.

— Je vais très bien, merci. Je ne m'attendais pas... Je veux dire... Enfin, je suis contente de vous revoir.

Kayla lui offrit un sourire chaleureux.

— Merci, Bailey.

— Nous ne nous attendions pas à vous voir aujourd'hui, ajouta la jeune femme d'un ton redevenu égal.

Tout en parlant, elle suivait Ryan des yeux. Il balayait les lieux d'un regard circulaire. Il n'aurait pas plus ressemblé au flic qu'il était s'il avait débarqué en uniforme, son arme à la main.

— Je vous présente le sergent Hastings, de la brigade criminelle d'Arkansas. En fait, nous voudrions voir Mlle Fraser.

— Elle est dans son bureau. Voulez-vous que je la prévienne de votre arrivée ?

Kayla secoua la tête.

— Non, laissez. Venez, sergent. Un café ? Nous avons un percolateur des plus performants.

— Je n'ai pas besoin d'un café, bougonna-t-il en allongeant le pas pour la rattraper. Nous n'aurions pas pu entrer par une entrée de service, histoire de passer inaperçus ?

Elle s'arrêta net de marcher et tourna lentement la tête vers lui. Elle coinça son sac à main au creux de son bras, releva le menton et l'épingla d'un regard ferme.

— C'est *mon* cabinet, dit-elle. J'y entre par la grande porte.

— Vous vous rendez compte que cela va à l'encontre de la démarche de discrétion que j'entends mener ?

Elle se remit en marche, consciente des regards curieux qui pesaient sur eux à leur passage.

— Il est important qu'ils me voient, décréta-t-elle. Il est important que tout le monde, ici, me voie.

Elle changea son sac de bras alors qu'ils tournaient à l'angle d'un couloir. Sa blessure lui faisait très mal, mais elle ne voulait pas le laisser voir à Ryan. Ce serait lui donner l'occasion d'ajouter cette faiblesse à la liste déjà longue des raisons pour lesquelles elle devait lui obéir docilement.

— Écoutez, je comprends que vous ayez à cœur de vous montrer, dit-il. Mais vous n'ignorez pas qu'il y a quelqu'un ici qui est en contact avec Delray ou son père et qu'il ne manquera pas de leur faire un rapport. Ils sauront que vous êtes venue aujourd'hui.

Elle s'arrêta de nouveau, cette fois alors qu'ils se trouvaient au milieu de l'escalier monumental qui menait aux bureaux de la direction.

— Mais j'y compte bien.

— Kayla, vous n'en avez pas conscience, mais vous jouez à un jeu dangereux, la prévint-il en baissant la voix.

— Je ne joue pas. C'est de ma vie dont il est question. Et même si je veux bien me plier à vos consignes de sécurité, je ne laisserai personne m'intimider.

Elle se pencha vers lui et le regarda droit dans les yeux.

— Les règles, c'est moi qui les fixe.

Il acquiesça d'un hochement de tête puis jeta un coup d'œil tout autour de lui.

— On dirait qu'il n'y a personne, dit-il en pointant du menton les portes fermées.

— C'est l'étage réservé à la direction, expliqua-t-elle comme si cela suffisait à justifier le silence sépulcral qui régnait là. Michelle occupe le bureau de Tyrone, celui qui est en angle. Le sien demande quelques travaux de réparation.

Elle repensa à la porte vitrée qui avait volé en éclats sous l'effet des tirs nourris d'une arme à feu. Quelqu'un avait voulu tuer Michelle. Était-ce Del ? Cette idée lui fit froid dans le dos.

— Le bureau de Bill – je veux dire le sénateur William Powers – se trouve juste à côté de celui de mon mari, poursuivit-elle. Évidemment, il est inoccupé la plupart du temps, mais Tyrone tenait à ce que son frère garde son propre bureau ici quand il venait en ville.

— Il venait souvent ?

— De temps en temps. Mais je crois bien qu'il n'y a pas remis les pieds depuis que le nouveau testament a été homologué.

Nouveau hochement de tête.

— La famille Powers a-t-elle contesté cette décision ?

— Ils ont menacé de le faire, bien sûr. Mais pour l'instant, aucun recours n'a été déposé.

— Ils ne le feront pas.

Il avait parlé avec tant d'assurance qu'elle en fut surprise.

— Qu'est-ce qui vous croire cela ?

— Vous pensez bien qu'ils n'auraient pas attendu pour entamer les procédures. Ils s'en seraient occupés dès le lendemain de l'homologation. Par ailleurs, s'ils tenaient tant que cela à garder ce cabinet, Del serait ici en permanence, à défendre ses intérêts.

Elle fronça les sourcils, cherchant à suivre sa logique.

— Ils ont dit qu'ils ne reviendraient pas ici tant que c'est moi qui serais aux commandes.

— S'ils avaient un moyen légal de vous déloger de vos fonctions, personne ne chercherait à vous éliminer de manière plus radicale.

Elle tourna la tête vers lui pour chercher son regard.

— Vous croyez vraiment que Del a cherché à me tuer ? Que ce n'était pas une manœuvre destinée à m'intimider ? À me faire renoncer à ce à quoi j'ai droit ?

— Je pense, en effet, que si c'est bien Del qui vous a tiré dessus, c'est parce qu'il avait en tête de vous faire peur. Mais ce que je crois aussi, c'est que cela ne va pas s'arrêter là. S'il n'obtient pas ce qu'il veut, il n'hésitera pas à recommencer. Il y a beaucoup trop d'intérêts en jeu. Vous êtes l'obstacle imprévu. Celui auquel on ne pensait pas avoir affaire.

— Eh bien, sergent, il est temps qu'ils sachent que cet « obstacle », comme vous dites, est inamovible.

Sur ce, elle tourna les talons et poursuivit sa marche, d'un pas encore plus déterminé. Ryan lui avait donné de bonnes raisons de ne pas venir au bureau et elle avait préféré les ignorer. Une ligne de conduite à laquelle elle entendait bien ne pas déroger. Forte de cette décision, elle jeta un coup d'œil par-dessus son épaule. C'était bien ce qu'elle pensait. Sa venue faisait jaser. Il ne faisait aucun doute que les spéculations allaient déjà bon train.

Cette visite éclair ne serait rien de plus qu'un message destiné à faire savoir qu'elle était vivante, bien vivante, et que rien ni personne ne lui ferait peur. Ou du moins il tendrait à le faire croire. Désormais, Del devrait compter avec elle.

Le Del qu'elle connaissait était un homme d'habitudes. Il aimait les chiffres, l'ordre et la routine. L'idée qu'il ne corresponde pas à l'image qu'elle avait de lui la laissait sceptique. De toutes les personnes qui se trouvaient dans la sphère d'influence des Powers, c'était bien le dernier qu'elle aurait vu sortir du rang.

Le pas lourd de Ryan derrière elle la tira des pensées dans lesquelles elle était plongée. Elle se força à inspirer profondément. Se retrouver dans ces lieux la troublait plus qu'elle n'aurait cru. La dernière fois qu'elle était venue dans le bureau de Tyrone, les enquêteurs avaient découvert l'arme du crime enfermée dans le coffre-fort.

Si elle n'était pas prête à s'attarder dans ces locaux, elle n'avait pas non plus l'intention de céder sa place à William et à son fils. Tyrone avait fait d'elle son unique héritière et il avait eu des raisons impérieuses de le faire.

— Tout va bien ? demanda Ryan.

— Parfaitement bien, répondit-elle. Ne vous inquiétez pas. Je ne compte pas m'éterniser ici.

Elle ralentit le pas devant le bureau de Nancy Ayers qui avait été l'assistante personnelle de Tyrone. Lorsqu'elle la vit, Nancy se leva, marquant ainsi le respect que lui inspirait la jeune veuve.

— Madame Powers... Je suis tellement heureuse de vous revoir.

Comme preuve de ce qu'elle déclarait, elle contourna son bureau et gratifia Kayla d'une étreinte aussi brève que chaleureuse.

— Mlle Fraser m'avait laissé entendre que vous ne reviendriez pas avant un bon moment, poursuivit-elle.

— À vrai dire, ce n'était pas prévu. Mais je ne fais que passer.

Nancy lui répondit par un sourire que Kayla ne parvint pas à définir. Était-ce de la pitié ? De la condescendance ? De la sympathie ? Ou encore de l'agacement à la voir débarquer sans crier gare sur ce qu'elle devait considérer comme son territoire ?

— Mlle Fraser est-elle occupée ? demanda-t-elle.

— Le lieutenant Scott est passé tout à l'heure, mais il est reparti. Mlle Fraser doit être en train d'examiner des dossiers à plaider pour le moment. Voulez-vous que je la prévienne de votre arrivée ?

Elle avait posé la question, les yeux ostensiblement rivés sur Ryan. La discrétion n'était pas le fort de Mme Ayers.

— Nancy, je vous présente le sergent Ryan Hastings. Il est de la brigade criminelle d'Arkansas. Il travaille avec le lieutenant Scott.

Puis, se tournant à demi vers Ryan :

— Sergent Hastings, je vous présente Nancy Ayers, l'élément précieux de PP&W. À vrai dire, nous serions perdus sans elle.

Nancy se rengorgea sous le compliment mais ne chercha pas à démentir.

— Ravi de vous rencontrer, sergent.

— C'est un plaisir, madame, rétorqua-t-il en lui tendant la main.

Une main que l'assistante prit avec un large sourire et les joues légèrement rosies.

— Appelez-moi Nancy, je vous en prie.

Kayla considéra Nancy avec amusement puis décida qu'il était temps de mettre un terme à cet échange de politesses.

— Inutile de m'annoncer, dit-elle en s'avançant vers la porte de l'ancien bureau de son mari.

Au moment où elle allait frapper, la porte s'ouvrit sur Michelle.

— Inutile, dit-elle. Quelqu'un a oublié de me retirer du système d'alerte précoce du bureau. Ne leur donnez pas le tuyau, ajouta-t-elle à l'adresse de Nancy. J'aime savoir que ma présence provoque une certaine confusion.

Kayla leva les yeux au ciel.

— Le FBI aurait dû te donner « Semeuse de trouble » comme nom de code, dit-elle en riant.

— Un système d'alerte précoce ? interrogea Ryan alors que Michelle s'écartait pour les laisser passer.

— Il s'agit d'un message groupé que les associés utilisent pour se prévenir mutuellement de la présence de l'un d'entre eux sur place, expliqua-t-elle en refermant la porte derrière eux.

À la seconde où le loquet s'enclencha, elle ajouta d'un air narquois :

— C'est ça l'idée que tu te fais de la discrétion ? Si la réponse est oui, permets-moi d'en douter.

Kayla posa son sac sur l'un des fauteuils en cuir, un sourire aux lèvres.

— Tu as peut-être raison. Mais j'adore jouer au jeu du chat et de la souris.

— C'est comme cela que vous voyez les choses ? intervint Ryan. Comme un jeu d'enfants ? Mais dites-moi, d'après vous, vous êtes le chat ou la souris ?

— Ne me dites pas que vous n'avez pas votre petite idée là-dessus.

Michelle assistait à l'échange, les sourcils froncés d'incompréhension.

— Je n'y comprends rien. Vous pouvez me dire ce qu'il se passe ?

— Ryan ne voulait pas que je vienne, mais j'ai pensé qu'il était important que je me montre, répondit Kayla.

— Je vois... Vous êtes d'accord sur le fait que vous n'êtes pas d'accord. Sinon... puis-je savoir ce qui a motivé cette visite inopinée dont néanmoins je me réjouis ? Cela aurait-il à voir avec le départ précipité de Delray Powers ?

Ryan haussa les épaules, dans un geste qui se voulait sans doute désinvolte.

— Mme Powers pense qu'il est important qu'on la voie ici.

La sonnerie d'un téléphone l'empêcha d'aller plus loin. Michelle pointa du menton son appareil, qu'elle avait mis en charge.

— Je suis prête à parier que la nouvelle de ta venue a déjà fait le tour de tous les bureaux, dit-elle.

Affichant un air satisfait, Kayla récupéra son sac.

— Vous voyez ? Je vous avais dit que nous n'en aurions pas pour longtemps.

— Et moi, je persiste à dire que ce n'était pas une bonne idée. Qui vous dit que nous ne serons pas suivis aussitôt que nous sortirons d'ici ?

— Mais j'espère que nous le serons. Nous allons faire une sortie publique, et de ce pas, même.

Elle s'approcha de Michelle et la serra dans ses bras.

— Tu devrais pouvoir accéder à la caméra du hall d'entrée depuis l'ordinateur de Tyrone, lui murmura-t-elle à l'oreille.

— Merci, mais je ne t'ai pas attendue pour commencer à mater la série, répliqua Michelle sur le même mode. Allez, maintenant, sortez d'ici, madame la P-DG, ajouta-t-elle plus haut. Je t'appelle plus tard.

— OK. À plus tard.

Kayla lui tourna le dos, prête à partir, mais elle se heurta à Ryan qui, immobile devant la porte, ne bougeait pas d'un pouce. Il semblait plongé dans un abîme de réflexions dont elle était exclue.

— Allons, sergent, bougeons de là si nous voulons mettre un terme à tous ces commérages.

Il s'inclina légèrement en avant.

— Après vous, madame, dit-il d'un ton faussement obséquieux.

Elle passa devant lui, tête haute, un sourire amusé aux lèvres.

Elle se dirigea droit vers l'escalier, envoyant de la main un baiser imaginaire à Nancy Ayers quand ils passèrent devant son bureau. Ses talons claquaient sur le marbre, sans qu'elle fasse rien pour en atténuer le bruit retentissant. Au contraire. Elle se réjouissait intérieurement de ce qu'il annonçait sa présence dans les lieux.

Au moment où ils descendaient la dernière marche, la plupart des employés avaient la tête penchée sur leur ordinateur et faisaient pianoter furieusement leurs doigts sur leur clavier. Que de ragots avaient dû être colportés sur son compte ! Au lieu de s'en offusquer, elle s'en amusait. Elle releva un peu plus le menton, saluant de la main les rares intrépides qui avaient levé le nez pour lui adresser un sourire hypocrite.

Dans le hall, Bailey était assise à son bureau, les mains croisées devant elle.

— Madame Powers... Vous nous quittez déjà ?

— Oui. J'avais juste besoin de transmettre un document à Michelle, mentit Kayla.

— J'ai été ravie de vous revoir, assura la jeune femme.

Ryan la salua d'un hochement de tête puis suivit Kayla alors qu'elle se dirigeait vers la sortie. Mais, une fois sur le trottoir, il la devança pour vérifier la circulation dans les deux sens avant de la laisser traverser.

Un court instant plus tard, ils roulaient en direction de la périphérie.

Un silence tendu pesait entre eux.

— Je n'ai pas bien compris ce que vous espériez gagner en venant ici, dit-il le premier.

Elle exhala un profond soupir puis sortit son portable de son sac à main. Elle attendit que Ryan s'arrête à un feu rouge pour lui brandir sous le nez les textos que lui avait envoyés Michelle depuis leur départ.

— J'ai gagné les noms de deux personnes qui ont quitté les bureaux de PP&W juste après nous. Voilà ce que j'ai gagné !

— Et alors ? Qu'est-ce que cela prouve ? demanda-t-il alors qu'il redémarrait.

— Je suis presque sûre que cela va nous conduire à quelqu'un qui va alerter Del.

— Je croyais que Del ne fréquentait pas les gens du bureau, souligna-t-il.

— Pas à ma connaissance, mais cela ne veut pas dire pour autant qu'il vivait à l'écart de la société. Il entretenait certaines relations, tout de même. Des relations qui voyaient un intérêt personnel à se rapprocher du fils d'un sénateur.

— Qui sont les gens qui sont sortis derrière nous ?

— Chet Barrow et Joshua Potter.

— Qui sont-ils ?

— Deux des amis les plus proches de Trey Powers. Ils étaient avec lui sur son bateau, la nuit où Mallory Murray a été portée disparue.

— Vous m'avez dit que Trey et Del ne se fréquentaient pas en dehors des réunions de famille. Ce soir-là, Del n'était pas sur le bateau avec les autres, n'est-ce pas ?

— Non. C'est exact. Mais Trey n'est plus là et vous savez comme la nature a horreur du vide. Moi hors-jeu, c'est Del qui se retrouve à la tête du cabinet. Barrow et Potter ont bien compris l'avantage qu'ils tireraient à aller dans son sens et à faire du zèle.

Il émit une sorte de grognement qu'elle interpréta comme une manière d'acquiescer.

— Je suppose que Michelle a déjà transmis l'information à Ethan ?

— Sans aucun doute.

Elle rangea son portable dans son sac puis se renfonça dans son siège.

— Je sais bien que vous n'aimez pas ma manière de faire, dit-elle en tournant la tête vers lui. Mais nous ne pouvons pas rester terrés sans rien faire en attendant Dieu sait quoi.

Elle marqua une courte pause avant d'ajouter d'un ton qui se voulait conciliant :

— Écoutez, vous avez accepté de me suivre ici alors que vous n'étiez pas d'accord. Aussi, je vous promets de faire profil bas pendant quelques jours. Marché conclu ?

— C'est comme cela que vous voyez les choses ? Nous allons jouer votre sécurité en se tapant dans les mains ?

— Non, bien sûr. Mais je refuse d'opter pour la solution la plus facile qui consiste à aller de planque en planque. À un moment donné, il faudra bien que cette histoire se termine. Et le plus tôt sera le mieux, trancha-t-elle.

Il lui coula un regard en biais.

— Kayla, je comprends la pression qui pèse sur vous. Je comprends aussi que vous ayez envie de remettre votre vie sur les rails. Mais dans ce genre d'affaire, on ne peut jurer de rien. Parfois, il faut que les choses suivent naturellement leur cours.

Elle ferma les yeux un bref instant.

— Il faut que je mette un terme à tout cela, dit-elle d'une voix pleine de lassitude. Je veux que cela se termine une bonne fois pour toutes.

— Je comprends.

— Non, vous ne comprenez pas ! explosa-t-elle soudain.

Elle en avait assez du chapelet de platitudes qu'il lui servait à longueur de journée quand elle ne voulait vivre que dans l'action.

— Je veux savoir que je pourrai mettre mon enfant au monde en toute sécurité et je ne pourrai pas le faire tant que ce seront les assassins de mon mari qui établiront les règles.

Il ouvrit la bouche mais aucun son n'en sortit. Il donna un léger coup de volant à droite pour s'engager dans une des allées d'un centre commercial. Une fois stationné le long du trottoir, il se tourna vers elle.

— Vous êtes enceinte ?

Elle opina en silence, luttant pour contenir les larmes qui lui brouillaient la vue.

— Surprise ! ricana-t-elle juste avant d'éclater en sanglots.

6

Ryan avait fait de son mieux pour ne pas poser de questions indiscrètes à Kayla. Depuis qu'elle avait lâché sa bombe, elle n'avait pas dit un mot sur son état. Il savait juste que Tyrone était le père de son enfant à naître et que personne d'autre que lui n'était au courant. Pas même Michelle et Ethan. Elle ne voulait pas qu'ils sachent. Pas encore. Elle préférait attendre avant de leur annoncer la nouvelle.

C'était ce dernier point qui l'avait le plus dérangé. Pourquoi se confier à lui alors qu'elle n'en avait pas touché un mot à ses amis ? Mais très vite il avait compris ses réticences. L'enfant qu'elle portait serait l'héritier de Tyrone, ce qui faisait d'elle une cible doublement recherchée.

Elle avait tenu parole. Après leur brève apparition dans les bureaux de PP&W, elle était restée dans la maison de Fayetteville, sans chercher à en sortir. Elle passait ses journées à lire, à s'occuper des dossiers que Michelle lui transférait. Mais surtout elle passait beaucoup de temps à l'éviter. Depuis trois jours, en dehors des listes de courses qu'ils établissaient ensemble ou des commandes qu'ils passaient en commun aux services de livraison de repas, ils ne se parlaient presque pas.

À l'heure qu'il était, ils étaient en route vers un nouvel hébergement.

Elle restait muette à regarder défiler le paysage, une

alternance pas très réjouissante de lotissements et de zones commerciales sinistres. Il lui lança un rapide coup d'œil au moment de s'engager sur la route départementale qui allait les conduire à leur nouveau logement.

Incapable de supporter plus longtemps le silence qui pesait entre eux, il se lança le premier :

— Je nous ai trouvé un chalet, annonça-t-il d'un ton qu'il voulait joyeux.

Elle tourna la tête vers lui, les sourcils légèrement relevés.

— Un chalet ?

— Oui. Un beau, s'empressa-t-il d'ajouter.

Il regretta aussitôt l'emploi de ce qualificatif.

Kayla était habituée à vivre dans le luxe. Un chalet, même classé cinq étoiles sur le site Staycation, pouvait faire figure, à ses yeux, de modeste cabane en bois.

— Enfin... propre et très confortable, tempéra-t-il.

Elle pinça les lèvres, mais il vit dans cette mimique l'esquisse d'un sourire amusé plutôt que l'expression d'une moue dédaigneuse.

— S'il est propre et confortable, que demander de plus ? rétorqua-t-elle avec une pointe de malice.

Il s'esclaffa.

— Il est situé sur le lac Beaver. J'ai pensé que cela vous ferait plaisir.

Il avait vu juste. À ces mots, elle se redressa dans son siège et lui présenta un visage radieux. Une lueur de joie pétillait dans ses prunelles claires.

— Vous avez loué un chalet sur le lac Beaver ?

Elle semblait ne pas en revenir.

— Exactement. Je me suis dit que ce serait bien de quitter la ville. Et comme vous adorez passer du temps dans votre maison du lac...

Il s'interrompit. Le parallèle qu'il s'apprêtait à faire entre le chalet qu'il avait loué en ligne et le manoir imposant du lac Table Rock dont elle avait hérité de son défunt mari n'était pas très judicieux.

— Je me suis dit aussi que vous seriez heureuse d'être au bord de l'eau, se reprit-il.

— C'est une très gentille attention. Merci.

— Malheureusement, nous ne pourrons pas y rester longtemps. Il n'était libre que pour deux nuits.

— Eh bien, nous nous en contenterons.

— Ne vous attendez pas à découvrir un chalet luxueux, poursuivit-il, soucieux de ne pas la décevoir.

— Ryan, je vous ai déjà dit que j'étais issue d'un milieu modeste. Pourquoi vous acharnez-vous à penser que je n'ai connu qu'une vie de princesse choyée ? Je ne vais pas faire un caprice si je ne dors pas dans des draps en soie, vous savez.

Des images de Kayla surgirent sans qu'il puisse rien faire pour les refouler. Il la voyait étendue sur un lit dans une posture lascive, sa chevelure blonde et ondulante déployée autour de son visage, les yeux mi-clos. La vision était si criante de réalisme qu'il s'exhorta à la chasser.

Peine perdue. Il avait beau faire, les images persistaient, toujours plus vivaces. Cela en devenait si gênant qu'il sentit le rouge lui monter aux joues. Maudits soient ces ancêtres irlandais dont il avait hérité le teint clair, pesta-t-il intérieurement. Il chercha désespérément quelque chose à dire qui lui permettait de rompre le fil de ces pensées aussi sensuelles que déplacées. Comme il ne trouvait rien d'intelligent, il décida que l'attaque serait la meilleure des défenses.

— Je parie qu'on doit s'y habituer très vite, rétorqua-t-il d'un ton mordant.

Contre toute attente, elle ne parut pas s'offusquer de cette agression verbale. Sans doute même n'y avait-elle même pas prêté attention.

— Il y a des choses auxquelles on s'habitue plus vite qu'à d'autres, dit-elle d'un ton égal.

Il lui était reconnaissant de l'opportunité qu'elle lui offrait, sans en avoir conscience, d'orienter la discussion sur un sujet qui l'éloignerait des pensées torrides qui lui encombraient l'esprit.

— Si je peux deviner la première catégorie, je vous avoue que j'ai plus de mal avec la seconde.

À vrai dire, cela attisait même sa curiosité.

Elle resta silencieuse un si long moment qu'il pensa qu'elle ne lui répondrait pas.

— La plupart des gens pensent que c'est devenir riche qui est compliqué, dit-elle finalement. Mais c'est faux. C'est le rester.

— Que voulez-vous dire ?

— Les amis de Tyrone étaient riches. Si riches que, à leurs yeux, la classe moyenne à laquelle j'appartenais avant mon mariage n'était pour eux que le bas de l'échelle sociale.

— Je vois.

— Je ne crois pas que vous le puissiez, non, répliqua-t-elle sèchement. Il existe des castes au sein même des castes. Des couches aussi fines et transparentes que celles d'un millefeuille mais en même temps aussi résistantes que la peau d'un oignon.

— Contrairement à ce que vous pensez, je comprends. Le mari de ma mère a beaucoup d'argent.

— Votre beau-père, donc ?

Il esquissa un sourire en coin.

— Il est aussi peu mon beau-père que Trey était votre beau-fils.

— Je vois.

— Si nous revenions plutôt au début de notre discussion. Qu'est-ce qui a été le plus dur à encaisser ?

— Vous ne lâchez jamais rien, vous, n'est-ce pas ?

— Disons que je m'interroge. Vous avez fait vos études

de droit à Yale. Vous deviez bien avoir une petite idée de ce qu'était le monde des ultra-riches, non ?

— Bien sûr.

Elle marqua une pause, donnant l'impression qu'elle avait besoin d'un temps de réflexion pour poursuivre.

— Je crois que le plus difficile a été de prendre tout cela avec la même mentalité qu'eux. On pourrait penser que tout cet argent, tout ce pouvoir suffiraient à les contenter. Eh bien, pas du tout. Ils n'en ont jamais assez. Ils en veulent toujours plus.

Il resta silencieux, soucieux de l'entendre développer sa pensée.

— Même Tyrone. Aussi fortuné et puissant qu'il ait été, il ne supportait pas que quelqu'un ait plus d'argent et de pouvoir que lui. Cela dit, c'est ce besoin de tout maîtriser qui l'a conduit à soupçonner son associé, Harold Dennis, de détournement de fonds et de blanchiment d'argent. Ce qui, par la suite, s'est révélé être la vérité.

— Sérieusement ?

Il l'écoutait tout en restant attentif à sa conduite, surtout maintenant qu'il venait de quitter la départementale pour un chemin vicinal caillouteux troué d'ornières.

— Quelle a été la position de votre mari à ce moment-là ? demanda-t-il.

— Disons que Ty avait à cœur de protéger les intérêts du cabinet mais il voulait également préserver sa réputation. L'affaire était d'autant plus délicate que si Harold était à bien des égards le mentor de mon mari, il restait surtout l'homme de main de mon beau-père.

— Vous croyez que Ty a tiré profit de la situation ?

Elle garda les yeux rivés devant elle alors qu'elle lui répondait :

— Je crois que mon mari a suivi la ligne de conduite qui a toujours été celle de sa famille : en toutes circonstances, ne jamais faire de vagues.

— Et vous ?

— Moi... ? Mon avis ne comptait pas vraiment. Je devais juste me fondre dans le moule. J'avoue que cela m'a demandé beaucoup d'efforts.

Soudain, il fut saisi d'un fort sentiment de culpabilité. Adolescent, il avait toujours pensé que sa mère faisait preuve d'une faiblesse inexcusable en se pliant aux exigences de son mari comme elle le faisait. Il n'avait jamais envisagé la possibilité que cela puisse la rendre heureuse. Il faut dire que, à l'époque, il était plus centré sur l'impact que ce changement avait sur sa relation avec sa mère que sur les difficultés que ce changement représentait pour elle.

— Et ensuite ?

Elle poussa un long soupir.

— Malgré mes efforts, je n'ai toujours été pour mon entourage que la seconde épouse de Tyrone Powers. Qui plus est, une seconde épouse beaucoup plus jeune que lui. Je vous laisse imaginer ce que cela laissait supposer. En fait, pour être honnête, je n'ai jamais trouvé ma place au sein de cette famille. Ou plus exactement, on ne m'a pas laissé une chance de la trouver.

— Ça n'a pas dû être facile tous les jours, en effet.

Elle ouvrit la bouche pour répliquer, mais elle la referma aussitôt. Ils venaient de déboucher sur une clairière au fond de laquelle se dressait un chalet tout en rondins de bois clair. À l'arrière, on pouvait apercevoir une partie de l'eau scintillante du lac.

— Oh..., laissa-t-elle échapper dans un souffle.

Il n'était pas certain de savoir interpréter cette exclamation étouffée. Exprimait-elle un sentiment agréable ou, au contraire, une vive déception ?

— Ryan... C'est magnifique...

Elle semblait sincèrement touchée.

— Et vous avez raison, j'adore la proximité de l'eau. C'est pour moi une grande source de détente.

— Je suis ravi d'avoir fait le bon choix.

Le gravier de l'allée crissa doucement tandis qu'il allait au ralenti stationner sa voiture tout près de l'entrée.

— J'ai emporté les provisions que nous avions déjà et j'ai fait quelques courses avant de partir. Ainsi, nous n'aurons pas à nous inquiéter de nous réapprovisionner. De toute façon, cela aurait été compliqué, ici.

Elle le remercia d'un sourire puis fila droit vers la maison. Mais, aussitôt arrivée sous le porche, elle s'arrêta net et enroula ses bras autour d'elle. Alarmé, il laissa ses sacs de courses en plan pour courir la rejoindre.

— Qu'y a-t-il ?

Déjà, les sens en alerte, la main sur l'étui de son arme de poing, il scrutait les alentours d'un regard aiguisé, cherchant le moindre signe d'un danger imminent.

Kayla laissa retomber ses bras le long de son corps et poussa un long soupir.

— Rien, répondit-elle. Absolument rien.

Elle accompagna ses paroles d'un large sourire.

— Je suis tellement heureuse d'être ici, même si ce n'est que pour deux jours. Je vous remercie infiniment de cette délicate attention.

Il lui rendit son sourire, satisfait d'avoir vu juste. Cette courte parenthèse lui ferait momentanément oublier la sombre réalité. Du moins l'espérait-il.

— Je suggère que nous allions chercher nos affaires, dit-il. Il me tarde de découvrir ce que nous réserve l'intérieur de ce magnifique chalet.

— Oui, moi aussi.

Ils gagnèrent le SUV en marchant côte à côte, d'un pas alerte et l'humeur joyeuse.

— Il va falloir que j'apprenne à voyager plus léger si nous déménageons tous les deux jours, dit-elle alors qu'elle sortait la valise de marque qu'elle avait rangée sur la banquette arrière.

Elle la laissa retomber lourdement à ses pieds puis repoussa en arrière une mèche de cheveux qui lui tombait sur les yeux.

— Si je vous propose de porter votre bagage, y verrez-vous un geste courtois ou sexiste ?

Il esquissait un sourire en coin, signe qu'il ne plaisantait qu'à demi.

— À vous de voir.

— D'après ce que je sais déjà de vous, vous êtes capable de prendre en charge beaucoup de choses. Vous avez déjà largement prouvé que vous étiez capable de faire face aux coups durs.

Il lança un coup d'œil à son bras gauche.

— Votre blessure est en voie de guérison, mais elle est encore trop récente. Vous devez avoir moins de force dans le bras.

Il ne lui laissa pas le temps de protester. Il balança son propre sac de voyage sur son épaule et attrapa la valise de Kayla par sa poignée.

— Je vous laisse composer le code, dit-il quand ils furent devant la porte d'entrée. 3-7-9-1.

— Vous l'avez déjà mémorisé ? s'étonna-t-elle.

— Le propriétaire a utilisé les quatre derniers chiffres de mon numéro de portable, expliqua-t-il. Je déteste ce procédé. Ils ne se rendent pas compte à quel point cela rend la sécurité vulnérable.

— Eh bien, faites remonter l'information.

Une fois le code entré, elle poussa la porte et resta un court instant sur le seuil à embrasser les lieux du regard.

— Vraiment charmant, dit-elle.

Le qualificatif était faible car, aux yeux de Ryan, c'était le plus beau chalet qu'il ait jamais vu. Il avait grandi en Arkansas. Les chalets, ce n'était pas ce qui manquait.

Une fois le seuil franchi, l'extérieur rustique cédait la place à un intérieur à la fois moderne et chaleureux. Il remarqua tout de suite, à droite, l'échelle de meunier qui permettait d'accéder à une mezzanine qui faisait fonction de chambre. Mais, une fois encore, il décida d'installer Kayla dans la chambre principale qui était dotée de sa propre salle de bains. Lui occuperait celle qui se trouvait en face.

— Je pourrais dormir là-haut mais, vous le savez, je préfère ne pas trop m'éloigner de vous. Et puis, il y a ce fichu genou... Pas très pratique pour grimper à cette échelle.

Elle secoua la tête, exprimant en silence qu'elle comprenait.

— Ne soyez pas bête. La maison a la surface idéale pour que vous puissiez assurer ma sécurité sans que nous nous marchions dessus.

Elle lui tourna le dos pour contempler la vue sur le lac qu'offrait la large baie vitrée du salon.

— Cet endroit est vraiment magnifique, murmura-t-elle.

— Pas aussi spectaculaire que votre manoir de Table Rock, mais je suis d'accord, ce n'est pas mal.

Elle leva les yeux au ciel en même temps qu'un sourire amusé se dessinait sur ses lèvres. Puis elle quitta son poste d'observation pour faire lentement le tour de la pièce. Sur son passage, elle effleura des doigts le tissu des coussins moelleux qui garnissaient le canapé puis celui, duveteux, des plaids disposés sur les bras des fauteuils qui faisaient face à la cheminée en pierre.

— J'ai bien conscience que ce manoir n'est pas de très bon goût, rétorqua-t-elle. Mais j'y suis très attachée.

— Un endroit pareil doit être au goût de tout le monde, non ?

— Ne vous méprenez pas. Je ne me plains pas. Je voulais juste dire que ce n'est pas le genre de maison que j'aurais fait construire. Elle est tellement... démesurée. À l'égal de l'ego du père de Tyrone, en fait. La taille et le style de la maison lui correspondaient tout à fait.

À elle aussi cette maison correspondait parfaitement. Cette pensée lui était venue subitement. Au travers des commentaires qu'elle lui avait distillés, il devinait qu'elle en aimait plus que tout l'emplacement, en bordure directe du lac. Mais sans doute en appréciait-elle également la décoration intérieure qui lui conférait une ambiance si chaleureuse. Et puis, ce manoir correspondait tout à fait à une femme comme elle, véritable écrin d'une reine somptueuse.

Voilà qu'il délirait de nouveau. Qu'est-ce qui lui prenait à s'émouvoir de lui avoir fait plaisir. Et d'ailleurs, pourquoi chercher à lui faire plaisir ? Il était un flic chargé de protéger une cible. Point. Qu'il s'agisse d'un homme ou d'une femme, il ne devrait pas faire la différence.

— Je retourne à la voiture chercher les courses, dit-il. Je reviens tout de suite.

Il avait besoin de prendre l'air ; de s'éloigner de cette trop jolie femme qui, en lui faisant perdre tout discernement, le distrayait de la mission dont il était chargé.

Au moment où il empoignait les sacs qu'il avait rangés dans le coffre, il sentit une présence derrière lui. Il se redressa brusquement...

— Bon sang ! hurla-t-il en se cognant la tête contre le hayon.

— Désolée, dit Kayla. Je pensais que vous m'aviez entendue sortir derrière vous. Laissez-moi vous aider.

Pour toute réponse, il se frotta vigoureusement le cuir chevelu.

— Je m'en occupe, bougonna-t-il.

— Comme vous voudrez.

Elle tourna les talons et regagna la maison, le laissant faire deux allers-retours. Quand tout fut posé sur la table de la cuisine, il repartit verrouiller la porte d'entrée. Par précaution supplémentaire, il mit la chaîne de sécurité.

Alors qu'il s'apprêtait à retourner dans la cuisine, il se heurta à Kayla. Elle affichait un air réprobateur.

— Quoi ? demanda-t-il.

— Vous m'avez emmenée ici pour m'y enfermer ?

— Pas du tout… Je… C'est juste une question d'habitude, Kayla.

Elle approuva d'un hochement de tête mais sans grande conviction.

Ils passèrent les minutes suivantes à ranger leurs provisions dans les placards dans un silence religieux. Ce ne fut qu'une fois qu'ils eurent terminé qu'elle parla la première :

— Je peux aller au lac ?

Il y avait tant d'espoir dans sa demande qu'il en fut touché.

— Bien sûr. Je vous accompagne.

Ses traits affichèrent aussitôt une vive contrariété.

— Pourquoi ?

Le ton était agressif.

— Kayla, vous savez bien pourquoi. Je suis là pour assurer votre protection. Mais ne vous inquiétez pas. Je resterai à proximité, mais je ferai de mon mieux pour vous laisser l'espace dont vous avez besoin. Vous verrez, vous oublierez ma présence.

— Je suis désolée, Ryan. Excusez-moi. Ce n'est pas ce que j'ai voulu dire.

— N'en parlons plus.

Il ne voyait pas l'utilité de lui annoncer qu'il avait déjà passé les lieux au peigne fin et qu'il savait déjà où elle allait l'entraîner. Il lui emboîta donc le pas jusqu'à la cale sèche qui flottait sur l'eau d'une petite crique dont les abords avaient été défrichés. Quelques chênes et érables offraient leur ombre généreuse, mais il apparaissait de manière évidente que le reste était l'œuvre d'un paysagiste plutôt que de Dame Nature.

Kayla lui fit descendre ensuite les deux marches dallées qui menaient à un ponton en bois. Au fil de leur promenade, il voyait les traits de son visage se détendre. Elle avait l'air plus apaisée. Il avait bien fait de choisir cet endroit. Ce serait peut-être l'occasion de la faire s'ouvrir au dialogue. De la faire parler de sa grossesse et de l'inquiétude qui pouvait naître de ce contexte si particulier.

Il comprenait son besoin de discrétion. La naissance de cet enfant n'allait pas réjouir les membres de la famille Powers. C'était une affaire entendue. Mais elle ? Était-elle heureuse à l'idée d'avoir un enfant de l'homme qu'elle avait aimé mais qu'elle avait perdu ? Ou, au contraire, ce bébé ne serait-il qu'un rappel aussi incessant que douloureux du drame qui s'était produit ?

Quoi qu'il en soit, cette grossesse la mettait doublement en danger et il allait faire de son mieux pour les protéger, elle et son bébé.

Il la suivit jusqu'au bout du ponton où elle retira ses sandales avant de s'asseoir et de tremper ses pieds dans l'eau. Il faisait chaud à cette heure de la journée. Aucun nuage n'entachait le ciel d'un bleu éclatant.

Elle offrit son visage au soleil et ferma les yeux. Un sourire heureux flottait sur ses lèvres.

— J'ai quelque chose à vous dire, dit-elle.

— Je vous écoute.

— J'ai reçu un texto de Bill Powers, ce matin.

Si cette nouvelle le crispait, il n'en montra rien. Maintenant, il comprenait mieux pourquoi elle avait accepté de changer de planque docilement, sans lui opposer la moindre résistance.

— Que disait ce texto ?

— Il commence par les banalités d'usage, répondit-elle.

Elle sortit son téléphone portable de la poche arrière de son jean et scrolla jusqu'à trouver le message en question.

— « Comment vas-tu ? » « Nous pensons bien à toi »..., lut-elle à voix haute.

Elle lui tendit l'appareil pour qu'il puisse lire la suite.

J'espère que ton séjour à Briarwood t'a donné l'occasion de te reposer. J'espère aussi que nous allons régler au plus vite le problème de la succession. S'il te plaît, rappelle-moi.

— Vous l'avez appelé ? demanda-t-il.

Elle haussa les épaules.

— Bien sûr que non.

— Vous l'aviez prévenu que vous alliez à Briarwood ?

— Non.

— J'imagine qu'il n'a pas eu de mal à l'apprendre. Les Powers savent-ils que vous avez séjourné dans un établissement spécialisé ?

— Oui, mais ils n'en connaissaient pas la raison. Mais au cas où ils se seraient intéressés à moi pour autre chose que l'héritage, Michelle et moi avions décidé de leur parler d'un état dépressif général.

— Ont-ils cherché à vous contacter quand vous étiez là-bas ?

— Je n'avais pas accès à mon téléphone. Mais Bill a tenté de joindre Michelle.

— Quelle relation entretient-il avec son fils ?

— Del est né d'un premier mariage. Je crois savoir que le divorce a été houleux, mais que les choses se sont arrangées par la suite. Del s'est rapproché de son père à la mort de sa mère.

— Diriez-vous qu'ils sont proches ?

Elle ne répondit pas tout de suite, semblant prendre le temps de peser les mots qu'elle s'apprêtait à prononcer.

— Je dirais que Del vise à s'assurer une place de choix dans le monde de son père, finit-elle par répondre.

— À votre avis, irait-il jusqu'à servir les ambitions de son père pour cela ?

— Je n'en sais rien. Pour être franche, je ne les connais ni l'un ni l'autre assez bien pour savoir ce qui les anime. Ce que je sais, en revanche, c'est que, en public, la famille Powers présente un front uni.

— Vous croyez que Del est en contact avec son père, à l'heure qu'il est ?

— Je ne crois pas, non. De même, je ne crois pas qu'il agisse avec la bénédiction de son père. Pour dire les choses plus clairement, Bill ne trempe pas là-dedans.

— Comment pouvez-vous en être aussi sûre ?

— Tyrone était son frère. Plus jeunes, ils étaient inséparables tous les deux. Trey était son neveu. Il ne les aurait jamais tués. De plus, c'est dans sa nature d'éviter tout ce qui pourrait être source d'ennuis. Et enfin, c'est un politicien qui nourrit de grandes ambitions. Il vise la présidence. Il ne ferait rien qui pourrait nuire à sa réputation.

— Un fils comme Del, qu'on pourrait qualifier d'électron libre, peut être un handicap dans la vie d'un homme comme Bill, non ?

— Bill ne met jamais son fils en avant.

Elle marqua une courte pause puis reprit :

— S'il y a une chose que les Powers maîtrisent à merveille, c'est bien le contrôle de soi. Tyrone n'était pas différent.

Cette critique implicite surprit Ryan. Il aurait pensé que la disparition tragique de Tyrone l'aurait à jamais hissé au rang de saint. Mais c'était sans compter sur le caractère bien trempé de Kayla. Elle avait beau souffrir de la perte de son mari, elle n'en était pas moins consciente de ses défauts.

Les questions qu'il se posait au sujet de William Powers ayant trouvé réponse, il lui restait à aborder le sujet de la grossesse. Sujet pour le moins délicat.

— Kayla... je... nous n'avons pas véritablement parlé de votre grossesse, et je...

— Je ne suis pas prête à en parler, le coupa-t-elle sèchement. Surtout avec vous.

— Mais je...

Cette fois, ce ne fut pas Kayla qui l'interrompit mais le claquement d'une détonation.

Il n'eut que le temps d'attraper Kayla par le bras et de la faire sauter dans l'eau avec lui.

7

Heureusement, Kayla avait anticipé. Elle avait eu le temps de prendre une profonde inspiration avant de sauter dans l'eau, entraînée par Ryan. Ryan qui, à cet instant précis, la maintenait fermement par la taille pour la faire remonter avec lui à la surface.

Elle jaillit de l'eau, haletante.

— Qu'est-ce que...

Pour toute réponse, il resserra son étreinte et l'entraîna à l'abri, sous les lames en bois du ponton.

— Je n'ai pas eu le choix, Kayla, dit-il à voix basse. On nous tirait dessus. Surtout, ne criez pas. Les voix portent sur l'eau.

Elle le regarda, interloquée. Elle ouvrit la bouche puis la referma sans avoir rien dit. C'est alors que de nouveaux tirs se firent entendre.

— Oh ! mon Dieu...

Ryan s'accrocha d'une main au bois du ponton, tandis que de l'autre il la gardait serrée contre lui. Il pencha la tête légèrement sur le côté, prêtant une oreille attentive aux bruits environnants.

Ils entendirent au loin le vrombissement d'un moteur de bateau puis, plus proche, au-dessus de leur tête, des gazouillis d'oiseaux. Une nouvelle décharge la fit sursauter violemment en même temps qu'elle la faisait se presser un peu plus contre le torse tout en muscles de Ryan.

— J'ai compté six balles, murmura-t-il. Ce n'est pas quelqu'un qui cherche à nous tuer. Je n'arrive pas à identifier d'où proviennent ces tirs.

Pour toute réponse, elle se mit à claquer des dents. De peur, mais aussi de froid. Car si l'air était chaud, l'eau, en revanche, était plutôt fraîche à cette période de l'année.

— Il vous faut tenir le coup encore quelques minutes, dit-il.

Tout en parlant, il les avait rapprochés de l'échelle qui était fixée sur le côté du ponton.

— Je vais monter vérifier qu'il n'y a personne, ajouta-t-il. Restez ici. Je vous appellerai quand vous pourrez me rejoindre.

Elle acquiesça en silence tout en le regardant grimper les premiers barreaux de l'échelle dans ses vêtements ruisselants d'eau. Elle écouta ensuite son pas lourd résonner sur les planches du ponton et s'arrêter net au moment où une nouvelle salve retentissait.

Elle contracta les mâchoires pour empêcher ses dents de claquer de manière convulsive, puis alla s'agripper des deux mains à l'échelle.

La course précipitée de Ryan alors qu'il revenait vers elle ébranla le ponton.

— Vous pouvez monter, lui dit-il, une fois arrivé au niveau de l'échelle. On dirait bien que ça vient de l'est. À mon avis, c'est quelqu'un qui s'entraîne à tirer quelque part.

Lorsqu'elle fut à la moitié de l'échelle, il se pencha vers elle pour lui tendre les deux mains et l'aider à sortir de l'eau plus facilement.

— Je déteste ce pays qui autorise la vente libre des armes à feu, dit-elle.

— C'est vrai que certains jours on a l'impression de retourner à l'époque du Far West. Venez, rentrons au chalet prendre une douche et nous changer.

Ses vêtements trempés qui lui collaient à la peau l'empêchaient de marcher normalement, mais elle ne ralentit pas le pas pour autant. Elle avait hâte de se retrouver dans la quiétude du chalet. Malheureusement, à peine venaient-ils d'arriver devant la baie vitrée coulissante que de nouveaux tirs se firent entendre.

Elle se précipita à l'intérieur, doutant finalement de la sécurité qu'était censée offrir cette nouvelle planque.

— Vous croyez vraiment que nous sommes en lieu sûr, ici ? demanda-t-elle.

— Nous parlerons plus tard, une fois que vous aurez pris une bonne douche chaude et que vous vous serez changée. Allez-y. Pendant ce temps, je vais faire un dernier tour, voir s'il n'y a personne.

Tout en parlant, il avait posé une main au creux de ses reins et la dirigeait fermement vers le couloir qui menait à la salle de bains attenante à sa chambre.

— Vous êtes gelé, vous aussi, protesta-t-elle en lui lançant un coup d'œil par-dessus son épaule.

— Ne vous inquiétez pas pour moi. Ça va aller. Je vais me sécher avec une serviette en attendant.

Elle se laissa convaincre. Elle avait si froid ! Tandis qu'elle se déshabillait, elle songeait à la tournure étrange que prenait ce nouveau chapitre de son existence.

Elle avait vécu le drame d'un double homicide.

Sa vie était un chaos total.

Elle avait la sensation d'avoir perdu tous ses repères.

D'un côté, elle était pourchassée par le neveu de son défunt mari, un jeune homme qu'elle pensait connaître assez bien ; de l'autre, elle confiait sa vie à un homme qu'elle avait rencontré à peine une semaine plus tôt.

Son visage offert au jet bienfaisant de la douche, elle s'étonnait de la rapidité avec laquelle elle s'était habituée à la présence rassurante de Ryan Hastings à ses côtés. Elle avait beau s'en défendre, sa force tranquille la rassurait.

Elle s'en remettait totalement à lui ce qui, chez elle, était un fait nouveau.

Avant Tyrone, elle n'avait connu qu'un homme dans sa vie. Une relation qui avait duré six mois. C'était à l'époque de l'université. Très vite, elle avait fait le choix de sacrifier sa vie amoureuse à ses études. Puis, quand elle avait intégré l'équipe d'avocats de PP&W, elle avait tout de suite été en charge de dossiers dont elle avait fait sa priorité. Jusqu'à ce que Tyrone et elle tombent amoureux l'un de l'autre. Très peu de temps après, ils étaient mari et femme.

Même dans le mariage, chacun avait gardé une certaine indépendance. Enfin, en ce qui la concernait, il s'agissait plus d'une solitude forcée que d'une indépendance assumée. Tyrone étant plus âgé, il fréquentait un groupe d'amis dont les épouses avaient le même âge que lui. Un fossé des générations qu'elle avait du mal à combler. Quant à ses anciens collègues de PP&W, ils avaient pris leurs distances avec elle. Ils ne la considéraient plus que comme « la femme du patron ».

Elle poussa un dernier soupir d'aise puis ferma le robinet. Ryan avait eu beau s'en défendre, il devait lui tarder de prendre une douche à son tour.

Alors qu'elle enfilait le pantalon de yoga et le sweat-shirt qu'elle avait sortis de sa valise, son esprit s'agita de nouveau, assailli d'images liées aux événements qu'elle avait vécus au cours des derniers mois. Ne souffrirait-elle pas d'un syndrome de stress post-traumatique ? Il faudrait qu'elle en parle à un psy.

L'idée lui paraissait étrange d'envisager de parler à un étranger de sujets aussi personnels, elle qui avait grandi dans une petite ville où toute indiscrétion sur votre santé, fût-elle mentale ou physique, vous marquait au fer rouge pour la vie.

Ses pensées dérivèrent vers l'enfant qu'elle portait. Quand Ryan avait voulu aborder le sujet, elle l'avait sèchement rembarré. Mais elle commençait à le connaître : il reviendrait à la charge. Mais comment lui parler de quelque chose qu'elle ne ressentait que de manière diffuse ? Elle ne savait pas exactement ce qu'elle ressentait, au-delà des élans de bonheur intense et de crainte les plus élémentaires. Comment était-elle censée interpréter le foisonnement d'émotions qui bouillonnaient en elle à chaque fois qu'elle pensait au bébé qui grandissait dans son ventre ?

Et puis, elle n'était pas du genre à s'épancher. Tyrone avait été le seul à qui elle s'était confiée. Les autres membres de la famille Powers ne l'avaient jamais considérée comme l'une des leurs. D'ailleurs, Bill et Del lui avaient clairement fait comprendre qu'ils ne l'acceptaient que parce qu'elle était l'épouse de Ty. Le reste, tout ce qui la concernait personnellement, la femme qu'elle était indépendamment de son mari, ne les intéressait pas. Michelle et Ethan étaient les seuls à qui elle avait commencé à s'ouvrir. Aujourd'hui, elle avait une totale confiance en eux. Maintenant, il y avait Ryan qui, par sa présence permanente à ses côtés, avait intégré le cercle restreint de ses proches. Le premier à qui elle avait révélé son secret.

Un bruit sourd provenant du couloir interrompit le fil de ses pensées.

— J'ai fini, dit-elle en passant la tête par la porte de sa chambre.

Son cœur fit un bond dans sa poitrine quand elle vit Ryan approcher à demi nu, une serviette enroulée autour des hanches. Son regard s'attarda sur son torse tout en muscles saillants.

— Très bien. Je prends votre suite, alors. Ah... Soyez gentille. Restez dans votre chambre pendant que je prends ma douche.

Je ne veux pas que vous vous promeniez dans la maison ou que vous passiez devant les fenêtres pour le moment. On ne sait jamais.

Elle ne répondit pas, incapable de détourner le regard du corps athlétique de Ryan.

— Kayla ? Vous m'entendez ?

— Heu... Oui... Je vous entends. Je reste ici. Je vais ranger mes affaires.

Mais ce ne fut que lorsqu'elle entendit l'eau couler dans la salle de bains qu'elle reporta son attention sur sa valise, qu'elle avait laissée ouverte sur son lit.

Elle ne sortirait que ce dont elle aurait besoin pour les deux prochains jours. Tous les logements étaient équipés d'un lave-linge ou d'une laverie ou encore d'une buanderie en sous-sol. En inspectant le contenu de son bagage, il lui apparut soudain ridicule d'avoir emporté des vêtements qu'elle portait pour aller au bureau ou en ville et dont elle n'avait aucun usage pour rester terrée dans des locations de courte durée. Elle s'arrangerait pour que Michelle vienne les récupérer.

Quand elle entendit l'eau s'arrêter de couler, elle resta obstinément le dos tourné à la porte. Elle poursuivit sa tâche sans s'interrompre même quand la porte de la salle de bains s'ouvrit et que Ryan sortit dans le couloir.

Elle s'apprêtait à aller ranger ses affaires de toilette quand elle entendit son pas sur la terrasse. Sans doute allait-il encore une fois s'assurer qu'aucun intrus ne rôdait dans les parages.

Quelques minutes plus tard, elle allait le rejoindre dans le salon.

— Tout va bien ? Vous n'avez rien remarqué d'anormal ? demanda-t-elle.

— J'ai passé un coup de fil au propriétaire du chalet. Il m'a confirmé qu'il y a bien un stand de tir à environ quatre cents mètres d'ici. Vous voyez, ce n'est pas vous qui étiez visée. Nous sommes en sécurité dans cette maison.

— Autant qu'on peut l'être avec un tireur fou à proximité, rétorqua-t-elle.

— Je peux nous trouver une autre planque, si vous voulez, proposa-t-il.

— Non, s'il vous plaît !

La réponse avait jailli de sa bouche sans même qu'elle y réfléchisse. Elle aimait cet endroit qui lui rappelait tellement sa maison du lac Table Rock. Pour l'heure, c'était tout ce dont elle avait besoin. Un refuge au bord de l'eau, loin du chaos qu'était devenue sa vie à Bentonville.

— Non, répéta-t-elle d'un ton radouci. Je veux rester ici.

Elle esquissa un sourire presque suppliant.

— S'il vous plaît, ne m'emmenez pas dans un de ces lotissements sans âme de Springdale. En tout cas, pas tout de suite.

— D'accord. Je vais réfléchir à notre prochain hébergement, alors.

Elle eut soudain l'impression de se comporter en petite fille capricieuse. Ryan avait déjà bien à faire sans qu'elle lui complique la tâche en lui imposant ses choix.

— Un lotissement, ce sera très bien aussi, tempéra-t-elle. Je plaisantais.

— Nous verrons. Mais je vous promets de faire mon possible pour trouver des logements en pleine nature, puisque vous semblez y tenir. Pourtant, ajouta-t-il après avoir marqué une courte pause, il n'y a pas si longtemps, vous vouliez être proche du cabinet, vous vous rappelez ?

Elle acquiesça en souriant.

— C'est parce que, à l'époque, je me croyais indispensable. Mais il est clair que je ne le suis pas et que, avec Michelle, tout est sous contrôle. En plus, étant donné que Bill m'a contactée après que nous sommes passés au bureau, il ne fait aucun doute qu'il a ses informateurs sur place. Aussi, vous avez raison, mieux vaut que je reste à l'écart pour le moment.

— À part, Chet Barrow et Joshua Potter, qui Del fréquentait-il régulièrement ?

Elle secoua la tête.

— À vrai dire, je n'étais pas souvent là, ces dernières années. J'entretenais une relation cordiale avec Del mais rien de plus.

— Je comprends.

Elle éprouva soudain le besoin de bouger.

— J'ai faim. Et vous ?

— Maintenant que vous le dites...

Ils se rendirent ensemble dans la cuisine où elle piqua droit vers le frigo pour en sortir de quoi confectionner des sandwichs.

— Si nous parlions un peu de vous, pour changer ? suggéra-t-elle.

— C'est vous qui décidez, répondit-il alors qu'il disposait deux assiettes sur la table.

— Vous avez grandi à Little Rock ?

— Nous en avons déjà parlé, si j'ai bonne mémoire.

— Excusez-moi. Je n'ai plus l'habitude de mener une discussion. Il faut dire que du temps de mon mari elles tournaient exclusivement autour de la famille Powers.

Elle sentait son regard sur elle tandis qu'elle arrangeait des tranches de pain sur les assiettes. Un long silence s'étira entre eux que, à son grand soulagement, il fut le premier à rompre.

— Je vous ai raconté comment j'avais intégré le service de protection rapprochée ?

— Non.

— J'avais une belle-sœur, commença-t-il.

Il ne lui échappa pas qu'il avait parlé au passé. Elle se raidit légèrement, s'attendant au pire. Cependant, elle se força à étaler une couche de mayonnaise sur les tranches de pain sans rien montrer de son appréhension.

— Vous aviez une belle-sœur ? répéta-t-elle d'un ton qu'elle voulait détaché.

— Oui.

Elle le regarda déposer une tranche de jambon sur l'une des tartines puis une tranche de dinde sur l'autre. Un sourire se dessina sur ses lèvres. En quelques jours à peine, chacun avait appris les préférences et les habitudes de l'autre.

— Talia, précisa-t-il. Elle s'appelait Talia, mais tout le monde l'appelait Lia.

Son appréhension monta d'un cran. Elle s'exhorta à calmer le tremblement de ses mains.

— C'est un joli nom.

— Oui. Elle aussi était très jolie.

— Quel âge avait-elle ?

Comme il ne répondait pas, elle se tourna franchement vers lui et l'affronta du regard.

— Que lui est-il arrivé, Ryan ? De quoi, de qui n'avez-vous pas pu la protéger ?

Il baissa les yeux, fuyant son regard.

— D'elle-même, finit-il par dire.

— Oh non... Elle s'est suicidée ?

Il secoua la tête.

— Non.

Ils restèrent un instant silencieux et immobiles, l'un à côté de l'autre. Puis il tira un tabouret à lui et s'y installa.

— Elle a rencontré un type en ligne, reprit-il enfin. Quand ma mère et son mari se sont rendu compte qu'elle échangeait régulièrement avec un parfait étranger, ils ont bloqué l'accès à ses réseaux sociaux, ils lui ont confisqué son téléphone portable, bref, ils l'ont privée de tout ce qui pouvait nuire à une jeune fille de quatorze ans.

— Elle n'avait que quatorze ans ?

— Oui.

Sa voix se brisa sur ces derniers mots. Il prit le temps de s'éclaircir la gorge avant de continuer :

— C'était une adolescente très gâtée par son père. Rien n'était trop beau pour elle. Sans doute voulait-il compenser le fait que son ex-femme, elle, ne s'impliquait pas vraiment dans son rôle de maman. Quant à ma mère, elle a fait ce qu'elle a pu.

— À voir l'adulte que vous êtes devenu, le résultat n'est pas si mal, dit-elle en souriant.

Ses lèvres se retroussèrent en un sourire triste.

— Lia avait un caractère difficile, mais comme toutes les adolescentes de cet âge, je suppose. Elle leur a mené la vie dure. Quand ils s'opposaient à elle, elle me téléphonait du poste fixe. Elle voulait que je prenne son parti. Elle voulait faire de moi son allié.

Son regard se perdit dans la contemplation du lac.

— Quand ils l'ont privée de réseaux sociaux, elle est devenue enragée. Elle ne supportait pas de ne plus pouvoir échanger avec ce salaud.

Il s'interrompit une nouvelle fois. De toute évidence, ce souvenir réveillait en lui des blessures encore vives.

— Que lui est-il arrivé, Ryan ? demanda-t-elle d'une voix infiniment douce.

Il garda les yeux fixés sur les eaux scintillantes du lac tandis qu'il répondait :

— Elle s'est débrouillée pour aller le retrouver.

— Et... ? l'incita-t-elle doucement à poursuivre.

— On a retrouvé son corps dans les bois, derrière une aire d'autoroute.

Elle en fut si bouleversée qu'elle en resta muette. De toute façon, elle n'avait pas besoin de plus de détails. Les faits sordides étaient là, dans le récit que venait de lui faire Ryan : un pervers avait profité de la naïveté d'une jeune fille de quatorze ans pour l'attirer dans ses filets et l'assassiner. Elle pressa doucement le bras de Ryan, dans un geste qui se voulait aussi réconfortant qu'amical.

— Je suis vraiment désolée.

Il la remercia d'un hochement de tête.

Toujours sans rien dire, elle s'assit sur le tabouret d'à côté, choisissant délibérément cette place pour ne pas avoir à affronter son regard.

— Au début, reprit-il, j'avais choisi de travailler dans la cybercriminalité. Mais cela me ramenait sans cesse à Lia. J'en perdais toute objectivité.

— Alors, vous avez choisi de protéger les gens d'une autre façon.

— Oui.

Il resta silencieux un long moment au terme duquel il tendit la main vers son sandwich ; mais, au lieu de mordre dedans, il le reposa sur le bord de son assiette.

— Il devra passer par moi pour vous atteindre, Kayla, dit-il enfin.

— Merci, répondit-elle. Mais personne ne passera par personne pour m'atteindre. Parce que personne ne m'atteindra.

— À un moment ou à un autre, nous arriverons à un point critique, la prévint-il.

— J'en ai bien conscience.

Il tourna la tête vers elle pour chercher son regard.

— On dirait que vous espérez que nous en arrivions là, déclara-t-il.

— C'est vrai, en effet. Je veux que Del soit arrêté et interrogé. Je veux connaître les raisons qui l'ont poussé à me tirer dessus. Je veux savoir s'il a quelque chose à voir avec le meurtre de mon mari et de mon beau-fils. Je veux pouvoir un jour espérer recommencer à vivre ma vie normalement.

— Kayla... Je sais que vous attendez des réponses...

— Non, le coupa-t-elle. *J'aurai* des réponses. Je vous l'ai déjà dit et je vous le répète, je n'ai pas l'intention de passer ma vie à me cacher. Ethan et vous devez élaborer une stratégie pour débusquer Del. Sans quoi, c'est moi qui le ferai.

— C'est une menace ?

— Non. Une promesse.

8

Ryan rencontra Ethan quelques heures après que Kayla et lui eurent quitté le chalet du lac pour emménager dans une maison de ville de Springdale. Kayla l'avait gentiment taquiné sur le choix de cette nouvelle planque, un pavillon modeste d'un lotissement impersonnel. Elle avait fini par admettre que, au moins, personne n'aurait l'idée de venir la chercher dans un endroit pareil.

Le bar dans lequel les deux hommes s'étaient donné rendez-vous était tout proche du bureau du shérif. À cette heure de la journée, il était bondé mais ils étaient convenus de se retrouver sur le parking. Quand Ryan arriva, Ethan était déjà là. Appuyé contre la portière de son véhicule de patrouille, il tirait sur la paille qui dépassait d'un gobelet en carton.

— Salut, dit Ryan quand il fut assez près pour être entendu.

Ethan lâcha sa paille et lui rendit son salut d'un signe de tête.

— Quoi de neuf ? s'enquit Ryan en se postant à côté de lui.

— C'est calme, répondit Ethan.

Pour le commun des mortels, cette réponse serait positive. Elle induirait que tout allait bien. Mais pour un flic comme Ryan elle signifiait que l'enquête piétinait, ce qui était loin de le satisfaire.

— J'en conclus que Will Powers n'a pas donné suite à sa tentative d'approche ?

Ethan secoua la tête, cette fois sans même prendre la peine de lâcher sa paille.

— Qu'est-ce que tu bois ? demanda Ryan, amusé de voir Ethan descendre le contenu de son gobelet comme si sa vie en dépendait.

— Milk-shake à l'ananas. La boisson préférée de Michelle. Elle a réussi le tour de force de me rendre accro.

— Personnellement, je préfère ceux à la banane.

Il laissa passer un blanc avant de repartir à l'attaque.

— Aucun signe de vie de Del, je suppose ?

— Tu supposes bien.

— Que dit Michelle ? Elle pense qu'il a un ou des complices au sein du cabinet ?

— Oui.

— D'autres suspects que les deux déjà mentionnés quand nous sommes allés là-bas ?

Ethan haussa les épaules.

— Non. J'ai eu une discussion informelle avec ces deux-là, mais ça n'a rien donné.

Sur ce, il vida le fond de son gobelet d'un trait puis poussa un soupir d'aise avant de poursuivre :

— Une chose est sûre : je n'ai jamais connu quelqu'un en cavale le rester bien longtemps. D'autant plus que nous n'avons pas affaire à un professionnel mais à un col blanc, habituellement bien propre sur lui. Pas vraiment le genre homme des bois, chasseur-cueilleur.

— Pourtant, nous sommes presque sûrs que c'est lui qui pourchasse Kayla.

— Mon instinct me dit qu'il est dans le coin.

Tout en parlant, il s'était mis à scruter les environs, au-delà des barbelés qui sécurisaient le centre de détention attenant au poste de police.

— Il doit se planquer quelque part, dans les collines, poursuivit-il.

Ryan croisa les bras et se mit lui aussi à balayer du regard le paysage environnant.

— D'après ce que m'a dit Kayla, Del est du genre patient. Qui sait combien de temps il est prêt à attendre, tapi quelque part, avant d'attaquer de nouveau ? Vous avez pensé à vous servir du père pour le débusquer ?

Ethan tourna la tête pour poser sur lui un regard narquois.

— Tu veux dire : tenter de manipuler un sénateur ? Peu de chances qu'on réussisse.

Ryan émit un gloussement moqueur.

— Non, ce n'était pas le sens de ma question.

— William Powers maintient la pression sur les hautes sphères. C'est lui qui tire les ficelles. Quand je lui ai touché un mot des doutes que nourrissait Kayla au sujet de Del, il a jugé l'idée ridicule. Et je peux te dire que c'était sans appel. Il a ajouté qu'il avait été en contact avec son fils, qui n'était pas en fuite mais seulement parti quelques jours en randonnée pour fuir les discordes autour de l'héritage de Tyrone.

— Dans ce cas, s'il est en contact avec son fils, il ne verra pas d'objection à lui dire que nous souhaitons lui parler.

— C'est ce que je lui ai dit. Il m'a affirmé avoir déjà informé Del qui lui aurait répondu qu'il nous contacterait dès son retour. Quant à la date de ce retour, ni l'un ni l'autre ne la connaît, bien sûr.

— Pendant ce temps, le sénateur et sa famille ont pris leurs quartiers à Washington DC, j'imagine.

Ethan exhala un long soupir teinté de frustration.

— Il faut dire que c'est là-bas que se trouve son bureau.

— C'est vrai.

Un silence s'installa entre les deux hommes, que Ryan rompit le premier.

— Nous avons encore déménagé.

Une lueur d'intérêt curieuse s'alluma dans les yeux d'Ethan.

— Comment ça se passe ?

Ryan hésita à lui livrer sa pensée avant de décider qu'il avait besoin d'aide.

— Elle est agitée. Il lui tarde que toute cette affaire soit résolue.

— C'est compréhensible.

— Je me demandais si Michelle et toi accepteriez de venir dîner avec nous ce soir. Kayla serait ravie, cela lui changerait les idées. J'hésite encore à nous faire livrer des plats à emporter ou à me mettre aux fourneaux.

Ethan esquissa un sourire moqueur.

— Elle s'est déjà fatiguée de ta compagnie ?

— Je ne crois pas, non, répliqua-t-il en souriant. Comme je viens de te le dire, elle est nerveuse en ce moment. Et puis, à nous quatre, nous trouverons peut-être un moyen de faire sortir le loup du bois.

— Bonne idée. Envoie-moi l'adresse.

— Ah... J'oubliais. Kayla voudrait avoir des nouvelles de Harold Dennis.

— Dennis... En tant qu'ancien avocat, je peux te dire qu'il n'y a rien de plus désespérant à interroger qu'un confrère placé en garde à vue. Non seulement ils ont le soutien d'un bataillon d'avocats prêts à les défendre à toute heure du jour et de la nuit, mais il est très difficile de savoir exactement quelles charges pèsent sur eux. Ils se débrouillent toujours pour faire en sorte qu'elles changent sans arrêt.

— Cela ne relève pas du FBI ? pointa Ryan.

— Si. C'est pourquoi Michelle sera mieux placée que moi pour vous renseigner, Kayla et toi. En plus, c'est elle qui l'a fait serrer.

— C'est vrai. J'avais oublié que Michelle était un agent fédéral.

Il secoua la tête.

— Le monde est vraiment petit, ici.

Ethan le gratifia d'une tape amicale sur l'épaule.

— Bienvenue dans les Ozarks, mon vieux. Tu trouvais que Little Rock était une petite ville, mais c'est une mégapole par rapport aux villages qui peuplent cette région. Ici, tout le monde se connaît. Personne ne peut bouger une oreille sans que toute la vallée soit au courant.

Sur ce, il fit un signe de la main à Ryan et prit la direction du bureau du shérif.

Ryan le suivit du regard. La démarche un brin traînante, le dos légèrement voûté, tout dans sa posture trahissait le poids des meurtres non élucidés qui pesait sur ses épaules. Sans compter la pression hiérarchique et médiatique qui devait lui rendre les choses encore plus difficiles.

Alors qu'il retournait à sa voiture, il apparut clairement à Ryan qu'il devait se protéger de Kayla. Le mélange de force et de vulnérabilité qui se dégageait d'elle la lui rendait dangereusement attirante. S'il se laissait aller aux émotions contradictoires qu'elle suscitait en lui, il serait bien capable de dépasser le cadre strict de la mission de protection dont il était chargé. De cela, il n'était pas question. Il ne voulait pas être plus impliqué dans les problèmes de la famille Powers qu'il n'était déjà. Il avait une ligne de conduite à tenir et il s'y tiendrait. Une fois qu'ils auraient mis la main sur Del, il quitterait Little Rock et reprendrait le cours de sa vie là où elle se trouvait, c'est-à-dire loin de Kayla Powers.

La maison qu'ils allaient occuper une semaine entière cette fois s'élevait sur trois niveaux. Si elle était plus grande que le chalet, sa configuration donnait l'impression du contraire. Autre inconvénient, pour pouvoir s'isoler comme elle aimait à le faire, Kayla devrait s'enfermer dans sa chambre, le salon trop exigu ne lui permettant pas cette liberté.

Pourtant, quand il rentra dans la maison, il eut l'agréable surprise de la trouver allongée sur le canapé, occupée à feuilleter un magazine. La tentation était forte d'aller la rejoindre mais la raison l'emporta. Il grimpa donc directement dans sa chambre, située au deuxième étage. Après avoir passé un coup de fil à son supérieur puis mis à jour ses notes de mission, il prit une douche, se changea et redescendit au rez-de-chaussée.

Kayla était passée du salon à la cuisine. Elle était assise au comptoir, son ordinateur portable ouvert devant elle. Elle lui adressa un salut distrait quand il entra dans la pièce.

— Michelle et Ethan ne devraient plus tarder, maintenant.

Mais elle semblait ne pas l'écouter. Les yeux toujours rivés sur son écran, elle fronça les sourcils.

— Je pense que Harold sait que Del est impliqué d'une manière ou d'une autre dans le meurtre de Tyrone et Trey, dit-elle finalement.

Elle tapota contre sa joue le stylet qu'elle tenait à la main. Un pli soucieux s'était creusé au milieu de son front.

— Qu'est-ce qui vous fait penser cela ?

— Rien de précis. Disons que c'est une intuition.

Il hocha la tête puis alla s'asseoir sur le tabouret qui se trouvait en face d'elle. Là, il planta son regard dans le sien.

— Vous êtes une piètre menteuse.

Elle ouvrit la bouche pour protester mais la referma sans avoir rien dit. Elle baissa les yeux en même temps qu'elle rougissait légèrement.

— Vous avez raison. Je ne sais pas mentir.

— Alors, dites-moi la vérité. Pourquoi pensez-vous que Dennis soupçonne Del de tremper dans ces homicides ?

— Je n'en suis pas certaine...

Il savait que l'intuition était une part importante du travail d'enquêteur. Aussi prit-il en compte ce sentiment diffus plutôt que de l'écarter.

— Pouvez-vous analyser ce qui déclenche cette intuition chez vous ? insista-t-il.

— Non, pas vraiment. C'est juste que…

Elle s'interrompit pour tourner son ordinateur vers lui. Il baissa les yeux sur un document annoté.

— Qu'est-ce que c'est ? demanda-t-il.

— Quelque chose que je ne suis pas censée lire, répondit-elle.

Il la dévisagea un instant, réfléchissant à la façon dont il devait réagir face à un tel aveu. Finalement, il prit le parti d'éluder.

— Vous tenez vraiment à ce que je prenne connaissance de ce document ?

En guise de réponse, elle tourna de nouveau l'écran vers elle.

— Pas pour l'instant. Si je trouve quelque chose de concret, je le transmettrai à Michelle et Ethan qui jugeront s'ils doivent vous en parler. Je ne voudrais pas que l'on vous reproche un manque d'éthique ou qu'on vous accuse d'avoir commis une faute lourde.

— Dans ce cas… Il ne me reste plus qu'à vous remercier pour votre immense sollicitude.

Son ton narquois la fit glousser. Il la regarda refermer son ordinateur puis se lever pour aller ouvrir le Frigidaire.

— Mais dites-moi, poursuivit-il, qui est censé protéger l'autre, ici ?

Elle sortit deux bouteilles d'eau minérale et lui en tendit une.

— Vous êtes prêt à risquer votre vie pour moi. Le moins que je puisse faire est de protéger votre carrière et donc votre capacité à continuer à me protéger.

Cette logique implacable, quoique toute personnelle, le fit rire.

— Votre raisonnement est un poil alambiqué, mais n'est-ce pas le propre d'une bonne avocate ?

— Pas du tout, se défendit-elle. Tout le monde a décidé à ma place que j'avais besoin d'un garde du corps pour me protéger du grand méchant Del. Maintenant que je me suis faite à cette idée, ce serait bête que je mette votre mission en péril.

— Vous devez savoir que la rétention d'informations est punie par la loi.

— Ce ne sont pas des informations à proprement parler puisque je n'ai pas encore tous les éléments en main. Je parlerais plutôt de supputations.

Il admira en silence la faculté qu'elle avait à passer d'un sujet à un autre, comme si de rien n'était.

— Nos amis ne devraient pas tarder à arriver, dit-il pour la deuxième fois.

Juste à ce moment-là, quelqu'un tambourina à la porte. Des martèlements accompagnés de l'ordre hurlé de déverrouiller la porte.

Sans comprendre ce qu'il se passait, ils se dirigèrent ensemble vers l'entrée mais, très vite, il la devança.

— Allez m'attendre dans le salon, lui intima-t-il. Je vais voir ce qu'il se passe.

Il trouva son ton un peu expéditif, mais il n'avait pas de temps à perdre. Deux flics armés se trouvaient derrière la porte, menaçant de la défoncer s'il ne s'exécutait pas très vite.

— Je suis le sergent Ryan Hastings, de la police d'État d'Arkansas ! cria-t-il en retour. Identifiez-vous !

Les coups cessèrent aussi brusquement qu'ils avaient commencé. Il y eut un blanc puis la voix de Michelle lui répondit.

— Agent spécial Michelle Fraser, FBI. Je suis accompagnée du lieutenant Ethan Scott, de la brigade criminelle.

— Pourquoi cette arrivée fracassante ? demanda encore Ryan dont la méfiance n'était pas tout à fait retombée.

— Tout va bien ? s'enquit Ethan en guise de réponse.

Toujours sur ses gardes, Ryan s'approcha en silence de la porte et colla son œil à l'œilleton. Ethan et Michelle étaient bien là. Seuls. D'un geste fluide, il rengaina son arme et leur ouvrit. À la seconde où ils furent à l'intérieur, il verrouilla la porte derrière eux.

— Qu'est-ce qu'il se passe ?

Michelle brandit devant elle un énorme sac en papier marron rempli de plats à emporter. Il portait le logo d'un service de livraison connu.

— Le livreur a sonné ? Que faisiez-vous avant que nous arrivions ?

En même temps qu'il posait ses questions, Ethan lui brandit sous le nez la feuille de papier – une feuille arrachée à un carnet à spirales –, qui était scotchée au sac.

— Non, personne n'a sonné, répondit Ryan. Et nous étions ici, à vous attendre, vous et le livreur, justement. Pourquoi ?

— Parce que ce sac était posé, là, sur le paillasson, avec ce mot dessus.

Ryan parcourut le mot des yeux.

TU AS ÉCHANGÉ TON MANOIR CONTRE ÇA ?

Le message était écrit en lettres capitales, au marqueur noir.

— Bon sang..., jura-t-il tout bas.

— Quelqu'un sait que vous êtes ici, conclut Ethan.

Un sourire sarcastique se dessina sur les lèvres de Ryan.

— Sans blague ? Bravo, Sherlock.

Michelle poussa un soupir teinté d'irritation.

— Calmons-nous, dit-elle pourtant d'une voix qui ne laissait rien filtrer de son agacement. Quelqu'un connaissait l'adresse de livraison. Cela ne veut pas dire pour autant que cette personne savait qui occupe cette maison.

— C'est vous qui avez passé cette commande ? demanda Ethan à Kayla qui venait de les rejoindre.

Kayla le regarda fixement, semblant ne pas comprendre le sens de la question.

— Oui. Pourquoi ?

— Comment avez-vous payé ? Avec votre carte de crédit ?

Elle secoua la tête.

— Non. Je me suis servie du compte que vous m'avez fait ouvrir. Celui au nom de Frank Farmer.

— Frank Farmer ? répéta Michelle. Ce nom me dit quelque chose.

— C'est le nom du personnage de Kevin Costner dans le film *Bodyguard*, précisa Kayla. C'était le garde du corps de Whitney Houston. Il faut y voir un clin d'œil, bien sûr, s'empressa-t-elle d'ajouter, comme pour justifier un tel choix.

Pourtant, elle avait parlé en fixant Ryan d'un regard brûlant d'intensité.

— Vous pouvez me dire ce qu'il se passe ? poursuivit-elle.

— Nous ne savons pas si c'est lui.

L'incompréhension la plus totale se peignit sur le visage de Kayla.

— De quoi parlez-vous ?

Un silence embarrassé lui répondit. Michelle, Ethan et Ryan savaient que, dès que Kayla aurait lu le mot laissé sur le sac de livraison, elle comprendrait que leur plan consistant à aller d'une planque à l'autre avait échoué. Ou plutôt, *lui*, Ryan, avait échoué à la garder en sécurité. Un mystère persistait : comment Powers avait-il appris où ils se trouvaient ? Car ils étaient les seuls, avec leurs supérieurs hiérarchiques, à connaître leur plan.

Finalement, ce fut Michelle qui parla la première.

— Il y avait ce mot scotché sur le sac. Et le reçu agrafé au sac indique bien que la note a été établie au nom de Frank Farmer.

— Ce qui veut dire que notre homme sait qui est Frank Farmer et où il se trouve.

— Notre homme ? répéta Kayla. Alors, vous pensez que c'est Del ?

À quoi bon mentir ? Kayla avait le droit de savoir.

— Oui. Quelqu'un sait que nous nous déplaçons d'un logement à un autre et nous supposons tous les trois qu'il s'agit de Del Powers.

— En attendant de pousser cette discussion plus loin, je propose d'appeler du renfort et de passer une nouvelle commande.

— Une nouvelle commande ? s'étonna Kayla.

— Je fais peut-être preuve de paranoïa aiguë, mais je pense qu'il vaut mieux ne pas toucher à ces plats. Nous n'avons aucun moyen de vérifier s'ils n'ont pas été empoisonnés. Qui sait ?

— Il a dû intercepter le livreur, dit Kayla tout bas, comme pour elle-même.

Ethan sortit son téléphone portable de la poche de sa veste. Son interlocuteur prit l'appel à la première sonnerie.

— Salut, dit-il, c'est Scott. J'ai besoin d'une voiture de patrouille à l'adresse que je vais vous envoyer.

Tandis qu'il poursuivait sa discussion, Ryan fut saisi d'un profond sentiment de culpabilité. À quel moment s'étaient-ils trompés ? Était-ce lui le maillon faible ? Avait-il été suivi après avoir quitté le parking ?

— J'ai demandé que l'officier de police qui va nous être envoyé s'arrête en route pour nous acheter des pizzas, rapporta Ethan, une fois son appel terminé.

— Nous restons ici ? s'enquit Kayla.

Il devina derrière le ton neutre une certaine inquiétude.

— Ça ne sert à rien d'aller ailleurs ce soir, répondit Ryan. L'agent en faction devrait être assez dissuasif.

— Tout comme les trois agents armés que nous sommes, souligna Michelle.

— Vous êtes venus armés ? pointa Kayla. Pour un dîner informel, entre nous ?

— Kayla, nous sommes des flics. Nous n'allons nulle part sans notre arme de service. Surtout en ce moment.

Sur ce, elle passa un bras amical autour de la taille de son amie et l'entraîna vers la cuisine.

— Il faut trouver une autre manière de la protéger, dit Ethan à Ryan aussitôt qu'ils furent seuls.

Ryan prit ombrage de cette remarque qui ne faisait qu'accentuer le poids d'une culpabilité qui lui pesait déjà bien assez.

— Heureusement que tu le dis, répliqua-t-il vertement. Je n'y aurais pas pensé tout seul.

— Ryan, ce n'était pas une critique. À nous trois, nous allons bien trouver à quel moment notre plan a foiré. Et d'où vient la fuite.

— J'ai déjà ma petite idée là-dessus.

— Moi aussi. Je suppose que nous avons la même.

La fuite ne pouvait venir que de leur hiérarchie. D'une manière ou d'une autre, leur supérieur avait dû donner des infos à qui ne devait pas les avoir. Comment et pourquoi, il l'ignorait. Il finirait bien par le découvrir mais, pour l'heure, sa priorité était Kayla.

Il la connaissait suffisamment maintenant pour savoir que, au vu des derniers événements, elle se montrerait moins encline à lui obéir. Elle ne manquerait pas de se servir de cet échec pour n'en faire qu'à sa tête.

La nature sanguine de Kayla Powers allait reprendre le dessus.

La protéger malgré elle n'allait pas se révéler de tout repos.

9

Kayla laissait la conversation tourner sans y participer. Dans l'heure qui avait suivi l'arrivée de Michelle et Ethan, elle s'était contentée de poser quelques questions élémentaires.

Chacun avait son idée sur le problème. Kayla et Ryan devaient partir d'ici au plus vite. Inutile. Ils pouvaient bien attendre le lendemain matin. Qu'est-ce qui serait le mieux ? Sortir de l'État ? Les contacts de Michelle au FBI pourraient les aider à trouver une planque qui serait hors de la zone de confort de Del Powers. Là où il n'oserait pas s'aventurer.

Chacun donnait son avis, sans se soucier du flot de questionnements qui lui traversait l'esprit.

Où devrait-elle aller ? Quelles étaient les chances que le mot laissé sur le sac de livraison ait été écrit par quelqu'un d'autre que Del ? Si c'était bien Del, agissait-il avec la complicité de son père, le sénateur ? Toutes ces affaires avaient-elles un lien avec les magouilles financières de Harold Dennis ? Étaient-ils tous les trois de mèche pour l'éliminer et reprendre le contrôle de la fortune des Powers ? Ce qui supposerait qu'ils soient capables d'éliminer des membres de leur famille de sang-froid.

Installée avec eux autour de la petite table de la cuisine, elle les écoutait décider de son sort comme si elle était une poupée de porcelaine qu'il fallait mettre à l'abri dans une boîte hermétique jusqu'à ce qu'ils jugent qu'elle pourrait en sortir en toute sécurité.

Derrière son calme apparent, elle bouillonnait intérieurement.

À cet instant précis, elle en voulait au monde entier. À ses amis, bien sûr, qui ne s'intéressaient ni à ce qu'elle ressentait, ni à ses attentes ; mais aussi, et surtout, aux responsables de la situation intenable dans laquelle elle se trouvait : Del, bien sûr, qui en voulait à sa vie, mais aussi Harold Dennis et William Powers par qui tout cela avait commencé. Aussi, par crainte de laisser libre cours à la rage qui l'habitait, elle préférait se taire.

Elle regardait fixement sa part de pizza à laquelle elle n'avait pas touché. Les commentaires lancés à son sujet lui avaient coupé l'appétit.

Aucun d'eux ne semblait remarquer sa présence tant chacun avait à cœur d'imposer son point de vue aux autres.

Elle attendait donc qu'ils aient fini de spéculer sur son sort. Ensuite, elle leur dirait comment, elle, elle voyait les choses.

— Et si nous cherchions une planque dans une grande ville ? suggéra Michelle. Une ville comme Dallas ou Kansas City. Il est plus facile de s'y perdre et ce serait loin de la famille Powers.

— Et de leur zone d'influence, renchérit Ethan en louchant sur la demi-part de pizza que Michelle avait laissée dans son assiette.

— Les grandes villes présentent d'autres dangers, intervint Ryan. Quitte à rester dans la région, autant choisir Little Rock. Au moins, j'y serai en terrain connu. En plus, je connais du monde là-bas.

— Bien vu, concéda Ethan. Michelle, qu'en penses-tu ?

— D'un point de vue personnel ou en ce qui concerne Kayla ? Personne ne répondit.

Ils restèrent silencieux un instant durant lequel Ryan tendit la main vers le carton de pizzas. C'est alors qu'il remarqua l'assiette pleine de Kayla.

— Vous ne mangez pas ?

— Non, répondit-elle d'un ton neutre qui était loin de refléter sa colère intérieure. J'attendais que l'un de vous me dise comment m'y prendre.

Un silence de plomb s'abattit soudain sur eux. Michelle et Ethan s'échangèrent un regard ennuyé tandis que Ryan dévisageait Kayla sans comprendre.

— Personne ici n'a à vous dire ce que vous devez faire, Kayla.

Ryan avait parlé sur un ton qu'elle soupçonna être celui du flic s'adressant à un preneur d'otages. Sauf qu'elle n'était pas une forcenée qu'il fallait ramener à la raison.

Elle sentit s'ouvrir les vannes de la colère qu'elle avait trop longtemps contenue.

— Cela fait trente minutes que je vous écoute parler de moi comme si je n'étais pas là, s'écria-t-elle. Décider de ce qui serait le mieux pour moi sans me demander mon avis.

— Il en va de votre sécurité, Kayla, protesta Ryan.

— « Ma sécurité », répéta-t-elle dans un ricanement sardonique. Le gardien de mon corps, de ma personne. Comme si j'étais un moineau écervelé. Mais contrairement à ce que vous semblez croire, j'ai un cerveau, figurez-vous. Un cerveau en parfait état de marche.

— Kayla, nous..., objecta Michelle avant d'être sèchement interrompue.

— Non. Toi aussi, je t'ai entendue parler de moi comme si j'étais une petite chose fragile incapable de raisonner par elle-même.

— Comme vient de le souligner Ryan, il s'agit de ta sécurité, se défendit Michelle. Et puis, je te trouve injuste. Nous ne t'avons pas tenue à l'écart de la discussion. Tu es là, autour de cette table, avec nous, non ?

— C'est vrai. Mais à aucun moment vous ne m'avez consultée.

— Vous auriez pu vous mêler à la discussion sans attendre notre autorisation.

Elle émit un ricanement sceptique.

— En tout cas, cela m'a donné l'occasion de réfléchir dans mon coin, dit-elle. Et je vais vous dire, moi, ce que nous allons faire.

Michelle, Ethan et Ryan se figèrent sur place, s'attendant sans doute au pire.

— Nous t'écoutons, dit Michelle la première.

— Je retourne chez moi, à Table Rock, annonça-t-elle.

L'idée avait jailli comme une évidence. Elle était reconnaissante à Ryan de l'énergie et des efforts qu'il avait fournis pour la protéger du mieux qu'il avait pu, mais il fallait se rendre à l'évidence : son plan avait échoué. Malgré toutes les précautions prises, Del la traquait. Fuir la région, voire l'État, ne servirait à rien. Del la pourchasserait sans relâche. Sans compter qu'elle ne partirait pas tant que l'assassin de son mari et de son beau-fils ne serait pas sous les verrous. Mais ce qui lui tenait surtout à cœur, c'était que son bébé naisse et grandisse dans la sérénité, au sein du berceau familial.

Son cœur avait parlé. Son instinct aussi, qui lui soufflait qu'il fallait qu'elle se batte sur son propre terrain si elle voulait gagner la partie.

Elle se redressa, repoussa son assiette de quelques centimètres et croisa les doigts devant elle, sur la table.

— Ne nous voilons pas la face, déclara-t-elle en accrochant le regard de Ryan. Ça ne marche pas. Del, s'il s'agit bien de lui, est sur mes traces et ne me lâchera pas.

Elle vit la mâchoire de Ryan tressaillir légèrement.

— Cela ne veut pas dire que nous devons lui faciliter la tâche, rétorqua-t-il.

— Ryan, croyez bien que j'ai conscience du danger que je

cours et que ma sécurité me tient à cœur autant qu'à vous. Je me disais que nous pourrions renforcer le système de sécurité de la maison du lac.

— Ou même en ajouter un autre, plus performant, dit-il. Ce serait le minimum.

— Oui, bien sûr. Tout ce que vous voudrez. Et bien sûr, vous pourriez continuer à assurer ma protection là-bas. La maison est grande. Nous ne nous marcherions pas dessus.

— C'est justement ce qui m'inquiète. Dans notre situation, ce serait plutôt un inconvénient. Ce sera difficile de tout contrôler. Sans parler de l'extérieur.

— Je vous vois venir, mais ne comptez pas me retenir prisonnière dans ma propre maison, protesta-t-elle.

Ryan et Ethan s'échangèrent un regard de connivence qui n'échappa pas à Michelle.

— Quoi ? demanda-t-elle.

— Rien, éluda Ethan.

— Parlez, les somma Kayla, ou je refuse toute protection.

— Vous ne devriez pas utiliser votre vie comme monnaie d'échange, dit Ryan.

— Justement. Le fait est que c'est *ma* vie et que je suis la mieux placée pour décider de ce que je veux en faire. Alors ? Qu'avez-vous décidé, seuls, dans mon dos ?

— Vous l'avez vu, à aucun moment nous n'en avons parlé tous les deux, se défendit Ethan.

— Crache le morceau, Ethan, lui intima Michelle. Nous sommes censés faire équipe, non ? Une équipe soudée. Cela suppose que les décisions doivent se prendre en concertation avec les autres.

— Difficile de se faire entendre quand trois des quatre personnes assises à cette table sont des avocats, grommela Ryan.

Cette remarque amena un sourire amusé sur les lèvres de Kayla.

— Écoutez... Je ne pense pas que ma demande soit déraisonnable dans la mesure où de toute façon, où que j'aille, Del sera au courant.

— Votre maison est trop exposée, objecta Ryan.

— Sans compter qu'elle n'est pas votre propriété exclusive, lui rappela Ethan. Elle appartient également au sénateur Powers qui, légalement, peut en disposer à son gré. De même que son fils.

— Je n'oublie pas. Mais je crois pouvoir affirmer que Bill ne se risquera pas à m'approcher de trop près tant que les enquêtes sur les magouilles financières de Harold Dennis et le double homicide de son frère et de son neveu ne seront pas élucidées.

— Arrêtez de noyer le poisson, dit Michelle à l'adresse des deux hommes. Que signifiait ce regard complice entre vous ? Vous n'avez quand même pas l'intention de faire arrêter ma cliente ?

Kayla ouvrit de grands yeux ronds.

— M'arrêter ?

— Pas pour de bon, répondit Ethan. En réalité, nous le laisserions croire.

— Je ne pense pas que ce soit une bonne idée, avança Michelle qui redoutait la réaction de Kayla.

Réaction qui ne se fit pas attendre.

— Vous plaisantez, j'espère ?

— Rassurez-moi, poursuivit Michelle. Vous comptiez m'en parler ou vous aviez prévu de débarquer à l'improviste et de l'embarquer au poste de police, menottes aux poignets ?

Kayla se leva de son siège tout en foudroyant Ryan du regard.

— C'est ce que vous avez trouvé de mieux pour me garder sous le coude ?

Les deux hommes levèrent les mains en même temps,

avant de les laisser retomber dans un geste visant à traduire leur impuissance.

— C'était une idée comme une autre, plaida mollement Ethan.

Malheureusement, aux yeux de Kayla, il ne faisait que creuser un peu plus sa tombe.

— Oui, rien de vraiment sérieux, renchérit Ryan. Cela dit, cette idée mérite qu'on y réfléchisse. Laisser croire aux Powers que vous êtes en garde à vue pour l'assassinat de votre mari serait un bon moyen d'endormir leur méfiance.

— Et de faire sortir le loup du bois, ajouta Ethan. Je suis prêt à parier que Del réapparaîtrait comme par magie à la minute où il apprendrait que les soupçons se portent sur vous.

— Et là, nous lui tendrions un piège pour le confondre et le faire avouer, dit encore Ryan.

— Il faut qu'il reconnaisse qu'il est coupable de la fusillade de la maison du lac.

Kayla fit aller son regard de l'un à l'autre.

— Combien de temps exactement envisagiez-vous de me garder en cellule ? s'enquit-elle.

— Le temps nécessaire, répondit Ethan.

— Vous n'êtes pas sérieux ? dit Michelle.

— Et puis, pourquoi Del avouerait-il un double homicide alors que vous êtes censé avoir un suspect en garde à vue ? souligna Kayla. Ce n'est pas très cohérent. Au contraire, même, à mon avis, les Powers chercheraient à enfoncer le clou et à me faire porter le chapeau, non ?

— Vous seriez surprise de voir à quel point les suspects se trahissent quand ils pensent que les soupçons ne pèsent plus sur eux.

— Michelle, tu ne marcherais pas dans cette combine, n'est-ce pas ?

Michelle secoua la tête.

— Non, bien sûr, même si Ethan a raison. La plupart des coupables se vantent de leur crime quand ils croient avoir échappé à la justice.

— En plus, une fois Del en prison, vous auriez les mains libres pour assurer l'héritage de votre mari, pointa Ryan.

Elle se crispa sous l'effet de ce qu'elle jugeait être un coup bas. Elle regarda Ryan fixement. Dire qu'elle pensait le connaître ! Qu'elle commençait à l'apprécier, même ! Elle fut saisie d'une rage intérieure qu'elle échoua à contenir.

— Je ne suis pas plus disposée à donner naissance au bébé de Tyrone dans vos planques hasardeuses que derrière les barreaux d'une prison, sergent, lança-t-elle furieuse.

Sur ce, elle tourna les talons et quitta la pièce, l'air digne autant qu'offensé. Malheureusement, l'exiguïté des pièces ne se prêtait pas à une sortie spectaculaire. Elle venait à peine d'arriver au bas des marches que les commentaires de ses amis lui parvenaient aux oreilles :

— Personne n'a parlé de la mettre en prison, dit Ethan le premier. Attendez... Elle a dit qu'elle était enceinte ?

Puis ce fut Michelle qui répéta avec incrédulité :

— Le bébé de Tyrone ?

— Comment est-ce possible ? demanda bêtement Ethan.

Elle entendit le raclement des chaises sur le carrelage puis le bruit des pas précipités de Michelle qui s'élançait à sa poursuite.

— Kayla... Attends...

Elle s'immobilisa au milieu de l'escalier et ferma les yeux, au bord des larmes.

— C'est vrai ? Tu es enceinte ?

Elle se tourna lentement vers son amie.

— Oui, c'est vrai.

— C'est une merveilleuse nouvelle, non ?

Son visage s'éclaira d'un large sourire.

— Oui.

— Ma chérie... Viens. Je te promets de convaincre ces deux crétins de renoncer à leur plan foireux.

Elles éclatèrent d'un rire complice puis retournèrent bras dessus bras dessous dans la cuisine.

— Que devons-nous faire pour renforcer la sécurité de la maison de Table Rock ? demanda Michelle d'un ton qui n'entendait pas être discuté.

— Si vous connaissez un moyen de sécuriser les abords du lac, je suis preneur, répondit Ryan d'un ton bourru.

— Nous avons bien passé deux jours dans un chalet du lac Beaver, objecta Kayla.

— Parce que j'ignorais que nous étions suivis. Manifestement, je m'étais trompé.

— Ce qui prouve bien que se cacher n'est pas la solution.

— Nous avons déjà eu cette discussion, il me semble.

Elle croisa les bras et lui décocha un regard dur.

— Soit vous acceptez de me suivre chez moi, dans ma maison de Table Rock, soit j'y vais seule. C'est à vous de décider, sergent.

— Il n'est pas question que je vous laisse seule, là-bas.

— Parfait. Je vais réserver pour trois jours un B&B que je connais à Eureka Springs, le temps que vous sécurisiez les lieux. Ensuite, je rentrerai chez moi.

« Chez moi ». Elle eut un pincement au cœur à l'idée qu'elle ne jouirait jamais de cette propriété comme elle l'entendait. Comme l'avait fait remarquer Ethan, le manoir ainsi que les terres qui l'entouraient appartenaient à la famille Powers et les choses resteraient à jamais en l'état. Mais son enfant à naître serait un Powers et, à ce titre, il aurait sa part de l'héritage familial.

— Dites-moi ce que je peux faire pour vous aider, ajouta-t-elle. J'ai de l'argent.

— À moins de faire construire une muraille de verre tout autour de la propriété, je ne vois pas, ironisa Ryan.

Michelle et Ethan assistaient à leur échange sans piper mot. L'ambiance était déjà électrique. Ils pressentaient que la moindre intervention de leur part pourrait la rendre plus explosive encore.

— Je pourrais demander au shérif de m'envoyer un agent plus coopératif, dit-elle d'un air pincé.

Ryan s'avança d'un pas vers elle, sourcils froncés.

— N'essayez pas de me menacer, dit-il en la regardant droit dans les yeux.

— N'essayez pas de m'intimider, répliqua-t-elle en soutenant son regard sans ciller.

— Ce n'est pas ce que je fais. J'essaie juste de vous faire prendre conscience de la réalité.

— Comme si j'avais besoin de vous pour cela !

Sa voix était montée dans les aigus. Michelle jugea bon d'intervenir.

— Allons, allons… Calmons-nous…

Trop tard. Plus rien ne pouvait arrêter Kayla qui avait besoin d'évacuer enfin toute sa frustration.

— « Prendre conscience de la réalité », répéta-t-elle d'un ton sarcastique. Vous croyez que je ne l'ai pas prise de plein fouet, la réalité, quand j'ai découvert dans mon salon les corps de mon mari et de son fils baignant dans leur sang ?

— Kayla, je suis…, commença Ryan.

— Je n'ai pas terminé, le coupa-t-elle d'un ton abrupt. Non seulement j'ai dû endurer la disparition tragique de mon mari mais, par la suite, rien ne m'a été épargné. J'ai dû me dresser contre tous ceux qui cherchaient à m'intimider pour me faire renoncer à ce qui me revenait de droit. Si je n'ai pas tout envoyé promener, c'est uniquement pour honorer la promesse faite à mon mari. Parce qu'il voulait que je sois la gardienne de son précieux cabinet d'avocats.

— Je sais que vous...

Une fois encore, elle ne le laissa pas poursuivre.

— Tenir bon malgré l'enquête, les soupçons, l'ostracisme, s'emporta-t-elle. N'avoir personne d'autre que Michelle à mes côtés pendant que j'essayais de faire mon deuil de la manière digne et convenable qu'on attendait de moi, parce que je n'avais pas le droit de craquer. J'ai passé des nuits entières seule dans une chambre d'hôtel à m'étourdir dans l'alcool, à me demander comment j'allais pouvoir être à la hauteur. Finalement, j'ai renoncé. Et vous savez pourquoi ?

Il secoua la tête tandis qu'elle relevait fièrement le menton tout en le fixant d'un regard dur.

— Parce que ces gens qui se donnent de grands airs ne sont que de vulgaires criminels. Harold Dennis, qui a détourné des fonds ; Bill Powers, qui fait des ronds de jambe à qui peut servir ses intérêts ; et Del...

Elle éclata d'un rire cynique.

— Delray Powers qui, derrière ses airs d'enfant de chœur, tire sur une femme sans défense et a peut-être assassiné de sang-froid son oncle et son cousin.

Elle s'interrompit un court instant avant de porter l'estocade finale à Ryan.

— Alors, vous voyez, je pense que j'ai grandement conscience de ce qu'est la réalité de ma vie.

Tandis que les deux hommes restaient abasourdis par la violence de ces propos, Michelle prit la parole d'un ton qui se voulait apaisant.

— Nous savons tous par quelles épreuves tu es passée, Kayla. Mais tu n'es plus seule. Nous sommes là pour t'aider, pour peu que tu le veuilles bien.

Kayla approuva d'un hochement de tête. Elle avait du mal à refouler la boule qui s'était formée dans sa gorge.

— Tout ce que je veux, c'est rentrer chez moi, dit-elle d'une voix étranglée par l'émotion.

Michelle opina puis s'éclaircit la gorge et annonça d'une voix forte, sa voix d'avocate inflexible :

— Comme ma cliente l'a souligné, l'argent n'est pas un problème. Nous allons donc procéder au renforcement du système de sécurité de sa propriété du lac Table Rock, sergent Hastings.

Ryan acquiesça en silence.

— Sortez votre carte de crédit, prévint-il d'un ton peu amène alors qu'il faisait défiler le nom de ses contacts sur son téléphone portable. Vous allez en avoir besoin.

10

Ryan shoota dans une pierre ronde qui atterrit un peu plus loin, sous un tapis de feuilles mortes. Il s'immobilisa, les mains sur les hanches, le regard fixé sur la propriété. Elle se trouvait à trois mètres du périmètre invisible protégé par le nouveau système de sécurité mis en place.

Un peu trop près à son avis, mais il n'y avait pas grand-chose de plus à faire pour sécuriser l'extérieur.

L'intérieur, en revanche...

Un sourire amusé se dessina sur ses lèvres tandis qu'il revoyait la tête de Kayla au moment elle avait tenté de déchiffrer les instructions relatives à l'activation des différentes fonctions du système de sécurité.

Il l'avait laissée s'entretenir avec les techniciens pour aller s'installer dans une des chambres du premier étage, à deux portes de celle de Kayla. Assez loin pour lui laisser l'intimité dont elle avait besoin, mais assez proche pour pouvoir être réactif en cas de danger.

Il se remit en marche, puis, contournant la maison, prit la direction du lac. Il nota mentalement de se procurer une vue aérienne de l'ensemble du domaine.

Depuis la soirée où ils avaient trouvé le mot sur le sac de livraison, les choses étaient calmes. Trop calmes, à son goût.

Jusque-là, chacun de leurs gestes, chacun de leurs mouvements avaient été épiés, et Del l'avait prouvé en se manifestant à un moment ou à un autre. Mais voilà que, depuis qu'ils étaient ici, Del ne donnait plus signe de vie.

Il était en vue du ponton quand son téléphone portable sonna dans la poche de sa veste.

— Hastings, dit-il après avoir pris l'appel.

— Salut, Ryan. C'est Ethan. Que dirais-tu de faire courir le bruit que Delray Powers, le fils du sénateur, serait impliqué dans l'assassinat de son oncle et de son cousin ?

— Je dirais que tu cherches les ennuis.

— Au point où j'en suis… La seule personne à ne pas me harceler tous les jours sur cette affaire, étrangement, c'est Kayla.

Un silence s'ensuivit au terme duquel les deux amis spéculèrent ensemble sur les raisons qui pouvaient bien pousser la principale intéressée à se montrer aussi conciliante.

— À mon avis, elle est encore sous le choc, conclut finalement Ryan. Ou alors, elle se contente de ce que Michelle lui rapporte sur l'enquête. Je sais qu'elles s'appellent tous les jours, toutes les deux. Et puis, je pense qu'elle te fait confiance.

— Je n'en sais rien. Tu as peut-être raison. Bon, je te laisse, je t'appellerai si j'ai une meilleure idée.

Sur ce, ils raccrochèrent en même temps. Ryan descendit sur le quai et s'approcha du seul hors-bord qui se trouvait amarré là et qu'il supposait être celui ayant appartenu à Trey Powers.

Il pensa à la jeune femme qui avait perdu la vie à bord de cette embarcation. Mort accidentelle ? Meurtre ? Des mois s'étaient écoulés depuis la disparition tragique de Mallory Murray et l'affaire n'était toujours pas résolue. Le serait-elle un jour ? Avec l'assassinat du principal suspect, il y avait peu de chances que la vérité éclate au grand jour. À moins que l'une des personnes présentes ce soir-là, rongée par le remords, ne passe aux aveux. Mais là encore il ne fallait pas trop compter dessus.

— Salut.

La voix de Kayla rompit le fil de ses pensées. Il leva la tête vers l'angle de la terrasse où elle se tenait immobile, les yeux fixés sur lui. La cible idéale. Jurant tout bas, il s'empressa d'aller la rejoindre.

— Vous ne devriez pas vous exposer comme cela, dit-il sur un ton de reproche.

— Comment, « comme cela » ? Je ne suis pas nue que je sache, répondit-elle.

L'ironie du ton ne lui échappa pas. Ça n'allait pas être simple de lui faire entendre raison.

— En restant là, vous vous exposez à la vue de tout le monde, Kayla.

Elle émit un ricanement moqueur.

— « Tout le monde » ? Nous sommes seuls, ici. Enfin, avec l'adjoint Warren mais même lui ne peut pas me voir, en faction comme il l'est devant l'entrée de la propriété.

— Ne faites pas la mauvaise tête, voulez-vous ? Vous voyez très bien ce que je veux dire.

Sur ce, il l'attrapa par le bras pour l'entraîner à l'intérieur. Comme il s'y attendait, elle résista.

— À vous comporter comme un homme des cavernes, autant me balancer sur votre épaule ou me traîner par les cheveux. Parce que là, voyez-vous, vous me faites mal au bras.

Il la relâcha aussitôt, se maudissant intérieurement d'avoir négligé sa blessure. Ils s'affrontèrent du regard un instant, silencieux, chacun restant sur ses gardes.

— Excusez-moi, dit-il le premier. Je n'aurais pas dû.

Un sourire indulgent se dessina sur ses lèvres.

— J'accepte vos excuses. Et puisque vous me le demandez, mon bras va beaucoup mieux. Merci.

— Kayla...

— Oui, Ryan ?

En guise de réponse, il poussa un soupir las.

— Venez, dit-elle. J'ai une surprise pour vous. À l'intérieur.

Elle avait prononcé ces deux derniers mots d'un ton taquin.

— Au fait... J'aurai un service à vous demander, ajouta-t-elle.

Puis, sans lui donner plus de détails et ne doutant pas qu'il allait lui emboîter le pas sans chercher à discuter, elle tourna les talons et fit coulisser la baie vitrée qui donnait sur un patio.

Sans qu'il en comprenne le lien, il fit un bond dans le passé. Il avait dix-neuf ans. Il étudiait à l'université d'Arkansas. Ce jour-là, il avait séché le dernier cours de la semaine pour rentrer plus tôt, pensant faire une surprise à sa mère et profiter un peu de ses amis de Little Rock. Mais, au lieu de l'accueil chaleureux auquel il s'attendait, il avait surpris sa mère, pourtant d'origine modeste, rudoyer l'employée de maison qu'elle accusait de ne pas avoir suspendu correctement dans leur dressing une des vestes de son mari.

— Ryan ?

La voix de Kayla l'arracha brusquement à ses souvenirs.

Il crut voir dans le regard qu'elle posait sur lui une lueur espiègle qui lui réchauffa le cœur.

— Tout va bien, assura-t-il en s'exhortant à se ressaisir.

Il afficha un air d'indifférence mais, tandis qu'ils venaient de pénétrer dans le salon, la blessure qu'il avait au genou se rappela à lui. Il esquissa une moue grimaçante en même temps qu'il laissait échapper un bref gémissement de douleur.

Kayla s'arrêta net de marcher pour se retourner vers lui.

— C'est votre genou ? s'enquit-elle avec une pointe d'inquiétude.

Bon sang, cette femme était pétrie de contradictions ! Comment pouvait-elle être aussi peu attachée à sa propre sécurité et se soucier autant de la douleur des autres ?

Il lui servit la réponse habituelle :

— Ça va, merci. Juste un pincement. Dites-moi plutôt quel est ce service que vous vouliez me demander.

Elle secoua la tête.

— La surprise d'abord.

Elle lui tourna alors le dos, puis, s'adressant à un interlocuteur invisible, commanda d'une voix forte :

— Joue la chanson de *Bodyguard*.

Une voix désincarnée lui répondit :

— Voici la chanson de *Bodyguard*.

La voix de Whitney Houston s'éleva, emplissant toute la pièce.

Surpris autant qu'embarrassé, Ryan afficha un air faussement consterné. Au moment où la chanteuse montait dans les aigus, leurs regards s'accrochèrent un long moment puis ils se sourirent, signe d'une complicité qui lui parut de bon augure.

— Arrête, ordonna Kayla avant la fin de la chanson.

L'ordre resta sans effet. Kayla répéta en élevant la voix :

— Arrête la musique.

Mais l'assistant virtuel refusait toujours d'obtempérer. Whitney continuait à s'époumoner.

— Coupe le son ! cria Kayla plus fort.

L'appareil obéit instantanément, et le silence qui s'ensuivit fit regretter à Ryan la voix puissante de la chanteuse.

— Wouah ! s'exclama-t-il d'un ton qu'il voulait léger. Vous n'avez pas encore fait de parallèle avec Kevin Costner. Félicitations !

Elle éclata d'un rire joyeux qui lui alla droit au cœur.

— Admettez que c'était une belle entrée en matière.

— Magnifique, même. Mais méfiez-vous. Je pourrais m'y habituer. Puisque cette chanson était la surprise, quel est le service que vous attendez de moi ?

Semblant hésiter à répondre, elle coinça une mèche de cheveux récalcitrante derrière son oreille.

— J'aimerais que vous m'accompagniez jusqu'à ma boîte aux lettres, répondit-elle finalement.

Il la fixa d'un air perplexe.

— Je voudrais aller relever le courrier, expliqua-t-elle.

— Vous attendez un gros chèque ? plaisanta-t-il. Si tant est que les gens fassent encore des chèques de nos jours.

— Bien sûr que oui. Et non, ce n'est pas de l'argent que j'attends.

Sur ce, elle se dirigea droit vers la porte d'entrée. Il la rattrapa en deux enjambées, mais cette fois il se garda bien de la retenir par le bras.

— Je ne comprends pas, dit-il. Qu'attendez-vous de si important ?

— Rien, éluda-t-elle.

Il la regarda désarmer l'alarme puis déverrouiller les lourdes portes à double battant.

— Kayla, vous voulez bien me dire ce qu'il se passe, à la fin ?

Elle pinça les lèvres. L'espace d'un instant, il crut qu'elle allait le planter là, sans plus d'explication.

— Kayla ? insista-t-il.

Elle hésita encore puis finit par répondre :

— J'étais allée relever le courrier le jour où il m'a tiré dessus.

— Et ce jour-là, vous attendiez un courrier spécial ?

— Arrêtez de faire une fixation là-dessus, rétorqua-t-elle d'un ton impatient.

— Je veux bien, à condition que vous m'expliquiez pourquoi vous tenez tant à aller là-bas si vous n'attendez rien de spécial.

Elle le regarda droit dans les yeux, semblant hésiter à lui révéler son secret.

— C'est juste un truc comme ça, d'accord ? commença-t-elle avec une pointe d'agressivité. Quand je me suis installée ici, après ma cure de désintoxication, j'ai instauré cette habitude. Tous les matins, je faisais l'aller-retour de la maison à ma boîte aux lettres. Je considérais cette petite marche comme un exercice physique qui m'était salutaire.

Il se retint de mentionner la salle de sport équipée d'appareils ultra-sophistiqués qu'il avait repérée au sous-sol de la maison. Mais Kayla devait avoir ses raisons pour dédaigner cet équipement de professionnel au profit de sa petite promenade matinale. En effet, l'explication ne tarda pas à venir.

— J'aimais bien prendre l'air, respirer l'odeur de la nature chargée de l'humidité du matin. J'avais l'impression de renaître.

— Sauf que ce jour-là vous avez failli en mourir.

Elle laissa passer quelques secondes avant de confesser :

— J'aimais la femme que j'étais en train de devenir. Une femme autonome et indépendante qui n'obéissait qu'à elle seule. Une femme libérée de ses addictions. Je ne veux pas que Del ait le dessus. Je ne veux pas le laisser détruire ce cheminement intérieur que j'avais entamé.

— Je comprends, dit-il avec douceur.

Elle le regarda du coin de l'œil, sceptique.

— Vraiment ?

— Vraiment.

— Dans ce cas, nous y allons ?

— Nous y allons. Juste le temps de prévenir l'adjoint Warren, histoire qu'il ne nous tire pas comme des lapins.

Ce trait d'humour la fit rire.

Il passa son coup de fil en chemin puis ils marchèrent côte à côte en silence.

— Je comprends que vous teniez à faire cette marche, dit-il le premier. Cette allée est magnifique.

Il pencha la tête en arrière pour admirer la voûte de feuillage que formait la cime inclinée des arbres.

Elle le regarda du coin de l'œil, un sourire amusé aux lèvres.

— Je parie que derrière votre apparente désinvolture vous

flippez autant que moi, dit-elle en lui souriant. Pour des raisons différentes, mais vous flippez.

— Vous flippez, vous ? s'étonna-t-il.

— Bien sûr que oui. La dernière fois que j'ai fait cette marche, on m'a tiré dessus, je vous rappelle.

— Exact. En revanche, vous vous trompez. Nous flippons pour la même raison.

Elle s'arrêta pour ramasser une feuille d'érable d'un rouge incandescent qu'elle fit tourner entre ses doigts.

— Est-ce une manière détournée de souligner que nous avons des points communs ?

— Disons que dans ce cas précis nous ressentons la même chose.

Un nouveau silence s'installa entre eux que n'interrompait que le crissement du gravier sous leurs pas. Soudain, il s'arrêta net de marcher et se figea sur place.

Elle le dévisagea avec inquiétude.

— Quoi ?

— Je viens de voir un reflet métallique à travers les arbres.

Il pointa du menton les bois qui s'étendaient sur leur gauche.

Elle plissa les yeux dans la direction qu'il lui indiquait puis tourna la tête vers lui.

— Je ne vois rien. C'est peut-être la voiture de patrouille de l'adjoint Warren. Il y a une courbe, non loin de la grille, vous vous souvenez ?

Il prit le parti de croire à cette hypothèse pour ne pas l'inquiéter davantage.

Un court instant plus tard, les faits lui donnaient raison. Le jeune adjoint était en effet adossé, légèrement avachi, contre la portière de son véhicule.

— Sergent, madame..., les salua-t-il en se redressant d'un mouvement leste.

— Bonjour adjoint, lui retourna Kayla d'une voix chaleureuse.

Tout va bien ? J'ai demandé à notre gardien d'installer un mini-frigo dans la dépendance. Vous y avez trouvé tout ce qu'il vous faut ? Il ne manque rien ?

Être l'objet de tant de sollicitude fit rougir jusqu'aux oreilles le jeune officier de police.

— C'est parfait, madame. Je vous remercie.

— Mme Powers souhaite relever son courrier, intervint Ryan.

Le jeune homme acquiesça avant de se précipiter vers le tableau de commande qui actionnait le portail.

— J'ai vu la camionnette du facteur passer il y a une demi-heure environ. Si vous voulez, je peux aller vérifier moi-même s'il a laissé quelque chose dans la boîte, proposa-t-il gentiment. Je vous monterai le courrier s'il y en a.

— C'est très gentil à vous, mais je tiens beaucoup à faire cette petite marche jusqu'au bout.

Warren opina puis s'écarta pour les laisser poursuivre leur chemin.

La boîte aux lettres ne contenait rien d'autre qu'un fatras de brochures publicitaires qu'elle rassembla à la hâte. Elle jeta un coup d'œil distrait à la première publicité de la pile.

— Quelle chance ! s'exclama-t-elle avec un sourire amusé. Je suis éligible à un prêt immobilier.

— Félicitations, ironisa-t-il.

C'est d'humeur légère qu'ils entamèrent le chemin de retour.

— N'hésitez pas à me faire savoir si vous avez besoin de quelque chose, dit-elle au jeune adjoint alors qu'ils repassaient devant lui.

Les joues du jeune homme s'empourprèrent de nouveau.

— Merci, madame.

Ryan attendit qu'ils se fussent assez éloignés pour ne pas être entendu puis lança d'un ton faussement désinvolte :

— Vous ne devriez pas sourire à ce jeune homme comme vous le faites. De toute évidence, ça lui retourne le cerveau.

Mais elle l'écoutait à peine. Sourcils froncés, elle fixait la grande enveloppe marron qu'elle tenait entre les mains.

— Qu'est-ce que c'est ? demanda-t-il.

— Ça vient du cabinet, répondit-elle après avoir vérifié l'adresse de l'expéditeur qui était indiquée au dos de l'enveloppe. Une liste de diffusion, sans doute. Elle est adressée à Tyrone.

Elle lui passa le courrier afin qu'il l'examine puis reporta son attention sur une autre enveloppe. Celle-ci aussi provenait de chez PP&W et c'était à elle qu'elle était adressée.

— Mme Ayers a dû oublier de mettre sa liste à jour, murmura-t-elle comme pour elle-même.

— Pourquoi dites-vous cela ?

— Parce que l'enveloppe que vous avez en main porte le nom de mon mari qui, comme vous le savez, n'est plus de ce monde depuis deux mois. Nancy tient une base de données. Toute la correspondance officielle de l'entreprise était envoyée en copie à Tyrone, chez nous à Bentonville mais également ici. Tout comme elle est envoyée à William, à Chicago, et à Anthony Walton, même s'il s'est retiré de la gestion du cabinet.

Ils terminèrent leur marche en silence, Ryan parcourant la pile de prospectus et Kayla tournant et retournant les enveloppes entre ses doigts.

Ils venaient d'arriver sur le perron quand Kayla s'immobilisa.

— Je m'inquiète sans doute pour rien, dit-elle. Mais il faut que j'en aie le cœur net.

D'un geste sec, elle déchira la première enveloppe, celle adressée à Tyrone, et en sortit la feuille simple qui se trouvait dedans. Elle la déplia et lut à voix haute :

TU N'AURAIS PAS DÛ TRAHIR TA FAMILLE

Ryan lui arracha le courrier des mains en même temps qu'il la poussait sans ménagement vers la porte d'entrée.

— À l'intérieur ! Vite ! lui ordonna-t-il sèchement.

Elle ne protesta pas mais, à la seconde où ils furent en sécurité à l'intérieur, elle lança :

— Ce n'est pas à moi que ce courrier est adressé.

Elle s'intéressa alors au contenu de la seconde enveloppe, celle qui portait son nom.

Elle renfermait une feuille identique à la première, du même grain. Elle la lut en silence, cette fois, puis la tendit à Ryan.

BIENVENUE À LA MAISON

11

Ces deux messages furent à l'origine de nombreuses discussions animées entre Ryan et Kayla, ce jour-là.

Il voulait qu'ils quittent la maison sur-le-champ quand elle s'accrochait à la décision qu'elle avait prise de rester au manoir.

Selon Ryan, celui ou celle qui avait envoyé ces lettres voulait jouer avec ses nerfs. Les enveloppes n'étaient pas timbrées, ce qui signifiait qu'elles avaient été directement déposées dans la boîte aux lettres. Ce qui signifiait encore que le tueur rôdait par là.

Les arguments de Ryan tenaient la route mais elle s'obstinait : elle ne quitterait pas les lieux ; elle se battrait sur son terrain.

Forte de cette décision, elle demanda à Michelle et Nancy de passer en revue les piles de courrier qui avaient dû s'accumuler à son adresse de Bentonville pour vérifier si des billets similaires s'y trouvaient. La réponse ne tarda pas à lui parvenir. En effet, Michelle avait trouvé deux enveloppes renfermant des messages identiques à ceux envoyés au manoir. Michelle lui en avait adressé une copie puis avait fait passer les originaux à Ethan.

Ce soir-là, Ryan et elle dînèrent séparément, chacun se faufilant dans la cuisine quand l'autre ne s'y trouvait pas.

Il régnait dans la maison une tension presque palpable. Ce n'était pourtant pas la première fois qu'ils s'opposaient sur la manière dont ils envisageaient sa protection mais, cette fois, le dialogue semblait rompu pour de bon. Elle essayait bien de se distraire en visionnant des comédies légères ou en feuilletant des magazines féminins, mais son esprit restait concentré sur le premier rendez-vous qu'elle avait le lendemain, à Eureka Springs, avec un obstétricien.

Avec tout ce qu'il se passait, elle avait eu peu de temps à consacrer à sa grossesse. À peine veillait-elle à se nourrir correctement, à effectuer quelques exercices de gym et à faire de son mieux pour éviter de se faire tuer.

Organiser des visites médicales régulières à Bentonville, Springdale, Rogers ou Lafayette allait se révéler compliqué, pour ne pas dire impossible. Il suffirait que quelqu'un reconnaisse la veuve de Tyrone Powers dans la salle d'attente d'un obstétricien et les spéculations iraient bon train.

Ryan et elle ne s'étaient toujours pas adressé la parole alors qu'ils patientaient ensemble, le lendemain matin, dans la salle d'attente du cabinet de gynécologie. Mais cela ne gâchait pas le bonheur de Kayla : dans quelques minutes, elle entendrait les battements de cœur de son bébé. Cette échographie allait rendre vraiment réelle cette petite vie qui palpitait dans son ventre.

Mais, comme toutes les futures mamans, elle était saisie par moments d'une vive inquiétude. Et si tout n'allait pas bien ? Si l'examen révélait une anomalie ? Elle ressentit profondément l'absence de son mari à ses côtés. Elle ferma les yeux, priant en silence pour que le destin ne lui inflige pas un nouveau sale coup.

La voix de l'infirmière venue la chercher la sortit brusquement de ses pensées.

— Kayla Maitland ?

Elle mit un court instant à réaliser qu'elle avait donné son nom de jeune fille lors de la prise de rendez-vous.

— À tout à l'heure, murmura-t-elle à l'adresse de Ryan.

— Monsieur Maitland, souhaitez-vous venir aussi ?

Kayla se figea sur place en même temps qu'elle rougissait violemment. Ryan, lui, ne réagissait pas. Il gardait la tête baissée comme il le faisait depuis qu'ils étaient arrivés.

— Monsieur Maitland ? insista l'infirmière.

— Je ne crois pas qu'il..., commença Kayla juste au moment où Ryan sortait enfin de la léthargie dans laquelle il était plongé.

— Pardon ? dit-il.

— Voulez-vous venir ? répéta patiemment l'infirmière.

Elle jeta un rapide coup d'œil au dossier qu'elle tenait à la main puis fit aller son regard de l'un à l'autre.

— Une première échographie est toujours un moment plein d'émotions, ajouta-t-elle avec un sourire bienveillant. Je suppose que vous avez envie de le partager.

Kayla ouvrit la bouche pour protester, mais elle la referma quand elle vit Ryan se lever à son tour.

— Excusez-moi. Je crois bien que je m'étais assoupi.

Un sourire victorieux se dessina sur ses lèvres.

— Où tu vas je vais, ma chérie.

Le visage en feu, Kayla emboîta le pas à l'infirmière. Un court instant plus tard, ils se retrouvèrent dans la salle d'examen, une vaste pièce aux murs peints en vert pastel.

— Je vais vous demander de vous déshabiller, lui dit l'infirmière avant de sortir.

Kayla balaya la pièce du regard. Elle ne trouva rien – aucun paravent, aucun rideau –, susceptible de préserver son intimité. Elle attrapa la blouse soigneusement pliée posée au pied de la table d'examen et la déplia.

— Et maintenant ? Que comptez-vous faire ? demanda-t-elle avec une pointe d'agressivité.

— Ce n'est pas plus mal, rétorqua-t-il. Imaginez que, en sortant, nous tombions sur quelqu'un que vous connaissez.

Ils penseront que le bébé n'est pas de Tyrone. Ce sera plus sûr pour nous deux.

Ne pas pouvoir contester une telle logique la hérissa un peu plus.

— Vous réalisez que je vais devoir me mettre nue pour subir un examen gynécologique ?

Elle esquissa un sourire en coin en le voyant rougir jusqu'à la racine des cheveux.

— J'avoue que je n'avais pas pensé à ça, admit-il piteusement. Je n'ai réfléchi qu'à...

Il pointa le menton vers la fenêtre, dans un geste visant à englober le monde extérieur et les dangers qu'il représentait pour elle.

Pour tout commentaire, elle poussa un soupir teinté de lassitude.

— Tournez-vous, lui commanda-t-elle en haussant les épaules. Et n'essayez pas de regarder. Je vous tiens à l'œil.

En effet, elle garda les yeux rivés sur lui tout le temps qu'elle mettait à se déshabiller. Elle attendit d'avoir enfilé la blouse pour retirer ses sous-vêtements, qu'elle roula ensuite en boule avant de les poser sur son pantalon.

Elle s'assura que la blouse ne laissait rien voir de sa nudité, puis s'allongea sur la table d'examen en resserrant les pans du fin tissu sur elle.

— C'est bon. Vous pouvez vous retourner.

Cette fois, il eut le bon goût de lui présenter un visage impassible.

— Je suis désolé, dit-il. Je n'avais pas réfléchi à ça.

Elle accepta ses excuses d'un hochement de tête.

— Venez vous asseoir ici, lui intima-t-elle en désignant le siège qui se trouvait près de la table, au niveau de sa tête. Normalement, vous ne devriez rien voir.

Il opina en silence avant de se laisser tomber lourdement dans le fauteuil.

— Encore désolé, répéta-t-il. Je...

— C'est bon, le coupa-t-elle d'un ton brusque. Je crois que j'ai compris.

Elle le vit contracter les mâchoires, signe visible qu'il se retenait de répliquer vertement.

— Ne vous inquiétez pas, ajouta-t-elle d'un ton radouci. Cela ne fait pas de vous le partenaire de jeux de ce bébé à naître.

Elle avait plaisanté dans l'espoir de détendre un peu l'atmosphère, mais cette remarque ne faisait que mettre l'accent sur le fait qu'elle allait vivre seule sa grossesse puis toutes les étapes qui suivraient la naissance de son enfant. Cette prise de conscience la plongea dans une profonde mélancolie qui lui fit monter les larmes aux yeux. Des larmes qu'elle parvint à refouler en fixant son attention sur la rosace du plafond. Ses pensées dérivèrent vers Michelle. Son amie serait là pour elle, elle n'en doutait pas. Elle l'accompagnerait dans ces moments difficiles quoique heureux.

On frappa un coup sec à la porte puis une petite femme brune fit irruption dans la salle.

— Bonjour, Je suis le Dr Vargas, dit-elle avec un sourire rayonnant. Comment allons-nous ? J'ai cru comprendre que vous n'étiez pas de la région.

Kayla acquiesça avant de se lancer dans le récit inventé de toutes pièces qu'elle avait élaboré avec Ryan avant de prendre rendez-vous.

— Oui. Avec le stress du déménagement, je n'ai pas su voir les signes d'une grossesse. J'avais négligé mon retard de règles. J'ai appris que j'étais enceinte quand j'ai été admise aux urgences pour un malaise sans gravité, il y a quinze jours. Ils m'ont fait faire un test qui s'est révélé positif.

Le Dr Vargas lui pressa gentiment le bras dans un geste qui se voulait rassurant.

— Nous allons vérifier tout cela, dit-elle alors qu'elle s'asseyait sur le tabouret pivotant au bout de la table d'examen. Descendez un peu le bassin vers moi et mettez vos pieds dans les étriers.

Pendant que Kayla obéissait docilement, elle s'adressa à Ryan :

— Cela a dû être une sacrée surprise pour vous aussi, je suppose ?

— Oui, on peut le dire, répondit Ryan sans hésiter.

Elle lui sourit puis reporta son attention sur la future maman.

— Vous êtes jeune et vous me semblez être en parfaite santé. Pas d'antécédents familiaux autres que ceux notés dans votre fiche médicale ?

Kayla secoua la tête.

— Non.

— Très bien.

Le Dr Vargas approcha le tabouret du bout de la table d'examen.

— Je vais procéder à un examen gynécologique rapide, et ensuite nous passerons à l'échographie, dit-elle. Vous allez pouvoir entendre les battements de cœur de votre bébé.

Elle tint parole. Un court instant plus tard, elle retirait ses gants en latex.

— L'examen est parfaitement normal, annonça-t-elle dans un sourire satisfait.

Elle discuta ensuite avec Kayla de la date de conception puis de celle de l'accouchement.

— Vous en êtes à un peu moins de cinq mois de grossesse. Avec un peu de chance vous pourriez tenir votre bébé dans vos bras autour du 14 février, date de la Saint-Valentin.

Elle accompagna ces derniers mots d'un clin d'œil de connivence.

— En février ? répéta Ryan. Pour la Saint-Valentin ?

— C'est la date habituelle, oui, dit le Dr Vargas d'un ton taquin. Prévoyez une gerbe de roses plutôt qu'un simple bouquet.

— J'en suis déjà à vingt semaines ? demanda Kayla de son côté.

— Oui. Vous avez eu beaucoup de chance de ne pas connaître les petits désagréments du début. Même si elles ne sont pas graves, les nausées matinales ne sont pas très agréables, croyez-moi. Bien. Je vous propose une visite toutes les quatre semaines pour l'instant, puis une fois par semaine le dernier mois.

— D'accord, répondit Kayla. Merci.

— Vous n'avez pas à me remercier. J'ai la tâche la plus facile. En attendant, essayez de vous détendre et de subir le moins de stress possible ; mangez équilibré et faites de l'exercice. Si vous suivez bien ces instructions de base, tout ira bien.

— Pas de stress…, dit Kayla tout bas, comme pour elle-même.

— Je sais, ce n'est pas gagné. Surtout pour un premier bébé. Mais on peut toujours rêver, non ?

— C'est vrai.

Le Dr Vargas glissa son stylo dans la poche de poitrine de sa blouse blanche.

— Stacy ne devrait pas tarder à arriver, dit-elle. C'est la technicienne qui va procéder à l'échographie. Vous repartirez d'ici avec les premières photos de votre bébé. En attendant, vous avez des questions à me poser ?

Kayla secoua la tête.

— Non, je crois que c'est bon.

— Et le papa ? Il a des questions ?

Elle s'adressait à Ryan qui, pris de court, s'éclaircit inutilement la gorge.

— Non. Tout va bien. Merci.

Une petite heure plus tard, ils étaient sur le chemin du retour. Chacun restait muré dans un silence que ni l'un ni l'autre ne semblait pressé de rompre. Kayla se repassait en boucle les paroles de Stacy qui, après s'être assurée qu'elle voulait connaître le sexe de son enfant, lui avait annoncé qu'elle allait avoir un petit garçon.

Ils venaient d'arriver à la grille du domaine et ne s'étaient pas encore échangé un mot. À peine saluèrent-ils Bennett, le nouvel adjoint qui avait pris la relève.

Même quand Ryan eut coupé le moteur, elle resta immobile et silencieuse sur son siège, les yeux fixés sur les eaux du lac, incapable d'esquisser le moindre geste et d'articuler le moindre mot.

— Félicitations, dit Ryan le premier. Je suis très heureux pour vous.

— Merci, répondit-elle sans pouvoir détacher son regard de l'eau scintillante. Un garçon..., ajouta-t-elle dans un souffle.

Elle finit par tourner lentement la tête vers Ryan. Elle se sentait gênée, aussi exposée que lorsqu'elle se trouvait sur la table d'examen, les talons dans les étriers.

— Désolée, dit-elle. Je crois que je suis encore sous le choc. Je n'ai pas encore digéré toutes ces nouvelles... tout ce flot d'informations...

— C'est vrai que c'était beaucoup pour une première fois.

Elle acquiesça en silence, sans prendre la peine de refouler l'émotion qui la submergeait. Elle avait pleuré toutes les larmes de son corps en entendant battre le cœur de son bébé puis en voyant les images de sa silhouette qui s'affichaient sur l'écran. À en croire Stacy, toutes les mamans en passaient par là. La présence de Ryan debout à côté d'elle, comme fasciné par ce qu'il voyait, avait ajouté à son émotion.

— Vous voulez aller faire un tour au bord du lac ? proposa-t-il gentiment. Un peu d'air frais vous ferait du bien.

Elle esquissa un sourire reconnaissant.

— Cela doit vous coûter, non ? D'habitude, vous n'avez de cesse de vouloir me voir confinée à la maison.

— Profitez-en. Vous n'aurez pas de deuxième chance.

Elle était tellement touchée par cet accès de sollicitude qu'elle en eut les larmes aux yeux.

— Dans ce cas, je ne vais certainement pas la rater.

Ils passèrent par la maison où elle déposa son sac à main sur un des fauteuils du salon puis ressortirent aussitôt. Si elle s'était débarrassée de son sac, en revanche, elle avait toujours à la main l'enveloppe qui renfermait les captures d'écran des clichés de son bébé.

Elle la serra contre sa poitrine en inspirant une profonde goulée d'air frais. Un garçon. Elle allait avoir un garçon.

Comme s'il avait lu dans ses pensées, Ryan demanda :

— Vous allez l'appeler Tyrone ?

— Je n'ai pas encore décidé. Vous trouvez que c'est grave si je ne lui donne pas le nom de son père ?

Il haussa les épaules.

— En tout cas, je ne crois pas que vos proches vous en tiendraient rigueur. Compte tenu des circonstances, c'est un nom qui est lourd à porter pour un enfant.

— Vous avez raison. Delray est exclu aussi.

Ils échangèrent un regard appuyé en même temps qu'ils esquissaient un sourire de connivence.

— Votre enfant vous remerciera un jour, c'est sûr.

Son sourire se transforma en un rire franc.

— Vous avez raison.

Elle lui fit signe de la suivre.

— Vous saviez que le père de Ty avait baptisé son bateau *La Manta* ? demanda-t-elle alors qu'elle l'entraînait vers le quai.

L'évocation de ce prédateur marin fit ricaner Ryan.

— Non, mais cela ne m'étonne pas.

Quand ils furent arrivés en vue du port privé des Powers, elle s'arrêta pour pointer du doigt un superbe voilier dont la coque en bois brillait au soleil.

— Il est très difficile à manœuvrer, mais Ty aimait bien le sortir de temps en temps. Ce bateau faisait l'admiration de tous les amateurs de voile.

— Je n'en doute pas. Il est vraiment très beau.

Ils se remirent en marche, prenant cette fois la direction du hangar à bateaux.

— Je suppose que le hors-bord rouge est celui de Trey ? J'ai eu l'occasion de voir des photos dans les rapports de police.

Elle acquiesça en silence.

— Normalement, il aurait dû être saisi par la justice mais, comme vous le savez, Tyrone avait le bras long. Il a sans doute passé quelques coups de fil aux bonnes personnes.

Elle avait parlé d'un ton chargé de réprobation.

— J'imagine que c'est parce que la police scientifique avait déjà fait son boulot et qu'elle ne pouvait plus rien en tirer, répondit-il avec tact.

— Pour Ty, il n'était pas question que quiconque touche à ce qui appartenait à son fils chéri.

Elle regretta ces mots au moment même où ils sortirent de sa bouche.

— Ce n'est pas ce que je voulais dire. Tyrone était un bon père. Un peu trop permissif, peut-être, mais n'est-ce pas le cas de nombreux parents ?

— Sans doute.

La réponse était élusive. De toute évidence, il se retenait de donner son avis sur le sujet. Elle s'apprêtait à insister quand quelque chose d'anormal attira son attention.

La porte du hangar à bateaux, où étaient stockés les gilets de sauvetage, le matériel de pêche et les accessoires de sports nautiques, était grande ouverte.

Obéissant à son instinct, elle attrapa le bras de Ryan qui s'arrêta net de marcher.

— Quoi ?

— La porte du hangar... Elle devrait être fermée et verrouillée.

Au lieu de s'approcher, comme elle s'attendait à ce qu'il le fasse, il lui prit la main et l'entraîna précipitamment vers la maison. Un court instant plus tard, ils se trouvaient à l'intérieur et Ryan dégainait son téléphone portable sans attendre.

— Enclenchez l'alarme, lui intima-t-il. J'appelle le shérif. La personne qui s'est introduite dans le hangar a dû venir en bateau par le lac.

Elle lui obéit sans discuter.

Moins d'une minute plus tard, ils entendirent les pneus d'une voiture crisser sur le gravier de l'allée. Ils se précipitèrent dans l'entrée. Par une des fenêtres qui encadraient la porte, ils virent l'adjoint Bennett se garer tout près de la maison. Ryan jura tout bas. De toute évidence, il n'appréciait pas qu'il ait quitté son poste.

— Allez attendre dans le bureau de Ty, lui ordonna-t-il alors qu'il désactivait l'alarme. N'oubliez pas d'actionner le système de verrouillage.

Ryan avait insisté pour que cette pièce soit transformée en une chambre forte où elle pourrait se retrancher en cas d'urgence extrême. Elle ne considérait pas la venue de l'adjoint au shérif comme une urgence extrême. Elle ne comptait pas non plus aller s'enfermer à double tour dans cette tour d'ivoire chaque fois que Ryan lui en donnerait l'ordre.

Elle resta donc immobile près de la fenêtre à observer Ryan tandis qu'il allait rejoindre le jeune homme. L'échange ne dura qu'un bref instant au terme duquel Bennett remonta dans son véhicule et Ryan revint vers la maison.

Il actionna l'alarme à la seconde où il eut refermé la porte derrière lui.

— Vous n'étiez pas censée attendre dans le bureau de Tyrone ? dit-il sèchement.

— Je voyais mieux d'ici, rétorqua-t-elle sur le même ton.

— Ce qui veut dire que n'importe qui pouvait vous voir de l'extérieur. La personne qui a pénétré dans le hangar à bateaux, par exemple. Qui nous dit qu'elle ne traîne pas encore dans les parages ?

Ses traits accusaient une grande lassitude. Il se frotta le visage de ses deux mains, semblant vouloir évacuer, par ce geste, une profonde frustration.

— Si vous ne le faites pas pour vous, faites-le pour votre bébé, ajouta-t-il d'un ton lourd de reproche.

Elle prit mal le fait qu'il l'accuse d'être négligente, voire irresponsable. Pour qui se prenait-il, à la fin ?

— Je n'ai pas besoin que vous me disiez ce que je dois faire pour mon bébé.

— Kayla, nous avions passé un marché.

— J'ai accepté que vous transformiez le bureau de Tyrone en chambre forte, mais je refuse d'aller m'y enfermer à la moindre occasion.

— Vous n'êtes pas au tribunal, ici. Alors, épargnez-moi vos tirades d'avocate de la défense.

— Vous êtes mal placé pour me faire la morale, monsieur-le-flic-qui-sait-tout. Parce que, en fait, vous ne savez rien.

— Ah oui ? Alors, dites-moi ce que je ne sais pas. Grâce à vos conseils avisés, je ferais sans doute mieux mon travail.

Sa colère retomba d'un coup, aussi vite qu'elle était montée. Elle en avait assez de ces bras de fer perpétuels. Et puis, elle était injuste. Ryan essayait juste de la protéger du mieux qu'il pouvait.

— Excusez-moi, dit-elle. Je n'aurais pas dû m'emporter contre vous. Et puis, avant de tirer des conclusions hâtives, il y a quelque chose que vous devez savoir.

— Quoi ?

— Ce n'est pas la première fois que ce hangar à bateaux est visité. J'avoue que, sur le coup, j'ai eu peur. Moi aussi, j'ai tout de suite pensé à Del ; mais ici, tout le monde sait que la maison est inoccupée la plupart du temps. On nous a déjà volé du matériel de navigation, des équipements de pêche ou des skis nautiques.

— Combien de fois ?

— Au moins cinq ou six fois depuis mon mariage avec Ty. Mais j'imagine que cela s'était déjà produit avant.

Elle laissa passer un blanc avant d'ajouter :

— Et maintenant, si vous n'y voyez pas d'inconvénient, je vais aller me reposer, comme me l'a conseillé le Dr Vargas. Je suppose que vous n'avez pas besoin de moi pour vous entretenir avec le shérif.

12

Kayla avait dit juste. Renseignements pris auprès des adjoints venus sur place investiguer, actes de vandalisme et cambriolages étaient monnaie courante dans la région. Le savoir ne rassurait pas pour autant Ryan.

Le garage à bateaux n'avait pas été visité par un voleur en quête de la bonne affaire à faire. Il avait été complètement retourné, dans une volonté évidente de tout saccager.

De retour dans la maison, il monta directement à l'étage. Par la porte qu'elle avait laissée ouverte il vit Kayla confortablement installée sur le canapé Chesterfield du bureau de Tyrone, occupée à lire.

À son arrivée, elle leva les yeux sur lui.

— Ils sont repartis ?

— Oui.

Depuis qu'il l'avait accompagnée dans la salle d'examen, il ne savait plus trop comment se comporter avec elle. L'échographie avait donné vie au bébé qui grandissait en elle. Quand il avait entendu les battements de son cœur, il avait pris conscience qu'il ne s'agissait plus d'une idée abstraite mais d'un petit être vivant qu'il fallait protéger en même temps que sa mère. Ce bébé n'était pas une complication de plus qu'il fallait contourner ; il était un élément majeur à prendre en compte.

Se retrouver sous le même toit qu'une femme enceinte lui

faisait perdre ses repères. Devait-il lui demander comment elle se sentait ? Aurait-elle envie de discuter avec lui d'un sujet aussi intime ou préférerait-elle rester seule ?

Il ne le saurait qu'en lui tendant la perche.

— Comment... Êtes-vous..., commença-t-il avant de s'interrompre.

Il avait soudain conscience de s'être imposé dans un moment très intime de la vie de Kayla. Il était urgent qu'ils posent ensemble des limites à ne pas dépasser, mais il ne savait pas comment aborder le sujet.

Incapable de trouver les mots, il préféra parler d'autre chose.

— Qu'est-ce que vous lisez ?

Elle tourna le livre vers lui.

— *J'attends un enfant*, répondit-elle. La bible de toutes les futures mamans.

Il approuva d'un hochement de tête avant de pointer du menton l'un des fauteuils qui faisaient face au canapé.

— Je peux ?

— Bien sûr.

Elle se redressa, marqua sa page avec les photos de l'échographie puis posa l'ouvrage sur la table basse.

— Je voudrais m'excuser pour ce matin, dit-il. En vous suivant dans cette salle d'examen, je n'avais en tête que ma mission, mais je n'avais pas à vous voler un moment aussi important de votre vie.

Elle eut un geste de la main désinvolte.

— Ce n'est pas si grave. Pour être franche, j'étais même contente que vous soyez là. Vous savez, même si je donne l'impression du contraire, j'apprécie votre présence à mes côtés. J'apprécie vraiment ce que vous faites pour moi. Finalement, ajouta-t-elle après s'être interrompue brièvement, partager un moment aussi intime a été la révélation dont nous avions besoin tous les deux. Cela a rendu les choses plus réelles, n'est-ce pas ?

Il opina.

— Une réalité effrayante, même, commenta-t-il en souriant.

— J'ai réfléchi au prénom que j'allais donner à mon bébé. Je sais que j'ai encore le temps d'y penser, mais je crois que j'ai trouvé.

Elle marqua une courte pause puis ajouta avec une pointe de tristesse dans la voix :

— Pour une fois, je n'aurai pas à me battre pour avoir le dernier mot. Que pensez-vous de Tyler ?

— C'est ce que vous pensez, vous, qui a de l'importance, Kayla.

— Vous avez l'art et la manière d'esquiver, n'est-ce pas ?

Cette remarque amena un sourire amusé sur ses lèvres.

— De cette façon, poursuivit-elle, je pourrais l'appeler Ty, comme son père, mais il ne serait pas le prochain Tyrone Powers, troisième du nom. Cet enfant va naître dans un contexte particulier. Douloureux, même. Ce n'est pas la peine d'ajouter de la lourdeur à une lourdeur déjà bien présente. Et puis, je ne veux pas que mon petit garçon grandisse en s'imaginant qu'il devra être avocat ou prendre un jour la tête du cabinet.

Elle posa une main protectrice sur le renflement léger de son ventre. Il se sentit soudain indiscret. Mais il avait beau faire, il n'arrivait pas à détacher son regard de l'image touchante qu'elle lui offrait. Assister à l'échographie du bébé lui avait fait franchir tant de lignes interdites qu'il ne savait plus comment reprendre de la distance, ni retrouver le détachement que lui imposait sa profession.

— C'est une très bonne idée.

Son visage s'éclaira d'une joie enfantine.

— Vraiment ?

— Oui. Vous avez trouvé le compromis parfait.

— Je n'ai pensé qu'à ça depuis que j'ai appris la nouvelle. Je voudrais tellement qu'il ne souffre pas du poids de son héritage. Qu'il comprenne que naître dans un milieu privilégié est à la fois une grande chance mais peut aussi se révéler une calamité. Je ne veux pas qu'il pense que sa voie est toute tracée. Je veux au contraire qu'il sache que, malgré le nom qu'il porte, il pourra faire ses propres choix sans culpabilité.

— Ce que n'a pas pu faire votre mari, je suppose ?

— Oui. Tyrone mais Bill, également. Ils ne se sont même pas posé la question. Leur père avait pris ses précautions pour ne pas leur laisser d'autre choix que de suivre la voie familiale. C'est une des raisons pour lesquelles Tyrone avait fait changer son testament. Il voulait que ce soit plus simple. Plus clair.

— N'était-ce pas Trey qui était censé reprendre les affaires familiales ?

— Si. Malheureusement, il n'est plus là.

Ils se turent un court instant.

— Qu'ont dit les enquêteurs ? reprit-elle la première.

— Ils ont confirmé ce que vous m'aviez dit. Que les cambriolages étaient fréquents dans le coin.

— Pendant que vous discutiez avec eux, j'ai appelé M. Johnson. C'est le gardien du domaine. Je lui ai demandé de passer voir ce qu'il manquait et de remettre un peu d'ordre dans tout ce bazar.

Elle lui adressa un sourire narquois.

— Il ne passera pas par la maison. Aussi, si vous voyez un homme d'environ soixante-dix ans aux cheveux blancs, occupé à fouiller le hangar, ne le mettez pas en joue. D'accord ?

— J'essaierai de me retenir, répondit-il avec la même légèreté.

Cette nuit-là, il était allongé sur son lit, la télécommande pointée en permanence sur la grande télé murale. Il regardait défiler les images d'un air distrait, passant d'une chaîne à l'autre, avant de décider finalement de renoncer à être le spectateur passif de programmes qu'il jugeait désolants.

Il hésita entre descendre à la cuisine grignoter un en-cas ou trouver un livre quelque part. C'est alors que son regard se heurta à ses baskets qui gisaient dans un coin de la pièce. Voilà ce dont il avait besoin. Une bonne séance d'activité physique dans la salle de sport aménagée au sous-sol de la maison.

Il rassembla ses affaires et prit l'escalier, se dirigeant dans l'obscurité grâce à la lampe torche de son smartphone.

Une fois dans la salle de sport, il lança sa playlist préférée et commença sa séance par une marche tonique de dix minutes sur le tapis roulant. Il passa ensuite au vélo d'appartement puis, une fois bien échauffé, enchaîna avec des exercices de musculation.

Il était en train de remplir un godet en plastique à la fontaine à eau quand toutes les lumières de la maison s'allumèrent d'un coup.

Trois bips stridents déchirèrent le silence de la nuit, puis ce fut la voix désincarnée du système de sécurité qui se fit entendre par les haut-parleurs disséminés à tous les étages.

« Violation de périmètre de sécurité. Secteur 4. »

Ryan plaqua une main sur son oreille et de l'autre chercha machinalement à dégainer son arme.

Merde ! Il l'avait laissée dans sa chambre.

— Kayla ! hurla-t-il en se précipitant dans l'escalier.

Au moment où il arrivait sur le palier, elle sortait de sa chambre, armée d'un club de golf qu'elle brandissait comme une batte de base-ball. Elle portait un bas de pyjama imprimé assorti d'un débardeur. Les cheveux ébouriffés, les yeux hagards, elle s'apprêtait à abattre son arme de fortune sur lui.

Il leva les bras devant lui pour se protéger.

— Kayla, c'est moi, dit-il pour la stopper dans son élan.

— C'est vous qui avez déclenché l'alarme ?

Il secoua la tête tout en lui prenant la main pour l'entraîner dans sa chambre.

— Non. J'étais dans la salle de gym.

Il ne lâcha sa main que le temps d'aller chercher son arme de poing qu'il avait laissée sur sa table de chevet, un peu plus tôt dans la soirée. En repassant la porte, il lui prit à nouveau la main. Kayla laissait traîner derrière elle la lourde tête du club de golf avec l'intention évidente de ne pas se dessaisir de cette arme improvisée.

— Où allons-nous ? s'enquit-elle.

— Dans le bureau de Ty. C'est la pièce la mieux sécurisée. Nous pourrons visionner les images des caméras de surveillance depuis son ordinateur.

La voix synthétique continuait à diffuser son alerte, faisant grimper leur niveau de tension à chaque répétition. Quand ils se retrouvèrent devant le bureau, la porte était verrouillée.

— Ça a marché, dit Kayla, visiblement impressionnée. Vos empreintes digitales, vite !

Il acquiesça. Il avait fait installer un système biométrique qui ne reconnaissait que les empreintes digitales de Kayla ou les siennes.

Il pressa le bout de son index sur le panneau vitré. La seconde d'après, la serrure trois points se débloquait. Il fit entrer Kayla la première puis verrouilla de nouveau la porte derrière lui.

— Rappelez-vous, Kayla. Si vous devez venir vous réfugier ici sans moi, n'oubliez pas de refermer à clé.

— D'accord.

— Avec ce système, personne d'autre que vous ne pourra vous faire entrer ou sortir de cette pièce. Nous aurions dû nous entraîner, ajouta-t-il. Nous mettre en situation...

— Ne vous inquiétez pas. Si le cas se présentait, je me souviendrais exactement de vos instructions.

Un court instant plus tard, il affichait sur l'écran de

l'ordinateur une vue d'ensemble de la vidéosurveillance. Il vérifia attentivement chacune des pièces de la maison puis passa à l'extérieur.

— Tout semble normal. Je ne vois aucun mouvement suspect.

— Tant mieux.

— Jetez un coup d'œil sur le plan que le technicien a laissé sur le bureau, voulez-vous ? demanda-t-il en pointant le bureau du menton. Dites-moi où se trouve le secteur 4.

Elle parcourut rapidement des yeux le plan du domaine.

— Il est côté sud. Il englobe les bois qui se trouvent derrière le garage.

Elle plaqua ses deux mains sur ses oreilles pour tenter de se protéger du hurlement des sirènes.

— Je peux éteindre l'alarme, maintenant ?

— Donnez-moi les coordonnées géographiques, d'abord.

La voix de Kayla s'éleva en même temps que celle, désincarnée, de l'alarme.

— Secteur 4, coordonnées 1-28 par 98.

— Coupe le système d'alarme, commanda Ryan à l'assistant virtuel.

— Alarme coupée, répondit le système.

En vain.

L'alarme continuait d'émettre, à intervalles réguliers, des bips stridents.

Il scruta de nouveau chaque écran, mais le seul mouvement notable était celui du véhicule de patrouille qui venait de s'arrêter devant la maison.

Il attrapa son arme de service en même temps qu'il se levait d'un bond.

— Je vais rejoindre l'adjoint. Je vous enferme. Ne bougez pas d'ici tant que je ne vous aurai pas donné le feu vert.

Arrivé devant la porte, il fut pris d'un doute. Il avait besoin d'avoir l'assurance qu'elle n'agirait pas de manière inconsidérée. Il se retourna lentement vers elle.

— Je suis sérieux, Kayla. Donnez-moi votre parole que vous n'essaierez pas de sortir d'ici.

Contre toute attente, elle ne chercha pas à discuter. Sans doute était-elle plus ébranlée qu'elle ne voulait le laisser paraître.

— Vous avez ma parole.

Il venait de franchir la porte quand son téléphone sonna. Le visage du nouvel adjoint en faction emplit l'écran. Ryan nota qu'il était plus âgé que les précédents.

— Sergent Ryan Hastings, police d'État d'Arkansas, dit-il en prenant l'appel. Je suis armé.

— Adjoint Mickey Sallings. Mon arme est rangée dans son étui. J'attends des renforts.

Toujours sur ses gardes, Ryan composa le code qui coupait l'alarme et ouvrit la porte, la main sur son arme, prêt à toute éventualité.

— Vous avez vu quelque chose ? demanda-t-il sans préambule.

Sallings acquiesça d'un hochement de tête.

— Oui. Un cerf. Il s'est enfui par là-bas, précisa-t-il en indiquant la zone boisée située derrière le garage. Une belle bête d'une dizaine d'années qui m'a fait regretter de ne pas avoir mon fusil avec moi.

— La seule chose à chasser ce soir, adjoint Sallings, ce sont les intrus, le reprit sèchement Ryan.

— À mon avis, ce cerf était assez gros pour déclencher le système de sécurité. Mais en admettant que quelqu'un ait essayé d'approcher, à mon avis les lumières ont dû le faire décamper aussi vite que ce cerf. On y voit comme en plein jour. Quoi qu'il en soit, je vais aller jeter un coup d'œil du côté du quai.

— Pendant ce temps, je m'occupe du garage. Je me charge

également d'informer Mme Powers. Faites-moi savoir si vous trouvez quelque chose. Sinon, dites aux renforts de repartir.

— À vos ordres, sergent.

Un sourire narquois se dessina sur les lèvres de Sallings. Perplexe, Ryan le regarda regagner son véhicule de patrouille. Qu'y avait-il de si drôle à être accueilli par un flic armé d'un SIG Sauer ? se demanda-t-il.

Puis il réalisa, confus, qu'il était resté torse nu.

Il referma la porte derrière lui et enclencha l'alarme, maudissant l'image peu protocolaire qu'il venait de donner de lui. Toujours maugréant, il prit la direction du garage.

Il venait d'arriver devant la porte quand la voix de Kayla lui parvint par les haut-parleurs.

— Ryan ? L'adjoint a vu quelque chose ? demanda-t-elle.

Il leva les yeux vers l'étage, la cherchant machinalement du regard alors qu'il ne pouvait pas la voir. Il l'imagina assise devant les écrans de surveillance, à l'observer rôder dans le jardin, à demi nu.

— Il a vu un cerf s'enfuir dans les bois, répondit-il. Il pense que c'est lui qui a déclenché l'alarme.

Il l'entendit pousser un soupir de soulagement.

— Que faites-vous devant le garage ?

— Je vais y jeter un coup d'œil par acquit de conscience. Les écrans... Qu'est-ce que ça donne ?

— Tout a l'air normal.

Alors qu'il pénétrait dans le garage, il lui sauta aux yeux que le SUV de Kayla, d'un blanc étincelant, contrastait fortement avec son propre véhicule de fonction poussiéreux. Même le troisième véhicule garé là, un vieux Range Rover d'un modèle de base classique, semblait plus luxueux.

— Parfait. Dans ce cas, vous pouvez quitter la chambre forte et retourner vous coucher.

— OK. Je crois que je vais reprendre mon fer 9, quand même.

— C'est un driver, corrigea-t-il distraitement.

— Pardon ?

Il esquissa un sourire amusé. Tout danger écarté, l'ambiance devenait plus détendue, tout d'un coup.

— Votre club. Ce n'est pas un fer, c'est un bois. Vous vous apprêtiez à m'assommer avec un driver Honma. Je ne suis pas un spécialiste mais il me semble que c'est du bon matériel. Fiable et solide.

— Pour ce que je m'y connais, vous pourriez tout aussi bien me dire que c'est un club sandwich. C'est Tyrone qui jouait, pas moi. Je ne sais pour quelle raison il avait pris l'habitude de ranger son sac de golf dans la penderie de notre chambre.

— Je suis heureux que vous ayez eu de quoi vous défendre à portée de main. Mais nous reparlerons de tout cela, demain. Pour l'heure, j'aimerais que vous alliez vous coucher.

— D'accord.

Elle accompagna ses mots d'un bâillement à peine étouffé qui le fit rire.

— Désolée.

— Pas de souci, dit-il alors qu'il venait de rentrer dans la maison.

D'une des fenêtres de la cuisine, il vit l'adjoint Sallings remonter péniblement le sentier qui menait au lac.

— Essayez de dormir un peu, ajouta-t-il. Je vais faire une dernière ronde pour m'assurer que tout va bien ici.

— Je vous fais confiance. Bonne nuit, Ryan. Terminé.

— Bonne nuit, Kayla.

Il prit la télécommande qui se trouvait sur le comptoir et dispensa ses instructions au système de sécurité.

— Coupe l'Interphone. Réinitialise l'éclairage. Mets le système en veille.

Aussitôt, les lumières s'éteignirent. Il resta un instant immobile dans la pénombre, les yeux baissés sur son arme qu'il avait gardée à la main. Son genou lui faisait mal. Il avait froid, mais il écarta l'idée de retourner à la salle de sport récupérer son T-shirt.

Il monta les premières marches de l'escalier d'un pas lourd et traînant.

La fatigue se faisait sentir de manière si intense qu'il n'était pas certain de ne pas s'écrouler avant d'arriver dans sa chambre.

13

En dépit de la nuit mouvementée qu'elle avait passée, Kayla se réveilla aux premières lueurs du jour. Elle sortit du fond de son armoire une robe de chambre qu'elle ne portait que rarement, l'enfila par-dessus son pyjama et sortit de la chambre d'un pas lent.

Elle s'accrocha à la rampe d'escalier et descendit les marches avec précaution. Une fois dans la cuisine, elle remplit un verre d'eau fraîche qu'elle but à petits traits tout en regardant par la fenêtre la brume qui planait au-dessus du lac.

Cette vue lui rappelait celle d'un poster qu'elle avait accroché sur un des murs de sa chambre universitaire. Une ode à l'ambition et à la détermination mais aussi à l'urgence qu'il y avait à profiter de chaque instant que la vie vous offrait. L'affiche était accompagnée d'une formule lapidaire qu'elle se repassait alors en boucle, comme un mantra. Ses études de droit achevées, elle avait gardé ce goût pour les formules sacrées, au point d'en recouvrir la porte de son frigidaire.

Aujourd'hui, rien ne venait entacher l'acier inoxydable de son réfrigérateur, sa vie était plus épuisante qu'exaltante et elle traînait derrière elle une valise entière de regrets. Certains plus importants que d'autres mais tous douloureux, d'une certaine façon.

Elle se rappela les fois où elle était allée se coucher en colère parce qu'un ami de Tyrone ou un de ses anciens collègues avaient fait une remarque désobligeante à ses dépens. Comme la fois où son mari et elle venaient de quitter la soirée caritative à laquelle ils avaient assisté. Ce soir-là, elle avait essuyé les sous-entendus de Trey sans rien dire, mortifiée que Ty ne soit pas intervenu pour prendre sa défense. Pour le punir, elle avait quitté le domicile conjugal pour venir se réfugier dans cet endroit qu'elle aimait tant. Elle avait passé deux jours à boire, noyant son chagrin et les humiliations subies dans les vapeurs de l'alcool. Elle avait envoyé à son mari des SMS destinés à le faire culpabiliser mais avait refusé de prendre ses appels. L'ultime chance qu'elle aurait eue d'entendre sa voix pour la dernière fois. Puis, quand elle avait pris le chemin du retour, elle avait espéré ne pas le trouver chez eux pour qu'ils n'aient pas à aborder le sujet qui fâchait, source de tant de confrontations. Si elle avait su !

Contrairement à ce que les gens pensaient d'elle, elle n'était pas une opportuniste. Elle aimait vraiment son mari. Elle l'avait aimé au point que ne pas pouvoir s'adapter à son monde l'avait détruite. Conscient du problème, Tyrone avait fait changer son testament en sa faveur ; pour lui attribuer une place légitime au sein de sa famille. Il en était mort. Assassiné.

Le nom de Del jaillit à son esprit.

Del avait assassiné Tyrone.

Ou il avait engagé quelqu'un pour faire le sale boulot à sa place.

En dépit de l'homme qu'elle avait vu, ou cru voir, au volant du pick-up, elle avait du mal à accepter l'idée que ce soit Del qui ait tué Ty et Trey. Car si c'était une chose de tirer sur quelqu'un que vous considériez comme une menace pour votre héritage c'en était une autre d'assassiner un oncle qui vous avait toujours choyé et un cousin avec qui vous aviez grandi.

Elle imagina Del se faufiler dans la maison puis tirer sur eux sans leur laisser la moindre chance de s'en sortir...

Un frisson d'effroi la parcourut tout entière.

Ce n'était pas possible.

Ce crime commis de sang-froid ne pouvait l'avoir été que par un professionnel. Pas par un homme comme Del, qu'elle avait toujours connu discret, pour ne pas dire insignifiant.

À présent, la brume se déchirait par endroits, projetant des formes mouvantes sur la surface lisse du lac. C'est alors qu'elle remarqua un sillage presque imperceptible. Était-ce celui d'un canoë ? D'un kayak ? Qui pouvait bien naviguer à une heure aussi matinale ?

Un pêcheur ?

Del, peut-être ?

Elle fronça les sourcils, le cœur battant.

Elle cligna des yeux plusieurs fois. Quand elle les rouvrit, un oiseau semblant surgir de nulle part piqua sur les eaux du lac puis reprit de la hauteur aussi rapidement qu'il était descendu.

Elle but une gorgée de son verre, s'exhortant à calmer les battements frénétiques de son cœur.

— Un cormoran, sans doute, dit-elle tout haut, comme pour se rassurer.

Elle resta un long moment immobile à son poste d'observation. Depuis plusieurs jours, Ryan et elle vivaient sur des montagnes russes émotionnelles. La frayeur de la nuit précédente les avait poussés tous les deux à la paranoïa. Il était grand temps qu'ils se ressaisissent.

D'une main toujours tremblante, elle porta le verre à ses lèvres et se força à en vider le contenu d'un trait puis elle le remplit de nouveau. Elle en avait bu la moitié quand la voix de Ryan s'éleva derrière elle, la faisant sursauter violemment.

— Vous êtes drôlement matinale.

Elle se retourna brusquement et fit claquer son verre sur le comptoir avec tant de colère qu'elle aurait pu le briser.

— Je ne vous avais pas entendu, lança-t-elle d'un ton accusateur. Vous n'avez pas imaginé une seconde que vous pourriez me faire peur en arrivant sans faire de bruit comme vous l'avez fait ?

Surpris par la violence de sa réaction, il la fixa, pétrifié.

— Je suis désolé.

Elle baissa les yeux sur ses pieds nus.

— Je comprends mieux, ajouta-t-elle d'un ton radouci.

Jugeant la hache de guerre enterrée, il alla jusqu'à la machine à café et la mit en route.

Elle le regarda faire, un sourire amusé aux lèvres.

— Bonjour, dit-elle avec la volonté d'effacer son mouvement d'humeur.

— Bonjour.

Dans un mouvement fluide, il s'adossa au comptoir, face à elle. Il croisa les bras, lui laissant deviner ses biceps sous le coton fin de son T-shirt.

Le tableau qu'il lui offrait la troubla. Elle reprit une gorgée d'eau dans l'espoir d'éteindre le feu qui s'était mis à couler dans ses veines.

La veille, elle n'avait pas vraiment prêté attention à sa tenue, ou plutôt son manque de tenue vestimentaire. Sur le coup, elle n'avait même pas remarqué qu'il ne portait pour tout vêtement qu'un short et des baskets. Et comme accessoire, son SIG Sauer...

Par la suite, pourtant, il lui avait fallu des heures pour chasser cette image de son esprit. Elle l'avait alors revu tel qu'il était vraiment. Un homme séduisant, doté d'une silhouette athlétique qu'elle pensait réservé aux mannequins posant en sous-vêtements dans des catalogues. Puis il y avait eu le tsunami de culpabilité que l'intérêt trop poussé qu'elle portait à cet homme avait fait déferler en elle.

Ce ne fut que lorsqu'elle le vit la fixer avec inquiétude qu'elle réalisa qu'elle avait porté son verre vide à ses lèvres.

— Kayla, ça va ?

Prise de court, elle remplit son verre une troisième fois.

— Oui, oui. Non... En fait, je n'ai pas beaucoup dormi.

— Moi non plus. À quelle heure Michelle doit-elle passer ?

— Dans le courant de l'après-midi. Je suis curieuse de savoir ce qu'elle pense trouver dans le bureau de Tyrone. Nous avons déjà fouillé tous les dossiers, les avons tous passés au crible et n'avons rien trouvé.

— A-t-elle précisé sur quel dossier elle travaillait en particulier ?

Elle secoua la tête.

— Non. Mais je crois bien que cela a quelque chose à voir avec Harold Dennis. Il semblerait qu'elle veuille creuser un peu plus dans cette direction.

Il hocha la tête tout en récupérant sa tasse fumante à la machine. Elle le regarda prendre une gorgée trop chaude qui le fit grimacer, puis souffler sur sa tasse avant de la poser sur le comptoir.

— Qu'avez-vous prévu de faire aujourd'hui ? demanda-t-il en attendant que son café refroidisse.

Elle haussa les épaules.

— Pas grand-chose, répondit-elle. Je me disais que nous pourrions aller faire un tour. J'ai besoin de prendre l'air.

— Bonne idée. Cela me fera du bien, à moi aussi. J'ai besoin de m'aérer la tête.

Elle esquissa un demi-sourire.

— Nous pourrions nous lancer sur les traces du cerf.

— Bonne idée.

— Avant, je retournerai bien me coucher pour essayer de faire un somme. Il est encore très tôt.

— Ce n'est pas une mauvaise idée. Je vous propose de nous retrouver ici, à 10 heures. Cela vous convient ?

— Parfaitement. À tout à l'heure.

Elle rangea son verre dans le panier supérieur du lave-vaisselle puis s'esquiva.

Sans s'être concertés, ils se retrouvèrent bien avant l'heure prévue. Kayla se sentait à présent pleine d'énergie.

Le soleil était déjà haut dans le ciel quand ils sortirent de la maison. Ils avaient marché quelques mètres quand elle s'arrêta pour effectuer quelques étirements. Alors qu'elle se baissait, son regard se fixa sur le genou de Ryan. S'il ne cherchait pas à lui cacher qu'il boitait un peu, en revanche, il rechignait à aborder ce sujet. La dernière fois qu'elle lui avait posé la question sur l'origine de cette blessure, il s'était contenté de répondre qu'elle était due à un déchirement des ligaments croisés. Mais rien sur les circonstances réelles de l'accident.

Encouragée par la complicité naissante qui s'était développée grâce aux événements de la veille, elle s'enhardit à lui poser de nouveau la question :

— C'est en voulant éviter une balle que vous vous êtes blessé ?

— J'aurais bien aimé.

Il avait esquivé, une fois de plus.

— Ou voulez-vous aller ? enchaîna-t-il très vite. Plutôt vers les terres ou plutôt vers le lac ?

Elle ne lui avait pas parlé du sillage qu'elle avait remarqué un peu plus tôt sur les eaux brumeuses. Elle craignait trop, en le faisant, qu'il veuille la tenir un peu plus enfermée qu'elle n'était déjà.

— Nous pourrions marcher le long des bois puis revenir

par le lac. En passant, nous jetterons un coup d'œil au garage. Nous verrons bien si nous trouvons les empreintes de ce cerf.

— J'ignorais que la vie sauvage vous intéressait à ce point, la taquina-t-il.

— Je vous rappelle que je suis née et que j'ai grandi en Arkansas. Ce ne serait pas la première fois que je marcherais dans les pas d'un animal sauvage.

Elle lui lança un regard en biais.

— Je ne suis pas si stupide, vous savez. Je sais bien que vous avez changé de sujet sciemment.

Il poussa un profond soupir, signe, peut-être, qu'il semblait enfin se résigner à lui répondre.

— J'aimerais pouvoir vous dire que c'est à la suite d'un acte héroïque. Malheureusement, ce n'est pas le cas.

— Cela pique d'autant plus ma curiosité.

Il resta silencieux, semblant hésiter à poursuivre.

— Je me suis fait bousculer par un groupe d'adolescents fanatiques.

Elle fronça les sourcils d'incompréhension.

— Comment cela ?

— C'était à un match de basket. Un des plus grands tournois universitaires, le Big Dance. J'assurais la sécurité de l'entraîneur. Nous étions dans les gradins quand, tout d'un coup, une nuée de supporters enthousiastes, portés par la force de la victoire de leur équipe, a fondu sur nous pour porter l'entraîneur en triomphe. Je n'ai été qu'un dommage collatéral. Comme je vous l'ai dit, il n'y a rien d'héroïque là-dedans.

Elle esquissa un sourire espiègle.

— Je vais finir par douter de vos capacités professionnelles.

— Vous n'auriez pas tort.

— Ryan, je vous fais marcher. Je ne voulais pas vous vexer. Excusez-moi.

Il hocha la tête, signe qu'il acceptait ses excuses. Alors

qu'ils longeaient la pelouse, il pointa du doigt les empreintes fraîches incrustées dans le gazon parfaitement entretenu. De toute évidence, celles d'un animal.

— Regardez ces traces. Je crois bien que notre cerf est passé par là.

Elle suivit du regard son index pointé sur le sol.

— Ty aurait été comme un fou, dit-elle.

Submergée par une émotion soudaine, elle ferma les yeux dans l'espoir de contenir les larmes qui menaçaient de couler. Ce n'était pas pour éviter d'embarrasser Ryan avec ses sautes d'humeur intempestives. Depuis des semaines qu'ils vivaient ensemble, il était habitué à la voir passer du rire aux larmes. Non. Il s'agissait plutôt d'un réflexe acquis durant ses années de mariage où elle avait appris à masquer ses émotions.

— Pourquoi ? Il chassait ?

Elle prit le temps de réfléchir à la meilleure réponse à lui donner.

— Chaque année, il chassait le cerf. Mais c'était plus pour se retrouver entre amis que pour autre chose. Il aimait se plonger en pleine nature, parcourir les bois à traquer, attendre, observer. Il ne courait pas après les trophées.

— Je comprends. Je ressens un peu la même chose. Moi aussi j'aime bien parcourir les bois. J'adore rester assis sur un tapis de mousse à écouter les sons environnants, à tenter de les identifier. Mais je n'ai pas besoin d'un fusil pour apprécier la nature.

En suivant les traces de pattes, ils découvrirent que le cerf avait pénétré la zone sécurisée qui bordait le lac. L'endroit où l'animal s'était fait surprendre par les lumières vives et le hurlement des sirènes était nettement visible sur la bande de terre qu'il avait piétinée.

Elle détourna la tête, pointant du menton l'allée qui conduisait à la grille d'entrée.

— Vous attendez du courrier ? demanda-t-il.

Elle secoua la tête.

— Non. Je veux juste conjurer le sort. Il n'est pas question que j'aie peur chez moi ni même que je me laisse impressionner.

— Je comprends. Mais l'adjoint Warren a été appelé sur un accident de la route. Pour l'heure, personne n'assure la surveillance de l'entrée du domaine. Aussi, je préfère que nous ne nous éloignions pas trop de la maison.

— Nous n'ouvririons pas le portail, promit-elle. J'ai besoin de faire un peu d'exercice.

Il acquiesça sans protester, omettant de mentionner la salle de sport bien équipée qu'elle avait à sa disposition. Elle salua intérieurement cette délicatesse dont il faisait preuve à son égard.

De toute façon, avec un garde du corps comme Ryan Hastings à ses côtés, elle ne courait aucun danger. L'ample gilet matelassé qu'il avait enfilé avant de sortir cachait son arme de service. Elle le savait pour avoir vu Michelle dégainer un jour un Sig Sauer qu'elle gardait dissimulé sous la veste de son tailleur. Les flics comme eux ne sortaient jamais sans précaution.

Ils s'engagèrent en silence le long de l'allée qui menait à l'entrée du domaine.

— Comment se fait-il que cette allée ne soit pas pavée jusqu'au bout ? s'enquit-il alors que le gravier crissait sous leurs pas.

Elle haussa les épaules.

— Tyrone senior souhaitait que l'allée n'attire pas les regards. Je trouve cette décision un peu incohérente compte tenu du caractère ostentatoire de la maison.

Elle s'interrompit brièvement.

— En vérité, je n'en sais rien. Je dirais, d'après les discussions que j'ai surprises entre Ty et Bill, que leur père était un homme assez autoritaire qui ne souffrait pas la contradiction.

Il estimait prendre toujours les bonnes décisions et entendait les prendre seul.

— Je reconnais que l'architecture de cette demeure est un peu... décalée pour la région.

Elle éclata d'un rire joyeux.

— C'est peu de le dire.

Elle marqua une courte pause puis ajouta :

— Je vous avoue que, aussi voyante que soit cette demeure, je m'y sens à l'aise comme dans aucune autre des résidences dans lesquelles j'ai vécu depuis que j'ai quitté la maison de mes parents.

Un sourire taquin se dessina sur les lèvres de Ryan.

— C'est peut-être que, au fond de vous, sans vouloir vous l'avouer, vous aimez le luxe.

Elle lui renvoya un sourire complice.

— Sans doute...

C'est alors que se mit à flotter dans l'air une forte odeur de poisson pourri qui lui souleva le cœur.

Elle se couvrit la bouche d'une main. En vain. Elle n'eut que le temps de se précipiter sur le côté où elle rendit son petit déjeuner.

— Ne bougez pas d'ici, lui ordonna Ryan.

Comme si elle était en état de le faire, se dit-elle en son for intérieur.

Moins d'une minute plus tard, Ryan était de retour, ses chaussures détrempées par la rosée du matin. Il avait relevé un pan de sa chemise sur son nez dans le but manifeste de se protéger de l'odeur pestilentielle.

— C'est bien du poisson, confirma-t-il. Un pêcheur l'aura jeté là depuis sa voiture pour s'en débarrasser.

Elle se releva, chancelante, puis s'essuya la bouche du dos de la main.

— Je suis désolée. Cela m'arrive de temps en temps depuis...

Sa phrase resta en suspens. Elle venait d'apercevoir une silhouette qui se fondait dans les bois, de l'autre côté de l'allée.

Les yeux écarquillés, elle fixait en silence l'endroit d'où l'homme l'avait observée avant de fuir.

— Là..., murmura-t-elle d'une voix tremblante. Del !...

14

Ryan se maudit intérieurement.

Il aurait dû prendre le temps de réfléchir. Il aurait dû penser à mettre Kayla en sécurité. Il aurait dû s'assurer que Del Powers ne pourrait pas l'atteindre. Mais il n'avait rien fait de tout cela.

— Allez vous mettre à l'abri dans la guérite de l'entrée ! lui ordonna-t-il.

Il n'attendit pas de voir si elle lui obéissait et fonça dans les bois à la poursuite de la silhouette. Il courait à perdre haleine, son arme à la main, indifférent aux broussailles qui le griffaient au passage, le nom de Del tournant en boucle dans sa tête.

Dans sa précipitation à vouloir rattraper l'ombre menaçante qui fuyait devant lui, il se prit les pieds dans une racine d'arbre.

Une douleur fulgurante lui transperça le genou. Il s'effondra à terre, lâchant son arme qui alla se perdre sous un tapis d'aiguilles de pin et de feuilles mortes.

La réalité le rattrapa d'un coup. Que faisait-il là, à genoux, terrassé par la douleur, alors que sa mission consistait à ne pas lâcher Kayla d'une semelle ? Il avait agi comme un débutant et cette grossière erreur allait probablement lui coûter sa carrière. Et sa jambe.

Il chercha son arme à tâtons. Il se releva, laissant échapper un cri de douleur.

Ignorant sa souffrance, il reprit la direction de la guérite en boitant lourdement.

La conscience d'avoir commis une faute lourde ne le quittait pas. Comment avait-il pu oublier les règles fondamentales de son métier ? Une fois encore, il se vit démis de sa fonction. Mais tant pis pour lui. Car s'il était assez stupide pour s'être élancé à la poursuite d'une ombre sans réfléchir, laissant derrière lui, seule et sans défense, la personne qu'il était censé protéger, il méritait bien de finir comme agent de la circulation.

Il zigzaguait entre les arbres aussi vite que sa jambe meurtrie le lui permettait, priant pour qu'il ne soit rien arrivé à Kayla et à son bébé. Parvenu à la lisière du bois, il s'arrêta pour reprendre son souffle. De là, il pouvait voir le cordon de poissons éviscérés, accroché à la grille comme une guirlande sinistre. La signature de Del ?

— Kayla ! appela-t-il dès qu'il fut en mesure d'être entendu.

Contre toute attente, elle surgit non pas de la guérite mais du bois, du côté opposé à celui qu'il avait pris.

Quand elle le vit marcher dans sa direction en traînant la jambe, elle se précipita vers lui.

— Vous êtes blessé… C'est Del ?…

— Je suis tombé, répondit-il entre ses dents serrées.

Car s'il appréciait sa sollicitude, comprendre qu'elle n'avait pas suivi ses instructions le mettait dans une colère noire.

— Bon sang, Kayla ! Je vous avais dit de vous mettre à l'abri dans cette guérite et d'y rester.

Pour toute réponse, elle fit le geste de passer un bras autour de ses épaules.

— Laissez-moi vous aider, proposa-t-elle d'une voix infiniment douce.

Il se dégagea de manière plus brusque qu'il n'aurait voulu.

— Si je m'appuie sur vous, il y a de grandes chances pour que je nous fasse basculer tous les deux, grommela-t-il. Ne vous inquiétez pas pour moi. J'arriverai bien à marcher tout seul jusqu'à la maison.

Elle ne chercha plus à protester. Elle lui emboîta le pas en silence jusqu'au moment où, n'y tenant plus, elle lui demanda :

— Vous l'avez vu ?

— J'ai vu une silhouette, mais je ne peux pas dire si c'était Del. Mais vous, vous êtes certaine que c'était lui ?

Elle secoua la tête. Elle semblait découragée.

— À vrai dire, non. Je ne suis plus sûre de rien ces derniers temps. J'en arrive même à douter que ce soit Del que j'ai vu au volant de ce pick-up, le jour où on m'a tiré dessus.

Il n'en dit rien, mais son incertitude faisait écho à ses propres doutes.

— Kayla, ne commencez pas à douter de votre intuition. Vous l'avez dit vous-même : elle s'est souvent révélée payante.

Sage conseil que celui émanant d'un homme dont l'instinct l'avait poussé à commettre la pire erreur de sa carrière, ironisa-t-il intérieurement.

— Vous pensez que votre chute a aggravé votre blessure ? demanda-t-elle.

— En tout cas, ça ne l'a pas arrangée.

L'allée descendait en pente douce vers le lac, ce qui rendait encore plus difficile le contrôle de sa marche douloureuse. Le retour vers la maison lui parut infiniment long. Il arriva en nage devant la porte d'entrée. Alors qu'ils pénétraient à l'intérieur de la maison, il réalisa qu'il s'était appuyé sur Kayla. Un mouvement qu'il avait fait de manière machinale, sans même s'en rendre compte.

Il la laissa l'entraîner vers le canapé du salon où elle l'aida à s'asseoir.

— Qui dois-je appeler pour votre jambe ? demanda-t-elle.

— Pour le moment, réglez l'alarme, répondit-il en grimaçant de douleur.

La douleur lancinante devenait insoutenable. Un hurlement lui échappa tandis qu'il tentait de s'allonger. Alarmée, Kayla courut vers lui.

— Ryan, dites-moi ce que je peux faire pour vous aider. Est-ce que je dois appeler les urgences, ou vous y conduire ?

Il ferma les yeux pour échapper à son regard scrutateur.

— Non. Ce n'est pas la peine.

Dans le futur, il aurait sans doute droit à une autre opération suivie de mois interminables de rééducation. Mais dans l'immédiat tout ce dont il avait besoin se résumait à des antalgiques et quelques heures de repos.

— Vous auriez de la glace ?

— Il doit y avoir une poche dans le congélateur. Tyrone souffrait très souvent du dos.

Avant de quitter la pièce, elle attrapa un des coussins du canapé.

— Levez la jambe, lui ordonna-t-elle.

Il s'exécuta, se mordant l'intérieur de la joue pour ne pas hurler de nouveau.

— Vous avez de quoi soulager votre douleur dans vos affaires ? demanda-t-elle alors qu'elle plaçait délicatement le coussin sous son genou.

Il avait bien un flacon de pilules dans sa trousse de toilette. Des analgésiques puissants qu'il emportait partout avec lui. Pourtant, il secoua la tête. Il ne pouvait pas se permettre d'avoir le cerveau embrouillé alors qu'il était chargé de la sécurité de Kayla. Sans compter qu'il l'avait déjà mise en danger.

— Si vous aviez des anti-inflammatoires, cela devrait aller.

— J'en ai. Je reviens tout de suite.

— Kayla...

— Oui ?

— Vous devriez appeler Ethan. Dites-lui qu'il envoie quelqu'un d'autre.

— Comment cela, quelqu'un d'autre ? Vous me laissez tomber ?

Ses traits accusaient un mélange de colère et de déception.

— Non, mais vous voyez bien dans quel état je suis. Je ne vais pas être d'une grande efficacité.

En parlant, il avait pointé son genou meurtri d'un geste vague de la main.

— C'est bien ce que je dis. Vous me laissez tomber.

— Il ne s'agit pas de moi ou de mon engagement personnel dans ce travail, se défendit-il. Regardons les choses en face, Kayla. Il vous faut quelqu'un qui tienne sur ses deux jambes. A minima, ajouta-t-il d'un ton ironique.

— Dans ce cas, prenons un chien d'attaque. Un berger allemand ou un pitbull feront l'affaire.

Elle avait l'air sérieuse, comme si un chien était la réponse la mieux adaptée à leur problème.

— Kayla...

— Oui, Ryan ?

— Je ne plaisante pas. Il vous faut un garde du corps qui tienne la route.

— J'en ai déjà un et je ne veux pas en changer.

— Je vous rappelle que vous ne vouliez pas entendre parler de protection rapprochée.

— Eh bien, j'ai changé d'avis. Je me suis habituée à votre présence.

— Vous n'êtes jamais d'accord avec moi. Vous discutez toutes mes décisions.

— Déformation professionnelle. En tant qu'avocate, je me dois d'argumenter.

— Je suis devenu un boulet.

— Vous êtes l'une des rares personnes en qui j'ai confiance.

Il ferma les yeux et poussa un long soupir.

— Très bien. Je capitule. À une condition. Vous ne vous

opposerez à aucune des décisions que Michelle, Ethan et moi prendrons. Parce qu'il va bien falloir que nous nous concertions pour voir comment organiser les prochaines étapes de votre sécurité.

Il la pointa du doigt, l'air sévère.

— Vous m'avez compris ? Je n'admettrai aucune discussion, aucune objection de votre part.

Elle marqua une brève hésitation avant d'acquiescer en silence. Il choisit de voir dans cette réticence le signe qu'elle tiendrait parole.

Il était toujours étendu sur le canapé, la jambe surélevée, quand Michelle et Ethan arrivèrent.

— Salut, mec, dit Ethan en s'asseyant près de lui tandis que les femmes se rendaient ensemble dans la cuisine. À ton avis ? C'est la fin du match ?

Ryan sourit intérieurement. Les flics utilisaient souvent des analogies sportives quand ils voulaient faire référence aux embûches de leur métier.

— Je dirais plutôt la fin d'une carrière.

— Ne sois pas aussi pessimiste. Tu traverses une mauvaise passe, mais après quelques mois de bureau, tu seras de nouveau sur pied.

— Peut-être, concéda-t-il sans grande conviction. Mais même si c'est le cas, je ne pourrai jamais retourner sur le terrain.

— Tu pourras toujours changer de voie.

— La seule option qui s'offrira à moi sera un travail administratif. Et je t'avoue que l'idée de me retrouver derrière un bureau...

Il laissa sa phrase en suspens tant cette perspective le déprimait.

— Ce n'est pas pour moi, reprit-il. Je pourrais encaisser si je savais que c'est temporaire, mais ce ne sera pas le cas.

— Tu auras d'autres choix, j'en suis certain.

— C'est vrai. Mais aucun de ceux que j'aimerais. Moi, ce que je veux, c'est être dans le feu de l'action, tu le sais.

— Tu es un battant, tu y parviendras.

— Si déjà je parviens à récupérer ma jambe, je devrais m'estimer heureux.

— De toute façon, il est trop tôt pour avoir ce genre de discussion. Tu n'as pas à décider quoi que ce soit aujourd'hui.

— Décider quoi ? demanda Kayla.

— D'un autre endroit où aller, répondit-il en la regardant droit dans les yeux.

— Je n'irai nulle part, rétorqua-t-elle fermement.

— Avant toute chose, je dois vous informer qu'il y a du nouveau dans l'affaire Harold Dennis, annonça Michelle, revenue auprès d'eux.

Ryan accueillit cette intervention comme une bénédiction. Il allait pouvoir bénéficier d'un instant de répit avant de repartir à l'attaque.

— Harold Dennis ? répéta-t-il toujours dans l'espoir de gagner un peu de temps.

Michelle alla se percher sur un des bras du canapé puis attendit que Kayla s'asseye à son tour pour commencer son récit.

— Vous savez que nous soupçonnions Harold Dennis de faire transiter de l'argent dans l'entreprise DevCo, celle-ci n'étant qu'une société écran qu'il utilisait pour blanchir de l'argent destiné à financer un projet d'investissement immobilier pharaonique.

Elle s'interrompit brièvement, histoire sans doute de ménager le suspense.

— Le problème avec ces sociétés écran, c'est que ce sont des montages financiers extrêmement complexes, reprit-elle.

— Si complexes que, parfois, il est même impossible de remonter à la source, précisa Ethan.

— Tu as eu de la chance, alors, dit Kayla.

Michelle lui lança un regard exaspéré. Elle semblait contrariée que son amie fasse abstraction des mois du travail minutieux qu'elle avait accomplis pour en arriver là. Des jours et des jours d'enquêtes et de recherches effectuées sous couverture. Mais il fallait être flic pour en apprécier la valeur. Kayla, elle, était avocate.

Michelle esquissa un sourire vainqueur. L'irritation avait cédé la place à une grande satisfaction.

— Nous avons découvert que la société en question ne s'appelait pas DevCo mais DelCo, poursuivit-elle.

— DelCo ? répéta Kayla.

Le sourire de Michelle s'étira un peu plus.

— Intéressant, n'est-ce pas ?

— Je suppose qu'il a évité de donner sa véritable identité lorsqu'il a déposé les statuts de la société, pointa Kayla.

— Évidemment.

— Sous quel nom a-t-elle été enregistrée ?

— La DelCo était une petite société immobilière regroupant trois parcs de mobile-homes. Ils ont été acquis par... William Powers, à l'occasion du dix-huitième anniversaire de son fils, Delray. Joli cadeau, non ?

— Ce n'est pas la peine d'en dire plus, trancha Ryan. Ces gens sont tous reliés les uns aux autres et Kayla est l'empêcheuse de tourner en rond. Celle qui se trouve en travers de leur chemin et de leurs magouilles et qu'il faut neutraliser.

— Qu'en penses-tu, Michelle ? demanda Kayla. Tu crois qu'ils sont tous complices ?

— Étant donné les mouvements relevés sur les comptes de la DevCo, je peux affirmer que chacun était conscient de l'argent qui circulait au sein de la société. De grosses sommes ont été versées sur les comptes personnels de Harold Dennis mais aussi sur ceux de William Powers et de son fils, Delray.

Cet argent servait également à financer les campagnes électorales du sénateur.

— S'ils savent que vous savez, pourquoi persistent-ils à faire obstruction ? Ne feraient-ils pas mieux de coopérer pour obtenir la clémence du grand jury ?

— Parce qu'ils sont allés trop loin, répondit Ryan.

— Tout allait bien pour eux jusqu'à ce que Tyrone soupçonne quelque chose.

— D'où provenait tout cet argent ? questionna Ryan.

— De diverses escroqueries. La principale, et la plus lucrative, concernait des investissements en multipropriétés. Elle visait principalement des retraités qui cherchaient à passer l'hiver au soleil.

— Les *snowbirds*, murmura Kayla.

— Exactement, acquiesça Michelle. L'escroquerie consistait à laisser acheter à bas prix des mobile-homes, des studios ou de petites maisons à des retraités ayant de faibles revenus. La plupart de ces propriétés se trouvant sur des zones devenues par la suite éligibles à la construction de logements à loyers modérés. Il suffisait ensuite de préempter à un prix ridiculement bas pour faire main basse sur toutes ces propriétés puis d'exproprier tout ce petit monde.

Ryan émit un sifflement admiratif.

— Les enjeux étaient très élevés, je suppose ?

— Énormes, répondit Michelle qui ajouta à l'adresse de Kayla : tu penses que ton mari savait que son frère trempait dans ces malversations ?

— Sincèrement, je ne crois pas.

— Et Del ? insista l'avocate. Il le soupçonnait ?

— Il ne m'a parlé que des soupçons qu'il portait sur Harold. Mais il n'y a rien d'étonnant à cela. Pour Tyrone, les liens du sang étaient sacrés. Harold, même s'il était un proche, n'avait pas le sang des Powers dans les veines.

Elle exhala un profond soupir en même temps qu'elle posait une main protectrice sur son ventre.

— Tyrone était si centré sur sa famille que cela pouvait le rendre aveugle. Tout particulièrement en ce qui concernait Trey. En fait, tout ce qu'il voulait, c'était que tout le monde s'entende bien et soit heureux. Ou du moins en donne les apparences.

— Et Del et Trey ? Il bénéficiait des largesses de leur père respectif ?

— Oh oui ! Après Tyrone et Bill, c'étaient eux qui touchaient les dividendes les plus importants, plus importants même que ceux des plus anciens associés.

Elle marqua une courte pause.

— Je veux bien croire qu'ils se livraient à des escroqueries d'envergure, mais de là à ce que l'un d'eux aille jusqu'à assassiner Ty et Trey...

— Peut-être souffrez-vous du même aveuglement que votre mari, suggéra Ryan.

Elle tourna la tête vers lui. Mais au lieu de la colère attendue il vit dans son regard l'éclat d'une profonde désillusion.

— Que voulez-vous dire ?

— Vous refusez d'imaginer que Del ait pu détester Tyrone et Trey au point de les tuer parce qu'il fait partie de votre cercle restreint.

— Vous croyez vraiment qu'il ait pu appuyer lui-même sur la gâchette ? demanda-t-elle d'une voix brisée.

— Malheureusement, c'est possible, oui. L'expérience m'a appris qu'il n'y a rien que les riches aiment plus que l'argent. Ils ne s'en laissent pas déposséder sans réagir. Je comprends tout à fait que vous trouviez impensable qu'un proche de votre mari puisse être le tueur. Mais c'est parce que vous avez une conscience. Ce genre d'individu n'en a pas.

— Ce serait vraiment Del, alors ?

Elle avait parlé dans un souffle.

— Je le crois, oui.

Ignorant la douleur fulgurante qui lui traversa la jambe, il se releva à demi.

— Et je crois aussi qu'il ne reculera devant rien pour vous éliminer, poursuivit-il.

Elle blêmit d'un coup.

— Je ne peux pas passer ma vie à me cacher ; à essayer de lui échapper.

— Il le faudra pourtant, Kayla. Tant que nous ne lui aurons pas mis la main dessus. N'oubliez pas votre promesse : vous m'avez donné votre parole que vous ne vous opposeriez à aucune des décisions qui seront prises au cours de cette réunion.

— Mais...

— Pas de mais. Nous devons partir d'ici, Kayla. Ce soir même.

— Ryan a raison, Kayla, intervint Michelle. Tu n'es plus en sécurité dans cette maison. Tu dois partir.

— Tu as pu arranger quelque chose ? s'enquit Ryan.

— Oui. Une maison, à quelques heures d'ici.

Voyant le visage de Kayla se décomposer, elle ajouta d'une voix infiniment douce :

— Kayla, nous devons avoir l'esprit libre, savoir que tu es en sécurité pour agir au mieux. Nous devons concentrer toute notre attention et notre énergie à débusquer ce salaud.

Elle acquiesça d'un léger hochement de tête.

— Dans combien de temps partons-nous ?

15

Fidèle à la promesse qu'elle avait faite à Ryan, elle ne chercha pas à discuter sa décision. Elle resta assise à l'écouter sagement débattre de son sort avec Michelle et Ethan.

Ils partiraient à la tombée de la nuit. Ils utiliseraient le vieux Range Rover pour le cas où ils devraient sortir de la route et emprunter des chemins plus ou moins carrossables.

Elle n'avait toujours aucune idée de leur destination. Elle savait juste qu'ils allaient prendre la direction du nord pour passer la frontière du Missouri. Michelle s'était arrangée pour qu'ils passent une nuit dans une planque du FBI d'où ils devraient repartir le lendemain matin.

C'est avec ce peu d'informations à sa disposition qu'elle monta dans sa chambre préparer son sac de voyage. Elle opta pour des tenues confortables et une paire de baskets à laquelle elle ajouta des chaussures de randonnée. Elle termina par sa trousse de toilette qu'elle ne remplit qu'à moitié avec le strict minimum.

La perspective de courir de nouveau d'une planque à l'autre pour une durée indéterminée l'épuisait à l'avance. Elle se sentait profondément abattue. Elle se laissa tomber lourdement au bord de son lit. Dans un geste machinal, elle sortit son portable de sa poche et vérifia ses appels en absence. Elle en avait un, qui émanait d'un numéro inconnu.

Elle écouta le message vocal laissé par son mystérieux interlocuteur.

« Les choses n'auraient pas dû se passer ainsi. »

Son cœur se mit à battre la chamade aussitôt qu'elle reconnut la voix de Del. Une voix étrangement calme qui lui fit froid dans le dos. Elle lança un coup d'œil furtif à la porte pour s'assurer qu'elle l'avait bien refermée derrière elle puis pressa l'appareil un peu plus étroitement contre son oreille. Elle écouta la suite du message, pressentant qu'elle tenait peut-être là la clé de sa libération.

« Nous nous sommes toujours bien entendus, tous les deux, non ? Et puis, tu ne peux pas te cacher indéfiniment, Kayla. Il faut que nous nous rencontrions. Juste toi et moi. Pas de flics. Voyons-nous pour régler cette affaire une bonne fois pour toutes. »

Le message se terminait sur ces mots. Des mots qui résonnaient comme une menace.

Qu'attendait-il d'elle ? Qu'elle renonce à son héritage et qu'elle laisse tout ce qui faisait sa vie derrière elle ? Ou bien ce rendez-vous ne serait qu'un piège tendu pour l'arrêter pour de bon.

La voix de Ryan la fit sursauter.

— Kayla ? Vous êtes prête ? Nous devons partir.

— Je n'ai pas tout à fait terminé. Laissez-moi encore une minute.

Elle avait besoin d'un délai supplémentaire pour réfléchir à la situation sans subir le regard scrutateur de Ryan sur elle.

Elle prit trois longues inspirations qu'elle exhala tout aussi lentement pour tenter de s'éclaircir les pensées.

Elle avait fait au sergent Hastings une promesse qu'il lui avait arrachée sous la pression. Aussi, à moins de discuter pendant des heures dans l'espoir bien vain de le faire changer d'avis, elle n'avait d'autre choix que de coopérer.

Ou de donner l'impression qu'elle coopérait.

Elle ferma son sac, passa la sangle sur son épaule et sortit de la pièce.

Ryan l'attendait dans le couloir.

— Vous avez besoin d'aide pour porter votre bagage ? ironisa-t-elle.

Il prit le parti de faire comme s'il n'avait pas entendu.

— Je vous remercie mais il est déjà dans le coffre de la voiture.

— Vous êtes juste venu vérifier que j'étais bien là, alors.

— Disons que votre docilité me rend nerveux.

— Ce n'est effectivement pas dans ma nature d'obéir comme un mouton docile. Mais détendez-vous. Une promesse est une promesse et je ne reviendrai pas dessus.

— Je vous en suis très reconnaissant.

Le ton ironique ne lui avait pas échappé.

— Je vous en prie...

Elle lui fit signe de s'écarter pour la laisser passer, mais il resta planté où il était, sans esquisser le moindre geste.

— Sachez que je ne cherche pas à vous contrarier, Kayla. Ni à aller à l'encontre de ce qui vous rend heureuse. Je veille juste à votre sécurité.

De manière instinctive, elle posa une main sur son ventre.

— Je n'en doute pas. En ce qui me concerne, sachez que j'apprécie les efforts que vous faites pour me garder en vie.

Ils se fixèrent un instant sans rien dire, puis Ryan chercha à attraper la sangle de son sac.

— Je peux le porter, protesta-t-elle en dégageant son épaule. Il vaut mieux que vous vous teniez à la rampe en descendant. Si vous trébuchiez, je ne pourrais pas vous retenir.

À peine ces mots étaient-ils sortis de sa bouche qu'elle regrettait de les avoir dits. Ils insinuaient que sa blessure le rendait incapable de la protéger. Or, ce n'était pas du tout ce qu'elle avait voulu dire. Elle avait toute confiance en lui. Ce qu'elle voulait, c'était juste ne pas fuir une fois de plus

— Je ne trébucherai pas, affirma-t-il d'un ton pincé.

— Ne le prenez pas mal, mais je préfère quand même rester derrière vous au cas où..., répliqua-t-elle sur le mode de la plaisanterie.

Mais ce trait d'humour visant à rattraper sa maladresse tomba à plat.

— Très drôle, grommela-t-il.

Le cœur serré, elle le regarda descendre les premières marches, la jambe raide. Elle lui emboîta le pas, les yeux fixés sur ses larges épaules. Une carrure d'athlète.

Elle le revit alors qu'il s'élançait à la poursuite de la silhouette qu'elle avait aperçue dans les bois. Il n'avait pas hésité une seconde. Pour les protéger, elle et l'enfant qu'elle portait, il avait couru au-devant du danger, au risque d'y perdre la vie.

Aussi longtemps qu'elle vivrait, elle n'oublierait jamais la vue de Ryan fonçant tête baissée entre les arbres. Le premier instant de frayeur passé, elle s'était dit que c'était peut-être la dernière fois qu'elle le voyait. Elle était alors restée figée sur place, le cœur battant de peur autant que d'inquiétude, à l'écoute d'éventuels coups de feu ou d'appels à l'aide.

Mais rien de tel ne s'était produit.

Ryan avait émergé du bois et elle en avait ressenti un soulagement si profond qu'elle n'avait pas remarqué tout de suite qu'il boitait.

— Je ne vous vois pas, mais je sais que vous me surveillez comme si ma jambe allait flancher à tout instant, grommela-t-il.

— Qu'est-ce qui vous fait penser que j'ai les yeux fixés sur vous ? Je vous trouve bien prétentieux.

— Je les sens aussi sûrement qu'une brûlure. Ils sont comme des lasers sur moi. Arrêtez un peu de vous inquiéter pour moi.

— Et vous, arrêtez de me dire ce que je dois faire ou pas.

Cette fois, elle ne plaisantait plus.

— Je crains bien qu'il faille vous y habituer. Parce que dans un avenir très proche je vais devoir vous indiquer exactement quoi faire et il va falloir vous plier à mes ordres. Aucune discussion, aucune objection. Vous vous rappelez ?

— Est-ce que j'ai protesté ? Est-ce que j'ai cherché à discuter ? demanda-t-elle d'un ton faussement ingénu.

— Non. Et c'est justement ce qui m'inquiète.

— Vous vous répétez, sergent. Essayez de me faire confiance pour une fois.

Un court instant plus tard ils étaient dans la cuisine où Ryan devait régler la télécommande du système d'alarme. Enfin, il daigna lui donner quelques maigres indications.

— Michelle m'enverra les coordonnées GPS de la planque une fois que nous aurons passé la frontière du Missouri.

— Le Missouri... ce n'est pas la porte à côté. Je me demande si Del ne prend pas un malin plaisir à ce que nous le considérions comme une grande menace, finalement. À nous faire fuir d'un endroit à un autre comme si nous étions ses marionnettes.

— Del représente un danger réel, Kayla. Un danger qu'il ne faut pas prendre à la légère.

— D'accord. Vous devez avoir raison. Del est un tueur en série et il veut ma peau.

Elle avait voulu faire preuve d'un peu d'humour noir, mais ces mots prononcés à voix haute sonnaient si vrai à ses oreilles qu'elle en eut des frissons de peur.

Ryan n'avait pas relevé le trait d'ironie. Il était trop occupé à actionner la télécommande à laquelle il dispensait ses instructions.

— Enclencher le système d'alarme dans cinq minutes.

— Enregistré, lui répondit la voix synthétique.

— Enclencher le système d'éclairage général à 22 heures.

— Enregistré.

Satisfait, il reposa la télécommande sur le comptoir puis se rendit dans le garage où Kayla le suivit. Ce ne fut qu'une fois qu'il eut ouvert ce qu'il pensait être la portière du côté du conducteur qu'il comprit qu'il s'était piégé lui-même en choisissant ce véhicule, équipé d'une boîte de vitesses manuelle.

Elle en profita pour se glisser derrière le volant.

— C'est un vieux modèle d'importation, dit-elle en guise d'explication. Tyrone l'adorait. Donnez-moi les clés, voulez-vous ?

— Je sais conduire, répliqua-t-il d'un ton acide.

— Je le sais bien, rétorqua-t-elle avec la patience d'une institutrice de maternelle. Sauf que vous ne pourrez pas tenir l'embrayage bien longtemps avec votre jambe qui vous fait mal.

— Je suppose qu'il n'y a pas de Bluetooth.

— Non. Mais assez parlé. Ne traînons pas trop ou nous risquons de déclencher l'alarme.

Ils roulèrent en silence jusqu'au moment où elle annonça qu'ils allaient devoir s'arrêter à une pompe à essence pour faire le plein.

— La jauge indique que nous avons moins d'un quart du réservoir.

— Combien ce tacot consomme-t-il ? demanda-t-il d'un ton railleur.

Elle haussa les épaules, affichant un mouvement désinvolte.

— Je n'en sais rien. Mais nous avons assez de carburant pour atteindre la prochaine station-service.

Ils venaient de franchir la frontière quand ils virent un panneau indiquant qu'une station se trouvait à un kilomètre. Kayla s'arrêta à une des pompes puis fouilla dans son sac pour en sortir sa carte bancaire.

— Vous ne pouvez pas payer avec ça. Nous prendrions le risque de nous faire repérer.

Sans lui laisser le temps de protester, il sortit de la voiture.

— Je vais payer en liquide. Ne bougez pas d'ici.

— D'accord.

Elle le suivit des yeux jusqu'à ce qu'il disparaisse dans la station. Pile à ce moment, un énorme pick-up noir vint se ranger à côté d'elle, à la pompe voisine, dissimulant totalement le Range Rover à la vue de Ryan. L'occasion était trop belle. Elle ne pouvait pas la laisser passer. Elle tourna la clé dans le contact, enclencha la première vitesse et s'éloigna à vive allure.

Quand Ryan sortit de la boutique quelques minutes plus tard et comprit que Kayla l'avait planté là, il jura tout haut. Elle allait retourner au manoir, c'était sûr. Il jura de nouveau, encore plus fort.

— Mince ! C'était votre bagnole ?

Il tourna la tête vers les deux jeunes hommes d'une vingtaine d'années qui le fixaient, bouche bée.

— C'est votre petite amie ? Elle s'est barrée en vous laissant seul ici ? s'enquit le plus grand, les yeux ronds.

— Ce n'est pas ma petite amie, répondit-il sèchement.

— En tout cas, si elle l'était, elle risque de ne plus l'être, maintenant, ricana l'autre.

— Trop cool, cette voiture avec une boîte manuelle et le volant à droite.

— Vous vous êtes embrouillés ou quoi ?

— Non..., répondit Ryan. Et merde !

Il avait vu juste. Kayla avait fait mine de capituler pour endormir sa méfiance.

— Si vous voulez mon avis, vous ne perdez rien. Parce qu'elle avait beau être sexy et tout, vous planter salement comme elle l'a fait, c'est pas terrible.

— Vous voulez qu'on vous dépose quelque part ?

Cette proposition lui fit reprendre ses esprits d'un coup. Il était flic. Il pouvait réquisitionner un véhicule. Il en avait la légitimité.

D'une main fébrile, il sortit son badge et sa carte d'identité de son portefeuille et les brandit sous le nez des deux jeunes hommes.

— Sergent Ryan Hastings, police d'Arkansas. Je vais devoir réquisitionner votre véhicule.

L'ambiance changea d'un coup. Le plus grand des deux se précipita vers la portière du côté conducteur et se hissa à bord du pick-up.

— Je comprends que vous ayez des problèmes avec votre femme, mec, mais je ne vous laisserai pas prendre cette voiture, assura-t-il en s'agrippant à son volant.

— Je ne te demande pas ton avis, rétorqua Ryan d'une voix forte. C'est un ordre.

— Ne l'écoute pas, Danny, l'exhorta son ami en se précipitant à son tour dans la cabine. Il est de la police de l'Arkansas. On est dans le Missouri. C'est pas sa juridiction.

Il sentit qu'il fallait changer de tactique. Ces deux gamins avaient prouvé qu'ils avaient de l'empathie. Autant jouer sur la corde sensible plutôt qu'user d'autorité avec eux.

— S'il vous plaît, dit-il d'un ton radouci. J'ai besoin de votre aide. La femme que vous avez vue est en danger de mort. Elle est poursuivie par un meurtrier.

Tout en parlant, il s'était hissé sur le marchepied de manière à se trouver à la hauteur du visage du conducteur.

— Qui nous dit que c'est pas vous le meurtrier ?

— Vous avez vu mon badge. Je suis flic. Je suis chargé de sa protection.

Danny le dévisagea d'un air encore sceptique.

— OK Vous pouvez monter, mais c'est moi qui conduis.

— Vous pouvez me faire confiance, insista Ryan. Il ne s'agit pas d'un coup tordu.

— C'est à prendre ou à laisser, monsieur le flic de la police d'Arkansas, intervint l'acolyte de Danny d'une voix moqueuse qui donna envie à Ryan de le gifler.

Pourtant, il parvint à garder son calme.

— Il ne s'agit pas d'une promenade de santé, les garçons. Je suis sérieux.

Sans le lâcher des yeux, Danny se pencha en avant et avança son siège pour lui permettre de s'installer à l'arrière.

— Alors vous feriez mieux de vous magner, dit-il. Parce que votre protégée a une bonne longueur d'avance sur vous.

Il refoula les mots orduriers qui lui montaient à la gorge. Rassembler ses esprits. Rester calme. Retrouver Kayla. Voilà quelles étaient ses priorités.

— Prenez vers le sud. Je vous dirai où sortir.

16

Kayla venait de passer la frontière entre les deux États quand Ryan l'appela pour la première fois.

— Qu'est-ce que vous fichez, bon sang ! cria-t-il sans préambule.

— Je retourne chez moi, répondit-elle calmement.

— J'avais compris. Ma question est : pourquoi ? Vous étiez pourtant d'accord pour suivre notre plan.

— J'ai dit que je ne discuterais pas vos ordres. J'ai tenu ma promesse ; je n'ai pas discuté. J'ai juste trouvé un plan de rechange.

Elle crut alors entendre des gloussements moqueurs.

— Vous n'êtes pas seul ? Avec qui êtes-vous ?

Il lui répondit par une autre question.

— C'est cela votre idée d'un plan de rechange ? Trahir votre parole en me plantant sur le parking d'une station-service ?

Comme elle restait silencieuse, il ajouta d'un ton radouci :

— Kayla, vous ne pouvez pas retourner au manoir.

— C'est pourtant ce que je suis en train de faire. De plus, j'y ai rendez-vous avec Del.

— Quoi ? Vous avez perdu la tête !

— Il m'a laissé un message vocal.

— Comment avez-vous pu communiquer avec lui ? Son téléphone a été désactivé.

— Il s'est procuré un téléphone prépayé. Ryan, c'était bien lui dans les bois.

Pendant un instant elle n'entendit plus que le bruit d'un moteur tournant à plein régime.

— Transférez-moi ce message, finit-il par dire.

— Je ne peux pas tout de suite. Je conduis.

— Kayla..., gronda-t-il d'une voix sourde.

— Je n'ai pas les mains libres.

— Utilisez la commande vocale.

— Ryan, je suis la seule à pouvoir le faire sortir du bois. C'est moi qui suis en travers de son chemin. Je vais vous servir d'appât.

— C'est de la folie ! Pensez à votre bébé.

Elle venait d'entrer dans une zone montagneuse où le réseau allait se révéler aléatoire. Il ne lui restait que quelques minutes précieuses pour délivrer la fin de son message à Ryan.

— Je dois raccrocher. Prévenez Michelle et Ethan, mais surtout, dites-leur d'attendre que je leur fasse signe.

— Kayla, non ! Attendez...

— Ryan, je n'ai pas l'intention de mourir. Mon bébé est même la plus belle des raisons que j'ai de vouloir rester en vie. Mais cette vie avec lui, je veux la vivre en toute liberté, pas en recluse poursuivie par un fou furieux. Vous devez me faire confiance.

Elle attendit un court instant dans l'espoir de l'entendre dire les mots qu'elle espérait, mais il resta silencieux.

— Je vous enverrai le message dès que possible.

Sur ce, elle mit fin à l'appel.

Elle parcourut le reste du trajet aussi vite que les limitations de vitesse le lui permettaient. Au moment où elle quitta l'autoroute pour s'engager sur la route départementale qui menait au lac, elle redressa les épaules et serra le volant à deux mains.

Elle appela ensuite l'assistant virtuel de son smartphone pour lui ordonner de lui repasser le message vocal de Del.

— Compose le numéro enregistré, commanda-t-elle.

Comme elle s'y attendait, son appel bascula directement sur la boîte vocale.

— Del, c'est Kayla. J'ai semé l'agent Hastings et je suis en route pour le manoir. C'est ta seule et unique chance, Delray. Tu penses que je t'ai spolié de ton héritage ? Eh bien, je suis d'accord pour que nous en discutions tous les deux.

Elle remonta l'allée, laissant la grille ouverte derrière elle.

Elle gara le Range Rover à sa place puis rentra dans la maison par là où Ryan et elle l'avaient quittée.

Elle attrapa la télécommande au passage.

— Désactive l'alarme, ordonna-t-elle au système. Enclenche le mode veille.

— Alarme désactivée. Mode veille enclenché.

Elle se remémora la liste des choses importantes à faire. D'abord, allumer toutes les lumières intérieures pour ne laisser aucune chance à Delray de se faufiler sans être vu. Elle pressa le bouton qui activait les éclairages.

— Lumières allumées, confirma l'assistant virtuel.

Elle sélectionna ensuite la zone qui englobait le patio, le quai et le hangar à bateaux et la désactiva. Ces trois espaces resteraient plongés dans l'obscurité pour lui laisser une porte de sortie au cas où...

Satisfaite, la télécommande bien serrée dans une main, elle alla s'enfermer dans le bureau de Tyrone. Là, elle ouvrit le coffre et en sortit l'arme que son mari y conservait. Elle saurait s'en servir si les circonstances l'y obligeaient. Elle était fille de chasseur et Tyrone avait insisté pour qu'elle s'entraîne régulièrement avec lui au stand de tir. D'après lui, il était important qu'elle sache comment utiliser les armes de poing qu'il gardait dans leurs deux résidences si elle devait se défendre.

Une fois le revolver chargé, elle plongea de nouveau la main dans le coffre et en sortit cette fois une clé attachée à un flotteur en mousse jaune fluo. La clé du bateau de Trey que Tyrone lui avait confisquée et qu'il avait enfermée là après que les enquêteurs la lui avaient rendue. C'était la seule fois où elle avait vu son mari s'opposer à son fils et lui imposer sa volonté.

Elle alluma ensuite l'ordinateur de Tyrone et afficha la grille de toutes les images des caméras de vidéosurveillance. Elle les scruta attentivement une à une, cherchant s'il y avait quelque chose d'anormal. Une forme, une ombre, des mouvements qui attireraient son attention et l'alerteraient d'un danger.

Mais tout était calme. Du moins pour l'instant.

Les yeux rivés sur l'écran, elle tenait son téléphone à portée de mains, prête à appeler Ryan dès qu'elle apercevrait le pick-up de Del.

Il lui sembla que des heures s'étaient écoulées quand elle entendit soudain la porte d'entrée s'ouvrir et se refermer puis la voix de Del l'appeler depuis le rez-de-chaussée.

— Kayla ?

Ce n'était pas du tout ainsi qu'elle avait prévu que les choses se passent. Elle était faite comme un rat dans cette chambre forte. Et qui sait si Del n'avait pas de quoi en forcer la porte. Saisie de panique, elle appela Ryan. Heureusement, il répondit à la première sonnerie.

— Kayla... Tout va bien ?

Sa voix était empreinte d'une vive inquiétude.

— Del est dans la maison, répondit-elle à voix basse. Je me suis enfermée dans le bureau de Tyrone et je suis armée. J'ai un plan, alors calmez-vous et écoutez-moi.

— Vous êtes mal barré, mec, dit une voix qu'elle ne connaissait pas.

— La ferme, Jimmy. C'est sérieux, là.

Cette voix aussi lui était étrangère.

— Ryan ? Qui sont ces hommes avec vous ?

Ryan n'eut pas le temps de lui répondre. Del se manifestait de nouveau, plus fort cette fois.

— Ryan, mettez votre téléphone sur silencieux. Il ne faut pas que Del entende que nous sommes connectés. Vous avez appelé des renforts ?

— Oui. Kayla...

— Chuuut... Plus aucun bruit, maintenant.

Elle focalisa toute son attention sur la vidéo qui montrait Del patientant dans l'entrée. Il n'avait plus rien de l'avocat fiscaliste élégant et timide qu'elle avait côtoyé pendant des années. Ses cheveux étaient longs, sa coiffure négligée. Il portait une tenue de camouflage et de grosses chaussures de randonnée. Il affichait un air menaçant.

Elle attrapa la télécommande du système de sécurité d'une main tremblante.

— J'ai renversé du vin sur mon chemisier, expliqua-t-elle en parlant dans le micro. Je suis montée me changer.

La bouche de Del se tordit en un sourire sardonique.

— La cure de désintoxication n'a pas marché, visiblement.

— Avoue qu'il n'est pas facile de se concentrer sur sa santé quand quelqu'un cherche à vous tuer.

Elle inspira profondément puis continua d'une voix qu'elle s'appliqua à garder lisse :

— Je ne comprends pas, Del. Nous nous sommes toujours bien entendus, non ? Qu'est-ce que je t'ai fait ?

Elle retint son souffle en le voyant gravir lentement les premières marches de l'escalier.

— Disons que tu as misé sur le mauvais cheval. Il ne fallait pas t'approcher des Powers.

Elle le regarda poursuivre sa lente progression vers elle.

— C'était censé être toi, tu sais, continua-t-il d'une voix si caverneuse que son sang se glaça dans ses veines.

Son cœur battait à tout rompre. D'une main fébrile, elle envoya un SMS à Ryan.

Vous captez ?

La réponse lui parvint instantanément :

5 sur 5

— Comment cela ? demanda-t-elle, redoutant d'entendre la réponse.

— Je ne sais pas pourquoi j'ai cru pouvoir faire confiance à Harley Jenkins pour faire ce boulot, poursuivit-il d'une voix qui vibrait à présent d'une colère contenue.

— Que veux-tu dire ?

Des gouttes de sueur perlaient à son front. Le faire parler. Gagner du temps.

— Toi et oncle Ty. C'était toi qui devais mourir à la place de Trey.

— Tu as engagé Harley Jenkins pour nous tuer, ton oncle et moi ?

Il renifla bruyamment puis monta deux marches d'un coup.

— Ce salaud a pris mon argent mais s'est défilé au dernier moment.

Au moment où elle le vit arriver sur le palier, elle s'éloigna de l'ordinateur pour s'approcher de la porte.

— C'est toi..., dit-elle dans un souffle.

— Si cela peut te consoler, ils ne se sont rendu compte de rien. Tout est allé très vite. Ils n'ont pas eu le temps de réaliser.

— Comment as-tu pu ? Pourquoi ?

— Pourquoi ?

Il laissa échapper un rire sinistre.

— Pourquoi hériterais-tu de tout ce qui me revient de droit ?

— Tu n'étais pas au courant que Ty avait changé son testament en ma faveur.

— Oh mais si ! Mon crétin de cousin a fait en sorte que je l'apprenne.

— Trey savait ? Comment ?

— Il a trouvé une copie du testament dans le bureau de son père. Tu as sous-estimé ce fils à papa. Crois-moi, il n'était pas très heureux que tu mettes la main sur la part du magot qui devait leur revenir à sa mère et à lui.

— Je n'ai jamais...

Elle entendit une porte claquer au-dessus d'elle.

— Bon sang ! Où te caches-tu ? cria-t-il.

Il fallait qu'elle sorte, tant qu'il lui en offrait la possibilité. Certes, il était risqué de quitter cette pièce sécurisée. Mais si Del réalisait qu'il n'y avait aucun moyen de l'atteindre, il quitterait les lieux sans pour autant renoncer à la poursuivre. Et elle ne vivrait jamais en paix.

— Je suis dans la chambre bleue, répondit-elle avant de se glisser en silence hors de la pièce et de descendre l'escalier à pas de loup.

Avant de sortir par la porte arrière de la cuisine, il lui restait une dernière question à lui poser.

— Et Trey ? Si tu ne l'avais pas tué à ma place, tu aurais dû composer avec lui.

— J'en aurais fait mon affaire. Il était beaucoup plus facile à gérer que toi. Maintenant, ça suffit ! Arrête de me faire perdre mon temps.

— Tu sais que tu ne t'en sortiras pas comme ça. Tu sais que la police n'a jamais gobé les mensonges que ton père leur a servis pour te couvrir. Tous les flics de l'État sont à tes trousses.

— Ils ne me trouveront jamais.

— Pourquoi ne pas te rendre ? Tu ne toucheras jamais cet héritage, de toute façon.

— Parce que c'est injuste. Mon père aurait dû s'assurer que tout me revienne. Mais, comme d'habitude, monsieur était trop occupé à jouer les sénateurs débordés.

Il s'interrompit pour émettre un rire aussi sonore que lugubre.

— Avec le scandale qui se prépare, il ne va pas le rester longtemps ! Sa carrière est fichue !

Le temps pressait. Elle n'avait plus une seconde à perdre, il était clair qu'elle ne parviendrait pas à raisonner Del.

Elle sortit, longea le patio plongé dans la pénombre puis se précipita vers le hangar à bateaux. Une fois à l'intérieur, elle se recroquevilla dans un angle de la pièce et porta son téléphone à l'oreille.

— Ryan, vous m'entendez ? Où êtes-vous ?

— Je vous entends. Je suis dans l'allée. Les renforts sont derrière nous. Michelle et Ethan à vingt minutes. Sortez immédiatement de la maison.

— Je suis dans le hangar à bateaux. J'ai tout enregistré.

— Ne restez pas là. Courez vous réfugier dans les bois.

Elle secoua la tête. Une idée venait de germer dans sa tête.

— Ryan, vous savez comme moi que cet enregistrement ne sera peut-être pas recevable devant un tribunal. Del le sait aussi.

— Que comptez-vous faire ?

Pour toute réponse, elle cala son portable dans la ceinture de son jean et entreprit de retirer la bâche qui couvrait le hors-bord de Trey, immobile sur la rampe de mise à l'eau.

Elle se hissa dans le cockpit et une fois derrière le volant tourna la clé de contact.

Mon Dieu, faites qu'il démarre.

Sa prière fut entendue. Le moteur se mit à rugir instantanément. Elle baissa les gaz puis, laissant le moteur ronronner doucement, déroula les cordes des taquets et laissa l'embarcation dériver vers l'arrière. C'est alors qu'elle vit les lumières bleues des gyrophares des véhicules de police. Les renforts arrivaient.

Juste au moment où la longue silhouette menaçante de Del apparaissait devant les portes coulissantes du patio. Elle manœuvra habilement le bateau de manière à le faire virer pour pouvoir s'éloigner de la rive. Elle œuvrait sans feux de navigation pour qu'il ne puisse pas la localiser.

Elle pointa l'avant de la vedette vers la partie la plus large du lac et poussa la manette des gaz, priant pour que le bateau puisse dépasser la langue de terre qui marquait l'entrée de la crique. Avec un peu de chance, au moment où elle l'aurait atteinte, la police aurait mis la main sur Del.

Elle en était là de ses pensées quand un coup de feu retentit.

Cheveux au vent, grisée par la vitesse, elle se mît à crier :

— Tu ne m'auras pas, Delray Powers ! Je ne te laisserai pas faire !

Accrochée au volant, elle tourna la tête en direction de la maison. Elle eut le temps de voir un énorme pick-up équipé d'une barre de toit dont les lumières éblouissantes étaient braquées sur une personne étendue au sol. Il se passait quelque chose. Del avait-il été appréhendé ? Il fallait qu'elle aille s'en assurer.

Elle fit demi-tour. À mesure qu'elle s'approchait de la maison, elle distinguait Ryan penché sur la personne au sol, face contre terre, en direction du lac. Puis deux officiers de police vinrent menotter l'homme et Ryan se releva.

Il mit une main en visière et scruta la surface de l'eau. Il la cherchait des yeux.

Les battements frénétiques de son cœur retrouvèrent un rythme plus régulier. Elle alluma les feux de navigation et actionna la corne de brume.

Alors qu'elle arrivait tout près du ponton, elle coupa le moteur et laissa l'embarcation dériver tout doucement.

Elle vit les deux officiers aider l'homme à se relever.

Del.

Ils l'avaient eu. Le cauchemar était terminé.

Ryan prit son portable dans la poche arrière de son pantalon. Elle attrapa le sien.

— Tout va bien ? demanda-t-elle la première.

— Oui. Et vous ?

— Je suis... Ryan, nous l'avons eu.

— Oui, nous l'avons eu.

C'est alors qu'elle remarqua les deux jeunes hommes qui gesticulaient à ses côtés, visiblement très excités.

— Wouah ! C'était mortel ! s'écria le plus grand des deux.

— Comment vous l'avez plaqué au sol ! s'exclama l'autre. Impressionnant !

Elle esquissa un sourire amusé en reconnaissant les deux occupants du véhicule qui avait masqué sa fuite.

— Vous vous êtes fait de nouveaux amis, Ryan ?

17

Kayla s'amusa de voir Ryan faire comme s'il n'avait pas entendu. Ses traits affichaient un profond soulagement. Il avait dû être aussi effrayé qu'elle des risques qu'elle avait pris. Pourtant, si c'était à refaire, elle n'hésiterait pas une seconde.

Del était passé aux aveux sans trop de difficultés, lui avait appris Ryan au téléphone. Il avait reconnu avoir assassiné Tyrone et Trey.

Les deux policiers l'avaient embarqué en garde à vue.

Elle était libre.

Enfin.

Laissant le bateau dériver tout doucement, elle leva les yeux sur la silhouette massive du manoir. Un bâtiment que son beau-père avait fait construire comme symbole de sa richesse et de son pouvoir. C'était là qu'elle était tombée amoureuse de Tyrone. Là aussi qu'elle se réfugiait quand elle était malheureuse. Et là encore que cette sinistre affaire venait de connaître – Dieu soit loué – un dénouement heureux.

Elle comprit que son histoire d'amour avec cette maison avait pris fin. Les jours heureux qu'elle y avait passés, le réconfort qu'elle y avait trouvé seraient désormais entachés par des images de la nuit terrifiante qu'elle venait de vivre. En revanche, elle garderait le contrôle du cabinet. Si, toutefois, les scandales à répétition n'entraînaient pas sa fermeture définitive.

La voix de Ryan interrompit le fil de ses pensées.

Les mains en porte-voix, il lui criait quelque chose qu'elle ne comprit pas. Elle pointa du doigt le bout du quai où il se tenait, lui indiquant que c'était là qu'elle allait s'amarrer.

Quand elle fut assez près, elle lui lança un bout qu'il noua d'une main experte à un anneau.

Un des deux jeunes hommes arriva en courant, suivi de près par son acolyte.

— On peut vous donner un coup de main ?

Puis, s'adressant à Ryan :

— Sergent, c'était vraiment génial !

— Ce n'était pas un jeu, Danny, lui rétorqua Ryan. C'était une mission dangereuse qui aurait pu mal tourner.

Au moment où elle allait enjamber le côté tribord du bateau, Ryan lui tendit une main.

— Je vais vous aider.

— Il n'en est pas question. Pensez un peu à votre jambe.

Elle fit signe au garçon qu'il avait appelé Danny.

— Jeune homme, venez m'aider s'il vous plaît.

Danny se précipita vers elle, toujours suivi de son ami. Une fois sur le ponton, elle les remercia puis se tourna vers Ryan.

Il la contemplait, une palette d'émotions contradictoires se succédant sur son visage. Elle y vit un mélange de colère et de soulagement, d'admiration et d'angoisse extrême. Et de l'amour, aussi.

Elle eut l'envie soudaine de l'embrasser.

Elle s'avança vers lui jusqu'à presque le toucher, puis prit son visage entre ses deux mains. Dans un geste d'une infinie douceur, elle lissa du bout de ses pouces les rides d'inquiétude qui encadraient sa bouche. Il l'enveloppa de ses bras. Ils restèrent un long moment ainsi, immobiles, silencieux et tremblant dans les bras l'un de l'autre, sous le regard bienveillant autant que rigolard des deux jeunes hommes qui avaient grand-peine à refréner leur enthousiasme.

Au bout d'un temps qui lui parut infiniment long, il se pencha vers elle et prit ses lèvres dans un baiser auquel elle répondit avec fougue.

Un doute fulgurant la traversa soudain. Elle était enceinte. Pourquoi Ryan voudrait-il s'engager avec une femme qui portait l'enfant d'un autre homme ?

Il avait dû lire en elle car il déposa sur ses lèvres un baiser doux et léger, extrêmement tendre, qui semblait se vouloir rassurant.

— Tu n'en as pas fini avec moi, la prévint-il en resserrant son étreinte. Je ne suis pas Frank Farmer. Je ne compte pas te regarder monter à bord de ton jet privé sans chercher à te retenir.

— Je n'ai pas de jet privé, rétorqua-t-elle entre rires et larmes.

— Alors, c'est parfait.

Leurs bouches se joignirent encore une fois, dans un baiser cette fois porteur de promesses d'un bonheur infini.

Vous avez aimé cette enquête ?
Retrouvez les mystérieux monts Ozarks dans :

1. Désir de justice.
2. L'enquêtrice des Ozarks
3. Cœurs sous surveillance

NICOLE HELM

Prêt à tout pour elle

Traduction française de
KAREN DEGRAVE

BLACK ROSE

HARLEQUIN

Titre original :
COLD CASE IDENTITY

1

Palmer Hudson aimait s'amuser. Il avait appris très tôt que la vie avait tendance à vous mettre à terre à la moindre occasion et qu'il valait mieux en profiter entre les coups durs.

Cela ne voulait pas dire qu'il était irresponsable. Peut-être que, parfois, il buvait plus que de raison et il était, certainement, trop cavalier avec les femmes, mais, quoi qu'il arrive, on pouvait compter sur lui pour faire sa part de boulot.

Certains jours, c'étaient des corvées dans le vaste ranch des Hudson, qui était dans sa famille depuis cinq générations. D'autres, il enquêtait sur des affaires classées au sein de Hudson Investigations, l'agence fondée par son frère aîné après la disparition de leurs parents, quand Palmer avait douze ans.

Ces derniers s'étaient volatilisés.

Personne n'avait jamais compris ce qui leur était arrivé. Mais Jack avait pris la relève et s'était occupé de ses cinq frères et sœurs mineurs. Jack avait dix-huit ans à l'époque et il avait assumé le fardeau *tout entier*.

Est-ce que cela l'avait transformé en idiot psychorigide ? Palmer pensait que oui. Mais il pouvait difficilement en vouloir à Jack, alors que ce dernier leur avait permis de rester ensemble. Il l'avait conduit aux entraînements de football, avait accepté qu'il se mette au rodéo très jeune et s'était assuré qu'ils avaient de quoi manger et de l'argent à la banque.

Jack avait été leur point d'ancrage à tel point que, même s'ils avaient tous essayé de vivre leur vie hors du ranch – Grant s'était engagé dans la marine, Cash s'était marié et avait eu un enfant, Mary était partie étudier à l'université et Anna avait tenté elle aussi de s'illustrer dans le rodéo –, après toutes ces années, ils étaient de retour à la maison. Au ranch des Hudson. Travaillant pour Hudson Investigations et vivant en bordure de la ville de Sunrise.

En famille.

À l'approche de la trentaine, Palmer n'envisageait pas de se calmer, mais il commençait à comprendre qu'avec la maturité venait une certaine modération.

Plus ou moins, pensa-t-il quand il reconnut la femme aux cheveux de jais qui s'avançait vers lui, alors qu'il se dirigeait vers la maison principale.

Il songea sérieusement à tourner les talons et à battre en retraite.

Louisa O'Brien était probablement la seule personne au monde qui mettait Palmer Hudson mal à l'aise.

Louisa était la meilleure amie de sa petite sœur Anna et, dans leur enfance, il ne s'était jamais privé de taquiner les deux fillettes. Les grands frères étaient faits pour ça, après tout.

Mais depuis que Louisa était rentrée, après avoir fait ses études dans une université huppée de l'Est quelques années auparavant, Palmer s'efforçait de l'éviter.

Parce que Louisa O'Brien était devenue un vrai canon, avec ses cheveux noirs ondulés qu'elle portait presque toujours lâchés sur ses épaules, ses yeux d'un vert foncé qui avaient la couleur du plein été et un sourire en coin qui laissait entendre qu'elle en savait plus que vous. Sans parler de la façon dont son jean la moulait – chose sur laquelle il refusait de s'appesantir depuis la fois où il ne s'était pas rendu compte que c'était Louisa qu'il reluquait au bar du coin.

Il s'imposait très peu de limites concernant les femmes, mais Louisa était dans la zone rouge.

— Salut, Palmer, lui lança-t-elle en se plantant devant lui.

Il ne s'était pas enfui. Il devait donc faire avec, même si cela lui était pénible.

— Bonjour, Louisa, répondit-il. Anna n'est pas en ville en ce moment.

— Je sais. C'est toi que je suis venue voir.

— Pourquoi diable ?

C'était l'un de ses problèmes avec la Louisa adulte. Il lui disait toujours ce qu'il ne fallait pas alors qu'il n'avait jamais eu aucun mal à charmer les femmes. Dès le berceau, il avait été capable d'entortiller la gent féminine autour de son... petit doigt.

Bien sûr, il ne voulait pas charmer Louisa. Au contraire, il voulait garder ses distances à tout prix.

Elle lui sourit, ses yeux verts faisant des ravages dans son organisme – un organisme qui aurait dû rester indifférent.

— J'ai besoin d'un coup de main, dit-elle.

Elle s'efforçait visiblement de conserver son sourire, mais il perçut un changement dans son regard. Il y avait du sérieux derrière cette tentative de légèreté.

— Pourquoi tu ne demandes pas à n'importe qui d'autre ?

— Pourquoi es-tu si grognon ? répliqua-t-elle en lui tapotant le torse du bout du doigt.

Il s'écarta. Il avait appris que prétendre qu'elle ne lui faisait aucun effet ne servait à rien. Il valait mieux l'éviter comme la peste.

— Je suis occupé, Louisa.

— Jour et nuit, j'imagine, rétorqua-t-elle avec un petit sourire suffisamment séducteur pour qu'il ait besoin de contenir son imagination.

Pas question d'imaginer Louisa O'Brien en petite tenue. Jamais de la vie.

— J'ai besoin d'aide pour un truc louche, dit-elle, comme si elle ne semblait pas s'apercevoir de l'effet qu'elle avait sur lui, alors qu'il la soupçonnait fortement de se servir de celui-ci contre lui.

Systématiquement.

— Tu es le fourbe du clan, continua-t-elle.

— Anna est fourbe.

— Non, Anna est vindicative, corrigea-t-elle. Il y a une différence.

Ce qui était vrai, sans être du goût de Palmer.

— C'est un peu délicat. Je demanderais bien à Cash, mais il ne prend pas d'affaires en ce moment. Du moins, c'est ce que Mary a dit. Et même si Anna a toute ma confiance... ça requiert un certain doigté.

Il était vexé qu'elle lui préfère Cash, ce qui était incohérent vu qu'il n'avait pas envie qu'elle s'adresse à lui. Néanmoins, les sentiments et la raison ne faisaient pas toujours bon ménage. Du coup, sa réponse fut un peu plus sèche que nécessaire :

— Et depuis quand c'est ma spécialité ?

Elle soupira, le front plissé et le regard rivé sur les montagnes. Il eut un pincement au cœur. Il aurait aimé régler le problème qui la contrariait. Mais il ne pouvait pas prendre ce risque.

Quand elle reporta son regard sur lui, il sentit qu'il était foutu.

— C'est du sérieux. J'ai besoin de quelqu'un en qui j'ai confiance. Je pourrais aller voir Grant ou Jack, mais ils sont trop... intègres. J'ai besoin de quelqu'un qui ne craint pas de contourner la loi. J'ai besoin de réponses coûte que coûte.

— Coûte que coûte, c'est une proposition risquée, Louisa, prévint-il. Réfléchis à ce que tu offres.

Parce que, parfois, le coup bas était la meilleure des défenses.

— Personne ne te paie pour être odieux, dit-elle en fronçant les sourcils.

— Non, je le fais gratuitement parce que j'aime ça.

Elle rit. C'était aussi cela, l'ennui avec Louisa. Comme tous les autres, elle ne le prenait pas au sérieux, mais elle ne s'offusquait pas. Elle acceptait les choses comme elles venaient et, comme c'était aussi sa devise, il ne pouvait que respecter cela.

Son rire s'éteignit rapidement, coupant court à toute tentative d'humour. Elle joignit les mains et le regarda d'un air suppliant.

Enfer et damnation.

— J'ai découvert quelque chose qui pourrait bouleverser ma vie, Palmer. J'ai besoin de réponses. J'ai besoin d'aide. Je ne sais pas vers qui me tourner.

— Et qu'est-ce que tu as découvert ?

— Eh bien… Je ne crois pas que mes parents sont ce qu'ils prétendent être. Je ne crois pas être leur fille. Et je crois qu'il n'y a rien de légal là-dedans.

Louisa refusait de pleurer devant Palmer Hudson. Elle avait sa fierté. Certains lui avaient même dit qu'elle en avait trop.

Elle s'en moquait. L'orgueil permettait de se faire une place et repoussait les profiteurs. Il protégeait les cœurs tendres qui s'efforçaient de ne pas l'être.

Alors, elle utilisa sa fierté pour ravaler la moindre larme qui menaçait de perler au bord de ses yeux, même si c'était difficile.

Elle n'avait jamais dit à personne ce qu'elle venait de confier à Palmer. Elle avait encore du mal à y croire. Mais ces six derniers mois l'avaient rongée. Elle était déprimée et anxieuse. Elle ne pouvait plus vivre dans le déni. Elle avait besoin de réponses.

Elle priait le ciel d'obtenir des réponses acceptables. Mais au fil des mois cela devenait de moins en moins probable.

— Je ne pige pas, dit Palmer en l'examinant avec la circonspection qui le caractérisait.

Palmer entretenait sa réputation de fêtard qui aimait boire et draguer les filles. Il mettait un point d'honneur à s'assurer que tout le monde croie qu'il n'avait rien sous son chapeau de cow-boy noir.

Mais Louisa savait que sa famille n'était pas dupe, et elle savait pour sa part que, derrière le comportement de mauvais garçon qu'il avait adopté pour supporter la disparition de ses parents, se cachait un homme prudent vis-à-vis des choses qui comptaient vraiment.

Elle n'avait pas honte d'admettre, en son for intérieur, qu'elle était amoureuse de Palmer Hudson depuis ses treize ans. Qui aurait pu lui résister ? Il avait été impressionnant à dix-sept ans : roi du bal de promo, quarterback de l'équipe de foot puis champion de rodéo. Toujours souriant et blagueur malgré la tragédie qui avait frappé sa famille.

Elle avait cru – ou plutôt espéré – pendant des années qu'elle finirait par l'oublier. Elle savait que cet amour ne serait jamais réciproque. Mais ses sentiments étaient restés obstinément et indéfectiblement constants, en dépit de ses quatre ans d'études en Nouvelle-Angleterre.

Même si elle se prenait parfois à rêver qu'il pourrait ressentir quelque chose pour elle.

Qui qu'il en soit, elle l'aimait. Et elle se serait coupé la langue plutôt que de l'avouer à quiconque.

Cela l'avait empêchée de requérir son aide pendant des mois. Elle avait essayé de trouver un moyen de se confier à Anna sans que celle-ci ne sorte de ses gonds. Elle avait envisagé, maintes et maintes fois, de s'adresser à un autre des Hudson. N'importe quel autre Hudson.

Mais, si tout ce qu'elle soupçonnait était vrai, son cas était une affaire classée. Et elle avait besoin d'aide. D'une aide discrète et déterminée.

Palmer correspondait au profil. Plus que les autres, malheureusement. Il ne chercherait pas à se venger. Il ne dirait rien à personne. Il ne suivrait pas la loi à la lettre.

Il lui fournirait des réponses.

Et peut-être qu'en cours de route elle souffrirait de connaître la tentation. Parce qu'il y avait de quoi. Mais si c'était le prix à payer, tant pis.

— Donc, cette femme m'a contactée sur Facebook, dit-elle en estimant que commencer par le début serait plus simple.

— Aucune histoire raisonnable ne commence par ces mots, Lou.

Il la regarda d'un air si condescendant qu'elle faillit se retourner et partir sur-le-champ. Elle n'avait pas besoin de son mépris. Elle n'avait pas besoin de lui.

Mais elle avait besoin de réponses.

— Elle était en première année dans la même université que moi, poursuivit-elle en tâchant de ne pas être trop cassante. Et elle a vu la photo de mon équipe de softball dans le gymnase, celle qu'on a prise quand on a remporté le championnat.

— Toujours aussi fière, hein ?

— Et toi, tu n'es pas fier de tes boucles de rodéo ?

Il ne riposta pas.

— Donc, elle te contacte, et elle te dit quoi ?

— Qu'on est identiques. Ce n'est pas super bizarre ? Elle m'a envoyé sa photo de softball.

— Tu as ouvert une pièce jointe provenant d'une source inconnue ?

— Oui, Palmer. Achète-moi un antivirus. L'important, c'est qu'elle avait raison. On aurait dit moi à dix-huit ans. Alors, on a décidé de retracer nos arbres généalogiques pour voir si on était… connectées d'une manière ou d'une autre. Comme de lointaines cousines.

— Et vous ne l'êtes pas ?

— Non. Du coup, elle a suggéré qu'on fasse un de ces tests ADN. Tu vois ? Ceux qui analysent les origines de ta famille et te permettent de retrouver des personnes avec le même ADN.

— D'accord.

— J'étais enthousiaste. Je pensais que ça serait cool. Que je découvrirais que mon arrière-arrière-grand-mère avait eu une liaison avec un hors-la-loi, par exemple. Je pensais que ça serait sympa, amusant même. J'ai aussi envisagé la possibilité qu'on n'ait aucun lien de parenté et qu'on soit juste des sosies, mais m'imaginer qu'on était liées était… je ne sais pas. C'était *marrant*. Alors, j'en ai parlé à mes parents. Je me suis dit qu'on devait tous le faire.

Son ton avait dû lui mettre la puce à l'oreille, parce que Palmer fronça les sourcils.

— Ils n'ont pas été partants ?

— Ils m'ont interdit de le faire.

— Ils te l'ont interdit ? s'étonna-t-il. Je croyais que tes parents ne t'interdisaient rien.

— Je n'irais pas jusque-là, mais ils ont toujours été très indulgents. Je sais qu'ils se sont pliés en quatre pour me rendre heureuse.

Elle enroula ses bras autour de son torse. C'était stupide d'être aussi contrariée, mais cela avait été un choc de voir ses parents se mettre en colère pour la première fois alors qu'elle avait vingt-quatre ans.

Lorsqu'ils l'avaient surprise avec une bière après la remise des diplômes, ils s'étaient contentés de la réprimander gentiment, malgré leurs nombreux sermons précédents pour qu'elle ne commence pas à boire avant l'âge légal. Ils ne se fâchaient… jamais. Ils étaient surprotecteurs mais attentionnés.

Maintenant, elle voulait savoir pourquoi. Pourquoi ils avaient été si accommodants pendant vingt-quatre ans, alors que toutes ses amies avaient dû obéir à plus de règles, endurer plus de sermons et de disputes avec leurs parents lors de leur phase de rébellion adolescente.

Louisa n'avait jamais pu se rebeller, bien qu'elle ait essayé, parce que ses parents ne lui interdisaient rien.

Jusqu'à ce que, adulte, elle leur demande de faire un simple petit test ADN.

— Ils ont piqué une crise. Ils ont dit que c'était dangereux de donner son ADN et qu'il était hors de question que leur ADN soit envoyé à une de ces sociétés douteuses.

— Ils n'ont pas tort, Louisa.

Elle ne protesta pas, malgré l'envie qu'elle en avait.

— Je sais. Et j'aurais compris s'ils avaient été rationnels. Si cette femme ne m'avait pas dit que...

— Dit quoi ? demanda Palmer.

C'était la partie difficile. Celle qui n'avait aucun sens. Pendant des mois, elle s'était persuadée que cette part de l'histoire était fausse. Jusqu'à ce que Kyla Brown, de Lakely, dans l'Ohio, lui envoie des photos de membres de sa famille qui lui ressemblaient.

Alors qu'on ne lui avait jamais dit qu'elle ressemblait à ses parents. Pas une seule fois.

— Sa sœur aînée a été volée quand elle était bébé. Kidnappée. Ils ne l'ont jamais retrouvée – ni le bébé, ni son corps. Et ils n'ont jamais su qui l'avait enlevée.

— Louisa, tu n'es pas sérieuse.

Il avait perdu son ton condescendant. Il semblait avoir pitié d'elle, maintenant.

C'était pire.

— Je sais que ça fait tiré par les cheveux. J'aimerais que ce soit un mensonge. Une blague.

Elle dut faire une pause pour contenir l'émotion qui risquait de la submerger. Elle essayait de l'enfouir depuis bien longtemps et aujourd'hui elle n'en était plus capable.

— Je prie pour que ce soit juste une coïncidence bizarre. C'est pour ça que j'ai besoin d'aide. De quelqu'un qui se montrera… impartial. Qui obtiendra des explications coûte que coûte. Et qui peut garder le secret pendant que je cherche des réponses.

Palmer ne répondit pas tout de suite. Louisa resserra ses bras sur elle. Le fond de l'air s'était rafraîchi, le vent s'était levé, annonçant une tempête.

Palmer fonça les sourcils, puis ôta son manteau pour le poser sur ses épaules, par-dessus sa veste qui ne la protégeait pas assez.

— Une tempête approche, marmonna-t-il. Viens dîner avec nous. On verra ça une fois à l'intérieur.

Ce n'était pas un non.

C'était la première étape sur la voie qui lui permettrait de savoir si elle était vraiment… qui elle pensait être. Si ses parents étaient des gens bons et honnêtes ou bien des menteurs et des kidnappeurs.

Elle poussa un soupir tremblant en le suivant dans la grande demeure des Hudson, tentant vainement de chasser les frissons qui la parcouraient malgré son manteau.

Rien de tout cela n'avait de sens, mais le fait que Palmer accepte de l'aider était un premier pas.

Ils découvriraient la vérité. Et ensuite elle verrait comment y faire face.

2

— Tu ne peux en parler à personne, dit Louisa avant qu'il n'ouvre la porte d'entrée de la maison où il avait passé l'essentiel de sa vie. Ça doit rester un secret.

Il baissa la tête pour la regarder. Elle lui arrivait au menton. Les garçons Hudson avaient hérité de la grande taille de leur père, et lui avait hérité, comme leur mère avait aimé le lui répéter, de sa tête dure.

Bon sang, sa mère lui manquait dans les moments les plus étranges. Comme celui où il rentrait chez lui avec la petite Louisa O'Brien qui réclamait son aide.

— Mangeons et on en discutera après, répondit-il.

Il n'avait pas besoin de conduire Louisa dans la salle à manger. Elle avait souvent partagé leurs repas autrefois. Il se rappelait un dîner mémorable, avant que ses parents ne disparaissent, pendant lequel Anna et Louisa avaient joué à se comporter comme des chiens.

Palmer s'était retenu de faire comme elles uniquement pour s'épargner les moqueries de ses grands frères, qui l'auraient accusé d'imiter « les bébés ».

Aujourd'hui, ce genre de problèmes lui manquaient. Les problèmes simples. Mais qu'y avait-il de simple depuis ce jour fatidique au cours de sa douzième année ?

L'alcool. Les taureaux. Les femmes.

Il soupira intérieurement. Pas Louisa.

La salle à manger était déjà remplie. Cash et sa fille Izzy donnaient des ordres à leur ménagerie de chiens. Jack était assis en bout de table et regardait son téléphone, tandis que Mary mettait la dernière main au dîner avec l'aide de Dahlia. Dahlia était arrivée récemment dans la maison. Elle avait eu le mauvais goût de s'amouracher de Grant alors qu'il s'occupait d'une affaire qui la concernait, et qui avait été classée le mois précédent.

Lorsque Mary leva les yeux et les vit, elle sourit. Toujours la parfaite hôtesse.

— Oh ! Louisa. Anna n'est pas là, dit-elle. Elle a été retenue à l'extérieur. Mais viens, assieds-toi. Tu mangeras sa part.

— Merci, Mary, répondit Louisa.

— Où Anna est-elle retenue, exactement ? bougonna Jack en posant son téléphone sur la table, l'écran vers le haut.

Parfois, il ressemblait tellement à leur père que Palmer avait l'impression d'être transporté dans un rêve où celui-ci était vivant et parmi eux.

Mais Jack n'était pas leur père, et personne ne lui répondit. Les allées et venues d'Anna étaient mystérieuses. Elle avait obtenu sa licence de détective privé quelques années plus tôt et acceptait des missions en dehors de Hudson Investigations. Principalement pour contrarier Jack.

Et cela fonctionnait.

— Comment vont les affaires au verger ? demanda Cash à Louisa quand le silence s'éternisa.

— Toujours pareil. J'essaie de convaincre maman et papa de partir en vacances dans un endroit chaud pendant la saison morte.

Louisa prit la chaise d'Anna, qui se trouvait à côté de celle de Palmer.

Grant entra dans la salle à manger quelques instants plus

tard et déposa un baiser sur la joue de sa petite amie avant de s'asseoir à table. Ce n'était plus aussi étrange qu'au début d'avoir Dahlia parmi eux. Elle semblait s'intégrer parfaitement bien, et Grant était clairement moins acerbe et rigide depuis qu'elle était là.

Qui aurait pu le lui reprocher ? Dahlia était une belle fille qui avait un cœur d'or. Elle avait pris un emploi à la bibliothèque locale et semblait totalement à l'aise là-bas aussi.

C'était un dîner tout à fait normal. Louisa aurait pu faire partie de la famille, si on se basait sur le nombre de fois où elle avait dîné avec eux au fil des ans. Bien sûr, Anna était présente, en général, mais Louisa était amie avec tout le monde.

Elle avait de la repartie, ce qui était une qualité bienvenue à la table des Hudson. Elle savait faire rire les gens, surtout la fille de onze ans de Cash. Il était difficile de l'imaginer vivant seule avec les O'Brien, ses parents qui étaient considérablement plus âgés qu'elle.

Considérablement plus âgés. Et elle était fille unique. Était-il vraiment possible qu'elle ait été kidnappée bébé ? Les O'Brien étaient... des gens aimables et tranquilles. Bien sûr, Tim O'Brien pouvait vous rendre sourd à force de parler de variétés de pommes et de greffons, et Minnie était membre de tous les clubs de patchwork, de cuisine et de toutes les associations de bienfaisance du comté qui intervenaient au moindre drame, mais c'étaient simplement... des gens normaux.

Ce n'était sûrement qu'une... Palmer avait du mal à croire que Louisa se soit laissée avoir par cette arnaque. Elle était sacrément futée et presque aussi cynique que sa sœur. Mais sous cette façade sardonique battait un cœur plus tendre que celui d'Anna. Peut-être qu'elle n'accordait du crédit à cette histoire que parce qu'elle compatissait avec cette fille qui avait perdu sa sœur.

Il l'observa, en essayant de réfléchir à tous les aspects

de l'histoire qu'elle lui avait racontée. Elle était sûrement passée à côté d'un truc. Il l'aiderait à y voir plus clair ce soir, et ensuite, basta.

Vingt-quatre heures maximum.

Leurs regards se croisèrent. Louisa baissa les yeux comme par réflexe, mais elle avait dû s'apercevoir qu'il la fixait, parce qu'elle releva la tête pour lui lancer un regard interrogateur.

Ce n'était vraiment pas juste. Si elle avait été une autre femme, rencontrée dans n'importe quel bar, ces yeux verts l'auraient conduit à une ou deux nuits de plaisir, pas plus. Ils ne le tortureraient pas en éveillant d'étranges sentiments en lui.

Elle était si intimement liée à sa famille qu'il la regardait différemment des autres femmes. Ce n'était pas à cause d'elle en tant que personne mais à cause de cette proximité particulière avec les siens.

Il devrait donc régler cette affaire pour que Louisa retourne à sa vie habituelle.

Ils mangèrent tout en discutant. Mary apporta le dessert pendant que Cash et Jack se disputaient pour savoir lequel des deux devait faire la vaisselle. Palmer se garda d'intervenir, même si les tours de rôle pour les corvées étaient une tradition qui remontait à leur enfance.

Mary tenait l'agenda, savait qui faisait quoi et quand, et ne manquait jamais de s'interposer pour remettre les pendules à l'heure. Voilà pourquoi elle s'occupait des repas. Son cerveau ultra-organisé ne supportait pas que d'autres mettent le bazar dans sa façon minutieuse de procéder.

Le téléphone de Jack sonna alors qu'ils s'attardaient après le dessert. En tant que shérif de Sunrise, il était le seul autorisé à garder son téléphone à table.

Ce qui ne voulait pas dire que lui-même ne consultait pas de temps en temps le sien sous la table pour planifier ses soirées quand personne ne le regardait.

— La tempête s'est levée plus tôt que prévu, déclara Jack en lisant son texto. Chloe dit que les routes sont déjà impraticables.

Jack s'adressa à ceux qui n'habitaient pas la demeure principale des Hudson :

— Tout le monde devrait envisager de dormir ici ce soir.

Izzy poussa un petit cri de joie, qui fit froncer les sourcils à Cash et aboyer les chiens. Dahlia et Grant se firent les yeux doux. Et... lui-même n'osa pas regarder Louisa.

Tandis que Jack commençait à débarrasser – puisque c'était son tour – Cash poussa Izzy hors de la pièce en lui demandant d'aller faire ses devoirs puis de prendre son bain, et Mary s'éclipsa pour ne pas participer au rangement. Dahlia et Grant prétendirent vouloir aller lire, mais avant que Palmer ne puisse lancer une boutade du genre : « C'est comme ça qu'on dit de nos jours ? », Louisa se pencha vers lui.

— Ne t'inquiète pas, murmura-t-elle en lui tapotant le bras. Je me glisserai dans ta chambre plus tard.

Il se figea.

Voilà qui avait de quoi l'inquiéter.

Louisa avait passé bien des nuits chez les Hudson depuis qu'elle était toute petite. Elle avait toujours dormi dans la chambre d'Anna, enfant comme adulte. Il lui semblait naturel de l'occuper, même en l'absence d'Anna.

Les Hudson l'avaient toujours bien accueillie – avant et après la disparition de leurs parents. Elle ne s'était jamais sentie mal à l'aise dans cette maison. Même maintenant, alors qu'elle se faufilait dans le couloir vers la chambre de Palmer, vêtue du pyjama qu'elle avait emprunté à Anna, elle était détendue.

Enfin, jusqu'à ce que Mary surgisse dans l'escalier et la fasse sursauter en poussant un cri de surprise.

Mary éclata de rire.

— Oh ! désolée, je ne voulais pas te faire peur.

— Ce n'est pas ta faute, répondit Louisa en riant aussi, parce que la situation était cocasse. Je pensais que tout le monde dormait.

Mary avait noté d'où elle venait et comprenait où elle se rendait apparemment. Elle cligna des yeux. Une fois.

— Tu ne vas pas..., commença-t-elle.

Elle n'avait que deux ans de plus que Louisa et Anna, mais elle était bien plus... introvertie et réservée. Néanmoins, enfant, elle avait joué avec elles, et à présent elle les accompagnait parfois dans leurs sorties maintenant qu'elles étaient adultes – à condition qu'elles n'aillent pas dans des bars et qu'elles ne rentrent pas trop tard.

Elle assumait d'ailleurs très souvent le rôle de conductrice désignée.

Même si Louisa considérait Mary comme une amie, celle-ci n'était pas sa meilleure amie et elle ne lui avait jamais confié son béguin pour Palmer.

— C'est une blague, dit Louisa avec un sourire et en baissant la voix. C'est promis.

Le soulagement de Mary lui parut un peu exagéré. Serait-ce si terrible que cela si elle rejoignait Palmer pour une partie de jambes en l'air ?

Ne laisse pas ton imagination s'égarer sur cette voie.

— Je vais me coucher, mais si tu as besoin de quoi que ce soit, dis-le-moi, conclut Mary.

— Je sais où sont les choses. Ne t'inquiète pas.

Louisa sourit à son amie et attendit sans bouger que Mary disparaisse dans sa chambre.

Et, quand la porte se ferma, elle laissa passer deux minutes supplémentaires avant de se remettre en route. Elle voulait être en pleine possession de ses moyens quand elle aurait affaire à Palmer. Dans sa chambre. De nuit.

Pour qu'il t'aide à résoudre ton grave problème, tu te souviens ?

Exact. C'était sérieux. La possibilité qu'elle ait été enlevée et que ses parents soient en réalité des êtres malfaisants alors qu'ils avaient toujours été aimants, admirables et présents. Un peu trop indulgents, certes, mais Louisa estimait s'en être bien sortie malgré tout. Elle n'aimait peut-être pas qu'on lui dise non, mais qui aimait cela ? Elle préférait peut-être obtenir tout ce qu'elle voulait quand elle le voulait, mais n'était-ce pas le cas de tout le monde ?

Elle n'avait pas peur de travailler dur, de faire preuve de patience ou de réaliser des choix difficiles.

Voilà pourquoi elle devait arrêter de procrastiner et entrer dans la chambre de Palmer pour discuter des secrets qui menaçaient de bouleverser sa vie.

Elle entra sans frapper. Si elle espérait secrètement entrevoir Palmer dénudé... Eh bien, personne d'autre qu'elle n'avait besoin de le savoir.

Il ne l'était pas, bien sûr. Il était debout – complètement habillé – à regarder la nuit d'encre par la fenêtre de sa chambre. Quand elle se glissa dans la pièce, il se tourna vers elle, le front plissé.

— Tu ne frappes pas avant d'entrer ?

Louisa ne prit pas la peine de relever. Elle balaya la pièce du regard. Elle était déjà venue dans la chambre de Palmer – surtout pour faire des blagues du genre de celles que deux petites filles faisaient à un grand frère. Palmer avait toujours été la cible préférée d'Anna, sans doute parce qu'au lieu de se fâcher, ou de la gronder comme le ferait un frère aîné responsable dans une maisonnée sans parents, Palmer se vengeait.

Les choses avaient bien changé depuis cette époque. Il n'avait plus de posters de femmes légèrement vêtues, de cow-boys chevauchant des taureaux et de bagnoles sur tous les murs. Il n'y avait plus d'affaires de football et de tenues de rancher dans tous les coins. Ce n'était plus une chambre de garçon. À un moment, c'était devenu la chambre d'un homme.

Toujours passablement en désordre – il y avait des vêtements sales éparpillés ici et là, beaucoup trop de chapeaux de cow-boys posés un peu partout, et un lit complètement défait –, mais on voyait surtout des couleurs fades et un manque criant de décoration.

Dans un sens, elle trouvait désolant qu'il ait abandonné tous les objets correspondant à ses centres d'intérêt au profit de... ce décor indéfinissable.

Comme sa vie la rendait suffisamment triste depuis quelque temps, elle chercha à le provoquer.

— Mary a cru que je venais te voir pour un plan cul, dit-elle en s'asseyant lourdement sur le lit pour tester ses ressorts.

Il resta complètement figé, aussi loin du lit que possible. Elle lui sourit en attendant qu'il arrête de la regarder avec horreur.

Cette nouvelle réaction exagérée l'irrita. Elle n'était plus une enfant et elle n'était pas une bête hideuse. Mais elle ne laissa rien paraître et sortit son téléphone de la poche de son pantalon de pyjama.

— Laisse-moi te montrer ce que la fille qui est peut-être ma sœur m'a envoyé, reprit-elle en tapotant le matelas à côté d'elle.

Palmer ne bougea pas. Elle leva les yeux vers lui en faisant de son mieux pour sembler perplexe.

— Quel est le problème ?

— Il n'y en a pas, grommela-t-il, alors qu'il était rarement bourru.

Il s'approcha du lit avec raideur, puis s'assit prudemment au bord du matelas, comme s'il craignait que quelqu'un fasse irruption et les accuse de s'envoyer en l'air.

Que Dieu l'en garde.

Elle mit son irritation de côté – ce n'était ni le moment, ni le lieu. Elle la manifesterait plus tard.

— Tout d'abord, il y a cette photo d'elle.

Elle tendit son téléphone.

— Il y a une ressemblance, admit Palmer après avoir observé la photo.

— On est quasiment jumelles.

— Ça arrive. Je ne pense pas que ce soit une raison suffisante pour croire que tes parents sont des monstres. Même la réaction excessive de tes parents vis-à-vis du test ADN est compréhensible. Ces sociétés conservent ton ADN. Leurs pratiques sont souvent douteuses. Tes preuves sont circonstancielles et tu tires des conclusions hâtives.

Comme si elle ne le savait pas. Comme si cela ne la perturbait pas depuis des mois.

— D'accord. Mais comment trouver des faits probants ? Tu crois que j'ai envie d'être un pauvre bébé kidnappé ?

— Non. Mais...

— Il n'y a pas de mais qui tienne. Je déteste cette situation. Je ne la supporte pas. Mais il y a trop de questions pour que je les laisse sans réponse. Et je... Je ne sais pas quoi faire.

C'était difficile à admettre, surtout devant Palmer. Elle n'aimait pas les incertitudes. Anna et elle avaient cela en commun. Elles fonçaient tête baissée, quelles que soient les conséquences. Or, cette fois, les conséquences étaient énormes.

— Je ne sais pas comment avancer.

— Je suppose qu'interroger tes parents est hors de question, dit Palmer.

Elle lui jeta un regard noir. Elle imaginait déjà la tête que ferait sa mère. Elle serait blessée, dévastée. Leur famille ne serait plus jamais la même. Parce que ses parents sauraient qu'elle avait douté d'eux, alors qu'ils ne lui avaient jamais donné une seule raison de le faire.

Et si cette histoire insensée était vraie ?

— J'ai besoin de preuves, Palmer.

Il soupira et se passa la main dans les cheveux.

— D'accord. Donne-moi leurs noms de famille. Je vais voir ce que je peux trouver.

3

Louisa se jeta au cou de Palmer. Juste là, sur son lit.

— Merci, dit-elle en le serrant dans ses bras. Je savais que tu ne me laisserais pas tomber.

Cela n'aura pas dû le surprendre. Louisa était très... tactile. Tandis qu'Anna aimait donner des coups de pied et des coups de poing pour se sortir d'une situation, sa meilleure amie préférait serrer les gens dans ses bras, leur prendre la main et leur donner des coups de hanche.

Mais elle n'avait jamais fait ce genre de chose sur son lit.

Palmer ferma les yeux et pensa aux impôts. Aux calculatrices. Au bruit que font les chiens quand ils mangent trop vite.

À tout sauf au fait de la sentir contre lui, sur son lit...

Il écarta ses bras de son cou. Il ne se leva pas d'un bond, parce que Louisa était bien trop maligne et fourbe pour ne pas le lui faire payer. Il se leva calmement et fronça les sourcils.

— Les noms, Louisa.

— Bien sûr, répondit-elle en baissant les yeux vers son téléphone. Je vais te les envoyer par texto.

Elle tapota son écran. Quelques secondes plus tard, son propre téléphone tinta sur la table de nuit.

— J'apprécie vraiment ton aide et...

Elle se leva en se mordillant la lèvre. Une habitude à laquelle il évitait d'accorder trop d'attention. Du moins, il avait réussi à se tenir à cette stratégie tant que Louisa n'était pas dans sa chambre.

— Je te connais... C'est juste que..., bafouilla-t-elle.

— Crache le morceau, Lou.

Elle soupira sans réagir à son ton cassant.

— S'il te plaît, ne dis rien à personne. Ni à Anna, ni à tes frères. À personne. Je dois faire comme si c'était sans aucune importance. Si quelqu'un d'autre que toi apprenait que je considère sérieusement la question, je n'oserais plus regarder personne dans les yeux.

— Je ne dirai rien à personne, marmonna-t-il.

Il lui semblait que cela allait de soi.

Elle ne se jeta pas à son cou, cette fois, mais elle lui effleura le bras. Ses yeux verts étaient inhabituellement doux.

— Merci, Palmer.

Il se contenta de grogner – ce qui lui rappela un peu trop son frère aîné. Palmer adorait et respectait son frère, mais il s'était juré de ne jamais suivre son exemple, de ne jamais devenir un martyr crispé et vieux jeu.

Louisa se glissa hors de sa chambre et il put enfin respirer librement, même s'il trouvait que le parfum de Louisa flottait un peu trop dans sa chambre. Un mélange de vanille et de terre, comme si grandir dans un verger lui avait donné une essence arboricole.

Il chassa cette pensée fantaisiste de son esprit et observa son lit. Non. Mauvaise idée.

Bien qu'il soit tard, il ne se coucha pas. Il était terrifié par ce dont il risquait de rêver s'il s'endormait. Il descendit dans la salle qu'ils avaient convertie en bureau de surveillance et dans laquelle se trouvaient ses ordinateurs. Il lut sur son téléphone les noms que Louisa lui avait envoyés et il se mit au travail.

Comme pour toutes les recherches, il commença par le plus facile. Les informations de surface. Les données de base accessibles à tous, les articles de presse sur la disparition du bébé. Puis, quand il eut épuisé ce filon, il alla un peu plus loin, cherchant dans ce qui n'était pas à la portée de la plupart des gens.

Tout semblait normal. Louisa O'Brien menait une vie qui n'avait aucun rapport avec Kyla Brown et sa famille à Lakely, dans l'Ohio. Il n'y avait aucune connexion, aucun recoupement entre les Brown et les O'Brien. Palmer ne put trouver aucune preuve d'un séjour des Brown dans le Wyoming ni des O'Brien dans l'Ohio. Il ne trouva aucune raison plausible pour laquelle les Brown auraient voulu berner Louisa. Ils avaient divorcé quinze ans plus tôt et leurs finances respectives semblaient en bon ordre. M. Brown avait un casier judiciaire pour des coups et blessures. Palmer se promit de creuser le sujet, mais il ne voyait pas quel pouvait être le lien avec le fait que leur fille avait contacté Louisa.

Tout ce qu'il avait trouvé aurait dû prouver ce que Louisa souhaitait : l'idée qu'elle était le bébé disparu était absurde et impossible.

Malheureusement...

Le piratage des registres de l'hôpital n'avait pas fourni à Palmer les résultats qu'il espérait. Il n'avait pas réussi à dénicher le dossier médical de Mme O'Brien concernant la naissance de Louisa, bien qu'il ait trouvé d'autres dossiers médicaux des O'Brien à divers moments de leur vie.

Cela ne prouvait rien, dans un sens comme dans l'autre. Mais cela soulevait une question – alors qu'il aurait aimé découvrir une preuve irréfutable, qui ne laissait aucun doute possible et lui aurait permis d'expédier Louisa aussi loin de lui que la meilleure amie de sa petite sœur pouvait l'être.

Un peu plus tard, quand son réveil sonna, il n'avait pas fermé l'œil de la nuit et ne voyait toujours absolument pas comment convaincre Louisa de tirer un trait sur cette affaire. Lorsqu'il sortit dans le parc qui entourait le ranch et découvrit celui-ci couvert de neige après une nuit de blizzard, il avait perdu sa jovialité habituelle.

Néanmoins, le fait de se frayer un chemin à travers la neige lui fit du bien. L'activité physique qui l'attendait lui permettrait peut-être de ne pas penser qu'à Louisa. Il atteignit la grange et découvrit que Cash s'y trouvait déjà. Palmer l'aida à dégager suffisamment la porte du bâtiment pour qu'elle s'ouvre.

— Sacrée tempête, commenta Cash. On va devoir inspecter tout le périmètre. Jack et Grant ont déjà dégagé la remise et sorti les motoneiges. Ils vont descendre chercher les ouvriers.

Il parlait de la petite équipe de travailleurs qu'ils employaient à l'année et qui vivaient dans la partie sud du ranch.

— Ils se diviseront et s'occuperont de la partie arrière, expliqua Cash. Mary surveille Izzy, donc il n'y a que toi et moi ici. Mieux vaut travailler par paires.

Palmer acquiesça tout en suivant Cash dans la grange, où étaient garées le reste des motoneiges, toujours prêtes à démarrer pendant l'hiver. Les chevaux piaffèrent pour les saluer. Mary et Izzy viendraient les nourrir et leur apporter de l'eau lorsqu'il ferait un peu moins froid. Blizzard ou pas, les Hudson avaient chacun un rôle précis, et ils le tenaient.

— Salut, les gars, lança une femme.

Cash et lui se retournèrent et découvrirent Louisa à l'entrée de la grange. Elle portait la tenue de ranch d'Anna, mais on ne pouvait pas la confondre avec elle.

— Que fais-tu là ? demanda Palmer quand elle s'approcha.

— C'est beaucoup de boulot de déneiger, dit Louisa, qu'il trouvait bien trop rayonnante au milieu de toute cette blancheur aveuglante. Je suis venue vous aider.

— Ton aide ne sera pas de trop, répondit Cash sans laisser

à Palmer le temps de lui dire de repartir d'où elle venait et de lui ficher la paix.

Ç'aurait été une réaction disproportionnée, tout bien réfléchi, mais qui lui aurait fait plaisir.

— Palmer et moi allons sortir les motoneiges. Tu peux libérer Marsh de son enclos ? demanda Cash en parlant de l'un des chiens qui passaient la nuit dans la grange avec les chevaux.

Il y avait très peu d'endroits dans le ranch qui n'abritaient pas une partie de la vaste ménagerie canine de Cash.

— Je vais le prendre avec moi et tu feras équipe avec Palmer, décréta-t-il. En divisant notre secteur, on en aura plus vite fait le tour.

— D'accord, répondit Louisa avec enthousiasme avant de disparaître dans un recoin de la grange.

Palmer ne se rendit compte qu'il la fusillait du regard que lorsque Cash lui donna un coup de coude.

— Même toi, tu n'es pas assez stupide pour t'aventurer là, chuchota son frère.

Palmer s'interdit de réagir du tac au tac. Qu'il soit de bonne ou de mauvaise humeur, il n'était pas du genre à se comporter de manière irréfléchie. Quand il faisait de mauvais choix, il aimait prendre le temps d'y repenser.

Il tourna lentement la tête vers son frère. Peut-être pas calmement, mais sûrement pas par réflexe. Il y avait de la malice dans le regard de Cash, mais aussi une inquiétude sincère. Rien n'aurait pu agacer davantage Palmer.

— M'aventurer dans quoi ? demanda-t-il sans essayer de masquer son énervement.

Cash leva les yeux au ciel.

— Tu es presque en train de baver. En regardant Louisa. Je te comprends, mais tu devrais penser avec ta cervelle plutôt qu'avec ton membre préféré.

Il enfourcha sa motoneige et Palmer l'imita.

— Je... Comment ça, tu me comprends ?

Cash fit un geste du côté où Louisa avait disparu.

— Elle est jolie, répondit Cash. Mais elle a quasiment grandi ici et c'est la meilleure amie d'Anna. Qu'elle soit devenue jolie n'est pas une excuse pour que tu te comportes comme tu le fais d'habitude. Tu m'entends ?

— Ce que j'entends, c'est que tu te prends pour mon père ou le sien, et qu'aucun de nous deux n'a besoin de ça.

— Et moi, ce que j'entends, c'est que tu ne nies pas ce que tu devrais nier, riposta Cash.

Palmer le fusilla du regard. Il aurait dû lui rire au nez, mais le fait que son frère ait une aussi piètre opinion de lui le vexait.

— Tu me juges et tu me condamnes ?

— Non, mais Jack le fera et Anna se précipitera à la maison pour t'exécuter.

Cash démarra son engin et le conduisit doucement dehors.

Palmer fut bien obligé de suivre. Quand il eut rejoint Cash, il coupa son moteur et se pencha vers son frère.

— Ce ne sont peut-être pas vos oignons, Cash.

Cash éclata de rire. Sans aucune retenue.

— Depuis quand ça compte par ici ? ironisa-t-il. Tu ne peux pas flirter avec Louisa O'Brien. Je ne devrais pas avoir besoin de te le rappeler.

Palmer savait ce qu'il devait répondre et comment gérer la situation. Mais, peut-être à cause du manque de sommeil ou parce qu'il aidait Louisa, il ne fit rien de ce qu'il aurait dû faire.

Il sourit à son frère et resserra son manteau autour de lui.

— On verra bien, lança-t-il.

Puis il descendit de la motoneige et retourna dans la grange. Marsh se précipita vers lui et Palmer s'arrêta pour caresser le chien.

— Rends-moi service, Marsh, chuchota-t-il à l'animal. Mords-lui les fesses.

Marsh s'élança vers Cash comme pour obéir à son ordre, mais Palmer savait qu'il n'en ferait rien, puisque Cash dressait tous les chiens du ranch.

Louisa apparut alors que Palmer se redressait. Ses épais vêtements d'hiver cachaient sa silhouette, ses cheveux, tout ce qui la rendait unique.

Sauf ses yeux, ses lèvres, ses taches de rousseur...

Merde.

— Viens, grommela-t-il en lui prenant le coude pour l'entraîner dehors.

Cash s'éloigna sur sa motoneige, Marsh confortablement installé dans la petite remorque que son maître avait bricolée pour les chiens. Palmer hésitait, alors que Louisa et lui s'approchaient de la sienne. Après une tempête de ce genre, il valait mieux partir à deux sur une seule machine. Il fallait vérifier l'état des clôtures et du bétail. S'assurer qu'aucune bête ne soit perdue, blessée ou en hypothermie.

Mais il ne voulait en aucun cas sentir Louisa pressée contre lui. Il devait la convaincre de retourner à l'intérieur. Alors qu'il hésitait toujours sur la conduite à tenir, la remarque de Cash lui revint à l'esprit. En même temps que ce que Louisa lui avait rapporté de sa conversation avec Mary la veille au soir.

— Pourquoi mes frères et sœurs pensent-ils que je cherche à te séduire ? demanda-t-il.

Louisa haussa les épaules, mais il l'avait vue tressaillir quand il avait prononcé le mot « séduire ».

— Tu séduis tout ce qui bouge.

— Pas toi, grommela-t-il.

Ils s'arrêtèrent devant la motoneige et elle se tourna vers lui.

— Au cas où tu ne l'aurais pas remarqué, Palmer, je suis jolie. Tout le monde, à Sunrise, sait que tu aimes les jolies filles.

C'était vrai. Pourtant, le fait qu'elle le dise l'irrita et lui noua l'estomac d'une manière très déplaisante.

— Je sais ce que les gens pensent de moi – et ce que je pense *moi-même* de moi. Mais il y a des règles que j'ai toujours respectées. Pas de femmes mariées. Et pas les amies de mes sœurs.

— Mary n'était-elle pas amie avec Freya ? Tu es bien sorti avec elle. Et qu'en est-il des amies de tes frères ? Avec elles, ça va ?

Il ouvrit la bouche pour répliquer, mais aucun mot ne sortit.

— C'est un peu archaïque tout ça, tu ne crois pas ? poursuivit-elle.

Il pressa ses doigts gantés sur ses tempes.

— Je ne sais pas comment on en est arrivés à parler de ça, dit-il.

Elle ouvrit la bouche, mais il secoua la tête.

— C'était purement rhétorique, précisa-t-il.

Il soupira profondément et enfourcha la motoneige. Il avait besoin d'air froid, d'exercice physique, et surtout pas de cette conversation. Comme Louisa ne montait pas derrière lui, il lui lança :

— Alors, tu grimpes ?

Elle regarda le siège, puis son visage, en clignant des yeux.

— Évidemment, répondit-elle.

Mais sa façon de s'installer sur la motoneige lui sembla bizarre. Alors qu'elle l'avait pris dans ses bras dans son lit la veille au soir, elle grimpa maladroitement sur la motoneige, comme si c'était la première fois qu'elle montait sur ce type d'engin.

Pourtant, quand elle était plus jeune, elle avait créé avec Anna un parcours extrêmement dangereux, sur lequel elle avait fait des sauts très imprudents.

Jack leur avait passé un sacré savon – et c'était bien mérité.

Désormais, ils étaient adultes. Elle se glissa sur le siège derrière lui. Ils étaient séparés par des couches et des couches de vêtements conçus pour se protéger du froid polaire du Wyoming. Même ses bras, qu'elle avait enroulés autour de sa taille, alors qu'ils s'élançaient dans les pâturages enneigés, étaient hyper rembourrés.

Cela n'avait pas d'importance. Ils n'étaient pas vraiment pressés l'un contre l'autre. Il pensa au ragoût de thon de sa grand-mère qu'il détestait, à des toilettes de bars miteux, à ce jour où le crachoir de son pote s'était renversé dans son pick-up.

Ils progressèrent lentement le long de la clôture, à la recherche de dommages éventuels et de bétail en détresse. Palmer s'arrêta à un endroit où les barbelés s'affaissaient. Sans qu'il eût besoin de parler, Louisa sortit la boîte à outils rangée dans le compartiment latéral de la motoneige.

Ils travaillèrent en silence, se servant des pinces coupantes pour réparer la clôture. Le soleil s'était levé, et Palmer songea à se débarrasser d'une couche de vêtements, mais il savait qu'il le regretterait sur le chemin du retour.

Quand ils rentreraient, ils seraient entourés de gens. Autant discuter maintenant du peu d'informations qu'il avait trouvées.

— J'ai fait quelques recherches hier soir, commença-t-il. Pas un seul recoupement entre ta famille et les Brown.

— Hier soir ? Comment ça ? Tu es resté debout toute la nuit ?

Il haussa les épaules.

— Tu veux en finir au plus vite, non ?

— Oui. Mais je ne veux pas que tu... J'ai besoin de ton aide, mais si j'avais voulu que quelqu'un se sacrifie pour ma cause, j'aurais demandé à Jack.

Cette autre vérité lui laissa un goût amer.

— Tu n'as qu'à le faire, alors.

Elle resta silencieuse tandis qu'ils finissaient de rattacher les barbelés. Il lui tendit les outils, qu'elle rangea pendant qu'il testait la solidité de la réparation.

— Bien, grommela-t-il.

Alors qu'il repartait vers la motoneige, Louisa l'arrêta en

posant une main sur son torse. Une main gantée sur plusieurs couches de vêtements. Et pourtant...

Bon sang, il fallait qu'il retrouve ce dossier d'hôpital pour que cela s'arrête.

— Tu n'es pas obligé de m'aider si tu ne veux pas le faire, Palmer, dit-elle.

Son ton à la fois ferme et dénué de reproches lui rappelait celui d'une maîtresse d'école.

Qui le remettait à sa place.

— Je veux bien t'aider. Mais je ne veux pas qu'on critique mes méthodes.

— C'est d'accord. As-tu découvert quelque chose qui prouve que je suis bien la fille de mes parents ?

Il voulait lui mentir, mais il ne pouvait pas. Ce ne serait pas correct, et... il en était incapable.

— Pas encore. J'essaie de dénicher le dossier d'hôpital sur ta naissance.

— Tu essaies ?

— Oui, admit-il alors qu'elle commençait clairement à gamberger. Mais tout n'est pas informatisé, même pour quelqu'un d'aussi jeune que toi. Ça ne prouve rien. D'accord ?

Louisa ne réagit pas. En fait, elle paniquait intérieurement, mais elle n'en laissa rien paraître. Elle se contenta de fixer Palmer sans bouger.

Il restait de marbre. Les Hudson étaient des rocs. Les frères avaient beau avoir des caractères différents, ils se ressemblaient physiquement. Et ressemblaient à leur père. Ils étaient grands et larges d'épaules, bruns, avaient des sourires charmeurs – que Palmer distribuait plus généreusement que ses frères.

Louisa avait passé bien trop de temps, adolescente, à étudier les yeux sombres de Palmer pour essayer de comprendre ce que chacun de ses sourires signifiait.

Il ne souriait pas, à cet instant, et elle était perdue. Il avait dit que cela ne prouvait rien.

— Il devrait exister un dossier médical, dit-elle finalement en se concentrant sur l'anneau extérieur plus brun de ses iris.

— Bien sûr, mais des tas de choses pourraient expliquer qu'il ne soit pas là où je l'ai cherché. Peut-être que ta mère a accouché ailleurs. Peut-être qu'elle a accouché chez elle.

Elle secoua la tête.

— Je ne me souviens de rien puisque je venais de naître, mais mes parents parlent toujours du jour où ils m'ont ramenée de l'hôpital.

— D'accord. Quand les routes seront dégagées, tu pourras rentrer et peut-être trouver un moyen de les interroger. Ou de fouiller dans leurs dossiers. On ne peut rien prouver tant qu'on n'a pas prouvé qu'il n'y a pas de dossier médical.

— Mais…

— Lou, la coupa-t-il en lui serrant gentiment le bras. Ne tire pas de conclusions hâtives. Pas encore.

Elle déglutit péniblement et acquiesça.

— Bien sûr que non, dit-elle.

Le plus raisonnable était de se concentrer sur toutes les raisons qui pouvaient expliquer qu'il n'avait pas trouvé de dossier d'hôpital sur sa naissance. Malheureusement, son cœur lui semblait pris dans un étau. Elle avait fouillé dans les papiers de ses parents. Elle ne se rappelait pas avoir vu un dossier médical, seulement son acte de naissance.

Mais elle ne l'avait pas cherché non plus. Elle ne savait pas quoi chercher. Et elle avait si peur…

Elle s'éclaircit la voix et essaya de se concentrer sur leur tâche.

— On devrait finir l'inspection, lança-t-elle.

Il ne bougea pas. Il ne lui lâcha pas le bras. Et son expression… ne ressemblait pas à de la pitié. Pourquoi en ressentirait-il ?

Ses parents avaient disparu sans laisser de trace, et personne n'avait jamais su ce qui leur était arrivé.

Même si elle apprenait quelque chose de détestable, au moins ce serait clair. Ce serait… terrible, oui, mais pas aussi traumatisant que de perdre ses parents à douze ans sans jamais savoir ce qui s'était passé.

Elle était figée sur place, les yeux fixés sur lui, sidérée d'avoir appris qu'il n'y avait aucune trace de sa naissance à l'hôpital.

— Louisa, on va trouver des réponses. Je te le promets. Même si ce ne sont pas celles que tu espères. Ça va aller.

Elle hocha la tête, mais ne bougea pas. Il grommela un juron, puis l'attira contre lui. Elle tenta d'interpréter son geste comme celui d'un grand frère. Elle savait ce qu'il pensait d'elle. Elle était l'amie d'Anna. Une autre petite peste.

Même s'il avait prononcé le mot « séduire » en sa présence, ce qui lui avait donné l'envie désespérée de faire cette expérience.

Pour Palmer Hudson, elle serait toujours une petite fille.

Il la serra gentiment dans ses bras, lui tapota le dos et lui assura qu'ils iraient au fond des choses.

— Je te le promets, lui murmura-t-il même à l'oreille.

Mais il ne pouvait pas vraiment faire des promesses. Il ignorait s'il y aurait des réponses à donner. Parfois, on ne trouvait rien – il était bien placé pour le savoir.

Elle se sentit quand même réconfortée.

4

Plus Palmer passait de temps à chercher le dossier de naissance de Louise, plus cela le frustrait. Il maîtrisait parfaitement l'informatique. Il aimait bidouiller. Il aimait se concentrer sur un problème et il était capable d'échouer encore et encore sans se laisser gagner par la frustration.

C'était un peu comme grimper sur le dos d'un taureau ou d'un cheval sauvage. Si on persévérait, on finissait par obtenir ce qu'on voulait. Et avec les ordinateurs, on risquait moins de se fracasser le crâne.

En revanche, on risquait davantage de se faire arrêter si on piratait le mauvais programme.

Surtout, si on se faisait coincer. Alors, il chercha, pirata et chercha encore, sans trouver le dossier médical de la naissance de Louisa. Les examens de suivi, oui, mais pas le dossier de l'accouchement.

Il pouvait y avoir une explication raisonnable. Tout ce qui concernait les O'Brien était normal. On ne peut plus banal. Il n'y avait aucune transaction financière d'envergure – dans un sens ou dans l'autre – pour la période entourant la venue au monde de Louisa. Aucun voyage. Rien d'étrange.

Seul un détail clochait. Et cela irritait tellement Palmer qu'il était devenu grincheux et cassant, au point que Jack le lui fit remarquer.

— Qu'est-ce qui te constipe à ce point ?

Palmer observa son frère aîné, vêtu de son uniforme de shérif – qui consistait en fait en un jean, une chemise boutonnée et cette satanée étoile dont il était si fier –, par-dessus la table du petit déjeuner. Ils étaient tous les deux déjà sortis dans le froid glacial du matin et ils s'attardaient maintenant à table en buvant du café.

— Ce qui te constipe m'a peut-être contaminé, répliqua Palmer en décochant un grand sourire à son frère.

Avant que Jack ne puisse répondre, le téléphone de Palmer vibra dans sa poche et il le sortit pour échapper à son frère.

C'était un texto de Louisa.

Peux-tu venir au verger cet après-midi ? Maman et papa seront absents de 13 à 15 heures et j'ai besoin d'aide pour fouiner.

Il fonça les sourcils.

Tu ne peux pas le faire toute seule ?

Elle lui envoya un émoji qui levait les yeux au ciel, suivi d'un bloc de texte qui lui fit vraiment lever les yeux au ciel.

Qu'est-ce que tu crois que j'ai fait ces derniers jours ? J'ai besoin d'un regard neuf et de quelqu'un qui connaît les bonnes cachettes, comme celle où tu planquais tes bières dans le grenier à foin, derrière la planche branlante du coin nord-est.

Cela le fit sourire. Il savait que quelqu'un avait découvert son stock. Il avait toujours soupçonné Cash et sa copine du lycée – son ex-femme, désormais –, mais Anna et Louisa étaient des coupables tout aussi vraisemblables.

Je savais que vous étiez de sales voleuses…

— À qui tu envoies des textos ?

Palmer sursauta. Ce n'était pas tant la question qui le surprenait que la personne qui la posait. Il jeta un regard ahuri à Anna.

— Sacré bon sang. Quand as-tu décidé de nous honorer de ta présence ?

— Quand j'ai fini le boulot, répondit-elle en essayant toujours de voir à qui il écrivait, bien qu'il ait caché son téléphone sous la table.

— À qui tu envoies des textos ? répéta-t-elle. Avec ce sourire d'abruti.

— Tu me trouves toujours l'air abruti, se défendit-il.

— Tu avais l'air particulièrement abruti.

Sans quitter Anna des yeux, il appuya sur le bouton de son téléphone pour l'éteindre.

— Je prévois juste de retrouver quelqu'un au Lariat ce soir.

— Quelqu'un de spécial ?

Jack ricana à l'autre bout de la table.

— De spécial ? Il ne doit pas connaître son nom.

Palmer se força à rire, même si, dans sa tête, il frappait Jack en pleine poire.

— Si l'amour peut être aveugle, il peut être anonyme, répliqua-t-il en se levant.

Comme il s'y attendait, Anna lui arracha le téléphone des mains quand il passa près d'elle. Voilà pourquoi il l'avait éteint.

Elle fronça les sourcils en découvrant l'écran noir, puis leva les yeux vers lui.

— Je connais ton code d'accès, dit-elle.

— Ça m'étonnerait.

Elle souffla, ce qui prouvait qu'elle bluffait.

— Je pourrais le deviner.

— Pas avant que je ne le récupère. Tu permets ? J'ai des choses à faire.

— Quelles choses ? demanda Jack, toujours assis à siroter son café en bout de table.

Palmer avait toujours trouvé que Jack ressemblait à leur père – et de plus en plus au fil des ans – mais c'était le matin, avec les lumières scintillantes de Noël, quand Jack trônait sur la chaise de leur père, que cette pensée le frappait en plein cœur.

— Je t'enverrai ma liste, chef, dit-il d'un ton bourru.

Et comme Anna était distraite par Jack, Palmer récupéra son téléphone avant de sortir de la salle à manger. Il ralluma l'appareil et réprima un grognement en découvrant dix textos.

Sûrement tous de Louisa.

Il jeta un coup d'œil derrière lui pour voir si Anna l'avait suivi dans l'entrée. Non. Pas encore.

Il prit son chapeau de cow-boy, l'enfonça sur sa tête et enfila son manteau. Il faisait toujours froid dehors, mais les routes avaient été dégagées. Depuis, le ranch ressemblait à une carte postale de Noël.

Palmer se dirigea vers son pick-up en bravant le vent glacé. Il s'attendait toujours à ce qu'Anna lui saute dessus en le bombardant de questions, mais elle ne le fit pas.

Ce qui était suspect.

Une fois à l'abri dans son véhicule, il lut les textos que Louisa lui avait envoyés. Dans la plupart, elle lui reprochait de ne pas répondre.

Je te sauve de l'intervention d'Anna. De rien.

Tu viens ou pas ?

J'arrive.

Il jeta son téléphone sur le siège passager et prit la direction du verger des O'Brien. Il n'avait aucun scrupule à fouiller leur maison. Ce n'était pas cela qui lui retournait l'estomac. De son point de vue, il leur rendait service.

S'ils n'avaient pas enlevé Louisa – le contraire était difficile à croire –, il leur épargnait le tourment d'avoir à gérer toute cette affaire. S'ils l'avaient enlevée ? Ils méritaient ce qui leur arrivait.

Ce qui le préoccupait, c'était d'être seul dans la maison avec Louisa. Non parce qu'il risquait de se passer quelque chose, juste parce qu'elle était...

Soit. Il pouvait bien se l'admettre à lui-même. Elle était

terrifiante. Têtue, drôle et bien dans sa peau. Et pire que tout, émotionnellement vulnérable. Il voulait rester le plus loin possible de cette partie d'elle.

Néanmoins, il prit le virage qui menait au verger et, plus loin, à la maison. Il supposait que ce n'était pas grave qu'on le voie aller chez les O'Brien. Il était en bons termes avec toute la famille et pouvait inventer un tas de raisons pour justifier que son pick-up ait été vu en train de remonter l'allée gravillonnée.

Mais il pressentait que Louisa et lui devraient faire attention pour éviter que les commères de la ville ne commencent à se poser des questions.

Elles ignoreraient ce qu'ils faisaient réellement, mais elles s'imagineraient ce qu'ils pourraient faire, et la rumeur se répandrait comme une traînée de poudre en ville. Jusqu'à atteindre ses frères et – pire – Anna, en un temps record.

Et que pourrait-il opposer ? Il ne pouvait ni dire la vérité, ni jouer le jeu et prétendre que Louisa et lui... se fréquentaient.

Non, personne ne parlerait de fréquentation. Puisqu'il s'agissait de lui, tout le monde penserait que leur relation était purement sexuelle. Les habitants de Sunrise risqueraient de le jeter dans un wagon à bestiaux en espérant qu'il finisse dans une prairie du Nebraska, comme le faisaient ses ancêtres quand un personnage dangereux essayait de prendre le contrôle de la ville.

La maison apparut. Elle était déjà décorée pour Noël – il faisait jour, donc les lumières ne brillaient pas, mais on pouvait voir les couleurs vives des ampoules. Il y avait des Pères Noël et des bonshommes de neige en bois fabriqués par Tim et peints par Minnie tout autour de la maison.

Louisa l'attendait sur le perron. Comme son nez était rouge, elle devait être dehors depuis un moment. Il refoula son pincement au cœur en lui faisant un sermon dès qu'il sortit de son pick-up.

— À quoi tu joues ? Tu essaies d'attraper la mort ?

— Et toi ? répliqua-t-elle. Tu essaies d'imiter ma mère ?

Il fronça les sourcils et grimpa les marches du perron en tapant ses bottes pour en faire tomber la neige.

Elle leva la tête pour le regarder et, malgré sa repartie mordante, il lut de la culpabilité, de l'inquiétude, et même de l'anxiété dans ses yeux.

— Papa a un rendez-vous chez le médecin. Il discute toujours un bon moment avec le Dr Phillips avant d'aller au café Klatsch pour bavarder avec qui s'y trouve. Maman est à une réunion à l'église jusqu'à 15 heures, mais elle restera sûrement pour inspecter les poinsettias de Noël et je ne sais quoi d'autre.

Elle se tordit les mains et jeta un coup d'œil du côté de la route.

— Allez, finissons-en, ajouta-t-elle avec un air coupable.

— Tu n'es pas obligée de...

Elle leva la main pour le faire taire, puis ouvrit la porte d'entrée.

— Ne me dis pas que je ne suis pas obligée de le faire, parce que je le suis. J'ai besoin de réponses. Et tu n'as pas réussi à me prouver que je devrais arrêter de chercher.

Non, il n'avait pas réussi. Comme cela le rongeait, il se laissa entraîner dans la maison sans rien dire. Il n'y était pas souvent entré. Les O'Brien organisaient parfois des événements au verger où toute la ville était invitée. Il avait donc passé de nombreux après-midi et soirées d'été sous les pommiers, mais il n'avait mis les pieds dans la maison qu'une ou deux fois.

Elle ressemblait beaucoup au ranch des Hudson, excepté le fait que tout était plus petit et semblait plus... usé. Il était certain qu'à la maison Mary ne laissait pas la moindre planche ni le moindre rebord de fenêtre se fendre, se ramollir ou se déformer.

— Papa garde toute la paperasse de la famille et du verger

dans son bureau. Je l'ai fouillé sans rien trouver. J'ai jeté un coup d'œil dans leur chambre, sans succès. Et ce n'est pas la peine de me dire : « Peut-être qu'il n'y a rien à trouver. » Fais un tour. Si tu n'as rien de plus que moi dans une heure, on laissera tomber.

Comme elle semblait à deux doigts de craquer, il ne lui donna aucun conseil et ne proposa aucune autre option. Il hocha simplement la tête.

— D'accord. Montre-moi les dossiers.

Louisa ne savait pas si Palmer l'agaçait plus quand il la contredisait ou quand il ne le faisait pas. Parce qu'elle savait que c'était parce qu'il avait de la peine pour elle qu'il s'abstenait de la contredire. Et elle détestait cela.

Bien sûr, elle détestait toute cette situation, mais elle savait... qu'il devait y avoir quelque chose quelque part.

Palmer s'assit au bureau de son père et ouvrit tous les tiroirs. Il examina minutieusement chaque papier de chaque dossier.

Alors qu'elle s'attendait à ce qu'il relève la tête pour lui dire qu'il n'y avait rien à trouver, qu'elle devait abandonner ses recherches et le laisser tranquille, il montra du doigt un petit caisson dans un angle du bureau.

— Tu as la clé de ça ? demanda-t-il.

— La clé de quoi ?

Palmer lui montra de nouveau le caisson. Il ne s'agissait selon elle que d'un élément décoratif. Du moins, c'était ce qu'elle avait toujours cru. Jusqu'à ce que Palmer soulève un panneau de bois – un peu semblable à une porte, mais sans charnière apparente. Au-dessous de celui-ci, apparut une serrure.

Prise de vertige, elle inspira profondément. Ce n'était qu'un petit caisson dans le coin du bureau. C'était un caisson secret, certes, mais le bureau était ancien. Peut-être n'y avait-il rien dedans. Elle s'éclaircit la voix avant de dire :

— Je ne sais pas où on pourrait trouver une clé aussi petite.

Palmer haussa les épaules.

— Ce n'est pas un problème, dit-il.

Il prit son portefeuille dans sa poche arrière et l'ouvrit sur le bureau. Il contenait une collection de billets, un préservatif, sur lequel elle essaya désespérément de ne pas s'attarder, et une épingle à cheveux, qu'il sortit.

— Tu as souvent des problèmes de coiffure ? ironisa-t-elle.

Cette épingle à cheveux représentait sans doute un souvenir, et l'idée qu'elle pouvait avoir une valeur sentimentale pour lui était pire que la présence d'un préservatif dans son portefeuille.

Il lui sourit et enfonça l'épingle dans le petit trou de la serrure. Il la manipula un moment, jusqu'à ce que la porte s'ouvre. Comme elle ne bougeait pas et ne disait rien, il la regarda.

Il la regarda vraiment. Comme lui seul le faisait. Tout le monde croyait la connaître. Ses parents. Ses professeurs. Ses amis. Même Anna pensait savoir tout ce qu'il y avait à savoir sur elle.

Mais personne n'avait prédit qu'elle voudrait partir étudier dans le Massachusetts. Personne ne s'attendait à ce qu'elle se lance dans le softball universitaire, puis qu'elle abandonne. Sans crier gare. Quand elle faisait ce genre de chose, tout le monde pensait qu'elle avait des lubies passagères.

Mais Palmer l'avait toujours observée. En essayant de comprendre. Parce qu'il était comme elle. Tout le monde pensait le connaître, le voyait comme une star de football insouciante et un cow-boy de rodéo qui avait été moins marqué par la disparition de ses parents que ses frères et sœurs.

Alors qu'il l'était tout autant. Bien évidemment.

— Lou ?

Elle déglutit pour essayer de s'arracher à sa rêverie. Mieux valait penser à Palmer qu'à ce qui pouvait être caché dans ce caisson.

Comme il la regardait en tentant de deviner ce qu'elle ressentait à cet instant, elle lui dit la vérité :

— Je ne crois pas pouvoir regarder ce qu'il y a là-dedans.

L'expression de Palmer s'adoucit, et elle se demanda si c'était de la douceur qu'elle attendait de lui. Mais la peur de découvrir le contenu du caisson l'emportait.

— On est ici parce que tu veux des réponses. Si tu cherchais la facilité ou voulais rester dans ta zone de confort, on ne serait pas là. Alors, tu n'as peut-être pas envie de regarder, mais tu en es parfaitement capable.

Elle s'en savait capable. Le problème, c'était qu'elle ne voulait pas le faire. Elle ne voulait pas affronter quelque chose qui risquait de bouleverser sa vie. Pourquoi son père avait-il un caisson secret dans son bureau ?

— Je suis là, dit Palmer en se levant.

Il posa sa main sur son épaule, à la fois pour la rassurer et pour l'encourager à s'asseoir dans le fauteuil du bureau.

— Quoi que tu découvres, tu as des amis, Lou. On t'aidera à faire face.

Elle inspiration péniblement.

— Allez, vas-y, l'encouragea-t-il.

D'habitude, quand les gens lui disaient ce qu'elle devait faire, cela l'irritait. Et de la part de Palmer, elle prenait même ça comme une provocation. Cette fois, cela l'aida. Elle tendit la main...

Subitement, Palmer arrêta son geste. Sans un mot, il ferma la porte du caisson et remit en place le panneau de bois qui le recouvrait.

Elle comprit pourquoi. Des bruits de pas. Elle retint son souffle. Comment allait-elle expliquer... ?

Un homme apparut dans l'embrasure de la porte. Ce n'était

pas son père. Elle se leva d'un bond et serait sûrement tombée si Palmer ne l'avait pas rattrapée.

— Grand-père, balbutia-t-elle en guise de bonjour. Qu'est-ce que tu fais là ?

5

Palmer avait souvent été pris en flagrant délit. Habituellement, la pièce était plus sombre et il portait moins de vêtements. Il n'était pas facilement gêné, parce que, quand il faisait quelque chose, il était dès le départ décidé à ne pas en avoir honte.

La situation à cet instant était bien différente. Néanmoins, il ne réagit pas. C'était généralement la meilleure des défenses. Louisa passait par toutes les nuances du rouge, bégayait et s'agitait.

— Ne suis-je pas autorisé à pénétrer dans la maison de mon fils ? dit Greg O'Brien en regardant Palmer. Dans le verger que mon grand-père a construit à partir de rien ?

Palmer jugea qu'il était préférable dans l'immédiat que Greg se concentre sur lui. Tant que le grand-père de Louisa le suspecterait de courir après sa petite-fille, il ne se demanderait pas pourquoi ils furetaient autour du bureau de Tim.

Louisa laissa échapper un rire qui sonnait faux.

— Je suis juste surprise de te voir, expliqua-t-elle.

Le regard dur de Greg ne quitta pas Palmer.

— Visiblement.

Louisa jeta un coup d'œil à Palmer et cligna des yeux comme si elle était étonnée de le voir encore là.

— Palmer ne faisait que...

Palmer décida qu'il n'y avait qu'un seul moyen de s'en

sortir. Ce moyen ne lui plaisait pas. En fait, il le détestait. Mais il permettrait d'écarter les soupçons, et il savait que c'était ce que Louisa voulait par-dessus tout. Alors, il sourit à Greg et déclara :

— Lou avait besoin que je change une ampoule.

L'expression de Greg devint rageuse, et la pauvre Louisa – qui n'était pas si naïve, mais qui était une débutante en matière de subterfuge – eut l'air déroutée par la piètre excuse qu'il avait trouvée.

— Vraiment ? demanda Greg, les dents serrées.

— Oui, monsieur, répondit Palmer sans cesser de sourire. Mais c'est fait, alors je peux y aller. À plus tard, Lou.

Il prit son chapeau, en s'efforçant de donner à Greg l'impression qu'il jetait un regard appuyé à Louisa, alors qu'en réalité il vérifiait que le caisson secret était bien recouvert.

Palmer n'attendit pas que Louisa réponde. Il passa devant son grand-père et entra dans le salon. Il prit son temps – il ne fallait surtout pas se précipiter. Il savait comment avoir l'air d'un homme qui venait de passer un bon moment.

Un très bon moment.

Bon sang, il espérait que Greg O'Brien n'était pas aussi porté sur les ragots que sa femme. Bien sûr, un mot imprudent à la grand-mère de Louisa, et Anna mettrait un couteau sous la gorge de Palmer avant le dîner.

Métaphoriquement.

Plus ou moins.

Palmer descendit les marches du perron. D'habitude, le verger constituait un beau décor, mais aujourd'hui ce paysage d'arbres dénudés dans la neige déclencha un étrange frisson en lui. Il eut l'impression que quelqu'un l'observait.

C'était absurde, parce qu'on ne pouvait se cacher nulle part. Les branches étaient dépourvues de feuilles, et on distinguait parfaitement les pommiers qui s'alignaient sur les petits vallons du terrain.

Il jeta un coup d'œil derrière lui, en direction de la maison joyeusement décorée pour Noël, mais cela n'apaisa pas son étrange sentiment de malaise. Il avait appris depuis longtemps à ne pas se fier à ses sentiments. Rien ne pouvait sembler normal alors que ses parents avaient disparu sans laisser de trace. Rien ne pouvait sembler normal quand on cherchait à se faire amocher le plus possible – par des adversaires au football, par des taureaux ou par des hommes en colère dans des bars louches.

Le malaise devenait la normalité. L'accepter avait été une leçon de vie. Pourtant, il avait du mal à partir en laissant Louisa seule.

Elle n'est pas seule. Elle est avec son grand-père.

Et ledit grand-père sortait à ce moment précis sur le perron, avant que Palmer n'ait eu le bon sens de déguerpir.

Greg O'Brien ne semblait pas vouloir partir, mais plutôt être sur le point de le sermonner. Palmer soupira et attendit.

— Ma petite-fille n'est pas l'une de tes pouffiasses de bar, dit Greg.

Il ne le menaçait pas, mais ce n'était pas nécessaire. Cette remarque suffisait.

Palmer ne répondit pas tout de suite. Il ne baissa pas non plus les yeux face au regard furieux de Greg O'Brien. Il le soutint. Calmement. Sa patience atteignait ses limites, mais il ne laissa rien paraître. Il prit tout son temps pour glisser les mains dans ses poches en faisant semblant de réfléchir aux paroles de Greg.

— Je vous remercie de vous soucier de Louisa, monsieur O'Brien, mais pour moi, aucune femme n'est une pouffiasse. Et c'est un terme démodé, vous ne croyez pas ? Après tout, ce qu'une femme choisit de faire de son temps et en quelle compagnie, ça ne regarde qu'elle, non ?

— Écoute-moi bien...

Palmer n'avait plus la patience d'écouter. Ni d'être sermonné pour une chose qu'il n'avait même pas faite. Il se sermonnait bien assez lui-même juste parce qu'il pensait à cette chose.

— Je suis sûr que Louisa est capable de choisir toute seule ses fréquentations, continua-t-il, parfaitement impassible.

Puis il se retourna calmement et se fraya un chemin dans la neige jusqu'à son pick-up.

Pendant que Greg maugréait.

Quand Palmer monta dans son véhicule et s'engagea dans l'allée, son sentiment de malaise ne le quitta pas. Il tenta de l'ignorer, de le repousser, mais le malaise persista. Quand il regarda la maison des O'Brien dans le rétroviseur, il songea à toutes ces éventualités auxquelles il s'était entraîné à ne pas penser.

Apparemment, quand il s'agissait de Louisa, il était foutu.

Louisa ne savait pas comment se comporter avec son grand-père. Il était en colère, et il lui arrivait parfois de s'emporter, contrairement à son fils. Mais il était fâché pour de mauvaises raisons et elle ne voyait pas comment réagir.

— Et si je te faisais ton café de l'après-midi ? lui proposa-t-elle.

Elle espérait le distraire afin qu'ils sortent du bureau de son père. Avec un peu de chance, il ne songerait pas à raconter l'incident à ce dernier.

Son grand-père grogna, puis tourna les talons et quitta la pièce. Avant de le suivre, elle jeta un dernier coup d'œil au bureau pour s'assurer qu'il était dans le même état qu'au moment où Palmer et elle étaient arrivés.

Greg O'Brien n'était pas dans la cuisine. Il était dehors, sur le perron. Par la fenêtre de la cuisine, elle vit que Palmer se tenait en bas des marches et écoutait ce que son grand-père avait à lui dire.

La mâchoire de Palmer était crispée et, quand il parla, elle lut de la frustration dans son regard. Néanmoins, il donnait l'impression d'être calme. Finalement, il se retourna et partit vers son pick-up.

Quand la porte d'entrée claqua, elle se détourna de la fenêtre pour regarder son grand-père entrer dans la cuisine.

Elle n'avait pas peur de lui, mais ce n'était pas un homme chaleureux. Il n'était pas comme son père. Greg O'Brien avait une volonté de fer et elle ne s'était jamais sentie assez à l'aise pour lui tenir tête.

Est-ce que cela cachait quelque chose ?

— Qu'est-ce que tu regardes ? lui demanda son grand-père. Et qu'est-ce que tu fichais avec Palmer Hudson ?

Elle n'avait pas envie de répondre à ces questions, mais elle ne pouvait pas rester bouche bée dans la cuisine.

— Palmer et moi… on est juste amis, répondit-elle timidement.

— Je ne l'avais jamais vu traîner par ici avant.

Cela lui avait pris un peu de temps, mais elle avait trouvé une explication plausible.

— On prépare une surprise pour Anna.

Son grand-père plissa les yeux.

— Ce garçon n'est qu'une source d'ennuis.

Elle savait qu'il était inutile de défendre Palmer auprès de son grand-père. Les gens pensaient ce qu'ils voulaient de Palmer, et elle n'était pas son avocate –, d'autant qu'elle passerait pour une de ses conquêtes si elle le défendait.

— Ce n'est plus un petit garçon, et s'il cherche les ennuis, c'est son choix.

L'expression de son grand-père redevint rageuse.

— Tu es venu pour quelque chose en particulier ?

s'empressa-t-elle d'ajouter. Papa et maman sont en ville. J'allais ranger de la paperasse pour papa quand Palmer a débarqué pour parler de la surprise d'Anna. Où est mamie ?

— Elle est à la réunion à l'église avec ta mère, grommela-t-il.

Il s'avança vers elle et fit quelque chose d'inhabituel : il posa la main sur son épaule.

— Louisa Jane. Tu es une bonne fille. Tu as du caractère et la tête sur les épaules, même si tu as essayé de la gâter en allant dans l'Est. Crois-moi quand je te dis que Palmer Hudson ne te causera que des ennuis.

Elle n'avait pas l'habitude de recevoir sermon. Des rappels à l'ordre, oui, mais jamais de sermons.

C'était peut-être pour cette raison qu'elle réussit à contenir son irritation pour tenter de comprendre ce que ces paroles cachaient.

Son grand-père s'inquiétait pour elle. Et comme son petit discours contenait un nombre record de compliments, plus qu'il n'en avait jamais adressé Louisa- ni même à quiconque à part John Wayne –, elle se dit qu'il lui parlait avec son cœur. Même s'il se trompait sur Palmer et sur la raison pour laquelle celui-ci était venu.

Elle se força donc à sourire.

— D'accord, grand-père. Est-ce que tu veux ton café ?

Il accepta et laissa enfin tomber le sujet Palmer.

Quand ses parents rentrèrent à la maison, ils ne semblèrent pas surpris de le trouver avec elle. Il resta pour dîner, ce qui était étrange, parce qu'il mangeait toujours avec sa femme et que, si la réunion à l'église était terminée, elle se trouvait seule chez eux.

Par ailleurs, il n'expliqua pas pourquoi il était venu.

Plus tard, alors qu'elle faisait la vaisselle avec sa mère pendant que son père était sorti avec son grand-père pour flâner dans la serre, elle n'observa pas sa mère comme elle l'avait fait ces derniers mois, en cherchant désespérément des similitudes entre elles.

Elle pensait au caisson dans le bureau de son père et au fait que, si elle n'avait pas été une poule mouillée, ils sauraient ce qu'il contenait.

Ou tu aurais été prise la main dans le sac.

Quoi qu'il en soit, comment allait-elle le rouvrir ? Elle ne savait pas crocheter les serrures comme Palmer et elle doutait de pouvoir le faire revenir après le sermon infligé par son grand-père.

Palmer se fichait qu'on le sermonne, mais elle savait qu'il détestait l'idée qu'on puisse s'imaginer qu'il s'intéressait à elle.

Ce qui était insultant. Elle n'avait pas besoin qu'il s'intéresse à elle – ce n'était pas et ce ne serait jamais le cas. Mais il n'avait pas à être *horrifié* par cette idée. Il pouvait admettre que, même s'il ne la trouvait pas attirante, même s'il la considérait toujours comme une enfant, elle n'en était plus une et cela était devenu évident.

— Louisa ?

Louisa cligna des yeux et l'air inquiet de sa mère lui fit prendre conscience qu'elle s'était perdue dans ses pensées. Elle lui sourit.

— Pardon. Je rêvassais. Tu disais ?

Sa mère soupira, mais n'insista pas, parce qu'elle avait l'habitude de ces moments d'absence qui, de fait, tournaient bien trop souvent autour de Palmer Hudson.

— Ton grand-père t'a dit pourquoi il était venu ? demanda sa mère.

— Oh. Non.

Sa mère trouvait-elle cela bizarre ? Était-ce effectivement bizarre ?

Sa mère prit un air pensif.

— Ah.

— Quoi ? la pressa Louisa.

— C'est juste que ton père et moi l'avons vu en ville. Je lui ai dit que tu comptais aller chez les Hudson cet après-midi. Il savait donc que la maison serait vide. C'est étrange qu'il soit venu ici tout seul.

Louisa fixa sa mère, dont les mains étaient plongées dans l'eau savonneuse.

— Pourquoi… a-t-il fait ça ? demanda-t-elle en essayant de ne pas paraître aussi déroutée qu'elle l'était.

— J'imagine que tu es rentrée à temps pour lui tenir compagnie, dit sa mère.

Ce qui ne répondait pas à la question de Louisa.

Le comportement curieux de son grand-père la rendit encore plus suspicieuse.

6

— Je crois que mon grand-père sait quelque chose, dit Louisa.

Palmer prit une minute pour simplement respirer. La dernière chose dont il avait besoin était que Louisa débarque au Lariat devant une assemblée qui alimenterait les ragots qui commençaient à courir sur leur compte. Mais elle était bien là, à se glisser entre lui et la blonde du tabouret d'à côté qu'il hésitait à draguer.

Au lieu de ça, il dut regarder Louisa. Ses yeux verts étaient fardés de noir, ce qui les rendait mystérieux. Elle portait un rouge à lèvres rouge vif et – que Dieu ait pitié de lui – un haut avec un décolleté dangereusement plongeant. Et étaient-ce des paillettes sur sa peau ?

Il ne pouvait pas regarder. Il ne pouvait pas fermer les yeux. Elle sentait les fleurs sauvages et le miel au beau milieu de ce bar froid dont les décorations de Noël s'inspiraient de *Mele Kalikimaka* – comme si, en plein Wyoming rural, un thème hawaïen avait du sens.

Il pensa à la bave dégoulinante du taureau après une rude chevauchée. À l'odeur des vestiaires du lycée après un match de football pluvieux. À la fois où il s'était entaillé la main sur un clou rouillé et avait eu besoin de points de suture.

Il pensa à tout sauf à ce qu'il avait remarqué chez Louisa. Il but une longue gorgée de bière.

— Qu'est-ce que tu fais là ?

— J'ai rendez-vous avec Anna. Et surtout, je suis venue parce que je me doutais que tu serais ici, dit-elle en regardant attentivement la bière posée devant lui. Tu as décidé de te calmer ?

Il lui décocha un sourire.

— C'est juste pour m'échauffer, chérie.

Elle ne leva pas les yeux au ciel comme il s'y attendait et, peut-être, l'espérait. Au lieu de cela, elle fronça les sourcils. Comme si elle était inquiète.

— Qu'est-ce que tu me veux, Louisa ? marmonna-t-il en baissant les yeux vers sa bière et en regrettant de ne pas avoir commandé le whisky qui lui faisait envie.

Mais il lui avait semblé déplacé d'être assis ici à flirter, se soûler et agir comme il en avait l'habitude, alors que Louisa devait gérer un caisson secret et un grand-père furieux.

Et voilà qu'elle était là.

Elle baissa la voix et se pencha vers lui. Il garda les yeux rivés sur sa bière.

— Enquête sur mon grand-père, s'il te plaît, dit-elle. Il y a quelque chose de louche. Il était bizarre quand on l'a croisé. Ma mère a réagi bizarrement à son drôle de comportement. Peut-être...

— Peut-être que quoi ? la coupa-t-il.

Comme elle ne répondait pas, il se sentit obligé de la regarder. Il comprit aussitôt que son ton l'avait blessée et s'en voulut.

— Je ne sais pas, reprit-elle d'une voix calme et froide. C'est bien le problème. Je ne sais pas crocheter une serrure et j'ai l'impression que tu ne viendras pas m'aider à le faire de sitôt.

Il serra sa bouteille plus fort.

— Je t'ai dit que je t'aiderais.

— Oui, mais il est de plus en plus évident que tu ne veux pas m'aider.

Il sentait bien qu'elle essayait de se montrer aussi ferme

et forte que possible, mais cela ne marchait pas. Elle ployait sous le poids de trop d'incertitudes pour pouvoir le remettre à sa place. Du coup, sa voix tremblait.

Il se sentit minable.

— Ce n'est pas que je ne veux pas t'aider. C'est que je ne veux pas être en ta présence, Louisa.

Bon sang, cela sonnait très mal.

On aurait dit qu'il l'avait giflée. Elle pâlit même un peu, ce qui rendit les paillettes plus brillantes.

— Bien, grommela-t-elle avant de se détourner comme pour partir.

Il savait ce que cela signifiait. Il savait comment ne pas réagir. Mais il ne pouvait simplement pas la laisser partir et s'excuser plus tard. Il ne voulait pas qu'elle se sente blessée une seconde de plus. Alors, il lui attrapa le bras pour l'obliger, le plus doucement possible, à se tourner vers lui.

— Ne m'en veux pas. Demande-toi pourquoi j'ai dit ça. Réfléchis bien.

— Qu'est-ce que vous faites, tous les deux ? lança Anna derrière eux.

Palmer se demanda s'il n'était pas descendu en enfer. Il ne lâcha pas tout de suite le bras de Louisa pour ne pas avoir l'air coupable.

Il n'avait rien à se reprocher, ce qui rendait la situation d'autant plus frustrante. Il lâcha doucement le bras de Louisa et se tourna vers sa sœur qui semblait en colère. Elle était habillée d'une manière tout aussi inappropriée que Louisa.

Soit, « inapproprié » n'était pas le mot juste. Elles étaient des adultes, elles pouvaient porter ce qu'elles voulaient. Mais pourquoi devait-il se trouver dans les parages ? Surtout quand la moitié des gars du bar reluquaient sa sœur avec cette lueur dans le regard.

— Ta copine me casse les pieds, alors je lui rendais la pareille, dit-il.

Il n'osa pas observer la réaction de Louisa.

— Maintenant, vous allez vous y mettre à deux.

— En fait..., répliqua Anna, dont la colère avait cédé la place à une expression qui fit froncer les sourcils à Palmer. Le karma s'en est chargé.

— Quoi ?

— J'ai vu ton pick-up sur le parking. Tout de traviole. T'as un pneu à plat.

Palmer grommela un juron. C'était parfaitement assorti à son humeur et à sa chance de ces derniers temps. Mais c'était aussi une bonne excuse pour quitter le bar et ne pas être témoin de ce qu'Anna et Louisa s'apprêtaient à faire.

Anna entraîna Louisa vers une table et Palmer s'interdit de la suivre des yeux, alors qu'il sentait qu'elle le regardait toujours. Il paya sa note, une simple petite bière, et essaya de faire abstraction des regards de tous ceux qui le connaissaient et qui se demandaient pourquoi Palmer Hudson n'était passé que pour une bière et repartait bien avant 22 heures.

Surtout après une conversation un peu trop animée avec Louisa O'Brien.

Il fallait vraiment qu'il se sorte de ce guêpier. Il se retrouva dans l'air glacé de décembre – ce qui lui remit en tête la tenue de Louisa. Que cherchait-elle ? À attraper la mort ?

Ce ne sont pas tes oignons.

Si seulement cette voix dans sa tête avait eu la moitié de la fermeté et de la détermination qu'elle aurait dû avoir... Il se dirigea vers son pick-up et s'arrêta à quelques mètres du véhicule. À la faible lueur du bar, il vit ce qui avait échappé à Anna.

Il n'avait pas un pneu à plat. Ses quatre pneus étaient lacérés. Réduits en lambeaux.

Il balaya le parking sombre du regard. Il avait sûrement été facile de déchiqueter ses pneus sans que personne ne le remarque. Mais qui pouvait avoir fait un truc pareil ? Et pourquoi ?

Il vit le pick-up de Louisa garé juste à côté du sien, le logo du verger des O'Brien bien en évidence sur le flanc du véhicule.

Il s'imaginait difficilement Greg O'Brien en train de crever ses pneus, mais il ne voyait pas d'autre explication à cet accès de rage ciblé. Surtout alors que le pick-up de Louisa était garé à côté du sien.

Il soupira profondément et sortit son téléphone de sa poche. Il aurait préféré gérer cela tout seul, mais il savait, en tant que frère de shérif, qu'il devait appeler la police.

Génial.

— Qu'est-ce que tu as ?

Louisa cligna des yeux, tourna la tête vers Anna, assise en face d'elle, et se rendit compte qu'elle avait fixé la porte en se demandant comment Palmer allait se débrouiller avec son pneu à plat. Elle s'était posé un peu trop de questions qui concernaient Palmer au lieu d'écouter Anna raconter sa dernière affaire.

— Je sais que tu as un faible pour Palmer, mais là, ça va trop loin.

— Je n'ai pas de faible pour Palmer, répliqua Louisa par réflexe.

Il ne s'agissait pas de ses rêveries habituelles au sujet de Palmer.

Enfin, pas complètement.

« Demande-toi pourquoi j'ai dit ça. Réfléchis bien. »

Il n'avait pas insinué qu'il voulait l'éviter parce qu'elle était ennuyeuse ou qu'il la détestait. On aurait dit qu'il…

Elle dut chasser cette pensée de son esprit. Elle était en

compagnie de sa meilleure amie et c'était là-dessus qu'elle devait se concentrer.

— De quoi vous parliez sur un ton aussi sérieux, alors ? demanda Anna en plissant les yeux. Je ne l'avais pas vu d'aussi mauvais poil depuis une éternité. Vous vous êtes envoyé des textos ce matin ?

Louisa hésita. Palmer et elle avaient effectivement échangé des textos, mais elle ne voyait pas pourquoi Anna s'en souciait.

— Si tu couches avec mon frère, aie au moins la décence de me prévenir.

— Je ne couche avec personne, se défendit Louisa.

Au moins, c'était la vérité. Elle ne voulait pas mentir à Anna. Elle n'avait pas envie de lui cacher ce qu'elle faisait. Mais elle savait qu'Anna s'en mêlerait. Elle exigerait des réponses et réclamerait que justice soit faite. Il n'y aurait pas de recherches prudentes sur ordinateur, ni de fouilles dans le bureau de son père. Anna fonctionnait à l'émotion et, dans presque tous les aspects de sa vie, Louisa admirait sa façon d'agir.

Mais elle ne pouvait pas laisser Anna, avec son impulsivité, se mêler de ses affaires. Pas avant d'avoir obtenu des certitudes, quelles que soient celles-ci.

— Anna, j'ai besoin que tu me rendes un grand service.

Anna fronça les sourcils.

— Quoi ?

— J'aimerais que tu ne t'inquiètes pas et que tu ne me poses aucune question à propos de Palmer pendant les quelques semaines à venir. D'accord ? Je te promets de tout t'expliquer après ça.

Anna ouvrit la bouche, sans doute pour lui donner son accord, mais Louisa connaissait son amie.

— Et ne cherche pas à savoir ce qui se trame. Je te dirai tout, promis. J'ai juste besoin de temps.

— Tu sais que je déteste les énigmes, Louisa.

— Oui, je le sais bien. Je te demande, en tant que ma meilleure amie, de prendre sur toi et de faire avec.

Anna ricana et s'enfonça dans la banquette.

— Tu ne joues pas à la loyale.

— C'est pour ça qu'on est si bonnes amies, répliqua Louisa.

Anna rit de nouveau.

— Très bien. C'est promis. Pour deux semaines, maximum.

Louisa esquissa un sourire. Génial. Maintenant, elle avait une date limite. Palmer allait adorer cela. Avant qu'elle ne puisse ajouter quoi que ce soit ou orienter la conversation vers un sujet moins risqué, elle vit des lumières bleues et rouges bien reconnaissables par la fenêtre du bar.

— Ils sont là pour quoi ? s'interrogea-t-elle à voix haute.

Anna se retourna pour regarder par la fenêtre et fronça les sourcils.

— Je ne sais pas, mais regarde... Il y a Palmer.

Il était bien là, sous les lumières extérieures du bar et sous la neige qui tombait, en train de parler à Chloe Brink, l'une des adjointes de Jack. Il avait les bras croisés sur le torse et semblait furieux.

Louisa ne se rendit compte qu'elle s'était levée que lorsque Anna en fit autant.

— Viens, dit Anna. Allons voir dans quel pétrin ce gros balourd s'est fourré.

Louisa suivit Anna en sachant qu'elle ne devrait pas se sentir concernée. De plus, il faisait un froid de loup dehors et elle avait laissé son manteau dans sa voiture.

Oui, au cas où Palmer la regarderait.

« Demande-toi pourquoi j'ai dit ça. Réfléchis bien. »

Quand elles sortirent, Palmer et l'adjointe Brink se tournèrent vers elles.

— Mes pneus ont été crevés, dit Palmer en montrant son pick-up d'un signe de tête.

Comme un autre adjoint inspectait les dégâts avec une lampe de poche, Louisa put voir qu'il ne s'agissait pas d'un pneu à plat, comme Anna l'avait cru, ni de simples pneus crevés, comme Palmer venait de le dire.

Ses pneus avaient été déchiquetés. Un geste de colère incompréhensible à Sunrise, même dans ce bar qui connaissait quelques bagarres à l'occasion.

— Tu as fini par contrarier la mauvaise femme, hein ? dit Anna.

C'était une tentative d'humour, mais Anna avait un air furieux et réprobateur. Si elle aimait taquiner son frère, elle n'appréciait pas pour autant que d'autres s'en prennent à lui.

— Ça doit être ça, répondit Palmer.

Quand Louisa le regarda, elle vit qu'il la fixait et elle comprit... qu'il pensait que cela avait un lien avec *son* affaire.

— Tu crois que c'est dû à ça ? demanda l'adjointe Brink, qui tenait un stylo au-dessus d'un carnet. Tu as mis quelqu'un en rogne récemment ?

— Je ne sais pas ce qui s'est passé, répondit Palmer. Parce que je n'étais pas là. Et personne n'est venu m'annoncer ses intentions ou m'expliquer ses motivations.

Louisa eut envie de lui reprocher de passer sa mauvaise humeur sur Chloe, alors que celle-ci ne faisait que son travail, mais elle remarqua une fureur à peine contenue derrière l'expression presque neutre de Palmer qui... Non, elle n'en eut pas peur, mais elle la nota.

— On va prendre des photos, poser quelques questions, annonça Chloe. Si tu penses à quelqu'un qui pourrait t'en vouloir, on enquêtera...

— Vous ne trouverez rien et ça finira au placard sans qu'on ait de réponse, l'interrompit Palmer.

Chloe se raidit, mais elle resta impassible.

— Ton frère est le shérif, Palmer, répliqua-t-elle en fermant son carnet. Je doute que ça finisse au placard.

Cela ne sembla pas le faire changer d'avis.

— Je ne parierais pas gros là-dessus, marmonna-t-il. Mais merci d'avoir fait le déplacement.

Chloe hocha la tête, puis se dirigea vers le pick-up de Palmer pour discuter avec son collègue.

Palmer se tourna vers Anna.

— J'imagine que tu vas devoir écourter ta soirée en ville pour me ramener à la maison. Sauf si tu veux obliger Mary à venir me chercher.

— Pourquoi ne peux-tu pas t'asseoir au bar et te soûler comme tu le fais d'habitude ? suggéra Anna.

— Parce que je n'ai pas le cœur à m'amuser alors qu'on vient de crever mes pneus, merci.

Anna soupira.

— D'accord, grommela-t-elle avant de se tourner vers Louisa. Tu peux payer pour moi ?

— Oui, ne t'inquiète pas. Allez-y, tous les deux. On trouvera un autre soir pour sortir.

Elle serra Anna dans ses bras et jeta un coup d'œil à Palmer. Son regard était toujours sombre et furieux, et elle ignorait ce qui se tramait dans son cerveau, mais elle fut heureuse de retourner à l'intérieur. Il la rendait nerveuse. Alors que ses sentiments pour lui la rendaient rarement *nerveuse*. Gênée ? Bien sûr. Mal à l'aise ? Parfois. Furieuse ? La plupart du temps.

Nerveuse ? Cela n'avait aucun sens.

Elle paya leurs consommations. Pendant qu'elle attendait qu'on lui rende sa carte de crédit, son téléphone tinta. Elle regarda le texto.

Il était de Palmer.

Débrouille-toi pour venir au ranch ce soir.

Son cœur n'aurait pas dû s'emballer. C'était sérieux. Des

pneus crevés, un caisson secret et le comportement étrange de son grand-père. Rien de tout cela ne concernait sa relation avec Palmer.

Rien de tout cela ne concernerait jamais sa relation avec Palmer.

C'était bien plus important. Alors, elle empocha sa carte de crédit et se précipita à l'extérieur. Anna et Palmer s'installaient dans la voiture d'Anna, mais cette dernière n'avait pas encore fermé sa portière.

— Anna ! Attends !

Anna attendit et Louisa courut jusqu'à elle.

— Je me disais que je pourrais te suivre au ranch. On pourrait toujours passer la soirée ensemble. Entre filles.

Louisa s'interdit de regarder Palmer, parce qu'elle savait qu'elle se trahirait. Et Anna le remarquerait à coup sûr.

— C'est une super idée, lui dit Anna. Viens, suis-nous.

— Pourquoi ne monterait-elle pas avec nous ? demanda Palmer. Peut-être quelqu'un s'en est aussi pris à ses pneus. Son pick-up est juste à côté du mien. Et ça ne vaut pas la peine de sortir dans le froid pour s'en assurer.

Anna fonça les sourcils, mais quand elle tourna la tête vers Louisa, son expression n'avait rien d'accusateur.

— Même si ça me contrarie de l'admettre, il a raison. On ne sait pas exactement ce qui se trame. Monte, Lou. On tirera ça au clair demain matin.

Louisa aurait aimé pouvoir le croire.

7

Palmer laissa Anna et Louisa dans le salon, où elles tentaient de convaincre Mary de préparer et de boire des margaritas avec elles.

Il voulait parler à Louisa en privé, mais surtout il voulait s'assurer qu'elle était en sécurité. Il ne voyait pas qui pourrait avoir lacéré ses pneus de cette manière. Il avait certainement pu vexer une femme ou deux, comme Anna l'avait suggéré, mais il n'avait rien fait qui puisse susciter ce genre de réaction. En fait, depuis un bon moment il n'avait rien fait d'autre qu'agacer ses frères et boire à la maison. La seule chose susceptible de contrarier quelqu'un avait été de se faire surprendre en compagnie de Louisa chez les O'Brien.

Il ne pensait pas que le grand-père de Louisa ait crevé ses pneus. Néanmoins, un dossier de naissance manquant, un caisson dissimulé dans un bureau, un grand-père qui agissait de façon suspecte…

Cela cachait quelque chose. Il espérait pour Louisa que ce n'était pas ce qu'elle croyait. Mais il y avait anguille sous roche, et il ne pouvait pas la laisser monter dans son pick-up et rentrer seule chez elle. Il fallait qu'il s'assure de sa sécurité.

Alors, pendant que Louisa et ses sœurs s'amusaient, il s'installa dans sa salle informatique et se mit à faire des recherches sur Greg O'Brien. Même s'il n'avait rien à voir avec l'incident du pick-up, son comportement était étrange, et Louisa lui avait demandé d'enquêter sur son grand-père.

Le résultat ne fut pas meilleur que la fois précédente. Il était de plus en plus frustré de ne rien trouver sur Greg O'Brien. Pas même une contravention pour excès de vitesse. Les O'Brien n'étaient pas des kidnappeurs de bébés. Pourquoi continuait-il à se fracasser la tête contre ce mur ridicule, alors que Louisa pouvait demander à ses fichus parents la raison pour laquelle son dossier de naissance était introuvable ?

Il s'éloigna du bureau, bien décidé à monter dans sa chambre et à oublier toute cette affaire jusqu'au matin. Il manquait de sommeil et ne ressentait que de l'irritation. De plus, il allait devoir gérer la réaction de Jack lorsqu'il apprendrait qu'on avait crevé ses pneus.

Mais il n'avait pas prévu de tomber sur Louisa dans le couloir. Elle était juste plantée là.

Elle portait toujours la même tenue que dans le bar. Un jean moulant, un haut échancré et un maquillage conçu pour inciter les hommes à penser à des choses auxquelles il ne devait pas penser avec Louisa O'Brien.

— Je n'ai rien trouvé sur ton grand-père, dit-il.

Parce que c'était de cela qu'il s'agissait. Il ne s'agissait pas de la façon dont elle scintillait comme un mirage semblant suffisamment réel pour qu'on ait envie de le toucher. Ce serait pour quelqu'un d'autre. Jamais pour lui.

Elle soutint son regard et acquiesça gravement.

— J'imagine que je m'y attendais, répondit-elle avec un sourire peu convaincant. J'imagine que je devrais... poser des questions ou laisser tomber. On n'aboutit à rien.

Elle s'efforçait vaillamment de faire comme si cela n'avait pas d'importance.

Mais il voyait parfaitement son armure se fissurer, parce que, très souvent, il connaissait les mêmes difficultés.

— Peut-être qu'on devrait regarder dans ce caisson avant d'interroger tes parents ou de laisser tomber, suggéra-t-il d'un ton bourru, alors même qu'il venait d'envisager de tout abandonner.

Il ne supportait pas de voir cet air de défaite sur son visage.

Elle sembla si surprise et pleine d'espoir qu'il eut envie de tout arranger pour elle. De quelque manière que ce soit.

Il se rapprocha d'elle en même temps qu'elle s'avançait vers lui, apportant avec elle des effluves de miel et d'alcool.

Ses joues étaient un peu rouges.

— Tu es ivre ? demanda-t-il avec méfiance.

— Non.

Il l'observa, mais elle ne vacillait pas et ne disait rien d'idiot. Comme il continuait à scruter son visage, elle leva les yeux au ciel.

— Une margarita ne va pas me rendre pompette. Surtout quand elle a été préparée par Mary.

— Tu es facilement pompette.

— Qu'en sais-tu ?

— Je sais bien trop de choses sur toi.

On aurait pu croire que c'était lui qui avait bu, à l'entendre raconter ce genre d'âneries. Du genre de ce qu'il avait dit au bar. Alors qu'il n'avait même pas fini sa bière.

Elle plongea son regard dans le sien comme si elle espérait lire dans ses pensées. Il eut la sensation désagréable qu'elle en était peut-être capable.

Il ne bougea pas pour autant. Il la regardait, lui aussi… parce qu'elle était belle. Et forte et intelligente, et parce qu'il la désirait. Même s'il ne voulait pas la désirer.

— Palmer. Au bar, tu as dit…

Il n'était pas sûr de pouvoir supporter d'entendre ses propres paroles utilisées contre lui.

— Je raconte beaucoup de conneries, se défendit-il.

Elle hocha lentement la tête.

— Je suppose que tu ne dis pas toujours ce que tu penses. Mais je crois que tu étais sincère, là, seulement, je ne comprends pas ce que ça veut dire. Parce que, à ma connaissance, d'après la façon dont tu m'as toujours traitée, tu me prends encore pour une gamine agaçante.

— Tu es agaçante.

Mais elle était déterminée. L'éclat de son regard le prouvait. Elle était bien décidée à ne pas lâcher l'affaire. À insister jusqu'à ce qu'il cède... Et ensuite ? Que pourrait-il en sortir de bon ?

— Quand tu es avec moi, me vois-tu comme une enfant, oui ou non ? demanda-t-elle.

Une enfant ? Quand elle était habillée comme ça. Quand il suffisait qu'elle le touche pour qu'il frissonne, et qu'elle rie pour lui donner l'impression d'avoir remporté toutes les épreuves du rodéo. Il la désirait depuis bien trop longtemps, et cela ne faisait qu'empirer. Il n'arrivait plus à endiguer la vague. Et, ces derniers temps, il ne parvenait plus à l'éviter suffisamment pour pouvoir ne pas penser à elle.

— À peu près tout le monde, dans un rayon de quatre-vingts kilomètres, m'a interdit de t'approcher cette semaine, dit-il, même si cela ne répondait pas à sa question.

Il voulait lui rappeler qui ils étaient, pour qu'elle comprenne que ce qu'il désirait ne comptait pas.

Personne ne voulait que Palmer Hudson, le fêtard irresponsable, séduise la douce et sage Louisa O'Brien.

— Depuis quand tu écoutes les autres ? répliqua-t-elle.

Ce n'était pas seulement un défi. C'était un constat. Il n'écoutait personne. Il faisait ce qu'il voulait, dans la limite du possible. Or Louisa était hors limite, mais elle semblait avoir elle-même des désirs.

Il... pouvait les assouvir. Elle était juste là. À portée de main. Pourquoi se donnait-il tant de mal pour être noble, bon, honnête, quand personne n'attendait cela de lui. S'il la touchait, s'il l'embrassait... Cela ne voulait pas forcément dire...

Ils sursautèrent tous les deux en entendant un téléphone sonner. Il vit les mains de Louisa trembler quand elle sortit son portable de sa poche – ce qui lui fit plaisir sans qu'il comprenne pourquoi. Elle fronça les sourcils.

— C'est ma mère. Elle devrait être couchée.

Elle se détourna de lui et porta l'appareil à son oreille.

— Maman ? Il est tard. Est-ce que tout va...

Le son qu'elle produisit au lieu de finir sa question trahissait une pure angoisse.

— J'arrive tout de suite, bafouilla-t-elle, affolée, alors qu'elle passait déjà devant lui.

— Lou...

— Je dois y aller. La maison est en feu.

Palmer la conduisait chez ses parents. Elle était trop secouée, et tout le monde avait insisté pour que quelqu'un d'autre prenne le volant. Anna était montée à l'arrière et lui avait tenu la main tout en murmurant des paroles rassurantes.

Ce qui s'était passé dans le couloir ne comptait plus, parce que sa mère pleurait au téléphone. Sa mère pleurait. Sa mère, qui se serait coupé bras et jambes plutôt que de verser une larme devant elle – ou devant qui que ce soit.

Louisa aperçut les gyrophares depuis la route, alors que Palmer s'engageait dans le chemin qui menait à la maison. Elle avait la gorge serrée et tout lui semblait irréel.

À mesure qu'ils s'approchaient, elle voyait de mieux en mieux les énormes flammes qui ravageaient la maison.

Elle entendit Anna jurer près d'elle, mais elle était dans une sorte de brouillard. Tout lui semblait confus, alors qu'elle fixait la scène devant elle tandis que Palmer se garait.

La maison dans laquelle elle avait grandi, dans laquelle son père et son grand-père avaient grandi, était dévorée par les flammes et disparaissait dans une épaisse fumée noire. Un camion de pompiers s'efforçait de déverser un immense jet d'eau sur le brasier, sous la lumière des étoiles et la de lune qui brillaient dans le ciel.

L'eau arrivait trop tard. Elle le savait, même si elle n'y connaissait pas grand-chose en matière d'incendies. Le feu détruisait tout.

Il était trop tard.

Palmer ouvrit la portière. Comme elle ne bougeait pas, il lui tendit la main.

— Viens, Lou. Allons retrouver tes parents.

Le mot « parents » la fit réagir. Et la main de Palmer. C'était une chose qu'elle pouvait faire. Prendre la main de Palmer. Rejoindre ses parents. Avancer étape par étape... dans ce cauchemar.

La main de Palmer était plus large que la sienne et la tenait fermement. Il ne la laissa pas se dérober devant le spectacle. Il la conduisit directement à ses parents.

Sa mère pleurait toujours. Son père était aussi pâle que le clair de lune. Quand ils s'aperçurent de sa présence, ils se précipitèrent vers elle et la serrèrent dans leurs bras. Elle avait lâché la main de Palmer pour se jeter dans les bras de ses parents en larmes.

Alors, elle se mit à pleurer à son tour.

— Que Dieu bénisse ces satanés chiens, dit son père d'une voix rendue rauque par l'émotion ou la fumée. Ils ont fait du raffut jusqu'à ce qu'on sorte du lit pour voir ce qui se passait.

Louisa crut que son cœur s'arrêtait de battre pendant une bonne minute. Ses parents étaient endormis quand le feu avait démarré, et... Elle les serra plus fort.

— Que s'est-il passé ? réussit-elle à demander après un moment, en les enlaçant toujours, un bras autour de chacun d'eux.

— On ne sait pas, répondit son père. On est juste sortis et on a appelé les pompiers.

Ils observèrent les membres des secours qui s'agitaient autour d'eux. Il y avait des pompiers, des policiers et une ambulance. Dieu merci, personne n'avait eu besoin de cette dernière.

Néanmoins, il était clair qu'il ne resterait rien de la maison. Absolument rien.

— On pourra loger chez tes grands-parents, dit sa mère. On... reconstruira.

Elle prononça avec difficulté ce dernier mot, et Louisa eut du mal à imaginer une nouvelle maison dans ce spectacle de désolation. Mais le verger semblait intact. Seule la maison avait été touchée. Ce n'était qu'un accident malheureux, et ses parents et leurs chiens avaient survécu.

C'était tout ce qui comptait.

Elle regarda autour d'elle et ne comprit qu'elle cherchait Palmer des yeux que lorsqu'elle le découvrit dans la foule. Anna et lui discutaient avec l'un des policiers.

Elle avait l'impression de vivre un cauchemar, et elle avait le vague espoir de se réveiller. Et que tout disparaisse. Mais les pompiers continuaient de circonscrire le feu. Leurs amis arrivaient à mesure que la nouvelle se répandait en ville et que le soleil se levait. Ses parents recevaient des offres de logement, de vêtements. De la nourriture.

Tous les habitants de Sunrise se rassemblaient pour les aider, et tout allait s'arranger. Une maison n'était qu'un bâtiment. On pouvait la remplacer.

Elle ne s'autorisa pas à penser à l'étrange caisson secret dans le bureau de son père, parce que cela n'avait plus d'importance, désormais. Elle s'en moquait. Kyla Brown et sa sœur disparue étaient le problème de quelqu'un d'autre.

Ses parents étaient ses parents. Son grand-père avait agi

bizarrement parce qu'il l'avait trouvée en compagnie de Palmer – et, comme Palmer l'avait dit, tout le monde lui avait répété qu'il ne devait pas s'approcher d'elle. Palmer, qui était un génie en informatique, n'avait rien découvert. Le dossier d'hôpital manquant était une simple erreur. Une anomalie.

C'était terminé. Elle devait le dire à Palmer.

Alors qu'elle cherchait son téléphone pour l'appeler, elle l'aperçut en compagnie d'Anna, de Jack et de Mary. Jack et Anna parlaient à des pompiers. Mary discutait avec un petit groupe de voisins, et Louisa comprit, malgré la distance, qu'elle organisait les choses.

Louisa aurait voulu disparaître sous terre et pleurer encore, mais elle savait que ses parents s'inquiéteraient. Elle devait se montrer forte pour eux. Et elle devait dire à Palmer que c'était fini.

Elle balaya la cour du regard et vit qu'il s'était mis à l'écart, et était en train de remplir d'eau les gamelles des chiens. Elle sentit sa gorge se serrer. Ces chiens avaient sauvé la vie de ses parents.

Sa mère et son père s'étaient lancés dans une grande conversation avec le révérend Plumber, que Louisa n'écoutait que d'une oreille.

— Je reviens, chuchota-t-elle à l'oreille de sa mère avant de se diriger vers Palmer.

Il la regarda s'approcher de lui, et elle se rendit compte qu'il avait apporté de la nourriture et des gâteries pour les chiens. Il ne se contentait pas de leur donner de l'eau, il prenait soin d'eux.

Elle faillit se remettre à pleurer.

— On va les prendre au ranch le temps que vous vous installiez quelque part, dit-il. Mary organise tout. Vêtements, nourriture, tout le nécessaire. Toute la ville est là pour vous soutenir, tes parents et toi.

Louisa hocha la tête. Cela confirmait ce qu'elle pensait. Elle avait une belle vie. Des parents formidables. Elle était entourée d'une communauté fantastique qui savait se serrer les coudes face à une tragédie. Pourquoi avait-elle voulu détruire tout cela ?

— Je voulais te faire savoir que j'abandonne mes recherches, réussit-elle à répondre malgré sa gorge nouée.

L'expression de Palmer vira à la confusion.

— Quoi ?

— Je ne veux plus enquêter sur la stupide sœur disparue des Brown, précisa-t-elle. Mes parents sont mes parents, point final. C'était ridicule et j'abandonne. Merci de m'avoir aidée et d'avoir gardé le secret. Vraiment. Mais j'avais tort.

Il posa la main sur son épaule.

— Lou, tu as eu un choc. Ne te précipite pas...

— Non. J'abandonne. J'en ai marre. C'est fini. Terminé.

Il cligna des yeux et elle ressentit clairement sa réprobation, qui n'avait aucun sens selon elle. Elle ne masqua pas son irritation - elle préférait manifester de l'irritation plutôt que du désespoir. Pourtant, il ne la contredit pas. Elle aurait bien aimé qu'il le fasse. Elle avait envie d'une dispute.

Sa main descendit le long de son dos, qu'il caressa comme s'il cherchait à calmer une personne hystérique.

Elle ne l'était pas. Elle en avait juste marre.

— Ed s'approche de tes parents. Allons écouter ce qu'il a à dire, d'accord ? proposa-t-il.

Elle voulait se disputer avec lui. Repousser sa main. Ou plutôt c'était ce qu'elle s'imaginait vouloir... parce qu'elle le laissa la guider vers ses parents, comme si la main de Palmer dans son dos était une force motrice.

Ed Connolly, le chef des pompiers, se tenait devant ses parents. Il les salua, Palmer et elle, d'un signe de tête en les voyant approcher.

— Je suis vraiment navré de ce qui est arrivé et de ne pas avoir pu faire davantage pour sauver la maison, déclara-t-il.

Il n'était pas couvert de suie, contrairement à certains de ses hommes, mais son visage était rouge comme s'il venait de faire un gros effort physique.

— C'est bon, Ed. On sait que vous avez fait du mieux que vous pouviez, répondit son père d'une voix toujours éraillée.

Les secouristes avaient examiné ses parents et avaient estimé qu'ils allaient bien.

Louisa se raccrochait à ce diagnostic comme à un talisman.

— J'apprécie, Tim. Malheureusement, j'ai de mauvaises nouvelles. On va devoir faire intervenir un expert en incendies. On n'en a pas à Sunrise. Il va falloir en demander un au comté.

— Quoi ? s'exclamèrent sa mère et son père en chœur.

— Pourquoi ? demandèrent Louisa et Palmer.

— Je suis navré. Mais tout ce qu'on a vu nous incite à penser que quelqu'un a mis le feu à votre maison. Délibérément.

8

Palmer n'avait pas été surpris par la conclusion d'Ed, mais il avait vu que Louisa et ses parents étaient sous le choc. Le feu était bien trop important, bien trop incontrôlable et rapide, compte tenu de la neige et du froid ambiants.

Et puis, il y avait le timing. Tout avait commencé à aller de travers quand Louisa et lui avaient trouvé ce caisson secret. Il allait s'efforcer de découvrir ce qui se passait, d'une manière ou d'une autre. Que cela plaise à Louisa ou non.

Elle serait en danger tant qu'ils ne sauraient pas ce qui se tramait.

Malheureusement, les dernières vingt-quatre heures écoulées rendaient le grand-père de Louisa extrêmement suspect, puisque c'était lui qui les avait surpris dans le bureau. Et, selon Louisa, il n'avait jamais expliqué pourquoi il était venu là alors qu'il savait la maison vide.

Le lendemain de l'incendie, Louisa emménagea chez son grand-père. Palmer avait essayé d'influencer Anna pour qu'elle convainque Louisa de s'installer dans le ranch des Hudson, mais Anna avait répondu que Louisa devait rester avec sa famille avant de lui demander pourquoi il s'impliquait autant. Elle n'avait pas tort sur un point. Louisa devait demeurer avec ses parents, cela ne faisait aucun doute. Mais il était hors de question qu'il réponde à la question d'Anna sur ses motivations.

Alors, il avait tenté une approche plus directe – tenté sans succès, puisque Louisa refusait de répondre à ses appels et à ses textos. Il la comprenait, dans une certaine mesure. Elle vivait un épisode bouleversant, et elle voulait se préserver. Et comme la seule chose qu'elle attendait de lui était qu'il l'aide à résoudre le mystère de sa naissance, elle n'avait plus de raison de lui parler.

Cela l'aurait peut-être contrarié, s'il y avait réfléchi, mais il n'était pas du genre à réfléchir. Il préférait agir. Il devait donc prendre les choses en main.

Il ne se faisait pas d'illusions sur le fait que Louisa le remercie un jour, mais il savait ce qu'il devait faire. Si elle ne voulait pas se protéger, il s'en occuperait à sa place.

Il entreprit une autre recherche sur ses deux parents, entre deux recherches concernant l'affaire en cours de Grant. Puis il passa toute une soirée à étudier la vie de Greg O'Brien.

Comme cela ne donnait rien, il revint aux dossiers médicaux de Louisa qui étaient trouvables facilement. Ensuite, il fouilla dans les dossiers médicaux de sa propre famille jusqu'à dénicher le dossier qui concernait la naissance d'Anna. Louisa et Anna étaient nées la même année, mais pas le même mois. Peut-être qu'en étudiant les informations existantes sur Anna il aurait une révélation.

Au début, il ne trouva rien de concret. Seulement des données sur la naissance de sa sœur. Des données concernant ses parents. Mais, entre les papiers officiels sur les premiers jours d'Anna, il découvrit une feuille intitulée « remerciements », sur laquelle figuraient une trentaine de noms – classés par sections – notés de l'écriture parfaite et précise de sa mère.

Chaque nom était coché, sans doute pour indiquer que sa mère avait envoyé une lettre de remerciements.

Il en eut le souffle coupé pendant une minute. Ce n'était pas inhabituel. Le temps avait beau s'écouler, des petits aléas sournois et inattendus arrivaient toujours à se glisser sous ses défenses et le ramenaient, l'espace d'un instant, à l'enfant de douze ans qui ne parvenait pas à comprendre que sa mère ne reviendrait pas.

Il resta immobile et respira profondément, en attendant que la vague de douleur et de chagrin passe, en laissant un vide derrière elle. C'était ainsi. Parce que sa mère avait été absente plus longtemps qu'elle n'avait été présente dans sa vie, et qu'il n'y pouvait rien.

Il lut tous les noms un à un à voix haute pour s'ancrer dans le présent.

Famille. Amis. Ranch. Médecins et infirmières.

Médecins et infirmières. Ils devaient tous travailler à l'hôpital, et s'ils avaient contribué à la naissance d'Anna, il était probable que la plupart d'entre eux avaient aussi été présents lors de celle de Louisa. L'un d'eux se souviendrait peut-être d'un événement qui expliquerait la disparition du dossier de Louisa.

Sunrise était une petite ville, avec ses bons et ses mauvais côtés. Harvey, où était situé l'hôpital, n'était pas une métropole florissante. Quelqu'un là-bas se souviendrait peut-être de quelque chose.

Et cela aurait peut-être un lien avec ses pneus crevés et l'incendie...

Il entendit la poignée de la porte tourner et glissa rapidement la liste des noms dans le dossier. Il n'essaya pas de remettre celui-ci à sa place. Cela aurait montré clairement qu'il cachait quelque chose. Alors, il se retourna et s'efforça de ne pas regarder Jack avec un air trop grognon.

— Qu'y a-t-il ? demanda-t-il le plus naturellement possible.

Il tenta même de sourire, mais ce fut sans doute un échec.

— Grant a dit que tu avais trouvé toutes les infos dont il avait besoin. Je me demandais juste pourquoi tu étais toujours terré ici alors que c'est l'heure de dîner.

— J'ai perdu la notion du temps, j'imagine, répondit Palmer en haussant les épaules.

Jack s'approcha. Il regarda le dossier fermé sur le bureau, fronça les sourcils, puis tourna la tête vers le tiroir ouvert.

— Pourquoi tu consultes les dossiers de la famille ?

— Je cherchais un truc à moi et je me suis laissé distraire, mentit Palmer.

Il ouvrit le dossier d'Anna et montra à Jack le souvenir merveilleux mais douloureux de sa mère.

— Chaque fois que je me fais la remarque que Mary est incroyablement méticuleuse, je me rappelle qu'elle le tient de maman, ajouta-t-il.

L'expression de Jack resta inchangée, mais il se tut pendant un long moment tandis qu'il examinait la liste écrite de la main de sa mère. Son visage ne trahissait aucune émotion, mais Palmer se doutait que, lorsque son frère restait silencieux de cette façon, il refoulait les émotions compliquées qui l'habitaient.

Jack leva enfin les yeux de la liste et plongea son regard dans celui de Palmer.

— Je sais que tu caches quelque chose, dit-il. Je n'aime pas les secrets.

Palmer réprima un sursaut de colère. C'était peut-être le fantôme de sa mère qui l'avait retenu, à moins que ce ne soit un début de maturité. Il n'en savait rien et préférait ne pas creuser.

De plus, il ne s'agissait pas de lui. Il s'agissait de Louisa. Il ne voulait rien dire à Jack puisqu'elle tenait à ce qu'il garde le secret. D'autant plus maintenant qu'elle ne voulait plus qu'il enquête sur cette affaire.

— Disons que ces secrets ne sont pas les miens. D'accord ?

Il ne s'attendait pas à ce que Jack accepte cette explication. Jack n'était pas connu pour comprendre et respecter l'intimité de ses frères. C'était un bulldozer inquisiteur.

— Je peux comprendre ça, j'imagine.

— Vraiment ?

— Le dîner est prêt. Viens manger. Tu t'occuperas de ça plus tard.

Palmer rechignait à tout laisser en plan. Il voulait creuser sa piste, mais la bonne volonté de son frère avait ses limites. Alors, il abandonna le dossier là où il était et suivit Jack dans la salle à manger.

Grant aidait Mary à mettre les plats sur la table tandis que Dahlia et Anna discutaient à voix basse. Il entendit Cash et Izzy qui entraient par la porte de derrière, en tapant leurs bottes pleines de neige, les chiens jappant d'excitation derrière eux.

Ils se rassemblèrent tous autour de la table, comme ils le faisaient quand ils étaient enfants. Lorsque son père s'asseyait là où Jack prenait désormais place. Lorsque sa mère servait le repas. C'était avant que Grant ne parte à la guerre et avant la naissance d'Izzy. Il y avait une éternité de cela, et Palmer était toujours nostalgique de cette époque.

Mais en cet étrange instant, après avoir remonté le temps pour Louisa qui avait perdu tous ses biens, il était reconnaissant que sa famille ait réussi à surmonter tous les obstacles et parvienne à se réunir pour dîner. Soir après soir.

Il avait de la chance, de bien des manières.

Alors, il dîna avec sa famille en savourant le repas. Il profita de l'instant présent. Des rires et de la nourriture. Des minutes passées à débarrasser la table avec Cash et Izzy, puis à taquiner sa nièce, qui allait devenir une adolescente en un clin d'œil.

Ces derniers temps, il avait réfléchi au fait de vieillir. Cela avait fait naître quelque chose en lui. Il était encore jeune, mais il devait songer à son avenir et à ce qu'il attendait de la vie. Se laisser porter par les événements fonctionnait jusqu'à un certain point, et il était maintenant temps de réagir.

Il resta dans son bureau jusque tard dans la nuit à traquer tous les médecins et les infirmières susceptibles de savoir quelque chose sur la naissance de Louisa. Bien décidé à trouver des réponses pour elle.

Et à trouver des réponses au sujet de Louisa O'Brien pour lui-même.

Louisa passa les jours qui suivirent l'incendie à s'épuiser à aider ses parents aussi bien que possible. Elle avait du mal à dormir dans la petite maison de ville de ses grands-parents. Elle se forçait à manger. Elle s'occupait les mains et l'esprit comme elle le pouvait.

Lorsque Mary et Anna l'encouragèrent à faire une pause, elle refusa. Quand Palmer l'appela et lui envoya des textos, elle l'ignora.

Elle ne voulait pas avoir affaire à lui. Elle pouvait s'effondrer devant Anna ou Mary sans éprouver de honte. Sans se sentir vulnérable. Elles étaient amies. Elles avaient traversé beaucoup de choses ensemble.

Palmer était simplement l'homme à qui elle avait confié un secret très personnel. Elle ne pouvait pas lui faire face avant de cesser d'avoir l'impression d'être si vulnérable.

Elle était en route vers la maison de ses grands-parents après être passée à la pharmacie pour son père. Cela avait été une véritable épreuve. Tous les gens à qui elle avait parlé l'avaient encouragée, lui avait dit qu'ils vivaient une épreuve terrible, mais que ses parents et elle s'en relèveraient.

Elle le savait. Elle n'avait pas besoin qu'on le lui dise. Elle savait aussi que les gens essayaient d'être gentils, mais elle avait envie de se boucher les oreilles et de s'enfuir.

Au lieu de cela, elle avait souri, remercié et réussi à récupérer les médicaments contre l'hypertension de son père avant de reprendre la route. Lorsqu'elle arriva à destination, elle resta un moment dans la voiture. Un pick-up avec le logo des pompiers était stationné devant la maison de ses grands-parents – c'était celui d'Ed. À côté était garée une berline élégante qu'elle ne reconnaissait pas.

Les mains toujours crispées sur le volant, elle se força à respirer lentement. Elle affronterait la situation, quelle qu'elle soit. Il le fallait.

Pour sa famille.

Alors, elle sortit de la voiture et se dirigea vers la maison, les médicaments de son père dans son sac à main. Une fois à l'intérieur, elle entendit des voix dans le salon et obliqua dans cette direction.

Dans le salon exigu de ses grands-parents se tenaient ses parents, sa grand-mère et son grand-père, ainsi qu'Ed et un homme qu'elle ne connaissait pas, sans doute le propriétaire de la voiture garée devant. L'homme portait un costume et avait un air... cruel. Elle ne savait pas pourquoi ce qualificatif lui était venu à l'esprit, mais l'impression qu'il lui fit l'incita à s'arrêter net à la porte du salon.

Son père l'invita à les rejoindre.

— C'est notre fille, dit sa mère. Elle vit aussi dans la maison.

L'homme au regard froid la salua d'un signe de tête.

— Bonjour, mademoiselle, je suis l'enquêteur Steele. J'ai quelques questions à poser à votre famille et à vous-même.

— Bien sûr, répondit Louisa.

Comme il n'y avait plus d'endroit où s'asseoir, elle resta debout près de la porte.

— Avez-vous des raisons de penser que quelqu'un pourrait vouloir du mal à votre famille ? demanda l'enquêteur sans s'adresser à personne en particulier.

Elle pensa à Palmer. À l'attitude étrange de son grand-père. Aux messages de Kyla Brown sur Facebook.

Tout est sa faute.

— Je ne vois pas une seule personne qui voudrait nous faire du mal, répondit sa mère d'un ton ferme.

— Peut-être un concurrent ? suggéra l'enquêteur.

— On n'a pas beaucoup de concurrence par ici, dit le père de Louisa, qui était particulièrement pâle. On est trop éloignés les uns des autres.

L'enquêteur prit des notes dans son carnet. Quand il leva les yeux vers elle, Louisa eut l'impression que le mot « coupable » était imprimé en gros sur son visage.

— Je ne vois personne, réussit-elle à bredouiller. Les habitants du coin nous ont soutenus de toutes les façons possibles. Maman et papa sont impliqués dans la communauté et ont toujours aidé les gens. Nous avons organisé des événements au verger, et nous n'avons eu aucun problème plus grave que des querelles adolescentes ou des gens qui se retrouvaient en cachette et se faisaient surprendre. Mais jamais rien qui nous concernait directement. Si quelqu'un a mis le feu à la maison, ce doit être un malentendu.

— C'est un sacré discours, commenta l'enquêteur.

Sa remarque semblait sarcastique, mais il l'avait faite d'une voix parfaitement neutre.

— Louisa ? Est-ce que c'est le pick-up de Palmer ? demanda la mère de Louisa en montrant par la fenêtre le véhicule qui se garait devant la maison.

— Je crois que oui, répondit Louisa.

— Il a dû faire réparer ses pneus, alors, observa son père. Peux-tu sortir lui dire qu'on est un peu occupés avec M. Steele ?

Elle acquiesça. Elle n'avait pas envie d'avoir affaire à Palmer, mais elle pourrait ainsi échapper au regard inquisiteur de l'enquêteur. Elle quitta la pièce.

Une fois sur le perron, elle hésita, cherchant un moyen de se débarrasser de lui sans avoir de conversation privée. Pouvait-elle se contenter de lui dire qu'ils étaient occupés ?

Palmer sortit de son pick-up. Sous son chapeau de cow-boy qui le protégeait du soleil de l'après-midi, son expression était sombre. Apparemment, il n'avait pas apprécié qu'elle ignore ses appels et ses textos. Cela ne l'empêchait pas d'être séduisant et d'avoir l'air d'une personne digne de confiance. Une petite part d'elle eut envie de courir vers lui pour lui confier son fardeau.

La porte s'ouvrit derrière elle et l'enquêteur la rejoignit. Elle se rappela alors toutes les raisons pour lesquelles elle ne pouvait pas se livrer à Palmer.

— Votre petit ami ? demanda-t-il.

Elle fronça les sourcils. L'enquêteur n'avait pas l'air de vouloir flirter, mais quel rapport cette question avait-elle avec son enquête ?

— Juste un ami. Pourquoi ?

M. Steele haussa les épaules.

— On ne sait jamais... Quelqu'un pourrait vouloir se venger d'avoir été rejeté.

Louisa se sentit rougir.

— Personne n'a été... rejeté.

Elle pensa à ce que Palmer avait dit au bar et à ce moment, dans le couloir, avant que tout ne s'écroule, où elle avait pensé... qu'il ne la voyait peut-être absolument pas comme une enfant.

Cela n'avait plus d'importance. L'enquêteur nota quelque chose dans son carnet pendant que Palmer approchait. Quand M. Steele eut fini d'écrire, il la regarda et lui sourit. S'il ne semblait pas vraiment cruel quand il souriait, il la mettait quand même franchement mal à l'aise.

Néanmoins, la politesse était si profondément ancrée en elle qu'elle lui rendit son sourire.

— Merci pour tout ce que vous faites pour éclaircir cette affaire, monsieur Steele. Ma famille vous en est reconnaissante.

Il hocha la tête.

— Si vous pensez à quelqu'un qui aurait quelque information à donner, appelez-moi, répondit-il en lui tendant une carte de visite. Dans tous les cas, j'obtiendrai des réponses.

Son ton était si sec qu'elle ne savait pas s'il essayait de la réconforter ou s'il la menaçait.

Il descendit les marches du perron pour regagner sa voiture. Il n'échangea pas un mot avec Palmer quand ils se croisèrent. Il hocha simplement la tête. Palmer lui rendit son signe de la tête, l'air perplexe.

Parvenu en bas des marches. Palmer lui demanda :

— C'était qui ?

9

Palmer fut surpris de ressentir une rage bouillonnante qui lui comprimait la poitrine. Elle avait surgi quand le type en costume avait souri à Louisa.

Et quand elle lui avait rendu son sourire.

Une chose était sûre : il devait garder cette réaction pour lui.

— C'est l'expert en incendies, finit par répondre Louisa en suivant l'homme des yeux jusqu'à ce qu'il ait démarré.

Palmer fit un gros effort pour ne pas se renfrogner, parce qu'il avait la désagréable impression que le sentiment qui l'envahissait était de la jalousie. Alors qu'il n'avait jamais été jaloux de sa vie et qu'il n'avait aucune raison de le devenir. Il venait de se promettre de se comporter de façon mature et de ne pas agir comme un homme des cavernes avec une femme qui n'était même pas sa petite amie.

Même si tu aimerais que ça change.

Oui, il aimerait bien. Mais cela ne voulait pas dire que c'était le bon moment. Ni que Louisa voulait sortir avec lui. Bien sûr, elle lui avait laissé entendre dans le couloir et à plusieurs reprises au cours de l'année écoulée qu'elle était attirée par lui.

Ce qui ne signifiait pas grand-chose pour un homme tel que lui. Il ne savait pas quelle mouche l'avait piqué ces derniers jours- était-ce la maturité ou un traumatisme crânien ? –, mais il savait que s'il envisageait une relation avec Louisa, ce ne serait pas le genre de coup d'un soir auquel il était habitué.

Et pas seulement parce qu'il pressentait que quatre-vingt-cinq pour cent de la ville conspireraient pour le tuer.

— Est-il normal qu'un enquêteur drague une victime ?

Soit, ce n'était ni mature ni raisonnable. Son cas était peut-être désespéré.

— Il ne me draguait pas, répondit-elle avant de froncer les sourcils. Je ne crois pas, du moins.

— Tu ne crois pas ? ironisa-t-il.

— Eh bien, il m'a demandé si tu étais mon petit ami. Puis il a expliqué que quelqu'un qui se sentait rejeté pouvait avoir envie d'allumer un incendie, ce qui est plausible. Mais il a demandé ça de manière... bizarre.

Bizarre.

Palmer jeta un regard noir à l'endroit où la voiture de luxe de l'expert était garée une minute plus tôt, puis croisa les bras.

— Qu'as-tu dit ? demanda-t-il sur un ton qu'il espérait neutre.

— À propos de quoi ?

— Du fait que je sois ton petit ami.

— Que tu es juste un ami, vu que tu n'es pas mon petit ami, répondit-elle sèchement alors que ses joues s'empourpraient.

Il haussa les épaules.

— Je dis ça parce que ton grand-père nous a surpris et que je pense qu'il n'a pas gobé nos excuses.

— Non, mais...

Elle laissa sa phrase en suspens et soupira.

— L'enquêteur découvrira ce qu'il y a à découvrir, reprit-elle. Ça ne nous concerne pas. On n'a allumé aucun incendie. Je vois que tu as changé tes pneus. Tu as une piste là-dessus ?

Il secoua la tête et faillit lui dire d'en parler à l'enquêteur, en précisant qu'il pensait qu'il pouvait y avoir un lien. Mais il était lui-même enquêteur, comme ses frères. Cet expert en incendies n'avait pas besoin de tout savoir tant que Palmer ne se serait pas assuré qu'il pouvait lui faire confiance.

— Comment s'appelle ce type ? demanda-t-il.

Elle leva les yeux au ciel.

— Palmer, ça ne te regarde pas. Je ne sais pas pourquoi tu es là, mais...

— Je soutirerai l'info à quelqu'un d'autre. Autant me le dire.

Elle soupira, mais lui tendit une carte de visite.

Hawk Steele. Enquêteur Feux et Incendies. Comté de Bent, Wyoming.

— Ce n'est pas son vrai nom, déclara-t-il.

— Ed semble le connaître. Je ne crois pas que ce soit un imposteur, Palmer. Et je ne vois vraiment pas pourquoi il mentirait.

Elle tendit la main pour récupérer la carte, qu'il lui rendit. Il allait se renseigner ce sur Hawk Steele, c'était certain.

Pour l'instant, il n'y avait que Louisa et lui – elle sur le perron et lui en bas des marches. Elle avait le regard perdu au loin.

Elle ne lui demanda pas de partir ni de lui donner les raisons de sa présence. Comme elle restait plantée là sans bouger, il monta les marches jusqu'à elle. Lorsqu'elle tourna la tête vers lui, il lut, pendant une fraction de seconde, de la douceur et de la vulnérabilité dans son regard.

Il tendit la main pour effleurer son visage. Il savait qu'elle se retranchait derrière des murs qu'elle avait érigés pour garder les autres à distance pendant qu'elle s'effondrait intérieurement. Il reconnaissait les signes. Il l'avait fait presque toute sa vie. La joue de Louisa était douce et elle tressaillit quand il lui caressa la pommette du pouce.

— Tu n'as pas bonne mine, Lou.

— Merci, grommela-t-elle en repoussant sa main.

— Ne sois pas vaniteuse. Tu as vécu un enfer et tu ne t'es accordé aucun répit. Et si tu laissais quelqu'un s'occuper de toi ?

Pourquoi voulait-il que ce soit lui ?

— Toute la ville s'occupe de nous.

Elle recula d'un pas et croisa les bras sur sa poitrine comme pour le tenir à distance.

— Je parlais de *toi*, répliqua-t-il. Tu prends soin de tes parents, tu te montres forte pour eux et tu ne t'autorises pas à craquer.

Elle prit un air farouche, mais des larmes brillèrent dans ses yeux verts envoûtants.

— J'ai pleuré sur les épaules de tes deux sœurs, je te remercie.

— Bien.

Il aurait aimé que ce soit sur *son* épaule, mais cela n'avait aucune importance. Il ne s'agissait pas de cela.

Pas seulement.

— Cet enquêteur complique les choses, dit-il. L'incendie et mes pneus ne sont peut-être pas liés. Et ils n'ont peut-être rien à voir avec les messages de Kyla Brown au sujet de sa sœur disparue. Mais même si c'est le cas, il va tomber dessus et enquêter pour s'en assurer.

— Essaies-tu de rendre tout ça encore plus dur ? s'écria-t-elle.

Elle était sur le point de craquer, mais il voyait que c'était seulement parce qu'elle s'efforçait de tout compartimenter. Pour garder toutes les pièces du puzzle séparées et sous son contrôle.

Il savait. Il comprenait. Et même s'il aurait aimé la laisser faire, il savait que cela ne l'aiderait pas. Il la connaissait, que cela leur plaise ou non à tous les deux. Elle avait besoin de réponses, malgré tous ses efforts pour se convaincre du contraire.

— Non, je ne veux pas te rendre ça plus dur, Lou. J'essaie de te dire qu'on doit trouver des réponses. Je te connais... Quelle que soit la vérité, tu aimes tes parents. Tu veux les protéger. Alors, tirons tout ça au clair pour trouver comment y parvenir.

Louise était persuadée d'avoir tourné la page, de ne plus vouloir s'interroger sur sa filiation. C'était peut-être dû au traumatisme de l'incendie, mais elle se l'était promis. Parce que ses parents avaient survécu, n'avaient pas été brûlés vifs, et que rien d'autre ne comptait.

Absolument rien.

Et voilà que Palmer présentait les choses sous un autre jour. Il était peut-être nécessaire de trouver des réponses pour protéger ses parents.

Elle ne voulait pas pleurer devant lui. Elle ne voulait pas pleurer. Elle l'avait assez fait. Elle voulait enfouir sa tête dans le sable, prendre soin de ses parents et oublier tout le reste, y compris l'incendie.

— Je ne peux pas...

Il secoua la tête et ne la laissa pas finir sa phrase.

— On le peut et on le fera.

On. Parce qu'elle lui avait demandé son aide. Elle savait que pas un membre de la famille Hudson n'aurait abandonné. Pas un ne l'aurait laissée se débrouiller seule. Chacun à sa manière, ils l'auraient tous aidée parce que c'était dans leur nature.

Mais elle n'avait réellement envisagé de demander de l'aide qu'à Palmer, même si elle ne savait pas exactement pourquoi. Ce n'était plus seulement à cause du béguin qu'elle avait pour lui depuis ses treize ans. C'étaient en raison de tous ces sentiments qui s'étaient enracinés, de plus en plus profondément, au fil de ces dernières années, et de ces derniers mois en particulier.

Il lui avait caressé le visage. Il lui avait dit qu'il savait beaucoup de choses sur elle, et même s'il ne lui avait pas franchement avoué qu'il ne la voyait plus comme une gamine, elle savait que c'était le cas.

Quelque chose avait changé.

Elle ne savait pas ce qu'il faisait là. À la toucher et à faire preuve de tant de gentillesse. La douceur et la générosité n'étaient pas son style. Palmer n'était pas foncièrement égoïste, mais il ne se pliait en quatre pour les autres que lorsqu'il le voulait vraiment.

Bien sûr, on lui avait inculqué le sens du devoir comme à tout bon Hudson. Mais Palmer était... différent. Il semblait un peu plus tenté d'aller à contre-courant. Contrairement à ses frères, il ne tenait pas à jouer les martyrs.

Il l'avait dit lui-même au bar : il n'aimait pas être en sa présence. Parce qu'elle l'attirait, il supportait une situation qui lui était inconfortable... pour elle.

— Va prévenir tes parents que je t'emmène faire un tour en voiture pour t'éclaircir les idées. J'ai quelques pistes dont on pourra discuter.

Qu'elle ne s'oppose pas à ce qu'il lui donne un ordre prouvait combien elle était fatiguée et se sentait fragile.

— Si tu m'emmènes faire un tour, ils vont s'imaginer des trucs.

— Oui, je sais, répondit-il en soutenant son regard.

Elle tenta d'ignorer les battements fébriles de son cœur... pour de nombreuses raisons.

— D'après mon souvenir, ça te déplaisait. Profondément.

Il ne répondit pas. Il laissa le silence s'installer, ce qui était sa grande force. Il n'éprouvait pas le besoin de meubler les silences.

Elle au contraire en mourait d'envie, au point de devoir se mordre la langue. Elle avait parlé en dernier. C'était *son* tour.

— Je peux le leur dire moi-même, si tu veux, dit-il après un très long silence.

— Je n'apprécie pas ton autoritarisme, Palmer, répliqua-t-elle aussi hautainement qu'elle le put.

Le remettre à sa place lui rendit aussitôt un peu d'assurance – à croire que cela avait été le but de Palmer.

Il esquissa un sourire.

— Je n'en suis pas si sûr, Lou.

Malheureusement, elle non plus.

Elle rentra alors dans la maison. Comme ses parents parlaient toujours avec Ed, elle décida de ne s'adresser qu'à sa grand-mère. Ce serait plus simple.

Du moins l'espérait-elle.

— Avec Palmer ? s'écria sa grand-mère. Un tour en voiture ?

— Pour m'éclaircir les idées.

Louisa essaya de sourire, mais ce fut un échec.

— Tu me crois née d'hier, jeune fille ?

— Pardon ?

— Tu crois que je n'ai jamais fait de tour en voiture avec ton grand-père ?

Elle fit le geste de mettre le mot « tour » entre guillemets et Louisa sentit ses joues lui brûler pour toutes sortes de raisons.

— Ne dis pas ça, s'il te plaît.

— Pourquoi ? Tu crois que ton père a été apporté par une cigogne ?

— Je t'en prie, mamie. Arrête.

— Je dis juste que n'importe quelle jeune femme qui monte dans une voiture avec Palmer Hudson pour s'éclaircir les idées ferait bien de songer à prendre ses précautions.

— Au revoir, mamie, lança Louisa avant de s'enfuir.

Bon sang. Elle avait vingt-quatre ans. Elle était bien consciente que les parents et les grands-parents… faisaient des choses, mais elle n'avait pas envie d'en discuter avec eux pour autant.

Elle se précipita dehors.

— Ça va ? demanda Palmer, l'air surpris.

Elle hocha la tête un peu trop vigoureusement en fonçant

vers sa voiture. Puis elle s'immobilisa, consciente que sa réaction et toute cette histoire étaient ridicules.

— Je crois que ma grand-mère vient de me parler de contraception.

Palmer la rejoignit en frémissant.

— Ne me fais pas revivre ça.

— Mais...

Elle n'acheva pas sa phrase pour ne pas lui rappeler que tous ses grands-parents étaient morts jeunes, avant que ses parents ne disparaissent. Il le savait.

— Toutes les grand-mères se sont senties obligées d'agir en grand-mère suppléante après la disparition de mes parents, expliqua-t-il. Et les gens semblent particulièrement enclins à faire la leçon sur les rapports sexuels protégés aux orphelins. Ce fut d'abord Jack. Puis Cash, qui se considérait comme un expert après avoir mis Chessa enceinte. Ensuite Mme Riley, Mme Sanders, l'entraîneur Albright...

— Mon pauvre.

— Oui. Et il y en a eu sûrement d'autres que j'ai oubliés.

Quand il lui ouvrit la portière, elle se rendit compte que grâce à lui, ou plutôt grâce à sa grand-mère, elle avait oublié l'incendie et les questions sur sa filiation pendant cinq minutes.

Mais tout lui revint d'un coup. Les pneus du pick-up de Palmer avaient été lacérés. Et la seule raison pour laquelle elle montait dans son pick-up, c'était qu'elle lui avait demandé de l'aider et qu'il avait accepté.

De quoi Palmer se souciait-il au juste ?? Ce n'était sans doute clair ni pour l'un ni pour l'autre, mais il devait exister une raison pour que Palmer s'implique autant.

Même si cela la chagrinait de l'admettre, le fait que Palmer l'emmène loin de la maison de ses grands-parents lui donna l'impression de souffler pour la première fois depuis que sa mère l'avait appelée. Elle se rendait malade à essayer de rester forte pour ses parents et…

Palmer posa sa main sur la sienne sans quitter la route des yeux. Elle baissa la tête pour regarder ses doigts. Ils étaient rugueux et couverts de cicatrices – sans doute à cause du travail au ranch, du rodéo et de ses années de football. Palmer avait toujours été téméraire, c'était ce qui le caractérisait. Il fonçait la tête la première dans n'importe quoi.

C'était peut-être pour cela qu'elle était tombée amoureuse de lui quand elle était encore une jeune fille. Et c'était aussi la raison pour laquelle elle n'arrivait pas à se débarrasser de ces sentiments maintenant qu'elle était adulte. Elle savait que ce n'était pas le courage qui l'avait poussé à punir son corps de différentes manières au fil des ans. C'étaient sans doute de nombreux traumatismes non résolus.

Mais il n'avait pas peur. Alors qu'elle avait eu peur. Elle avait eu les meilleurs parents du monde, des parents qu'on lui enviait. Et s'écarter de ce qu'ils avaient souhaité pour elle avait été difficile. Partir étudier dans l'Est avait été un saut dans l'inconnu.

Palmer lui avait montré que c'était réalisable, que cela pourrait avoir un intérêt, et que les gens qui vous aimaient ne se détournaient pas de vous quand vous entrepreniez quelque chose d'inattendu.

Elle tendit la main pour prendre celle de Palmer. Ils étaient unis contre la menace que représentait l'individu qui avait lacéré les pneus de Palmer et mis le feu à la maison de ses parents. Quelle que soit la vérité sur ses origines, il l'aidait.

Il n'y avait pas si longtemps, elle aurait préféré se couper la langue plutôt que de lui avouer ses sentiments. De lui parler non pas seulement de son attirance, mais de ses véritables sentiments. À cet instant, elle se demandait si ce serait aussi difficile qu'elle l'imaginait.

— Palmer...

Alors qu'elle cherchait ses mots, elle le sentit se raidir.

— On dirait qu'on est suivis, annonça-t-il.

10

Tout d'abord, quand Palmer avait remarqué la berline qui les suivait à distance sur la nationale, il s'était demandé si c'était une coïncidence ou si quelqu'un veillait sur Louisa. Si sa grand-mère avait jugé que cette sortie nécessitait de lui parler de contraception, il était possible que d'autres personnes le pensent aussi. Sunrise était une petite ville et les gens se mêlaient des affaires des autres.

Du coup, il avait emprunté un itinéraire improbable. Il avait emprunté des routes secondaires sur lesquelles personne ne les aurait suivis simplement par hasard.

Or la berline était toujours là. La plaque d'immatriculation était du Wyoming, mais il ne reconnaissait pas la voiture. Et il avait beau ralentir, le véhicule ne s'approchait pas suffisamment pour qu'il puisse voir le conducteur.

— Tu peux lire l'immatriculation ? demanda-t-il à Louisa.

Il lâcha sa main pour pouvoir prendre un virage serré. Au départ, il n'avait pas eu de destination en tête, mais il commençait maintenant à concevoir un plan.

Louisa se retourna sur son siège.

— Non, la voiture est trop loin.

— D'accord. Envoie un message à Anna.

Il attendit qu'elle sorte son téléphone de sa poche pour continuer :

— On est suivis. Toyota Camry grise. Un modèle de 2010 ou dans ces eaux-là. Juste un conducteur à l'intérieur. Immatriculation impossible à lire, mais du Wyoming. Je l'entraîne vers la falaise de l'Homme mort.

Louisa tapa le texto, puis leva les yeux vers lui.

— Étrangement, je n'ai envie d'entraîner personne à la falaise de l'Homme mort, commenta-t-elle. C'était amusant et excitant quand j'avais quinze ans, mais ces jours-ci, ça ressemble surtout à une menace.

— Si la personne qui nous suit n'est pas du coin, ça nous donnera l'avantage. On connaît le parking, le point de départ du sentier et le terrain. Pas elle.

Il entra sur la parcelle de terre battue qu'on considérait comme le parking du point de départ de cette randonnée difficile – même l'été, quand elle n'était pas couverte de neige.

— Et si c'était une personne du coin ? demanda Louisa alors qu'il s'arrêtait.

Il haussa les épaules.

— Je ne reconnais pas la voiture. Ça paraît peu probable.

— Bon, c'est quoi le plan ? De rester garés ici ?

Elle semblait sur le point de paniquer, alors il garda son calme et opta pour son insouciance habituelle – même s'il n'avait jamais été insouciant avec Louisa.

— Non, on va sortir.

Il coupa le contact et regarda la tenue de Louisa. Elle était habillée de vêtements chauds. Même si aucun d'eux n'était équipé en prévision d'une longue balade par des températures glaciales, ce serait supportable pendant un moment.

— On va se rendre au point de vue. Pour faire comme si on allait...

Il laissa sa phrase en suspens et la regarda alors qu'elle attendait la suite en rougissant de plus en plus.

Ce n'était vraiment pas le moment de se réjouir de la

situation, mais il était loin d'être un saint, même s'il avait décidé de faire preuve de maturité.

— ... discuter, finit-il pas lâcher.

Elle plissa les yeux, mais ne dit rien.

— On verra ce que fait la voiture, ajouta-t-il. Le plus probable, c'est qu'elle reparte. Mais elle devra faire demi-tour une fois arrivée au bout du cul-de-sac. Avec un peu de chance, ça laissera le temps à Anna de venir jusqu'ici, de repérer la berline et de noter son immatriculation. Jack se renseignera et on saura à quoi s'en tenir.

— Et si la voiture s'arrête aussi ?

Il haussa les épaules une nouvelle fois.

— On improvisera.

— Ce n'est pas un peu dangereux ?

Il se pencha et ouvrit la boîte à gants pour en sortir son revolver. Il ne le gardait pas toujours là, mais depuis que ses pneus avaient été lacérés il estimait que c'était plus sage.

— Pas si dangereux que ça en a l'air.

Il sortit du pick-up sur ces mots.

Les températures devaient avoisiner les moins quinze degrés à cette altitude. Il accrocha l'étui à sa ceinture et rabattit son manteau par-dessus. La personne qui les suivait ne verrait peut-être pas qu'il était armé.

Il contourna l'arrière du pick-up pour atteindre la portière de Louisa. Elle l'avait ouverte, mais n'était pas descendue.

— Je suis à peu près sûre que c'est une plaque de glace, dit-elle en lui montrant le sol.

— Viens là, dit-il en s'approchant autant qu'il le pouvait sans glisser sur la plaque de glace.

Il tendit les bras.

— Saute.

— Tu as perdu la tête, répondit Louisa.

— Je vais t'attraper, comme ça, tu ne risqueras pas de glisser et de te fracasser le crâne.

— Tu vas me lâcher et on va tous les deux se fracasser le crâne.

— Ô femme de peu de foi ! Je tenais sur mes guiboles alors que des joueurs de cent trente kilos me fonçaient dessus.

— C'était il y a dix ans. Tu es vieux, maintenant.

— Je te le promets, Louisa.

— D'accord, marmonna-t-elle.

Elle n'avait pas l'air convaincue, mais elle se percha sur le marchepied du pick-up. Au lieu de s'élancer, elle s'accroupit et tendit les bras jusqu'à ce que ses mains soient sur ses épaules.

Puis elle transféra son poids en enroulant ses bras et ses jambes autour de lui. Elle craignait visiblement qu'il la lâche ou qu'il tombe par terre, mais il n'éprouva aucune difficulté à garder son équilibre.

Et absolument aucune gêne à la sentir enroulée autour de lui.

Ce n'était pas le moment. Ce ne serait peut-être jamais le bon moment. Mais il aurait aimé la garder comme ça dans ses bras.

Il entendit un faible bruit de moteur. La personne qui les suivait se rapprochait. En soupirant, il recula de quelques pas et la déposa à un endroit moins glissant.

Elle laissa ses bras autour de son cou et il n'écarta pas les mains de ses hanches. Ils restèrent à se regarder, un peu de la même façon que dans le couloir quelques nuits plus tôt.

Il se rendait bien compte qu'il devrait dire quelque chose, avouer ses sentiments, mais sa gorge était horriblement sèche. En général, il n'avait aucun mal à parler, quelle que soit la situation, mais là ?

— Elle se gare, murmura Louisa, une seconde avant que son regard ne quitte le sien pour se fixer sur un point derrière lui.

Il se retourna lentement en glissant son bras autour de la

taille de Louisa. Il venait de décider qu'ils joueraient le rôle de deux amoureux partis faire un tour en voiture pour trouver un peu d'intimité. Même s'il n'avait pas vraiment l'impression de jouer un rôle à cet instant.

Il soupira profondément quand il reconnut le conducteur.

— C'est l'enquêteur, dit Louisa.

Il laissa échapper un juron.

Louisa ne savait pas pourquoi Hawk Steele la rendait plus nerveuse que ne l'aurait fait un parfait inconnu, mais son estomac se noua. Pourquoi les avait-il suivis ? Et pourquoi avait-il changé de voiture ?

Rien de tout cela ne semblait normal. Ce n'était sûrement pas la procédure habituelle. Louisa était si mal à l'aise en présence de cet homme que lorsque Palmer se plaça devant elle, comme pour la protéger de M. Steele, elle le laissa faire.

— Monsieur Hudson, j'ai quelques questions à vous poser, dit l'enquêteur.

— C'est pour ça que vous nous avez suivis ? répondit Palmer. Dans une voiture différente de celle de tout à l'heure ?

M. Steele prit tout son temps pour examiner Palmer avant de poser son regard sur Louisa, toujours à demi cachée derrière Palmer.

— Oui.

— Pourquoi avez-vous besoin de lui poser des questions ? demanda aussitôt Louisa.

C'était ridicule. Palmer n'avait rien à voir avec l'incendie.

L'homme soutint son regard.

— C'est la procédure, dit-il d'une voix neutre.

Louisa fit un pas en avant, prête à écarter Palmer pour affronter cet homme elle-même. Il la rendait vraiment furieuse. Palmer, qui avait toujours un bras autour de sa taille, la retint fermement.

— C'est bon, Lou, dit-il.

Il glissa ses mains dans les poches de son manteau avec le sourire en coin qu'il n'arborait que pour énerver Jack.

— Pose tes questions, mon pote.

L'homme changea imperceptiblement d'expression. Il était visiblement agacé et c'était sans aucun doute ce que Palmer avait cherché. Palmer préférait énerver les gens plutôt que de trouver un moyen rationnel et raisonnable de gérer les problèmes.

Mais il n'était pas question qu'elle laisse la situation dégénérer. D'autant plus que cet enquêteur n'avait aucune raison valable pour interroger Palmer sur un incendie qui ne le concernait pas.

— On ne va pas faire ça ici, dit-elle d'un ton ferme à M. Steele. Ce n'est pas un endroit pour faire un interrogatoire, et vous n'aviez aucun droit de nous suivre jusqu'ici.

— Lou, murmura Palmer.

Elle se retourna vers lui.

— Non, c'est ridicule. On est au milieu de nulle part et il fait un froid de loup, grommela-t-elle avant de fusiller l'enquêteur du regard. Si vous voulez lui poser des questions, retrouvons-nous au ranch des Hudson.

— « Nous » ? répéta l'enquêteur.

Aucune autre réponse ne l'aurait énervée davantage.

— Oui. *Nous.*

Elle fit volte-face et fonça vers le pick-up de Palmer.

Elle ne retourna pas pour voir si Palmer la suivait. Elle n'était pas sûre de pouvoir affronter leurs regards, à l'un comme à l'autre, après s'être éloignée furieuse, comme une gamine piquant une crise.

Mais elle entendit un crissement de bottes sur la neige. Ce devait être Palmer.

M. Steele lança :

— Ne craignez rien. Je serai juste derrière vous.

Elle monta dans le pick-up, en se contorsionnant sans doute de façon ridicule pour éviter la plaque de glace, et en essayant désespérément de ne pas penser à la manière dont Palmer l'avait tenue pour l'aider à sortir du véhicule. Elle ne pouvait pas tout faire en même temps. Protéger Palmer, désirer Palmer et détester cet enquêteur, pendant que son cerveau moulinait pour essayer de comprendre ce qui se passait.

Elle s'installa sur son siège tandis que la portière de conducteur s'ouvrait et que Palmer, contrairement à elle, se hissait avec grâce et décontraction dans le pick-up.

— Tu aurais dû me laisser t'aider à monter, Lou, comme tout à l'heure, dit-il d'un ton clairement provocateur.

Mais elle était bien trop fâchée contre lui pour apprécier cette évocation.

— Pourquoi t'es-tu comporté comme un cow-boy bon à rien et irresponsable ? demanda-t-elle alors qu'il démarrait. Tu ne pouvais pas réfléchir, pour une fois ?

— Je réfléchis beaucoup en ce qui te concerne, Louisa, répondit-il en soutenant son regard.

Elle n'aurait pas su dire ce que ce commentaire sous-entendait, mais il la fit rougir.

— Il n'a aucune raison de t'interroger.

Palmer secoua la tête, puis reporta son attention sur la manœuvre pour sortir du parking.

— Il me voit comme un suspect.

— C'est ridicule, dit-elle en croisant les bras.

— Ridicule ou pas, c'est ainsi qu'il me voit. J'aurais préféré répondre à ses questions insultantes en haut d'une montagne.

— Pourquoi ? Pour que ça finisse en bagarre et qu'on sache lequel de vous aurait jeté l'autre du haut de la montagne ?

Il lui décocha un sourire.

— Ça te fait fantasmer ?

Elle eut envie de l'étrangler.

— Je ne comprends pas que tu puisses être aussi désinvolte alors que cet homme te soupçonne d'avoir allumé un incendie.

— Je ne l'ai pas fait. Du coup, il ne peut pas trouver de preuve du contraire. Alors, pourquoi s'inquiéter ? Pourquoi ne pas jouer avec ses nerfs... ou se bagarrer dans la neige ?

Elle supposait qu'il avait raison, même si cela ne lui plaisait pas. Elle jeta un coup d'œil dans le rétroviseur à la voiture qui les suivait sur les routes sinueuses en direction de Sunrise et du ranch des Hudson. Rien de ce qui se passait ne lui semblait normal.

— Pourquoi a-t-il changé de voiture, Palmer ? demanda-t-elle en posant son front sur la vitre froide.

Dehors, tout était blanc. Noël approchait à grands pas et tout allait de travers.

— Je n'en sais rien, admit-il en ayant l'air de prendre enfin la chose au sérieux. Mais j'ai l'avantage d'être aussi un enquêteur. Je peux me renseigner sur Hawk Steele, et je te parie cent dollars que ce n'est pas son vrai nom.

Louisa réfléchit. Elle trouvait cet homme louche, mais il avait l'air de connaître Ed et il avait une carte de visite officielle du comté de Bent.

— Je tiens le pari, répondit-elle.

Il haussa les épaules.

— Tu vas perdre, Lou.

Il sortit de la nationale pour prendre le long chemin qui conduisait au ranch des Hudson. Son humour et sa décontraction habituels semblaient l'avoir déserté. Il ne la regarda pas quand il se gara devant la maison.

— Anna devrait peut-être te ramener chez toi.

— Pourquoi devrais-je rentrer chez moi ? s'écria-t-elle.

— Pourquoi devrais-tu rester ?

Cette fois, il se tourna vers elle et la fixa de ce regard qui faisait s'affoler son cœur. Il ne l'avait jamais regardée de cette façon. En réalité, elle était pratiquement sûre qu'il s'était donné beaucoup de mal pour ne pas le faire jusqu'à ce jour.

— Cet homme enquête sur un incendie qui s'est déclaré dans ma maison. J'étais avec toi quand on me l'a annoncé par téléphone et quand tes pneus ont été lacérés. S'il pense que tu as quelque chose à voir avec ça, je suis clairement la meilleure personne pour te disculper. De plus, je dois rester pour m'assurer que tu n'aggraves pas ton cas en faisant ton Palmer.

— C'est ce que je fais ?

— Oui. C'est ce que tu fais. Crois-le ou non, je comprends. Mais ce n'est pas le moment.

— Tu comprends, hein ?

Je te comprends.

— Allez, viens, dit-elle.

Elle ouvrit sa portière et sauta sur le gravier déneigé. M. Steele était déjà descendu de sa voiture. Il observait le ranch, les yeux plissés à cause du soleil éclatant.

Quand Palmer le rejoignit, M. Steele lui fit un petit signe de tête.

— Jolie propriété, dit-il d'un ton détaché.

Palmer soupira.

— C'est ça, le Wyoming, répondit-il. Vous feriez mieux de rentrer, tous les deux. Mary doit avoir du café ou du chocolat chaud pour vous.

11

Palmer n'avait pas un sens de l'hospitalité très développé, bien que sa mère ait accordé beaucoup d'importance à cette qualité. Ce souvenir lui fit penser à Mary, qui faisait tout pour devenir une copie conforme de leur mère.

Si Palmer avait eu le temps de s'inquiéter pour quelqu'un d'autre que Louisa, cela aurait sûrement été pour Mary.

Mais la priorité de ses soucis était l'incendie. Et Hawk Steele, qui était lié à ce sinistre.

Palmer ouvrit la porte à celui-ci, puis entra à son tour pour s'interposer entre l'homme et Louisa. Elle semblait le croire assez stupide pour parler à tort et à travers et pousser l'enquêteur à bout. Il était peut-être stupide, mais il ne ferait rien qui puisse nuire à Louisa.

Palmer indiqua le couloir qui menait au grand salon dans lequel ils recevaient souvent leurs clients.

— On peut s'asseoir par ici.

Palmer laissa l'enquêteur passer devant et continua à devancer Louisa. M. Steele s'arrêta à l'entrée de la pièce et l'observa.

— Mettez-vous à l'aise, dit Palmer en lui montrant le canapé.

M. Steele jeta un coup d'œil au canapé, mais ne s'assit pas immédiatement. Il semblait attendre qu'ils prennent place d'abord.

Palmer s'y connaissait en matière de démonstration de force. Il était un enquêteur, lui aussi.

Et les affaires qu'il traitait étaient plus compliquées que de simples incendies.

Anna débarqua soudain, en criant quelque chose à quelqu'un derrière elle. Il s'agissait sans doute de Mary.

En apercevant Anna, le visage indéchiffrable de l'enquêteur se figea. Il la regardait comme s'il voyait un fantôme. Palmer tourna la tête pour observer sa sœur, qui semblait bien moins surprise. Elle arborait un sourire ironique.

Personne ne dit rien, mais il y eut clairement un échange silencieux entre Anna et M. Steele.

— Vous vous connaissez ? demanda Louisa d'un ton à la fois sceptique et surpris.

Anna regarda M. Steele, puis Palmer.

— On peut dire ça, répondit-elle sans cesser de sourire.

Palmer ne manifesta pas sa réprobation, parce qu'il savait que c'était ce qu'Anna attendait de lui. De toute évidence, Anna avait couché avec le gars qui voulait l'épingler pour un incendie qu'il n'avait pas déclenché.

M. Steele finit par reprendre ses esprits et balaya la pièce du regard.

— Y a-t-il un endroit où je pourrais vous poser des questions en privé, monsieur Hudson ?

— Il n'est pas nécessaire que cette conversation soit privée, monsieur Steele, intervint Louisa avec fermeté.

— Vous n'êtes pas chargée de cette enquête, mademoiselle O'Brien, répliqua l'enquêteur.

— On peut parler ici, dit Palmer avant que Louisa ne continue à s'opposer à M. Steele. Louisa, tu devrais dire à tes parents que tu es ici. Anna, elle n'a rien mangé de la journée.

— Tu ne sais pas..., commença Louisa.

Il se contenta de hausser un sourcil et Louisa se tut avec un air boudeur. Il n'était pas nécessaire d'être particulièrement perspicace pour comprendre qu'il estimait à raison que Louisa ne prenait pas assez soin d'elle.

— Laisse tomber, Louisa, marmonna Anna. Viens.

— Je vais bien, se défendit Louisa.

Mais elle laissa Anna l'entraîner après avoir jeté un coup d'œil hostile à Palmer.

Il attendit qu'elles ne puissent plus les entendre et s'aperçut que M. Steele en faisait autant.

— Me questionner en privé me semble superflu, vu que vous allez simplement me demander où j'étais, m'interroger sur mes pneus crevés et… sur la nature de ma relation avec Louisa et les O'Brien, déclara Palmer.

Steele n'eut aucune réaction. Il resta parfaitement immobile et se contenta de l'observer de son regard froid.

— On peut commencer par ça, dit-il après un long silence.

Palmer sourit parce qu'il savait exactement ce que l'enquêteur attendait de lui. Et à quel point c'était dénué d'importance.

— Je suis allé au Lariat vers 20 heures, le soir de l'incendie. Louisa et Anna sont arrivées vers 20 h 30 ou 21 heures, je ne sais plus trop. Ma sœur, celle que vous semblez connaître, a remarqué que mes pneus étaient dégonflés et elle me l'a dit. Elle n'avait pas vu qu'ils avaient été crevés. Je suis allé voir, je m'en suis aperçu et j'ai appelé la police.

— Votre frère.

— Non, j'ai appelé les services de police de Sunrise, le corrigea Palmer.

Il pouvait essayer d'être aussi détaché que l'homme en face de lui, mais il n'avait jamais été bon comédien et il n'arrivait qu'à donner une version exagérée de lui-même. Il n'était ni distant ni abrupt comme Jack ou Grant. Il savait sourire, charmer et afficher un mépris total pour l'opinion des autres.

Heureusement, il se moquait réellement de ce que pensaient

les gens. L'essentiel était que Steele enquête dans la bonne direction. Plus cet interrogatoire durerait, plus Steele perdrait de temps sur une mauvaise piste.

Il raconta donc le reste de la soirée à l'enquêteur. Les agents de police qui étaient intervenus. Anna qui l'avait raccompagné et Louisa qui était venue avec eux. L'appel qui l'avait incité à conduire Louisa et Anna au verger des O'Brien.

L'homme prit des notes. Quand Palmer essaya d'y jeter un coup d'œil, il vit qu'elles étaient écrites dans une sorte de sténographie précise. Il ne comprit pas pourquoi cela l'irrita… mais tout chez cet homme l'irritait.

Il décida de voir s'il pouvait venir à bout de son attitude glaciale.

— Ça vous arrive souvent de coucher avec des femmes que vous ne devriez pas toucher ?

Steele ne broncha pas, mais ses lèvres se serrèrent un peu plus. Néanmoins, il lui répondit d'un ton toujours parfaitement neutre après avoir ajouté un point soigné à la phrase incompréhensible qu'il venait d'écrire.

— Et vous ?

— C'est vrai. Le troisième volet de l'interrogatoire.

Palmer se tapota la tempe comme s'il avait compris où Steele voulait en venir, ce qui était le cas. Steele était peut-être bon dans son travail, mais Palmer l'était aussi. Il enquêtait depuis qu'il avait douze ans.

— Louisa et moi sommes amis depuis toujours. C'était pratiquement un membre de la famille quand Anna et elle étaient enfants. Notre relation a toujours été amicale, jamais romantique. Je suppose qu'on a eu des désaccords au fil des ans, mais rien de sérieux. Et ce n'est pas près de s'arrêter.

— Pas près de s'arrêter ?

— C'est ce que j'ai dit. Je n'ai rien à voir avec l'incendie, Steele, et il n'existe aucun indice qui pourrait vous inciter à penser le contraire. Et si vous arrêtiez de vouloir vous mêler de mes petits problèmes pour vous concentrer sur le vrai problème, l'incendie de la maison des O'Brien ?

— Je sais quels sont les vrais problèmes, merci.

— Est-ce qu'ils concernent Anna ?

Il eut une réaction éclair, mais elle fut si rapidement effacée que Palmer se demanda s'il ne l'avait pas imaginée.

— Ce qui s'est passé entre votre sœur et moi ne vous regarde pas.

— C'est marrant, mais votre réponse ne me va pas.

— Je m'en fiche pas mal.

— Je parie que vous n'avez pas de sœur.

— Je n'ai personne. Et je peux vous dire ceci : votre sœur est tout à fait capable de s'occuper de ses affaires toute seule. Maintenant, si vous voulez bien m'excuser, puisqu'on en a fini avec ce volet de l'interrogatoire qui faisait partie intégrante de mon enquête officielle, j'ai d'autres problèmes à résoudre.

Il parut hésiter un bref instant, jeta un coup d'œil du côté où Anna et Louisa avaient disparu, puis hocha la tête presque imperceptiblement.

— Je vous recontacte, grommela-t-il avant de quitter la pièce.

Louisa était assise à la table de la salle à manger des Hudson, et ses deux plus vieilles amies la regardaient manger un sandwich que Mary avait tenu à préparer pour elle. Louisa n'en avait pas envie, mais elle se forçait à l'avaler parce qu'Anna et Mary la surveillaient de près.

— Alors..., commença Louisa espérant pouvoir s'en tenir à une moitié du sandwich. Comment tu t'es retrouvée à coucher avec l'expert en incendies du comté de Bent, Anna ?

Mary écarquilla les yeux et tourna la tête vers Anna, qui haussa les épaules avec nonchalance.

— J'étais à Bent pour suivre une piste au cours de l'une de

mes enquêtes, je me suis arrêtée au Rightful Claim pour boire un verre. Il m'a draguée. Une chose en a entraîné une autre.

— Tu ne m'avais pas parlé de cette rencontre, dit Mary.

— Parce qu'elle ne méritait pas d'être mentionnée, répondit Anna en haussant les épaules une nouvelle fois.

Mais Louisa connaissait suffisamment son amie pour savoir qu'elle aurait en temps normal tout raconté – sauf si quelque chose avait cloché.

— Il a eu l'air très surpris de te voir, et c'est bien la seule émotion que j'ai lue sur son visage, dit Louisa en observant celui d'Anna, parfaitement inexpressif.

Mary se pencha pour pousser l'assiette vers Louisa, qui soupira et prit une autre bouchée.

— On n'a pas vraiment échangé nos noms, Louisa. Ni aucune autre information.

Mary fit une grimace.

— Un coup d'un soir anonyme, Anna ? Vraiment ?

Anna sourit.

— Tu l'as regardé ? demanda-t-elle.

Mary secoua la tête d'un air désespéré et Louisa leva les yeux au ciel.

— Tu n'as pas semblé surprise de le voir, par contre, ajouta Louisa.

— Je suis une détective privée. Ce n'est pas parce qu'on n'a pas échangé d'informations que je n'en avais pas. De plus, avec un prénom comme Hawk, il est facile de trouver des détails. Après coup.

— Que Dieu me vienne en aide, murmura Mary. Mettons ça de côté. Pourquoi interroge-t-il Palmer ?

— Je n'en sais rien, répondit Louisa. Palmer est arrivé alors qu'il discutait avec mes parents. M. Steele a demandé s'il était mon petit ami. J'ai répondu non, mais je crois qu'il était parti sur la théorie d'une querelle amoureuse.

— Ça paraît logique, dit Anna. S'il n'a vraiment aucune piste, il doit envisager toutes les possibilités. Palmer traînait dans le coin.

Comme si le fait de prononcer son nom l'avait fait apparaître, Palmer entra dans la salle à manger. Sans l'enquêteur.

— Alors ? demanda Louisa.

— Alors, il a posé ses questions, j'y ai répondu, il est parti, répondit Palmer d'un air désinvolte. Je n'ai rien fait, donc ça n'a guère d'importance.

— Mais pourquoi te soupçonnerait-il ? demanda Anna.

Palmer sembla réfléchir.

— Je ne suis pas sûr qu'il me soupçonne. Il essaie juste d'avoir une vision claire de toutes les parties prenantes.

— Depuis quand tu serais partie prenante dans un incendie ?

— C'est à cause de l'histoire des pneus crevés. S'il est bon, et j'espère qu'il l'est, il est en train de chercher un lien.

Louisa sentit son estomac se nouer. Il ne pouvait y avoir qu'un lien entre ces deux événements : l'objet de l'enquête qu'elle menait avec Palmer. Et si c'était le cas...

Elle se leva brusquement.

— Je devrais rentrer chez mes grands-parents.

— Je vais...

— Je la ramène, dit Palmer en interrompant Anna. C'est moi qui l'ai conduite ici.

— Et pourquoi tu as fait ça ?

— Je ne voulais pas que l'agent Piquet de fer perturbe sa famille plus qu'il ne l'avait déjà fait.

— Pourquoi étiez-vous ensemble, pour commencer ?

— Parce qu'on l'était, répondit Palmer sur un ton provocateur, sans doute pour se venger du fait qu'Anna ne lui avait pas dit qu'elle avait couché avec l'enquêteur.

— Tu as un client qui débarque dans quinze minutes, Anna, intervint Mary. Tu ne pourrais pas la ramener, de toute manière. Et je voudrais passer en revue des écarts dans les comptes avant que tu ne le rencontres.

— D'accord, marmonna Anna.

Elle chuchota quelque chose à l'oreille de Palmer, puis elle se tourna vers Louisa et annonça :

— Je t'appelle tout à l'heure. Tu me raconteras toute l'histoire.

Louisa acquiesça machinalement. Il n'y avait rien à raconter excepté le secret qu'elle ne voulait toujours pas confier à Anna. Surtout maintenant, après les derniers événements. Tout ce qui pouvait…

Non, il ne pouvait pas y avoir de lien.

Quand Mary et Anna partirent s'occuper des affaires de HI, Palmer se tourna vers elle. Son expression était sérieuse et indéchiffrable.

— Que t'a-t-elle chuchoté à l'oreille ? demanda Louisa.

— Qu'elle allait m'étriper dans mon sommeil et décorer le sapin de Noël avec mes entrailles.

Surprise, elle éclata de rire.

— Anna trouve toujours des menaces créatives.

— C'est vrai. Viens. Allons marcher un peu avant que je te ramène.

Elle hésita. Il voulait sûrement lui parler de l'incendie. À moins que ce ne soit de son grand-père ou de Hawk Steele. Il s'agissait juste de pouvoir discuter sans crainte d'être entendu.

Mais il y avait quelque chose de différent dans sa façon de la regarder. De nouveau. Non pas que cette chose n'existât pas avant – elle apparaissait dans son expression aux moments les plus étranges. Ce qui était nouveau, c'était qu'il ne la cachait plus.

Et elle trouvait cela effrayant.

— Ou je peux te ramener chez toi tout de suite, si tu préfères, proposa-t-il.

Comme s'il pouvait lire dans ses pensées décousues. Sentir

l'appréhension qui montait en elle. Mais cette peur, cette inquiétude et cette agitation ne contrebalançaient pas ce qui l'avait toujours attirée chez lui.

— Non, allons marcher, répondit-elle.

Ils retournèrent dans l'entrée, où ils avaient accroché leurs manteaux, s'emmitouflèrent et sortirent. Le soleil brillait, ce qui augmentait légèrement la température.

Il la conduisit loin de la maison et des bâtiments du ranch, le long de la clôture où s'alignaient des conifères décorés de lumières et de guirlandes naturelles que Mary avait dû confectionner avec Izzy.

Louisa aurait fait la même chose avec sa mère si elle avait été un peu plus jeune. Si elle avait pu penser à Noël au lieu de ressasser tous les problèmes qui l'assaillaient.

— Je sais que tu ne veux contrarier personne, dit Palmer après un long silence. Je sais que tu aimes tes parents, mais je crois que tu devrais faire un de ces tests ADN. Et demain matin, quand j'irai parler aux infirmières qui travaillaient à l'hôpital à l'époque de ta naissance, je crois que tu devrais m'accompagner.

— Si elles sont du coin...

— Je sais, dit Palmer avec douceur. On n'évitera pas les ragots. Parler avec des gens pourrait revenir aux oreilles de tes parents. Je sais que tu veux l'éviter. J'aimerais moi aussi l'éviter pour ton bien, Lou. Mais tout cette histoire... l'incendie et l'enquêteur. C'est dangereux. Qu'est-ce qui est le plus important ? Épargner des contrariétés à tes parents ou les protéger ?

Les deux étaient importants. Les deux étaient impératifs, même si elle savait que la sécurité l'emportait sur les sentiments.

— Commande le test, insista-t-il. Viens avec moi demain pour parler aux infirmières. J'userai de mon charme pour les persuader de ne rien dire.

Il lui décocha même un sourire et un clin d'œil, mais elle savait qu'il ne le faisait pas avec son aisance habituelle. Il essayait de la faire sourire, mais elle en était incapable.

— On en saura plus une fois qu'on leur aura parlé. Et si on sent qu'elles ne pourront pas garder le secret, on préviendra tes parents. Mais tu dois te préparer à cette possibilité.

Cela semblait affreux. Sauf une chose.

— « On » ?

— Tu m'as entraîné là-dedans, Lou. Pas question de me débarquer maintenant.

Le devoir. Le code d'honneur des Hudson. Voilà pourquoi il était là. C'était la seule raison. À moins que...

— Les gens vont colporter des ragots, s'ils ne l'ont pas déjà fait. Sur le fait qu'on passe beaucoup de temps ensemble. Surtout sans Anna.

Son expression resta inchangée, mais elle le sentit se crisper.

— Oui, répondit-il d'une voix parfaitement neutre.

C'était... sérieux. Alors qu'elle déglutissait péniblement, il s'arrêta.

Elle avait exploré de fond en comble la propriété des Hudson. Elle avait passé de nombreux après-midi d'été cachée avec Anna dans le bosquet où ils se tenaient. Pendant des années, elles y avaient ri des choses qu'elles trouvaient drôles.

Il n'y avait rien d'amusant à se trouver là avec Palmer. Elle avait le cœur lourd, sentait que ses nerfs étaient à vif... et il était si gentil avec elle.

Il prit sa main en scrutant son visage, puis l'attira vers lui.

De plus en plus près.

Son cœur battait la chamade, et malgré toutes les fois où elle avait rêvé que Palmer Hudson la serrait contre lui, elle ne savait pas comment réagir. Elle n'était pas inexpérimentée. Elle n'était plus une adolescente. Mais, à cet instant, elle avait l'impression d'être les deux – et se sentait douloureusement prise au dépourvu.

— Qu'est-ce que tu fais ? murmura-t-elle quand leurs manteaux se touchèrent.

La chaleur de Palmer se propageait en elle, et elle ne contrôlait plus sa respiration. Elle ne contrôlait plus rien, parce qu'il la regardait avec une intensité qu'elle n'avait jamais vue dans ses yeux.

— Ce que je me suis promis de ne jamais faire depuis que tu es rentrée de l'université, répondit-il.

Il pressa alors ses lèvres contre les siennes. Après toutes ces années passées à rêver et à espérer, et à s'en vouloir d'espérer, Palmer Hudson l'embrassait. Et c'était plus merveilleux, excitant et délicieux que tout ce qu'elle avait imaginé.

12

Comme son parfum, la saveur de Louisa O'Brien évoquait le miel et l'été à Palmer. Ses cheveux étaient soyeux sous ses doigts. Leurs manteaux étaient bien trop épais pour qu'il sente les courbes de son corps pressé contre lui, mais cela n'avait aucune importance.

Elle l'embrassait comme dans un rêve qu'il n'avait jamais osé faire. Elle ne l'encourageait pas à brûler les étapes, comme il le faisait d'habitude, mais elle l'incitait, au contraire, à ralentir et à apprécier chaque seconde. Il ne s'agissait pas d'atteindre un but. Il ne s'agissait que d'eux.

Comme elle ne répondait pas à son étreinte, il finit par s'écarter.

— Tu peux me demander d'arrêter, tu sais.

Elle ouvrit ses fascinants yeux verts.

— Pourquoi je ferais ça ? balbutia-t-elle, visiblement déconcertée.

Cela le fit sourire, malgré le désir ardent qui le tourmentait.

— Tu es beaucoup trop bien pour moi, Lou.

— C'est faux, répondit-elle, les sourcils froncés.

Il aurait aimé le croire, mais il savait ce que tout Sunrise pensait de lui, ce que ses frères – et lui-même – pensaient de lui. Parce qu'il ne s'était jamais attaché à aucune femme.

Mais Louisa comptait à ses yeux.

— Tous les gens qu'on connaît le penseront et ne se priveront pas de le dire.

Elle secoua la tête.

— Je ne le pense pas, moi.

Elle prit son visage entre ses mains, se hissa sur la pointe des pieds et l'embrassa, comme si elle pouvait absoudre tous ses péchés en ayant simplement foi en lui.

Il aurait tant aimé l'en croire capable...

Il aurait aimé croire bien des choses en cet instant et il connaissait toutes les raisons qui l'en empêchaient. Il s'abandonna quand même à leur baiser, à la chaleur que produisaient leurs corps, malgré le froid de cet après-midi de décembre dans le Wyoming.

— J'ai envie de toi, murmura-t-il avant de couvrir son visage de baisers.

— Ici, c'est hors de question, j'imagine.

Il pouffa.

— Oui. Et tes parents s'inquiéteraient. En plus, on devrait sans doute éviter de donner des munitions à l'inspecteur Furet.

Il continua à caresser les bras de Louisa avant de se résoudre à la lâcher.

Elle l'observa un long moment. Il ne devait vraiment pas savoir déchiffrer ses pensées, parce qu'il ne lut aucun regret dans son regard. Pourtant elle devait regretter de l'avoir embrassé. Elle devait vouloir mieux que ce qu'il avait à lui offrir.

Pouvait-il essayer d'être l'homme qu'elle méritait plutôt que de lui rappeler cette évidence ?

— Ce n'était pas une distraction, dis-moi ? finit-elle par demander.

— Une distraction ? répéta-t-il.

— Tu n'as pas eu pitié de moi et pensé que grâce à ton charme...

Il secoua vivement la tête.

— Te souviens-tu d'une soirée que tu as passée au Lariat avec Anna, peu après ton retour de la fac ?

Le changement de sujet parut la surprendre, mais elle répondit :

— Je crois. Tu étais là. Je ne t'avais pas vu depuis longtemps.

— Moi, je n'ai vu qu'une brune sublime que je voulais attirer dans mon lit – ou à l'arrière de mon pick-up.

Les lèvres de Louisa s'entrouvrirent, mais elle ne répondit rien. Il continua, parce qu'il était important qu'elle comprenne.

— Ensuite, tu t'es retournée et il m'a fallu plusieurs secondes pour te reconnaître.

Son visage se durcit.

— Et tu n'as plus eu envie de m'attirer dans ton lit, répondit-elle. Parce que tu n'as pas été particulièrement charmant, ce soir-là.

— Non, c'est le plus terrible. J'en avais toujours envie, mais je savais que je ne pouvais pas. C'est pour ça que je me suis conduit comme un mufle.

— L'idée que je suis un grand mystère à tes yeux me plaît, mais je crois que tu savais que tu aurais pu réussir, riposta-t-elle.

Elle semblait aussi agacée qu'elle l'avait été par son comportement ce soir-là.

— Réussir à t'attirer dans mon lit ? C'est sûr. Mais j'avais obscurément conscience que ce ne serait pas simple, et je ne cherchais que ça, à l'époque. Je pensais alors que je ne voudrais jamais m'impliquer, mais je ne suis plus l'homme que j'étais ce soir-là.

Il comprit subitement à quel point c'était vrai. Le monde avait changé autour de lui et, cela s'était passé si lentement qu'il ne s'était aperçu de rien. Il avait évolué en même temps que son entourage.

— C'est vrai, répondit-elle en le regardant comme si elle scrutait son âme. Quelque chose a changé en toi, n'est-ce pas ?

— Je ne sais pas à quoi ça tient. Parce que Cash joue les pères célibataires ? Et que Izzy grandit assez pour avoir des opinions ? À cause du retour de guerre de Grant ? Parce qu'Anna est devenue détective privée – et pas seulement pour énerver Jack ? Ou parce que Mary est en train de devenir ma mère ? Il se passe des tas de trucs d'adultes autour de moi, parce qu'on n'est plus des enfants. Je devais espérer que mes parents reviendraient pour me faire la leçon si je continuais à me comporter comme un irresponsable. Mais ils sont partis. Les autres membres de ma famille sont toujours là, et ils l'ont compris avant moi.

Les yeux de Louisa s'embuèrent et il espéra que c'était à cause du froid. Mais lorsqu'elle enroula ses bras autour de son cou, il se dit que son discours avait produit son effet. Ils restèrent immobiles, enlacés, pendant un long moment.

Il était étrange de dire adieu à cette ancienne version de lui-même. Comme il n'avait pas envie de s'appesantir sur cette pensée, il finit par s'écarter.

— Viens. Tu devrais rentrer chez tes grands-parents avant que tes parents ne s'inquiètent.

Elle hocha la tête et ils repartirent vers sa maison. Elle avait glissé sa main dans la sienne. À coup sûr cela ferait un scandale si ses frères et sœurs les voyaient.

Il supposait toutefois que le scandale était devenu inévitable. Parce qu'il l'avait embrassée et avait accepté l'idée d'essayer de la mériter. Il ne pouvait plus faire marche arrière.

— Je pensais à M. Steele, dit Louisa.

— C'est insultant.

Elle éclata de rire.

— Pas *à ce moment-là*. Avant. Parce qu'il n'est peut-être pas si méchant que ça s'il plaît à Anna.

— Malheureusement, tu sais aussi bien que moi qu'il n'est pas nécessaire que quelqu'un lui plaise pour qu'elle couche avec.

Louisa pinça les lèvres, mais elle ne répondit rien. Ils montèrent dans son pick-up et retournèrent à Sunrise sans se dire grand-chose. Elle devait penser à son problème, puisqu'elle avait parlé de l'enquêteur, et c'était bien légitime.

Lui pensait toujours à leur baiser et à tout ce qu'il changeait.

Quand il se gara devant la maison des grands-parents de Louisa, elle le regarda longuement d'un air triste. Que pensait-elle ? Au lieu de l'interroger, il lui dit :

— Deux des infirmières vivent à Hardy. Je viendrai te chercher vers 8 heures. On prendra le petit déjeuner à Hardy pour s'assurer qu'on n'a personne aux trousses, puis on ira les voir.

Elle tourna lentement la tête vers lui.

— Le petit déjeuner ? répéta-t-elle.

— Oui. Pour être sûrs qu'on n'est pas suivis, par l'inspecteur Corbeau ou quelqu'un d'autre.

— Palmer...

— Je sais. Ça va faire jaser, mais ça ne me dérange pas. Euh... Est-ce que ça te dérange, toi ?

— Mais ta famille ?

La question le contraria. Elle lui rappelait qu'il allait devoir discuter avec Jack, mais, surtout, il craignait que Louisa veuille garder le secret.

— Je la gérerai.

— Je dois parler à Anna moi-même. Tu m'as embrassée.

— Oui. Et si ça te pose un problème, tu n'aurais pas dû me rendre mon baiser.

— Cela ne me pose pas de problème, lui assura-t-elle en secouant la tête. C'est juste... Ma vie ne ressemble plus à rien depuis que Kyla Brown m'a écrit. Mais...

— Mais ?

— Tu représentes ce dont je rêve depuis très longtemps en

étant sûre que ce rêve ne se réaliserait jamais, répondit-elle en baissant les yeux.

— Bienvenue au club, Lou.

Elle esquissa un sourire.

— J'ai fondé le club il y a dix ans. Tu n'es qu'un nouveau membre.

— Tant qu'on en est membres au même moment..., dit-il en lui effleurant la joue.

— Oui, je suppose que cela suffit.

Il se pencha pour presser ses lèvres contre les siennes. Il aurait aimé faire durer ce baiser, mais ils étaient arrivés devant la maison des grands-parents de Louisa. S'il allait bien falloir que les gens s'habituent à les voir s'embrasser, ce n'était pas une raison pour qu'ils se donnent en spectacle.

Il s'écarta et conclut :

— À demain.

Elle acquiesça.

— Je serai prête à 8 heures.

Elle sortit de la voiture. Il la regarda s'éloigner en songeant qu'il n'était prêt pour rien, mais que cela n'avait plus aucune importance.

Louisa était tenaillée par des émotions contradictoires. C'était le chaos dans sa vie et Palmer l'avait embrassée. Elle avait essayé de se convaincre qu'il n'y aurait jamais rien entre Palmer et elle, mais, pour être honnête, elle s'était toujours demandé s'ils ne pourraient pas simplement passer une nuit ensemble. Après tout, Palmer n'était pas très difficile et elle n'était pas laide.

Sauf que Palmer n'avait pas fait que l'embrasser. Il lui avait parlé de la soirée où ils s'étaient revus quand elle était revenue de l'université, alors que, s'il avait juste voulu l'attirer dans son lit, il n'avait pas besoin de lui rappeler ces souvenirs.

Elle aurait adoré ruminer cette pensée, mais elle ne pouvait pas se le permettre. Il y avait mille et un problèmes à régler à cause de l'incendie.

Elle trouva ses parents en train de dresser une liste à envoyer à l'assurance et leur proposa de les aider. Mais apparemment ils s'étaient remis du choc initial, parce qu'ils refusèrent catégoriquement.

Elle en fut agacée. Elle n'était plus une enfant, et n'avait pas besoin d'être protégée de cette manière. Elle était une associée de l'entreprise familiale et une habitante de la maison qui avait été réduite en cendres.

Mais, ses parents faisant bloc contre elle, elle dut se résigner à gagner sa chambre. Et, bien sûr, elle ne parvint pas à s'endormir. Elle pensait au baiser de Palmer, aux conséquences qu'entraînerait la découverte qu'elle n'était pas la fille biologique de ses parents, aux pneus de la voiture de Palmer qui avaient été crevés et à l'incendie qui avait ravagé la maison.

Le sommeil finit par la gagner, mais elle dormit peu et mal. Quand elle ouvrit les yeux, les premières lueurs de l'aube se glissaient entre les rideaux. Elle se leva, prit une douche et s'habilla.

Elle observa ses cernes dans le miroir. Malheureusement, elle ne pouvait rien y faire. Même si elle avait eu envie de les masquer pour son petit déjeuner avec Palmer, elle n'avait plus de trousse de maquillage, celle-ci ayant brûlée dans l'incendie.

Elle soupira et quitta la salle de bains pour descendre dans la cuisine, où elle fut accueillie par un parfum de gâteaux à la cannelle.

Sa grand-mère était installée aux fourneaux, comme d'habitude, mais bizarrement sa mère n'était pas là. Elle dormait peut-être encore.

— Bonjour, mamie.

— Bonjour, mon poussin.

Après l'avoir observée, sa grand-mère ajouta :

— Il faut que tu manges quelque chose.

Louisa posa une main sur son estomac barbouillé par le stress des derniers jours et l'appréhension du petit déjeuner avec Palmer.

— Tu dois être comme ta mère, qui perd l'appétit quand il y a des catastrophes, commenta sa grand-mère. Pour ma part, je suis convaincue que rien n'est plus réconfortant que le beurre quand tout va de travers. Je n'avais pas vu ta mère aussi frêle depuis avant ta naissance.

Louisa fronça les sourcils.

— Que s'est-il passé avant ma naissance ?

— Toutes ces fausses couches... Ça a vraiment été dur pour elle.

Louisa resta bouche bée quelques instants. Sa mère ne lui avait jamais parlé de ses fausses couches, ni de problèmes de fertilité. À la réflexion, elle était devenue mère assez tard dans sa vie, mais cela n'avait jamais incité Louisa à se demander si c'était dû à des soucis médicaux.

— Je l'ignorais, murmura-t-elle. Pourquoi ne m'a-t-elle rien dit ?

— Je suppose que ta mère n'avait pas envie de revivre ces années pénibles en te les racontant. Je ne sais même plus combien de bébés elle a perdus, la pauvre. Mais elle a eu la joie de t'avoir, au bout du compte.

Louisa aurait aimé que cette idée la réconforte. En tout cas, cela expliquait pourquoi ses parents avaient toujours été si indulgents envers elle.

Mais celle information n'avait rien de réconfortant dans la situation présente. Elle rendait plus crédible la possibilité que Louisa ne soit pas la fille biologique de sa mère.

— Je ne te forcerai pas à manger beaucoup, c'est promis,

mais prends au moins un gâteau, dit sa grand-mère alors que Louisa se servait un café.

— Je vais prendre mon petit déjeuner avec Palmer, répondit Louisa le plus naturellement possible.

Sa grand-mère pinça les lèvres et Louisa s'attendit à un sermon. Elle avait presque envie d'en recevoir un, parce que cela aurait introduit un semblant de normalité dans son monde, qui n'avait plus rien de normal.

— Les Hudson sont des gens bien, finit par dire sa grand-mère.

— C'est vrai, admit Louisa, surprise de l'entendre dire cela, et attendant le « mais » qui allait suivre.

Il ne vint pas.

— Et ils sont beaux, reprit sa grand-mère. Surtout le shérif, mais Palmer n'est pas déplaisant à regarder non plus.

Le clin d'œil complice que sa grand-mère lui décocha fit rire Louisa aux éclats.

— Ce n'est pas faux.

— Néanmoins, tu devrais mettre quelque chose de solide dans ton estomac. Mange au moins la moitié d'un gâteau.

Sachant qu'il était vain de protester, Louisa s'assit et mangea la moitié d'un gâteau en écoutant sa grand-mère lui parler des affaires de l'église. Après quelques minutes, elle commença à se demander si sa grand-mère cherchait à la retenir dans la cuisine.

— Je devrais aller demander à papa et maman s'ils ont besoin de quelque chose, puisque je vais en ville, dit Louisa pour la tester.

Sa grand-mère lui montra la fenêtre et répondit :

— Palmer vient d'arriver. Profite bien de ton petitdéjeuner. Je leur dirai de t'envoyer un texto s'ils ont besoin de quelque chose.

Louisa ne sut pas quoi répondre, mais elle avait de plus en

plus l'impression que quelque chose clochait. C'était comme si tout le monde lui cachait des tas de secrets et qu'elle ne faisait que rebondir de l'un à l'autre comme une balle de ping-pong.

Mais comment forcer ses proches à dévoiler leur jeu, alors qu'elle n'avait jamais été en conflit avec aucun d'eux et qu'elle détestait les contrarier ?

Louisa se contenta de dire au revoir à sa grand-mère et sortit alors que le soleil commençait à se lever.

— Bonjour, dit Palmer avec un grand sourire quand elle monta dans son pick-up.

Décidément, il était beau... Cela ne changeait rien à l'inquiétude et aux doutes qui rongeaient Louisa, mais ceux-ci passèrent à l'arrière-plan lorsqu'elle lui rendit son sourire.

— Bonjour.

— Ça va ? demanda-t-il, l'air inquiet, après l'avoir observée deux secondes.

Elle n'en fut pas surprise. Elle savait qu'il observait les gens et les déchiffrait facilement, même s'il s'en cachait la plupart du temps – pour garder ses observations pour lui ou ne pas mettre ses proches mal à l'aise.

Ne voyant aucune raison de garder ces informations pour elle, elle lui rapporta sa conversation avec sa grand-mère et lui expliqua que les fausses couches de sa mère ressemblaient à un secret de famille.

— Je me renseignerai, répondit Palmer. Je n'étais pas remonté plus loin que ta date de naissance dans mes recherches. Mais ta grand-mère ne t'en aurait pas parlé si c'était vraiment un secret de famille.

Même s'il avait évidemment raison, elle n'arrivait pas à se délivrer de l'impression qu'il y avait un lien avec les derniers événements.

— S'ils ne pouvaient pas avoir d'enfants, il existait plusieurs solutions, dit-elle, sans doute juste pour se rassurer. Rien ne les obligeait à aller m'enlever dans l'Ohio.

— S'il s'est passé quelque chose d'inhabituel, les infirmières s'en souviendront, répondit calmement Palmer sans quitter la route des yeux.

Elle s'emmura dans le silence. Au lieu d'essayer de l'obliger à parler, Palmer alluma la radio et fredonna les chansons qui passaient, ce qui l'aida à se détendre un peu.

Quand ils arrivèrent à Hardy, il se gara devant un café où elle s'était rendue de très nombreuses fois avec Anna, parce qu'on y servait des gaufres délicieuses, et elle adorait les gaufres.

— Pourquoi ici ? demanda-t-elle.

— Parce qu'ils ont de très bonnes gaufres, répondit Palmer en coupant le contact.

Elle comprit à sa désinvolture et au fait qu'il évitait son regard qu'il savait qu'elle adorait cela.

Elle se pencha pour l'embrasser. Il avait trouvé le moyen d'introduire quelque chose de bon dans une situation catastrophique.

— Tu vas finir par m'attirer des ennuis, plaisanta-t-il quand elle s'écarta.

Elle éclata de rire.

Ils entrèrent dans le café et Palmer la surprit en s'asseyant sur la même banquette qu'elle plutôt que face à elle. Tandis qu'ils déjeunaient, il n'aborda que des sujets légers. Il lui parla des préparatifs de Noël de Mary, des cadeaux qu'il avait choisis pour Izzy avec pour unique critère de mettre Cash hors de lui, et des chiots que l'une des chiennes de Cash venait d'avoir.

Malgré tout ce qui se passait dans sa vie et le fait que c'était Palmer qui lui faisait la conversation, elle eut presque l'impression de vivre un moment de normalité.

Ils tournèrent tous les deux la tête quand la clochette de la porte tinta et ils virent Mme Peabody entrer dans le café.

Louisa ne s'attendait pas à tomber sur quelqu'un qu'elle connaissait, même si ce n'était pas vraiment surprenant. Hardy n'était qu'à vingt minutes de Sunrise et comptait plus de commerces. Mme Peabody participait aux mêmes activités de l'église que sa mère, et c'était la pire pipelette de Sunrise – ce qui n'était pas peu dire.

Elle les repéra immédiatement, mais elle les ignora jusqu'au moment où la serveuse tendit la note à Palmer. Quand celle-ci s'éloigna, Mme Peabody se planta devant leur table.

— Palmer. Louisa. Bonjour à vous deux.

— Bonjour, répondirent-ils en chœur.

— Comment allez-vous, madame Peabody ? demanda Palmer, qui avait passé son bras autour des épaules de Louisa et ne prit pas la peine de le retirer.

— Très bien. Je me régale, comme toujours. Je ne vous retiendrai pas. Je voulais juste vous saluer et vous dire… que vous faites un très joli couple.

— Merci, madame Peabody, répondit Palmer avec un grand sourire.

Quand la commère regagna sa table, Louisa regarda Palmer et s'aperçut qu'il guettait sa réaction.

Comme elle trouvait cela mignon, elle posa sa tête sur son épaule. Il en profita pour déposer un baiser sur son front.

— Allez, au boulot, dit-il.

13

Palmer se rendit chez l'infirmière qu'il avait trouvée dans le dossier de l'hôpital sur la naissance d'Anna. Il comptait lui demander si elle se souvenait de ses collègues de l'époque et s'il s'était passé quelque chose d'inhabituel à la maternité cette année-là.

Il avait envisagé de la prévenir de leur visite, mais il avait jugé la situation trop délicate. Si l'infirmière était mêlée à une affaire louche, il valait mieux qu'il la prenne au dépourvu et qu'il puisse observer ses réactions quand il l'interrogerait.

Mais il courait le risque que Mme Janice Menard ne soit pas chez elle. Elle pouvait aussi ne pas avoir envie de se confier à deux inconnus. Il avait interrogé bien des gens au fil des ans. Certains adoraient parler. D'autres avaient regardé trop de séries policières et exigeaient tout de suite d'appeler un avocat.

Dans l'intérêt de Louisa, il espéra que Janice Menard était une personne affable.

Par chance, personne ne les avait suivis. Hawk Steele devait donc être en train de chercher le véritable pyromane. Palmer se méfiait de lui. Néanmoins, d'après ses recherches, Steele était un expert brillant qui ne reculait devant rien pour boucler ses enquêtes. S'il avait des secrets ou une autre identité avec un nom normal, Palmer ne les avait pas encore découverts.

En attendant, il pouvait juste espérer que Steele découvrirait qui avait incendié la maison des parents de Louisa, comme il était chargé de le faire, sans trop s'approcher d'Anna au cours de l'enquête.

Ils arrivèrent dans un joli quartier assez proche de l'hôpital. D'après ses recherches, Janice Menard avait pris sa retraite deux ans plus tôt. Il n'avait trouvé aucune information sur son mari et se promettait d'approfondir le sujet plus tard si nécessaire.

Il s'arrêta devant une maison charmante et bien entretenue. Des guirlandes lumineuses étaient enroulées autour des piliers du porche et des bonshommes de neige avaient été appliqués au pochoir sur les vitres.

Après avoir coupé le contact, il observa Louisa. Il se disait que le petit déjeuner lui avait offert une distraction, mais il savait que l'effet ne durerait pas. Il la trouva pâle et elle regardait la maison comme si elle espérait que toutes les réponses s'y cachaient.

Elle voulait découvrir la vérité, même si celle-ci l'effrayait. S'il y avait bien une émotion compliquée qu'il comprenait, c'était celle-là. Bien sûr, il aurait aimé savoir ce qui était arrivé à ses parents. Mais il savait que la réponse ne pouvait pas être réconfortante, surtout après tant d'années.

— On va commencer par lui poser quelques questions et on verra où ça nous mène, lui dit-il. Laisse-moi faire, de préférence, mais si tu penses à quelque chose qui te paraît important, tu peux intervenir.

Elle hocha la tête et soupira sans le regarder.

— Lou...

Quand elle tourna enfin la tête, il lui caressa doucement la joue.

— Il est normal que cette situation horrible te perturbe, mais je te promets qu'on tirera tout ça au clair, d'une manière ou d'une autre, reprit-il. Que ce soit cette histoire de bébé volé ou d'incendie.

— Merci, répondit-elle, même si elle ne semblait guère réconfortée.

Le cœur serré, il sortit du pick-up et en fit le tour pour prendre la main de Louisa. Il ne la lâcha qu'au moment de frapper à la porte, parce qu'il voulait renvoyer une image professionnelle à l'ancienne infirmière.

Quelques secondes plus tard, ils entendirent des pas et une sexagénaire leur ouvrit la porte avec un sourire poli et un regard inquiet.

— Bonjour. Puis-je vous aider ?

— Bonjour, madame. Je m'appelle Palmer Hudson. Je travaille pour Hudson Investigations.

Il lui tendit l'une des cartes que Mary avait fait imprimer pour accroître leur « légitimité » quand ils interrogeaient les gens. Il s'en servait rarement, mais cela aiderait peut-être à rassurer l'infirmière.

Celle-ci examina la carte un moment avant de lui demander :

— De quoi s'agit-il ?

— J'enquête sur une vieille affaire, lui expliqua-t-il. J'interroge le personnel médical qui a travaillé à l'hôpital Sainte-Mary dans les années 1990 et 2000. C'est votre cas, il me semble ?

— Je ne vois pas en quoi je pourrais vous être utile, répondit Janice Menard. Je n'ai jamais travaillé qu'à la maternité.

— Nous avons juste quelques questions à vous poser. Si vous ne pouvez pas y répondre, tant pis. On aimerait savoir si vous avez été confrontée à une situation inhabituelle, comme un nouveau-né qui aurait été confié à des gens qui n'étaient pas ses parents biologiques.

— J'ai été infirmière pendant plus de trente ans, alors tout s'embrouille un peu, mais je me souviendrais d'un cas de ce genre, non ?

Palmer acquiesça.

— Effectivement, mais vous n'étiez peut-être pas directement concernée. Est-il possible que quelqu'un vous ait parlé d'une histoire semblable ?

La vieille dame parut y réfléchir un moment.

— Maintenant que vous le dites… Je ne sais pas si c'est ce que vous cherchez, mais j'ai entendu des rumeurs au sujet d'un nouveau-né. C'était censé être un secret. Comme l'infirmière qui a participé à l'accouchement était une amie, elle m'a dit qu'elle s'était retrouvée dans une situation bizarre. Sans me donner de détails.

Palmer jeta un coup d'œil discret à Louisa, qui avait encore pâli.

— Vous rappelez-vous le nom de cette collègue ? demanda-t-il à Janice.

— Bien sûr ! Birdie. Birdie Williams. On était très proches, à l'époque, et on est restées en contact. Voulez-vous son adresse ?

— Ça nous serait bien utile, madame Menard. Je vous remercie.

— Je reviens.

La vieille dame disparut à l'intérieur en laissant la porte entrouverte.

— Ça ne veut encore rien dire, chuchota Palmer à Louisa en lui prenant la main. Ce n'est qu'une piste. Ça ne nous mènera peut-être nulle part.

Louisa hocha la tête. Il était évident qu'elle tirait déjà des conclusions. Malheureusement, Palmer avait traité suffisamment d'affaires pour savoir que cette piste les mènerait sûrement dans une impasse.

Janice revint avec un morceau de papier.

— C'est un peu à l'écart, sur la départementale 2, dit-elle en le lui tendant. J'espère que ça vous aidera à trouver ce que vous cherchez.

— Merci, madame Menard. C'est très gentil à vous. Et si quelque chose vous revient, appelez-moi. Mon numéro est sur la carte.

— Bien sûr.

— Encore une question, si vous voulez bien, madame Menard, ajouta Palmer alors que Janice s'apprêtait à fermer la porte.

— Oui, laquelle ?

Janice souriait toujours, mais Palmer eut l'impression que quelque chose clochait dans son attitude sans comprendre quoi.

— Qu'est-ce qui vous a amenée à Hardy ? Vous êtes l'une des rares infirmières de ma liste à ne pas être originaire du Wyoming.

Le sourire de Janice s'élargit.

— Ma famille, répondit-elle.

Lorsque Louisa repartit vers le pick-up, elle se sentait engourdie et le froid n'y était pour rien. L'information qu'ils avaient obtenue ressemblait à une piste et… elle ne voulait pas de piste. Elle voulait rentrer chez elle et enfouir sa tête dans le sable.

Sauf qu'elle n'avait plus de chez-elle et qu'il se produirait peut-être des choses plus graves si elle ne découvrait pas pourquoi quelqu'un avait mis le feu à leur maison.

Ils remontèrent en voiture. Palmer démarra et conduisit d'une seule main pour pouvoir tenir la sienne de l'autre.

— On doit y aller pas à pas, dit-il en pressant gentiment ses doigts.

Elle déglutit péniblement avant de répondre :

— Je sais.

Elle s'aperçut vite qu'il était plus tendu qu'après le petit déjeuner. Il regardait constamment dans le rétroviseur, comme s'il s'attendait à ce qu'ils soient suivis.

— Qu'est-ce qui te tracasse ? demanda-t-elle alors qu'il s'engageait sur un sentier gravillonné.

— Quand j'ai fait des recherches sur Janice Menard, je ne lui ai trouvé aucune famille dans la région, répondit-il. C'est pour ça que j'ai posé cette question.

— Des parents plus lointains, peut-être ?

— Peut-être. Ou la famille de son mari. J'ai juste l'impression... Peux-tu essayer de trouver une photo de la maison où elle nous envoie ?

Le cœur de Louisa manqua un battement.

— Tu crois qu'elle nous a menti ?

— Je ne sais pas. J'ai un mauvais pressentiment.

Elle sortit son téléphone de sa poche et rechercha l'adresse que Janice Menard leur avait donnée, alors que Palmer quittait la voie gravillonnée pour s'engager sur un chemin de terre. Elle commençait à s'inquiéter aussi. Ils étaient loin du centre de Hardy et arrivaient dans une zone franchement déserte.

Néanmoins, elle trouva une photo de la maison qu'ils cherchaient.

— Ça ressemble à un vieux ranch, dit-elle à Palmer. Il a l'air un peu délabré, mais il a été construit en 1920 apparemment. Ce n'est donc pas très surprenant – surtout si c'est un vieux couple qui l'habite.

— Birdie Williams était sur ma liste, donc Janice ne l'a pas inventée. Je relirai mes notes, mais je crois me souvenir qu'elle a pris sa retraite il y a cinq ans, quand son mari est mort. À moins qu'elle n'ait accueilli un membre de sa famille, elle vit seule.

Elle l'observa quelques instants.

— Tu n'as pas besoin de relire tes notes, n'est-ce pas ? dit-elle.

— Pardon ?

— Tu as tout mémorisé. Je ne comprends pas pourquoi tu te donnes tant de mal pour que les gens te sous-estiment, Palmer.

Et elle ne savait pas pourquoi elle mettait ce sujet sur le tapis maintenant.

Il avait accepté de l'aider. Elle ne tenait le coup que grâce à lui depuis plusieurs jours. Alors, pourquoi faisait-il semblant d'être moins compétent qu'il ne l'était ? Cela n'avait aucun sens.

Elle l'aimait – différemment de la façon dont elle l'aimait à treize ans. Ses sentiments étaient plus profonds, parce que c'étaient ceux d'une adulte et qu'elle comprenait aujourd'hui bien mieux Palmer qu'à l'époque.

Mais elle ne comprenait pas ce trait de caractère.

— Tu ne comprends pas parce que tu n'as pas de grands frères, répondit-il en souriant. Surtout des grands frères qui sont des shérifs et des héros de guerre.

Elle fronça les sourcils.

— Alors, au lieu d'être fier d'eux et d'avoir confiance en toi, tu éprouves le besoin d'être le clown de la famille ?

Les hommes étaient vraiment exaspérants.

— Il faudrait que tu aies des grands frères pour comprendre, répéta-t-il en ralentissant encore, parce que le chemin était de plus en plus mal entretenu. Mais je vois ce que tu veux dire et tu as raison. Je suis fier d'eux, je ne regrette pas mes choix et je n'ai pas de bonne raison de jouer les clowns. C'est juste une vieille habitude. Hudson Investigations est une machine bien huilée, dans laquelle on a tous un rôle bien précis.

— Je ne crois pas que le fait d'être réellement toi mettra en péril l'entreprise de ta famille, tu sais.

Il pouffa.

— D'après ce que j'entends dire, mon ego n'a pas besoin d'être encouragé.

— Ça dépend de l'ego dont on parle.

Elle renonça à développer. C'était juste qu'elle appréciait ce qu'il faisait pour elle et elle aurait aimé qu'il obtienne la reconnaissance qu'il méritait.

Palmer s'arrêta et siffla.

— Quelqu'un se trompe, dit-il. Soit c'est le GPS, soit c'est Mme Menard.

Ils se trouvaient à une vingtaine de mètres d'une maison en ruine.

— C'est bien la maison de la photo, mais la photo doit dater, répondit Louisa.

Cette maison était abandonnée. Il fallait l'espérer, du moins, parce que son toit s'effondrait, les vitres étaient brisées et les gouttières arrachées. La grange qui se trouvait à côté était encore plus délabrée.

— Regarde ça, dit Palmer en lui montrant le côté de la maison. Des traces de pas et de motoneiges. Même si cette maison a l'air abandonnée, quelqu'un y est venu récemment.

Elle voulait des réponses, mais...

— Ça ne me plaît pas du tout, Palmer.

— À moi non plus. Allons-nous-en. J'approfondirai mes recherches sur Birdie Williams.

Elle acquiesça. Ce n'étaient pas les ranchs en ruine qui manquaient dans la région, mais cette bâtisse lui semblait particulièrement sinistre.

Alors que Palmer commençait à faire demi-tour, elle aperçut un mouvement dans la maison.

Un instant plus tard, Palmer la força à se baisser en même temps qu'ils entendaient une explosion tout près d'eux.

14

Il n'y avait eu qu'un tir.

— Ne te redresse pas. Je vais essayer de nous sortir de là, dit Palmer à Louisa.

— Mais...

— Surtout ne bouge pas ! la coupa-t-il. Appelle la police. Envoie un texto à ma famille. Tout ce que tu peux faire depuis ton téléphone en restant à couvert.

Il se redressa légèrement, juste assez pour voir le rétroviseur latéral, et passa la marche arrière.

— Je ne capte pas, dit Louisa.

— Évidemment, grommela-t-il.

Il recula lentement en s'attendant à ce qu'on leur tire dessus une nouvelle fois. Cela ne se produisit pas, mais il comprit deux secondes plus tard que ce n'était pas le pire des scénarios.

Une odeur d'essence flottait dans l'air.

Il mit le pick-up au point mort.

— On doit sortir de là ! s'écria-t-il.

Il s'empressa de détacher la ceinture de Louisa sans plus se soucier du tireur. Si la première balle avait fait les dégâts qu'il craignait, le pick-up pouvait exploser d'un instant à l'autre.

Louisa se laissa faire lorsqu'il la tira vers lui pour l'entraîner hors du pick-up.

— On court ! dit-il dès qu'ils furent dehors.

Il prit sa main et la força à zigzaguer, au cas où le tireur serait encore en embuscade.

Le pick-up explosa derrière eux au moment où il entraînait Louisa derrière une congère. Si celle-ci ne pouvait pas les protéger des balles, elle les rendait au moins invisibles de la maison et de la grange.

— Quelqu'un a vraiment quelque chose contre mon pick-up, grommela-t-il en jetant un coup d'œil à son véhicule en flammes.

— Palmer...

— Ça va aller, promit-il.

Il ne savait absolument pas ce qui se passait, mais il ferait tout ce qui était en son pouvoir pour qu'il n'arrive rien à Louisa.

— Je sais que tu vas avoir envie de protester, mais il faut que tu fasses exactement ce que je dis, ajouta-t-il.

Voyant où il voulait en venir, elle répondit d'un ton ferme :

— Je ne m'éloignerai pas de toi.

C'était pourtant la seule solution.

— Je peux gérer cette situation, Lou, lui assura-t-il. Mais il nous faut trouver du réseau pour appeler des renforts. Cours vers la route. Tu devrais pouvoir passer un coup de fil assez rapidement.

— Tu serais capable de me laisser toute seule, toi ?

Il eut envie de s'arracher les cheveux.

— On n'a pas le temps de se disputer. On nous tire dessus et il faut que quelqu'un appelle des renforts. Ce que je serais capable de faire n'a aucune importance. C'est ce que tu dois faire dans la situation où on est qui importe.

— Palmer, regarde !

Il jeta un coup d'œil par-dessus la congère. Un homme armé s'approchait d'eux.

Se réjouissant d'avoir pris la précaution de mettre son arme à sa ceinture en quittant la maison ce matin, Palmer dégaina.

— Vas-y tout de suite, Louisa, insista-t-il sans quitter l'homme des yeux. Cours en zigzaguant. Mets-toi à couvert dès que tu as du réseau. Appelle des renforts. Montre que tu es maligne, s'il te plaît. Si tu entends des coups de feu, cours encore plus vite.

— D'accord, concéda-t-elle. Mais je reviens dès que j'ai réussi à joindre quelqu'un.

Il n'avait pas le temps de la convaincre du contraire. L'homme se trouvait quelque part derrière son pick-up en flammes.

— Vas-y ! ordonna Palmer en surveillant les deux côtés du véhicule.

Louisa partit enfin. Il entendit ses pas s'éloigner dans la neige. Elle était intelligente et débrouillarde. Elle réussirait. Et il espéra de tout son cœur que la personne qu'elle appellerait aurait la présence d'esprit de lui dire de rester à couvert.

Comme après quelques secondes l'homme n'était toujours pas réapparu, Palmer prit le risque de jeter un coup d'œil par-dessus son épaule et vit Louisa se cacher derrière un tronc d'arbre.

Dieu merci !

Il se mit à ramper le long de la congère dans l'espoir de prendre le tireur par surprise. Malheureusement, celui-ci le repéra à l'instant où lui-même apercevait l'homme.

— Vous aviez besoin de détruire mon pick-up ? s'écria-t-il sans s'attendre à une réponse.

Il était maintenant sûr d'une chose : ce traquenard avait forcément un lien avec les recherches de Louisa, puisque c'était Janice Menard qui les avait envoyés là.

Il se remit à ramper pour changer de position une nouvelle fois. Il détestait l'idée de tirer sur quelqu'un avant de lui poser des questions, mais cet homme n'avait pas eu ce genre de scrupules.

— Et si on discutait calmement de tout ça ? lança-t-il encore.

Pas de réponse.

Il songea à évoquer l'incendie de la maison de Louisa, puis y renonça.

Louisa n'avait pas vraiment compris pourquoi il jouait les idiots. Elle avait raison de penser qu'il portait un masque pour se protéger au sein de sa famille. Mais ce n'était pas la seule raison. C'était aussi une stratégie parfaitement délibérée, car l'expérience lui avait appris qu'il était souvent utile d'être sous-estimé.

— Je n'ai pas envie de vous tirer dessus ! cria-t-il à l'homme. Mais j'ai aussi l'intention de fêter le prochain Noël, alors je n'aurai pas le choix si vous continuez à avancer.

Palmer fut surpris de voir l'homme s'arrêter. Ils restèrent tous deux immobiles pendant de longues secondes. Alors que Palmer hésitait à tirer, le téléphone de l'homme tinta. Celui-ci toucha ce qui devait être une oreillette. Peu après, il la toucha une deuxième fois.

Presque au même instant, Palmer entendit un son étrange qui ressemblait un peu à un cri.

— Mauvaise nouvelle, mon pote. On n'a plus besoin de toi, dit l'homme avant de faire feu.

Louisa courait en zigzag en comptant dans sa tête pour se cacher derrière un arbre toutes les trente secondes et vérifier son téléphone. Quitter Palmer avait été horrible, mais elle connaissait sa force et son intelligence. Elle devait lui faire confiance.

S'il lui arrivait quoi que ce soit, elle serait la seule responsable. Il était évident que tout était lié à elle. Si elle avait ignoré le message de Kyla Brown, personne ne serait en danger à l'heure actuelle.

Ses poumons étaient en feu et elle avait un point de côté, mais elle continua à courir. Quand son téléphone lui indiqua qu'il captait enfin du réseau, elle faillit pleurer de soulagement. Elle s'arrêta pour se cacher derrière un arbre.

Elle avait envie d'appeler Anna ou Jack, mais le mieux à faire était de contacter la police du comté de Bent, qui répondrait à coup sûr. Elle composa le numéro et ferma les yeux.

— Bonjour. Police du comté de Bent. Que puis-je faire pour vous ?

— On a besoin d'aide ! répondit Louisa avant de débiter l'adresse à toute vitesse. Envoyez des agents tout de suite. Quelqu'un nous tire dessus !

— Du calme, madame, lui enjoignit la standardiste. Donnez-moi des détails.

— Je ne peux rien vous dire d'autre. Un homme nous tire dessus !

— Très bien. Veuillez rester en ligne.

Elle ne pouvait pas raccrocher, mais elle ne pouvait pas non plus rester là. Elle devait rejoindre Palmer au plus vite. Elle décida de laisser son portable au pied de l'arbre, ce qui permettrait à la police de le localiser. Après tout, Palmer avait toujours le sien, s'ils avaient besoin de téléphoner.

Elle s'élança vers la maison, guidée par la fumée du pick-up incendié. Elle finit par repérer Palmer, toujours couché derrière la congère. Elle était encore si loin !

Elle arrêta de zigzaguer. Elle devait le rejoindre le plus vite possible pour...

Pour faire quoi ? se demanda-t-elle subitement. C'était lui qui était armé. Espérait-elle vraiment le sauver ? Le plus probable était qu'ils se fassent tuer tous les deux à cause d'elle.

Elle s'immobilisa. Le tireur, qui ne regardait pas dans sa direction, ne l'avait sans doute pas encore repérée. Avait-elle une chance de le surprendre si elle faisait une boucle et l'attaquait par-derrière ?

Elle n'entendait que sa respiration saccadée et les hurlements du vent. Elle devait d'abord reprendre son souffle pour pouvoir s'approcher discrètement.

Alors qu'elle inspirait profondément en essayant de repérer la meilleure trajectoire, quelqu'un l'attrapa par-derrière.

Une main lui couvrit la bouche, étouffant son cri. Elle se débattit furieusement, mais la personne qui la tenait était plus forte qu'elle. Malgré tous ses efforts, elle se retrouva traînée en arrière, puis elle sentit qu'on lui mettait quelque chose sur la tête.

Il n'y avait plus de main sur sa bouche et elle put crier à pleins poumons cette fois, tout en continuant à se débattre. Mais elle éprouvait de plus en plus de mal à respirer à cause de la cagoule qu'on lui avait enfilée sur la tête, et ses hurlements ne faisaient que rendre sa respiration plus difficile.

Elle devait arrêter de paniquer…

Elle se rendit compte que quelqu'un était en train de l'entraîner ailleurs et décida de se laisser tomber de tout son poids. Son agresseur surpris lâcha prise aussitôt. Elle roula sur le côté, se leva d'un bond et commença à distribuer des coups de poing à l'aveuglette. Après quelques secondes de combat acharné, elle sentit qu'on la soulevait du sol.

Ils étaient au moins deux, l'un tenait ses bras, et l'autre ses jambes.

Ils finirent par la lâcher, et elle tomba lourdement sur un sol dur. Ils n'étaient plus dehors ? L'avait-il emportée dans la maison ? Dans la grange ?

Une détonation la pétrifia. Était-ce Palmer qui avait tiré ? Ou était-ce l'homme inconnu qui avait tiré sur Palmer ?

Elle attendit une riposte, mais n'entendit que les hurlements du vent, puis le bruit d'une portière coulissante qu'on fermait.

Quelqu'un lui tira brutalement les bras dans le dos, tandis qu'elle s'efforçait d'étouffer ses sanglots. Qu'était-il arrivé à Palmer ?

On lui attacha rapidement les mains et les pieds. Quand le sol se mit à trembler, elle comprit qu'elle n'était ni dans la maison, ni dans la grange, mais dans une sorte de van.

Une nouvelle fois, elle lutta contre la panique et tâcha de calmer sa respiration pour ne pas suffoquer à cause de la cagoule.

Elle ne pouvait pas s'échapper d'un véhicule en mouvement. Elle devait réfléchir.

Les renforts étaient en route, puisqu'elle avait appelé la police. C'était une situation terrifiante, bien sûr, mais tout allait bien se finir.

Elle sursauta en entendant un homme déclarer :

— Il n'est pas mort, mais il se sera vidé de son sang avant qu'on le trouve.

Cette fois, elle ne réussit pas à étouffer ses sanglots.

Il ne pouvait parler que d'une personne : Palmer.

15

Palmer n'avait jamais été blessé par balle. Pendant un moment, la surprise et la douleur le pétrifièrent. Il baissa les yeux vers le sang qui s'écoulait de son flanc en se demandant ce qui s'était passé.

Concentre-toi !

Il releva la tête et parvint à soulever son arme pour se défendre, mais l'homme était en train de courir vers la grange. Ou peut-être se dirigeait-il derrière la grange, la position de Palmer ne lui permettait pas de voir suffisamment bien.

Au moins, l'individu ne l'avait pas achevé.

Mais ce n'était peut-être pas nécessaire, songea-t-il après avoir regardé sa blessure une nouvelle fois et vu la quantité de sang qui s'en échappait.

Il comprit qu'il était en état de choc. Et le fait qu'il ne soit pas en train de hurler de douleur ne pouvait pas être bon signe.

Mais Louisa était quelque part dans les bois. Elle avait dû appeler des renforts. Elle allait sûrement revenir, et s'en voudrait de le trouver blessé. Peut-être même se mettrait-elle à pleurer. Il se força à relever la tête pour balayer la forêt enneigée du regard.

Il devait juste attendre un peu. Elle serait bientôt là et tout irait bien.

À moins que ce soit elle qui ait crié... Et le tireur avait reçu un appel, il avait donc des complices. Louisa avait-elle été capturée ? Blessée ? Il ne la voyait pas. Il devrait la voir, non ?

Cette pensée le tira de son engourdissement. Il fallait qu'il sauve Louisa.

Il voulut se lever et faillit s'évanouir. La douleur ne se calmait pas. Il essaya de se convaincre que c'était une bonne chose tandis qu'il luttait pour rester conscient. Son corps n'avait pas abandonné la partie.

Il avait reçu une balle. Il devait réfléchir. Qu'était-il censé faire ?

Sauve Louisa !

Il chassa cette pensée de son esprit. Oui, il la sauverait, mais il devait d'abord éviter de se vider de son sang pour avoir une chance de réussir.

Il devait faire pression sur la blessure. Même si ses pensées étaient encore à peu près cohérentes, perdre autant de sang lui faisait courir un risque.

Comment faire ? Comme il n'avait presque rien sous la main, il retira ses gants, en fit une boule et la pressa contre la blessure.

Il poussa un hurlement plus proche de l'animal que de l'humain, mais il savait qu'il devait appuyer le plus fort possible malgré la douleur.

Il se concentra sur sa respiration et ses efforts pour rester conscient. Il ne devait pas s'évanouir – pas avant d'être sûr que Louisa allait bien.

Quand il crut pouvoir supporter la douleur, il essaya de se lever, mais ses muscles refusèrent de lui obéir.

Bon. Impossible de se lever. Mais il devait bouger, alors il allait ramper.

Il réussit à se mettre à genoux, une main dans la neige pour ne pas tomber, l'autre pressant toujours ses gants contre son flanc.

Pourquoi le tireur était-il parti ? Il l'avait abandonné là pour...

Pour qu'il meure.

Mais il ne se laisserait pas tuer si facilement alors que Louisa était peut-être en danger. Il devait agir.

Il se traîna en direction de la route, mais chaque mouvement était plus difficile que le précédent. L'engourdissement le gagnait et il avait du mal à se concentrer. Il répéta le prénom de Louisa dans sa tête pour ne pas perdre de vue son objectif, qui était plus important que sa douleur et sa peur.

Il finit par percevoir un mouvement du coin de l'œil. Il tourna la tête et vit une voiture de police et une ambulance approcher à vive allure.

La voiture de police s'arrêta en dérapant dans la neige. Jack en jaillit, immédiatement suivi par Chloe Brink, son adjointe.

D'où provenaient les cris qu'il entendait ? Palmer mit un moment à comprendre que c'était la voix de Jack donnant des ordres aux ambulanciers.

Jack s'agenouilla près de lui.

— Que s'est-il passé ? demanda-t-il en prenant ses gants trempés de sang pour appuyer encore plus fort sur sa blessure.

Palmer s'efforça une nouvelle fois de se concentrer. Il y avait trop de choses à expliquer, il devait aller à l'essentiel.

— Je ne sais pas où est Lou, Jack. Elle est partie pour appeler des renforts et elle n'est pas revenue. Il faut absolument la trouver.

Jack jeta un coup d'œil à Chloe qui s'éloigna aussitôt en criant des ordres sans que Palmer comprenne ce qu'elle disait.

— Que s'est-il passé ? répéta Jack après s'être écarté pour laisser les ambulanciers ausculter Palmer et le placer sur une civière.

Palmer fit de son mieux pour tout lui expliquer, de leur visite à Janice Menard jusqu'à l'instant présent. Il était bien obligé de trahir la promesse qu'il avait faite à Louisa puisqu'elle était vraisemblablement en danger.

Il comprit vite à l'expression agacée de Jack que ses explications n'étaient pas très cohérentes.

— Demande à Anna de fouiller les fichiers de mon ordinateur, dit-il. Elle trouvera les détails. Janice Menard. Janice et... Où est Louisa, Jack ?

Si elle n'était pas blessée, elle aurait dû s'approcher en voyant la voiture de police et l'ambulance. Elle devrait être là. Mais ce n'était pas le cas.

Jack ne répondit rien.

— Où est Louisa ? hurla Palmer alors qu'on l'installait dans l'ambulance.

— On va la trouver, répondit Jack juste avant que les ambulanciers ferment les portières.

Palmer se retrouva seul, continuant à lutter pour rester conscient. Il devait aider...

Ce fut sa dernière pensée avant que les ténèbres l'engloutissent.

Louisa avait cessé de se débattre. À quoi bon, puisqu'elle était ligotée, une cagoule lui couvrant le visage, enfermée dans un véhicule qui roulait vers une destination inconnue ?

Elle devait se montrer maligne. Elle devait écouter ce qui se passait autour d'elle et concevoir un plan.

Le tireur pensait que Palmer allait se vider de son sang, mais elle ne devait pas laisser cette idée la paralyser. Elle avait appelé des renforts. Quelqu'un aiderait Palmer. Il serait soigné, puis il la trouverait.

Elle devait le croire.

En attendant, elle ferait tout pour rester en vie et essayer de comprendre ce qui se passait. Quand Palmer viendrait la secourir, ils pourraient ensemble mettre un terme à cette histoire de fous.

Elle ne pouvait pas croire que Jack, le grand frère si exceptionnel, ne sauve pas Palmer.

Elle pleurait par intermittence. Elle arrivait à se calmer par moments, puis les larmes revenaient. Elle devait se ressaisir. Elle aurait encore plus de mal à respirer si elle détrempait la cagoule.

Elle avait l'impression qu'ils roulaient depuis des heures. Personne n'avait rien dit depuis que l'homme avait annoncé que Palmer allait se vider de son sang. Elle essaya de se remémorer son physique. Il était de taille et de corpulence moyennes. Il n'avait rien de remarquable, en dehors du fait qu'il arborait une barbe poivre et sel. Ce n'était donc pas un jeune homme. Il portait un manteau et un bonnet noirs, et un pantalon de treillis.

Quand elle serait tirée d'affaire, elle s'assurerait que tous ceux qui étaient partie prenante dans cette histoire le paient. Elle devait mémoriser le plus de détails possible pour les rapporter à la police.

Elle essaya de déterminer le nombre de personnes impliquées jusqu'ici.

L'homme qui avait tiré sur Palmer se trouvait à l'arrière du véhicule avec elle. Il y avait quelqu'un d'autre au volant. Et puisque deux personnes l'avaient soulevée, ils étaient au moins trois.

Et Janice Menard, qui leur avait donné l'adresse, savait forcément que c'était un piège. Elle était dans le coup, elle aussi.

Y avait-il d'autres complices ? Que voulaient tous ces gens ?

Il y avait nécessairement un lien avec les messages de Kyla Brown. C'était la seule explication logique. Elle se retrouvait mêlée à une affaire bien plus grave qu'elle ne l'avait cru.

Elle se répéta en boucle les informations dont elle disposait pour s'empêcher de paniquer et de penser à la blessure de Palmer.

Elle avait complètement perdu la notion du temps quand le véhicule s'arrêta. Les portières s'ouvrirent sans que ses ravisseurs disent un mot.

On lui détacha les jambes, puis deux personnes tirèrent sur ses bras pour la faire descendre du van.

— Avance ! ordonna le tireur.

Elle hésita. Même si elle était terrifiée, elle détestait qu'on lui donne des ordres. Elle n'eut pas de loisir de réfléchir bien longtemps. L'homme serra son bras si fort qu'elle poussa un cri de douleur.

— Je t'ai dit d'avancer !

Elle se laissa entraîner. La cagoule l'étouffait de plus en plus, au point qu'elle craignit de s'évanouir. Elle devait rester consciente.

Elle devait mémoriser chaque détail pour faire payer ces gens.

Finalement, on la força à s'asseoir sur une chaise et elle sentit qu'on attachait ses bras au dossier.

Elle se retint difficilement de pleurer et se concentra sur sa respiration pour lutter contre la panique. Elle ne survivrait pas si elle paniquait.

Elle devait réfléchir.

Quelqu'un lui retira alors brusquement la cagoule. Même si la pièce où elle se tenait n'était pas très éclairée, elle dut cligner des yeux plusieurs fois pour voir clair après être restée dans le noir si longtemps.

Elle se trouvait dans une sorte de cave ou de cellier. Le sol était en terre battue et les murs en pierre. C'était visiblement un vieux bâtiment, qui avait été converti en une sorte d'abri.

Il y avait trois personnes autour d'elle. D'abord, l'homme qui avait tiré sur Palmer. Elle ne s'était pas trompée : sa barbe commençait à grisonner. Il avait des yeux marron foncé, une cicatrice sur la joue et un bout de tatouage dépassait de son col.

Elle reporta son attention sur les deux autres personnes – deux jeunes femmes.

L'une d'elles portait un jean, un sweat-shirt à capuche, des tennis et un bonnet qui cachait ses cheveux. Elle avait les yeux bleus. Elle aurait presque semblé inoffensive à Louisa sans l'arme qu'elle braquait sur elle.

L'autre jeune femme lui disait quelque chose. Elle ressemblait à Louisa. Elles avaient les mêmes cheveux noirs, les mêmes taches de rousseur. Ses yeux n'étaient pas verts mais noisette, pourtant...

Louisa la reconnut subitement.

— Kyla ?

C'était la femme qui avait déclenché ce cauchemar en lui écrivant.

Kyla lui sourit.

— Salut, frangine, dit-elle comme si elles se voyaient en ville pour prendre un café. Je suis ravie de te rencontrer en personne.

Louisa déglutit péniblement.

— Que se passe-t-il ?

Kyla se tenait près d'une petite fenêtre. Elle portait des vêtements noirs qui faisaient vaguement penser à un treillis militaire. Elle regardait par la fenêtre ce qui semblait être un vaste paysage enneigé.

— C'est une question intéressante, répondit-elle comme si elles avaient une conversation tout à fait normale, où il n'était pas question d'enlèvement ni de tentative de meurtre.

Tentative, parce que Palmer était forcément encore en vie. Elle ne pouvait pas croire le contraire.

— Ces maudites tempêtes de neige m'ont fait perdre beaucoup

de temps, grommela-t-elle. Comme si ça ne suffisait pas, il a fallu que vous vous mettiez à fouiner, ton petit copain et toi.

Elle soupira avant d'ajouter :

— Tant pis. Ce sera un beau cadeau de Noël.

Louisa aurait aimé croire que la situation pouvait s'arranger, mais l'attitude de Kyla lui semblait plus qu'inquiétante.

— Qu'est-ce qui sera un beau cadeau de Noël ? demanda-t-elle.

— Toi, bien sûr.

Kyla se détourna finalement de la fenêtre avec un sourire aimable qui donna la nausée à Louisa.

— Il est temps que tout le monde paie, dit-elle. Et tu es la clé.

16

Palmer se réveilla dans un lit d'hôpital. Il comprit tout de suite qu'on lui avait administré des analgésiques, parce que ses pensées ne s'assemblaient pas comme elles l'auraient dû. Il savait qu'il devait faire quelque chose de toute urgence, mais de quoi s'agissait-il ?

Il regarda autour de lui. Il eut un instant l'impression que la femme assise près du lit était sa mère. La joie l'envahit... puis son cœur se brisa.

— Mary ?

Elle releva vivement la tête, comme si elle s'était assoupie, bondit immédiatement et s'approcha de lui.

— Tu t'es mis dans un sacré pétrin, dit-elle d'une voix rauque en lui caressant la joue.

— Je ne me souviens pas...

La mémoire lui revint subitement. Il avait reçu une balle. Il se rappelait parfaitement où il était et ce qu'il faisait quand cela s'était produit. Il essaya de s'asseoir.

— Lou ? s'écria-t-il.

Mary le força à se rallonger.

— Tu dois te reposer, dit-elle. Tu t'es fait tirer dessus. Tu as perdu beaucoup de sang. Heureusement, la balle n'a touché aucun organe. Les médecins pensent que tu pourras sortir demain, mais tu dois te ménager.

Elle n'avait pas répondu à la seule question qu'il jugeait importante.

— Mary, où est Louisa ? demanda-t-il en la regardant droit dans les yeux.

Mary inspira et essaya de sourire, mais il connaissait bien sa sœur. Elle n'avait que de mauvaises nouvelles à lui donner.

— On la cherche toujours, répondit-elle d'un ton qui se voulait apaisant mais qui échoua totalement à le rassurer. Tout le monde la cherche. Jack, Grant, Cash, Anna. Ils vont la trouver.

— Je suis resté inconscient combien de temps ? voulut-il savoir.

— Ils ont la situation en main, je t'assure. Même si les médecins pensent que tu pourras sortir demain, ta blessure n'était pas une égratignure. Tu auras besoin d'une longue période de convalescence. Tu dois te reposer et...

— Si tu penses que je vais me reposer alors que tu esquives toutes mes questions, tu n'es pas aussi intelligente que tout le monde le croit, la coupa-t-il. Depuis combien de temps Louisa a-t-elle disparu ?

Il chercha une horloge des yeux, mais il n'y en avait pas dans la chambre. Même si son esprit était encore un peu embrumé, il se souvenait très bien qu'il s'était fait tirer dessus en fin de matinée. Quelle heure pouvait-il être, à présent ?

— Bon sang, Mary, combien de temps ?

— Douze heures.

Elle soupira quand il essaya une nouvelle fois de s'asseoir sans y parvenir.

— On a extrait une balle de ton abdomen et tu es sous perfusion, dit-elle. Arrête de vouloir jouer les héros, et sois rationnel.

— Que je sois rationnel ? Si elle a disparu depuis douze

heures, c'est qu'elle a été enlevée. Elle ne s'est pas perdue. Elle pourrait être blessée ! Elle pourrait...

— Inutile de penser à ce qui pourrait s'être passé, répondit Mary sans réussir à se montrer aussi autoritaire que d'habitude. Concentrons-nous sur les faits. Les faits, c'est que Jack, ses adjoints, la police du comté de Bent et la moitié des habitants de Sunrise la cherchent.

Les faits. La disparition de Louisa était un *fait*. Elle avait besoin d'aide, sinon elle serait déjà rentrée. Si elle n'était pas rentrée, c'était parce qu'elle...

Mary posa sa main sur la sienne.

— Quand on ressasse les possibilités, on finit par craquer, dit-elle. Tu ne peux pas te permettre de craquer. Tu dois te reposer pour guérir et laisser agir tous ceux qui sont en mesure de la chercher. D'accord ?

— Comment peux-tu t'attendre à ce que je reste couché là ? Je sais ce qui s'est passé. J'étais avec elle.

— Et c'est comme ça que tu as reçu une balle, répondit Mary, les larmes aux yeux. Tu ne seras utile à personne si tu meurs. Et tu *serais* mort si Louisa n'avait pas appelé les secours. Je ne sais pas pourquoi Grant et toi avez décidé de devenir des aimants à balles cette année, mais ça doit cesser au plus vite.

Les larmes de sa sœur lui fendirent le cœur. Même s'il savait que Louisa était retenue captive, et qu'elle était peut-être blessée, il essaya de sourire.

— On a le cuir épais. Je m'en sortirai.

— Mais tu aurais pu ne pas t'en sortir.

— Je croyais qu'il ne fallait pas ressasser les possibilités, répliqua-t-il en pressant les doigts de Mary. Tu dois m'aider à sortir d'ici. Je ne peux pas rester sans rien faire. Je dois la retrouver.

— Tu crois que Jack et Anna prendront un moment de répit tant qu'ils ne l'auront pas trouvée ? Il est dans l'intérêt de Louisa que tu te reposes. Que tu fonces dehors et que tu t'évanouisses parce que tu as perdu trop de sang n'aidera personne. Alors, tu vas me faire le plaisir de te tenir tranquille.

Il ouvrit la bouche pour protester, mais la referma quand une larme roula sur la joue de Mary. Il ne pouvait pas lui mettre la pression alors qu'elle était dans cet état. Mary ne pleurait jamais. Même quand ils étaient enfants, elle avait toujours essayé de ne pas flancher face à l'adversité.

— D'accord, dit-il pour qu'elle arrête de pleurer.

Il n'avait aucune intention de lui obéir. Il devait juste trouver une tactique moins frontale.

— Et si tu rentrais ? suggéra-t-il. Toi aussi, tu as besoin de te reposer.

— Tu me prends pour une idiote ?

— Tu comptes passer la nuit ici ? Sur cette chaise ? Je suis sûr que je peux charmer une infirmière et la convaincre de prendre soin de moi.

— Je suis sûre que tu peux charmer une infirmière et la convaincre de n'importe quoi. C'est pour ça que je vais rester.

Il réprima un soupir. Ce ne serait pas facile, mais, d'une manière ou d'une autre, il allait sortir de cet hôpital et retrouver Louisa.

Louisa ne se rappelait pas avoir jamais eu aussi froid. Ses ravisseurs avaient allumé un feu de camp devant la porte restée ouverte et allaient s'y réchauffer à tour de rôle. À l'intérieur, ils avaient placé des lanternes qui permettaient d'y voir clair, mais qui ne produisaient absolument aucune chaleur. Louisa grelottait et ne sentait plus ses mains ni ses pieds.

Comme personne ne parlait autour d'elle, elle ne savait toujours pas ce qui se tramait. Quand ses ravisseurs se parlaient à l'extérieur, les sons étaient trop étouffés pour qu'elle comprenne ce qu'ils disaient.

Ils étaient très prudents. C'était frustrant et terrifiant. Ils avaient clairement bien préparé leur coup, ce qui réduisait ses chances de s'enfuir.

Il fallait pourtant qu'elle essaie. Elle était sûre que quelqu'un allait tôt ou tard venir à son secours. Mais il y aurait moins de risques que quelqu'un soit blessé au cours de l'intervention si elle réussissait à échapper au trio.

Elle regarda Kyla, qui était toujours postée à la fenêtre alors qu'il faisait nuit noire. Elle semblait capable de rester là pendant des heures sans bouger.

— Kyla ?

Quand la jeune femme tourna la tête vers elle, Louisa essaya de lui sourire.

— Peux-tu me dire ce qui est arrivé à mon ami, s'il te plaît ? demanda-t-elle.

Kyla haussa les épaules et se remit à regarder dehors.

— Ça n'a aucune importance.

— Ça en a à mes yeux, insista Louisa. J'ai besoin de savoir.

— Si tu continues comme ça, tu finiras comme elle, répondit Kyla.

— Comme qui ?

— Notre mère, dit Kyla en se retournant pour l'observer. Je suis désolée de te l'apprendre, mais elle ne s'est jamais souciée que des hommes. Elle a trompé mon père et c'est comme ça que tu es née. Voilà pourquoi...

Elle laissa sa phrase en suspens et s'approcha de Louisa, qui se raidit instinctivement.

Kyla s'accroupit devant sa chaise.

— Je sais que tu veux connaître la vérité et j'ai envie de tout te dire, reprit-elle avant de lui offrir un sourire d'une douceur inquiétante. On est sœurs, après tout. Mais je dois être très prudente. J'ai un plan. Si je ne me tiens pas à mon plan, ça va mal tourner.

Louisa s'éclaircit la voix avant de répondre :

— Je ne comprends pas. Je croyais que tu voulais qu'on se rapproche. Je n'ai pas d'autre frère ou sœur, et toi non plus, n'est-ce pas ?

Kyla haussa les épaules.

— Ça dépend de la façon dont on voit les choses. Comme je te l'ai dit, notre mère est un gros problème.

Notre mère.

Louisa essaya de ne pas s'attarder sur cette idée. Ce que Kyla disait n'était pas nécessairement vrai.

Mais elle voyait bien qu'elle ressemblait à cette femme. Non, à cette *fille*. Grâce à ses recherches, elle savait que Kyla n'avait que dix-neuf ans. À quoi jouait-elle, avec ses armes et ses plans ?

— Si tu m'expliquais ton plan, je pourrais peut-être t'aider, suggéra-t-elle.

Kyla se redressa brusquement et ricana.

— Tu me crois aussi bête ?

— Bien sûr que non. Mais tu ne peux pas me garder ici indéfiniment. Je vais mourir de froid.

Kyla retourna près de la fenêtre sans rien dire.

— Kyla ?

Pas de réponse.

Louisa inspira, retint son souffle pendant quelques secondes, puis expira lentement. Elle devait garder les idées claires. Elle ne pouvait pas se permettre de paniquer.

Puisqu'elle était en vie, il y avait de l'espoir. Et Palmer était tiré d'affaire, c'était certain, parce qu'elle avait appelé les secours.

Elle devait trouver un moyen de se sortir de cette situation.

Elle pouvait peut-être jouer sur le fait que Kyla les croyait sœurs. Comment Mary et Anna traiteraient-elles une sœur dans cette situation ? Très différemment. Anna crierait et

Mary essaierait de se montrer persuasive. En tout cas, les deux seraient claires et fermes.

— Si tu ne me donnes pas quelque chose à manger et les moyens de me réchauffer bientôt, je vais y rester, dit-elle. Si c'est ton plan, très bien. Mais si tu veux me garder en vie, tu dois m'aider.

Kyla continua à regarder dehors, parfaitement immobile.

Alors que Louisa cherchait une autre stratégie, Kyla quitta la pièce sans rien lui dire.

Elle revint deux minutes plus tard avec une tasse fumante. Louisa faillit fondre en larmes. Elle avait si faim qu'elle avait vaguement la nausée, mais, surtout, elle était transie. Boire quelque chose de chaud lui donnerait des forces et de l'espoir.

Elle avait désespérément besoin des deux.

— Je vais te détacher pour que tu puisses manger, dit Kyla. Mais comprends bien que je te tuerai si tu tentes quoi que ce soit.

Louisa acquiesça.

— Je n'ai pas envie de le faire, mais personne ne m'empêchera de réaliser mon plan, ajouta Kyla.

— Je comprends, lui assura Louisa.

Kyla posa la tasse par terre et passa derrière Louisa pour détacher ses bras. Ceux-ci étaient restés entravés si longtemps que Louisa faillit crier de douleur lorsqu'elle put enfin les bouger.

Kyla revint devant elle et lui lança d'un ton méprisant :

— Tu vas devoir t'endurcir, frangine. On en a encore pour un moment.

Elle ramassa la tasse et la tendit à Louisa.

Comme elle avait toujours les jambes attachées à la chaise, Louisa savait qu'elle n'avait aucune possibilité de s'enfuir. Et elle était certaine que Kyla l'abattrait, même si elle ne faisait que la suspecter de vouloir lui échapper.

Louisa devait se montrer maligne. La première étape était

de boire cette soupe. Elle commença par se réchauffer les doigts en serrant la tasse plusieurs minutes entre ses doigts.

Cela lui laissa le temps de réfléchir et de s'inquiéter. La soupe semblait parfaitement banale, mais Kyla pouvait avoir mis de la drogue dedans ? Peut-être était-elle empoisonnée ? Était-ce cela, le plan ?

— Je ne vais pas te regarder jusqu'à la fin des temps, grommela Kyla. Quand je sortirai, j'emporterai la tasse, que tu l'aies avalée ou non.

Louisa déglutit péniblement. Si la soupe était empoisonnée... tant pis. Cela valait sans doute mieux que de mourir de froid ou de se faire abattre. Elle porta la tasse à ses lèvres. La soupe avait un goût normal.

Et elle était chaude. Une nouvelle fois, Louisa dut mobiliser toute sa volonté pour ne pas se mettre à sangloter. Elle devait rester forte. Elle but lentement la soupe en essayant de ne penser à rien d'autre.

Quand elle eut terminé, elle tenta de gagner du temps en faisant semblant d'avaler quelques gorgées de plus, parce qu'elle savait que Kyla la rattacherait dès qu'elle aurait fini de boire.

Kyla ne se laissa pas duper très longtemps et voulut récupérer la tasse. Louisa la serra fort entre ses doigts, juste pour gagner quelques instants, tout en ayant conscience qu'elle ne faisait que retarder l'échéance.

Kyla lui arracha la tasse, la posa et entreprit de lui rattacher les bras.

Louisa ne résista pas. À quoi bon ? Kyla l'abattrait si elle tentait quoi que ce soit. Pour une raison incompréhensible, Kyla l'avait enlevée et la maintenait en vie.

— Je vais finir par mourir de froid, si je reste ici sans bouger, dit Louisa pour essayer d'éveiller un minimum de sympathie chez cette femme qui prétendait qu'elles étaient sœurs.

Kyla l'observa longuement sans que Louisa réussisse à

déchiffrer son expression. Mais était-il possible de tirer des conclusions rationnelles, alors que Kyla n'agissait pas rationnellement ?

Finalement, Kyla sortit sans dire un mot. Louisa ferma les yeux et compta ses respirations. Tant qu'elle serait seule, elle pourrait réfléchir à son évasion. Tant qu'elle serait seule, personne ne lui ferait de mal. La solitude était son alliée.

Mais qu'il faisait froid !

Quelques minutes plus tard, Kyla revint avec une couverture, qu'elle plaça délicatement sur elle. Elle l'observa encore un moment, puis secoua la tête avec un air presque triste.

— Je suis désolée que ça se passe comme ça, dit-elle. Mais tout est la faute de notre mère et elle doit le payer. Tu comprends ça, n'est-ce pas ?

Louisa soutint son regard. Elle voulait désespérément comprendre Kyla, même si le comportement de celle-ci était irrationnel.

— J'aimerais, mais il y a encore des choses qui m'échappent, admit-elle.

Kyla posa une main sur son épaule et répondit :

— Ne t'en fais pas. Tu comprendras tout quand ils arriveront. C'est juste dommage que tu doives mourir.

17

Palmer passa la nuit à essayer d'échapper à la vigilance de Mary. À un moment, il réussit à détacher sa perfusion et à atteindre le bout du couloir.

Une infirmière l'arrêta dans sa course et son charme ne lui fut d'aucune utilité, parce que Mary avait mis tout le monde en garde.

L'infirmière menaça d'appeler la sécurité. Palmer n'aurait eu aucun scrupule à se battre contre un agent, mais, ayant du mal à tenir debout, il estima que l'affrontement risquait de ne pas tourner en sa faveur.

L'infirmière le ramena dans sa chambre et remit la perfusion en place. Mary s'était réveillée entre-temps. Elle avait l'air furieuse. Si elle n'avait pas eu son téléphone à l'oreille, elle se serait sans doute mise à crier pendant que l'infirmière auscultait Palmer pour la centième fois.

— Je crois que je viens de prouver que j'étais capable de marcher, dit-il. Et si vous me laissiez sortir ?

— C'est au médecin de prendre cette décision, monsieur Hudson, répondit l'infirmière.

Il lui sourit alors qu'il n'en avait pas envie. Il avait juste envie de cogner quelqu'un, même s'il savait pertinemment qu'il n'en avait pas la force.

Il se tourna vers Mary dès que l'infirmière eut quitté la chambre.

— Du nouveau ? lui demanda-t-il.

Mary pinça les lèvres.

— Ils organisent des battues, répondit-elle en évitant son regard. La police recherche Janice Menard. Cash a prêté le plus de chiens possible.

— Ce qui ne sert pas à grand-chose dans la neige, grommela-t-il.

— C'est vrai, admit Mary, mais tout le monde fait son maximum.

Il savait que c'était le cas. Il savait même que le fait qu'il participe aux recherches ne les aurait pas rendues plus efficaces, mais rester dans cet hôpital était une torture. Il ne s'était pas senti aussi inutile et désemparé depuis la disparition de ses parents.

C'était intolérable.

— Peux-tu au moins m'apporter un ordinateur ? demanda-t-il.

— Non, parce que tu es censé te reposer, lui rappela Mary. Il faut aussi que tu arrêtes de refuser de prendre tes médicaments.

— Je ne souffre pas tant que ça.

Et surtout la douleur physique n'était rien en comparaison de la terreur qui l'étouffait.

Mary lui fit les gros yeux, puis rangea son téléphone dans sa poche.

— Anna va venir prendre ma place, annonça-t-elle. Jack dit qu'elle est à bout de forces et qu'il n'a réussi à la convaincre de quitter la battue qu'en la chargeant de veiller sur toi. Ça veut dire que tu dois te tenir tranquille pour qu'elle puisse se reposer. C'est compris ?

Il n'eut pas le temps de répondre. La porte s'ouvrit et Anna entra dans la chambre. Elle avait les yeux cernés et le même air grave qu'au cours des jours qui avaient suivi la disparition de leurs parents – un air grave qu'une fillette de huit ans n'aurait pas dû avoir.

Mary les regarda à tour de rôle et déclara :

— Je n'ai confiance en aucun de vous deux.

— C'est presque comme si tu nous connaissais, ironisa Palmer en espérant faire sourire Anna.

Ce fut un échec.

— Chérie, tu devrais aller dormir quelques heures, dit Mary à Anna. Je peux rester ici et…

— Si tu dois me remplacer pour les recherches, vas-y tout de suite, la coupa Anna. Ça fait déjà trop longtemps que ça dure.

Mary hocha gravement la tête, se leva et prit Anna dans ses bras.

— Soyez sages, tous les deux. *S'il vous plaît.*

Elle les regarda un moment. Comme ils ne répondaient ni l'un ni l'autre, elle soupira et quitta la pièce.

Elle savait bien qu'ils ne seraient pas sages. Comment auraient-ils pu l'être ? Louisa était en danger et Anna, pas plus que Palmer, n'était du genre à se tourner les pouces dans les situations critiques.

— J'ai fouillé ton ordinateur et Dahlia a examiné toutes tes notes, dit aussitôt Anna. On ne sait toujours pas qui a enlevé Louisa, mais on pense que ça a un lien avec vos recherches des derniers jours.

— Vous avez fait des rapprochements intéressants ?

Anna secoua la tête.

— Non, mais on a quand même prévenu Hawk, puisqu'il enquête sur l'incendie. Aucune piste pour l'instant.

Elle inspira profondément avant de s'écrier :

— Pourquoi ce n'est pas à *moi* que Louisa en a parlé ? Pourquoi n'a-t-elle pas demandé *mon* aide ? Pourquoi s'est-elle tournée vers toi ?

— On pourra en discuter dès que tu m'auras fait sortir d'ici, répondit Palmer.

Anna secoua la tête.

— Tu as reçu une balle, Palmer. Tu aurais pu mourir...

— Oui, Mary me l'a dit. Une bonne centaine de fois. C'était hier. Aujourd'hui, je vais bien. En tout cas, assez bien pour ne pas rester ici alors que Louisa est en danger, peut-être blessée. Si tu ne m'aides pas, je trouverai un moyen de sortir tout seul. Je finirai bien par y arriver.

— Pourquoi c'est aussi important pour toi ?

Son cœur se serra.

— Tu sais bien pourquoi, répondit-il sans réussir à soutenir le regard de sa sœur.

— Oui, mais j'aimerais te l'entendre dire.

Il fusilla Anna du regard, parce que la colère était la plus supportable des émotions qu'il ressentait.

— Très bien. Tu es la première à l'entendre. Je suis amoureux d'elle.

Anna hocha la tête.

— D'accord, répondit-elle. J'ai pris ton ordinateur. Il est dans ma voiture. Tu pourras faire des recherches pendant qu'on roulera.

— Vers où ?

— Je n'en ai aucune idée, mais on n'arrêtera de rouler que quand on l'aura trouvée.

Louisa se réveilla en sursaut et se rendit compte que ses bras n'étaient plus attachés.

Avait-elle été sauvée ? Pleine d'espoir, elle ouvrit les yeux. Non, elle était encore dans cette pièce qui ressemblait à une cave. Il faisait jour, à présent. Elle avait toujours froid, mais moins qu'avant.

Elle était seule et elle pouvait bouger les bras. Elle n'avait aucune envie de perdre la chaleur de la couverture, mais c'était peut-être le moment de tenter sa chance. La porte, qui était restée ouverte pendant la nuit, était maintenant fermée. L'avaient-ils verrouillée ? Était-ce pour cela qu'ils avaient détaché ses bras ?

Peu importait. Elle devait trouver un moyen de s'enfuir. Elle se pencha pour détacher ses jambes en essayant de garder la couverture sur ses épaules.

Elle avait mal partout et sa vue était brouillée. Elle mourait de faim et elle avait froid. Mais l'idée qu'elle avait une chance de s'enfuir lui donnait des ailes. Elle savait qu'on la cherchait. Elle était détenue depuis longtemps et personne ne l'avait encore trouvée, mais les Hudson ne baisseraient pas les bras.

Trop de gens l'aimaient… Sans doute parce qu'elle était affaiblie, cette pensée lui fit venir les larmes aux yeux.

Quand elle réussit enfin à enlever ses derniers liens, elle se leva et le regretta aussitôt. Ses jambes la trahirent et elle faillit tomber.

Elle inspira profondément. Elle commença par s'asseoir, le dos contre le mur. Comme la couverture était encore à portée de main, elle la remit sur ses épaules en frissonnant. Elle ne devait pas paniquer. Elle devait être maligne et prudente.

Quand elle essaya de se relever, elle le fit lentement en s'appuyant contre le mur, puis elle remua ses jambes pour faciliter la circulation du sang. Il lui semblait qu'elle n'était pas blessée – mais juste engourdie et déshydratée.

Si elle réussissait à sortir, elle pourrait au moins manger de la neige. D'après son estomac, la soupe de Kyla remontait à un bon moment.

En continuant à s'appuyer contre le mur, elle s'approcha de la fenêtre devant laquelle Kyla avait passé tant de temps. Il n'y avait pas de vitre et il faisait nettement plus froid dans ce coin de la pièce où le vent s'engouffrait. L'ouverture était assez grande pour qu'elle puisse s'y faufiler, mais la fenêtre était haut placée. Elle aurait du mal à se hisser jusqu'à son rebord.

Elle posa ses mains sur celui-ci pour tester ses forces. Peut-être qu'en sautant...

— Qu'est-ce que je t'ai dit ?

Louisa se retourna vivement. Kyla était dans l'embrasure de la porte, les bras croisés sur la poitrine. Son arme se trouvait non pas dans sa main mais dans un étui à sa ceinture, ce qui rassura un peu Louisa.

— Tu m'as dit que je devais mourir, répondit-elle sans réfléchir.

Elle aurait peut-être dû tenter d'amadouer Kyla, mais elle était à bout de forces.

— Tu espérais que j'attende que tu me tues sans rien faire ? poursuivit-elle.

— Tu ne comprends rien ! s'écria Kyla. Notre mère doit payer et tu es le seul moyen que j'ai trouvé pour y parvenir. Il vaut mieux mourir que de lui ressembler, je t'assure.

— Je ne suis pas d'accord, répliqua Louisa. Je ne sais pas à quoi elle ressemble, mais je préfère être en vie. Pas toi ?

— Ah ça non !

Louisa eut presque pitié de Kyla.

— Je suis sûre que tu ne le penses pas, répondit-elle. Tu peux choisir ce que tu fais de ta vie.

Les yeux de Kyla étincelèrent de fureur. Louisa venait visiblement de faire une gaffe.

— Ma vie ? rugit Kyla. Ma vie ? Toute ma vie n'a tourné qu'autour de toi. La pauvre Colleen qui avait disparu. Je devais tout faire parce que Colleen n'était plus là. Il ne fallait pas contrarier maman, parce que Colleen avait été enlevée ! Elle était sans doute morte, mais on n'en était pas sûrs. On a donné ta photo pour qu'elle passe aux informations, mais moi je n'ai jamais été qu'une personne de second plan. Un problème.

— Je suis désolée, Kyla. Je suis désolée que tu aies vécu ça. Mais je n'y suis pour rien. Et je ne pense pas que ta… notre mère soit à blâmer.

Louisa ne parvenait toujours pas à imaginer que l'inconnue dont Kyla lui avait envoyé la photo était sa mère, ni que ses parents aient pu prendre part à l'enlèvement d'un nouveau-né.

Comment aurait-elle pu croire que cette jeune femme dérangée – et armée – lui disait la vérité et que Minnie O'Brien lui avait menti toute sa vie ?

— Tu ne le penses pas, mais tu ne sais rien, Colleen. Tu n'étais pas là. Et ce n'est pas le plan… Ce n'est pas le plan ! Pourquoi n'es-tu plus attachée ?

— J'ai froid, j'ai faim et j'ai mal partout. Tu ne peux pas me garder ici et me traiter plus mal qu'un animal, Kyla. Tu dois me donner au moins un peu de chaleur, de nourriture et d'eau. Tu dois…

— Je ne suis pas surprise que tu ne te soucies que de toi, ricana Kyla.

Louisa scruta son visage. Elles se ressemblaient tellement… Était-ce vraiment sa sœur ?

— Retourne t'asseoir sur la chaise, ordonna Kyla en portant la main à sa ceinture.

Louisa secoua la tête.

— Je ne peux pas. Je suis désolée. Je ne supporterais pas que tu me rattaches.

Kyla, qui n'avait pas encore complètement dégainé son arme, fronça les sourcils.

— Je ne peux pas te faire confiance pour rester tranquille, dit-elle.

— C'est vrai. Mais tu pourrais peut-être… me donner une raison de rester tranquille. Je sais que ce n'est pas ton plan, mais les plans peuvent être modifiés, non ? Si je comprenais ce qui se passe et ce que tu essaies de faire, on arriverait peut-être à un accord.

— Je peux aussi t'abattre.

— Oui, mais si on est vraiment sœurs, ne peux-tu pas te confier à moi, plutôt ? insista Louisa en implorant Kyla du regard.

— On n'est que demi-sœurs, la corrigea Kyla comme si cela faisait d'elle un être supérieur.

Elle avait beau se souvenir que Kyla l'avait déjà mentionné, Louisa avait du mal à suivre.

— Comment ça ?

— J'ai cru que je pourrais tout arranger si je découvrais qui t'avait enlevée. Que maman serait gentille avec moi, que papa arrêterait de frapper tout le monde et qu'on deviendrait une famille heureuse. Que tout ne tournerait plus autour de cette pauvre Colleen.

— C'était un fardeau trop lourd pour une petite fille, murmura Louisa avec une compassion sincère.

— C'est vrai, répondit Kyla en hochant vigoureusement la tête. Mais j'étais prête à le supporter. J'étais prête à tout. Imagine ma surprise quand j'ai découvert que ma mère n'était qu'une sale menteuse, que toutes ces histoires d'enlèvement étaient bidon !

Bidon ? Cela n'avait plus aucun sens.

— Mais j'ai vu les articles..., balbutia Louisa. On en a parlé aux informations.

— Elle a payé quelqu'un pour t'enlever. Pour que papa ne sache rien.

— C'est absurde.

— Ça en a l'air, mais c'est vrai. J'ai trouvé la preuve et elle doit payer. Elle arrive. Le moment est venu. Elle voulait te protéger, mais elle n'y arrivera pas.

Subitement, Louisa comprit qu'elle n'avait aucune chance

de s'en sortir si elle jouait le jeu de Kayla, quelle que soit la part de vérité dans cette histoire. Il était possible qu'on la trouve, mais il était aussi possible que Palmer soit mort et que personne ne sache où la chercher.

Dans tous les cas, Kyla n'était pas saine d'esprit. Il était impossible de la raisonner.

Le seul espoir de Louisa était la fuite.

Sans plus réfléchir, elle replia son bras et balança son poing dans la figure de Kyla de toutes ses forces.

Kyla recula, mais elle ne tomba pas et essaya aussitôt de se saisir de son arme.

Mais Louisa s'était déjà jetée sur elle. Si elle réussissait à mettre la main sur cette arme...

Tout deviendrait possible.

18

Bien que Palmer ne soit pas convaincu qu'Anna, en manque de sommeil, soit davantage en état de conduire que lui qui avait été blessé la veille, c'était elle qui avait pris le volant. Pourtant lui était capable de garder les yeux ouverts, au moins.

— On a obtenu les mandats de perquisition hier après-midi, dit Anna, qui lui expliquait ce que Mary ignorait ou n'avait pas jugé utile de lui dire. C'est Chloe qui s'est chargée des inspections des différentes propriétés. Jack dirige toujours la battue avec les O'Brien. Ils ont suivi des traces de pneus un moment, mais il a reneigé et tout était plus compliqué de nuit. Ils devraient aller plus vite maintenant qu'il fait jour. Et comme ça fera bientôt vingt-quatre heures que Louisa a disparu, le FBI va s'en mêler.

Vingt-quatre heures.

Palmer continua à pianoter sur son ordinateur en essayant de chasser cette réalité qui menaçait de paralyser son esprit.

Après avoir perdu beaucoup de temps à se connecter à un réseau, il faisait une recherche approfondie sur Janice Menard et Birdie Williams : leurs anciennes adresses, leurs biens immobiliers, tout ce qui pouvait lui fournir un indice sur l'endroit où Louisa était détenue.

— Tu devrais retirer ça, dit Anna en indiquant l'aiguille de la perfusion d'un signe de tête.

— Tu veux bien le faire pour moi ?

Anna fronça les sourcils. Ils détestaient tous les deux les aiguilles. Se faire tirer dessus, pousser leur corps jusqu'aux limites de l'endurance n'était pas un problème pour eux, mais les aiguilles en étaient un.

Le fait de taquiner sa sœur permit à Palmer de penser à autre chose qu'aux événements des dernières vingt-quatre heures.

Mary avait raison sur un point : il ne servait à rien de s'attarder sur des hypothèses. Il fallait se baser sur les faits. Le lieu où se trouvait Louisa restait un mystère. Alors, il devait arrêter de penser au passé et à l'avenir pour se concentrer sur le présent.

— Tout commence avec cette Janice Menard, dit-il. Quelqu'un a incendié la maison des O'Brien, mais personne n'a été blessé. Louisa n'était même pas présente quand ça s'est produit. Je ne sais pas ce qui a pu motiver un tel acte, mais le comportement de Janice me semble très suspect. Elle savait qu'on tomberait dans un piège quand elle nous a donné l'adresse de cette maison abandonnée.

Il essaya de rester calme. Il ne trouvait pas de nouvelle adresse concernant Janice. D'après Anna, Birdie Williams avait été interrogée par la police et n'avait rien dit d'utile.

D'après Anna toujours, Chloe avait perquisitionné toutes les propriétés des deux infirmières sans trouver la moindre trace de Louisa.

— Si je t'emmène sur le lieu de l'enlèvement, quelqu'un le signalera à Jack, dit Anna. On doit être prudents. Je le crois capable de te mettre en cellule pour t'empêcher de t'en mêler.

Palmer hocha la tête. Il le croyait aussi.

— Prends cette direction pour le moment, répondit-il. J'aurai peut-être une idée en chemin.

Il était l'expert en informatique de la famille. Il finirait bien par trouver un indice, une piste quelconque. Louisa ne pouvait pas s'être volatilisée comme ses parents l'avaient fait.

Il n'y survivrait pas.

Le téléphone d'Anna sonna. Elle décrocha et brancha l'appareil sur le haut-parleur de la voiture.

— Je t'écoute, Dahlia.

— J'ai trouvé quelque chose de curieux, dit Dahlia. Ce n'est peut-être qu'une coïncidence, mais je la trouve bizarre. Je viens de prévenir Jack. J'ai découvert que Janice Menard avait un lien avec la famille Brown – celle de la fille qui a contacté Louisa.

Palmer se figea.

— Quel genre de lien ? demanda-t-il le plus calmement possible.

Dahlia sortait avec son frère Grant, mais ce n'était pas une Hudson. Même s'il mourait d'envie de le faire, il ne pouvait pas s'adresser à cette gentille bibliothécaire en aboyant des ordres.

— Il est ténu, mais l'ex-mari de Janice, Pat Menard, venait de Lakely, dans l'Ohio, répondit Dahlia. Comme c'est là que vivent les Brown, j'ai creusé la piste. Il se trouve que c'était un cousin de la mère de Kyla, la fille qui a envoyé ces messages à Louisa. Je me suis dit que ça valait la peine d'être mentionné.

— Tu as bien fait, lui assura Anna. Des pistes sur l'endroit où Louisa pourrait être détenue ?

— Non, mais je commence à me renseigner sur les biens immobiliers des proches de Pat Menard à Lakely. Si je trouve que l'un d'eux possède quelque chose dans le Wyoming, j'enverrai l'adresse à tout le monde. Néanmoins je suppose que Palmer a son ordinateur, si tu l'as fait sortir de l'hôpital. Il ira sans doute plus vite que moi.

— Qu'est-ce qui te dit qu'on n'est pas en train de jouer aux échecs ? demanda Anna.

— Bien sûr, ironisa Dahlia.

Palmer avait déjà lancé la recherche. Il y avait forcément un lien.

— Il faut que je prenne de l'essence tant qu'on est encore en ville, dit Anna après avoir raccroché. Ça te laisse quelques minutes pour réfléchir à notre direction.

— D'accord, grommela Palmer sans quitter son écran des yeux.

Pat et Janice Menard avaient divorcé trois ans plus tôt. Pat était parti vivre à Las Vegas.

Il avait deux enfants adultes d'un premier mariage, qui vivaient dans la région de Lakely. Palmer commençait à faire des recherches sur eux quand il entendit Anna parler – en s'adressant à quelqu'un d'autre que lui.

Il tourna la tête. Anna, la main sur sa portière ouverte, fusillait un homme du regard.

Hawk Steele.

— Qu'est-ce que tu fais là ? lui lança-t-elle.

— La même chose que vous, répondit Steele. J'ai inspecté la maison près de laquelle Palmer a été blessé. J'y ai trouvé du combustible du même type que celui qui a été utilisé pour incendier la maison des O'Brien, alors j'ai cherché à comprendre. Je crois tenir une piste.

— A-t-elle un lien avec l'ex-mari de Janice ? demanda Palmer.

Un instant, il crut déceler de la surprise sur le visage de l'enquêteur avant qu'il ne redevienne parfaitement indéchiffrable.

— Oui. Le fils de Pat Menard possède un terrain à une vingtaine de kilomètres de la maison abandonnée de Birdie Williams. Mais ce n'est qu'un terrain. D'après mes recherches...

— Près de la départementale 7, le coupa Palmer, qui avait déjà trouvé le titre de propriété. Pas de maison. Pas de bâtiments. Et il n'en fait rien, apparemment. L'avez-vous dit à Jack ?

— Pas encore, répondit Steele. Je viens juste de le découvrir.

Je comptais aller jeter un coup d'œil moi-même pour ne pas perturber la battue.

Palmer réfléchit un moment sous le regard attentif d'Anna. Il était sûr que Jack le menotterait et le ferait raccompagner à l'hôpital par l'un de ses adjoints s'ils se croisaient.

D'un autre côté, ils ne pouvaient pas aller là-bas à trois. Ils avaient besoin de renforts.

— Appelez-le, mais gardez pour vous que vous êtes avec nous, finit-il par dire à Steele. On aura un peu d'avance sur lui, ce n'est pas très grave. Tout ce qui compte, c'est de trouver Louisa.

Hawk acquiesça et passa son coup de fil.

— Vous n'êtes en état de conduire ni l'un ni l'autre, déclara-t-il après avoir raccroché. Passe derrière, la blonde. Je prends le volant.

Palmer attrapa le bras de sa sœur pour l'empêcher de balancer son poing dans la figure de Hawk, ce qui le fit crier de douleur. Hawk devait être stupide.

— Prends ma place, Anna, dit Palmer. Je vais monter à l'arrière.

Parce que tout ce qui comptait c'était de trouver Louisa au plus vite.

Louisa n'avait pas réussi à attraper l'arme de Kyla, mais elle parvint à désarmer celle-ci. Elle n'avait pas beaucoup d'options ni de temps pour réfléchir.

Elle était tentée de suivre son instinct qui lui conseillait de fuir.

La porte était restée ouverte. Elle hésita encore, se demandant si elle ne devrait pas continuer à lutter pour essayer de s'emparer de l'arme. Mais, tout bien réfléchi, il valait mieux s'enfuir. Elle savait pertinemment qu'elle ne serait pas capable de tirer sur Kyla. La fuite était sa seule option.

Elle avait du mal à courir vite dans la neige. Le paysage

qu'elle découvrait se révélait plus boisé que le lieu de son enlèvement et parsemé de formations rocheuses. Ce n'étaient pas les cachettes qui manquaient.

Le feu de camp brûlait toujours, mais elle ne vit personne dans les environs. Elle ne découvrit pas non plus de véhicule, seulement des traces de pneus.

— Ne m'oblige pas à te tirer dessus, frangine ! cria Kyla derrière elle.

Louisa ne perdit pas de temps à se retourner. Elle accéléra sa course en direction d'un bouquet d'arbres derrière lesquels elle pourrait se mettre à couvert.

Une détonation lui fit pousser un petit cri. Comme elle ne ressentait aucune douleur, elle conclut que Kyla l'avait manquée et continua à courir.

Après avoir slalomé entre les arbres, elle atteignit un gros rocher. Elle se cacha derrière lui, puis continua à progresser en se tenant accroupie. Elle risquerait moins d'être prise pour cible tant qu'elle resterait en mouvement. Et, avec un peu de chance, elle finirait peut-être par tomber sur quelqu'un qui pourrait l'aider.

Bien sûr, elle était complètement perdue, quelque part dans le Wyoming. Mais peu importait. Elle savait que des gens la cherchaient.

De temps à autre, elle entendait Kyla crier. Mais les sons étaient de plus en plus éloignés et les obstacles naturels étaient suffisamment nombreux pour qu'elle commence à se sentir moins en danger.

Le soleil était aveuglant et rendait ses traces évidentes. Alors qu'elle songeait à les couvrir, elle entendit une voix d'homme. Ce n'était pas celle d'un homme venant à sa rescousse, contrairement à ce qu'elle espérait, mais celle de l'individu qui avait tiré sur Palmer, lui semblait-il.

Kyla n'était pas la seule à être à ses trousses.

Elle devait se décider vite. Elle s'arrêta un instant pour examiner les environs. Elle se trouvait au pied d'un escarpement rocheux. Si elle y grimpait, elle n'aurait plus à se préoccuper des traces qu'elle laissait en marchant dans la neige. Et elle verrait beaucoup plus loin depuis le sommet. Cela l'aiderait à se situer, peut-être à repérer une habitation.

C'était risqué, parce qu'elle n'avait pas le pied aussi sûr que d'habitude, étant donné l'état dans lequel elle se trouvait, mais cela lui semblait le meilleur plan à suivre.

Elle commença à gravir l'escarpement en essayant de rester cachée – exercice d'autant plus délicat qu'elle ne savait pas où se tenaient ses poursuivants.

Ses jambes tremblaient. Elle finit par atteindre une zone dans laquelle elle ne pouvait plus progresser sans risquer une mauvaise chute. Elle s'arrêta et balaya les environs du regard.

Elle n'était pas montée assez haut. Elle n'apercevait que des rochers et un petit bout du bâtiment dont elle s'était échappée. Elle ne vit ni Kyla ni l'homme, et décida de l'interpréter comme un signe encourageant.

Elle devait grimper encore malgré ses jambes flageolantes. Les rochers étaient de plus en plus escarpés et difficiles à escalader, mais elle n'avait pas le choix.

— Je vais y arriver, se dit-elle à voix basse en se hissant sur le rocher suivant. Je suis assez forte pour y arriver. Je dois rentrer à la maison coûte que coûte. Pour mes parents. Pour mes grands-parents. Pour Anna. Pour… Palmer.

Elle eut envie de pleurer quand elle songea que Palmer était peut-être déjà mort, mais elle n'avait pas de temps pour les larmes.

Une détonation la fit sursauter et perdre l'équilibre. Elle tomba lourdement sur un rocher en contrebas et sentit sa cheville se tordre. La douleur fut si aiguë qu'elle eut du mal à s'empêcher de crier, et sa vue se brouilla.

Sa cheville était foulée, c'était certain. Et elle aurait sans doute un gros bleu sur le côté, à l'endroit où elle avait heurté la roche. Mais elle ne s'était pas cogné la tête. Et comme elle n'avait pas laissé de trace sur les rochers, ses poursuivants auraient du mal à la trouver.

Le coup de feu était parti de loin. Elle avait encore du temps pour réfléchir. Elle essaya de se relever, mais sa cheville lui faisait si mal qu'elle faillit tomber de nouveau.

Elle ne pouvait plus fuir. En revanche, elle pouvait encore se cacher. On trouvait toujours des renfoncements, voire des grottes, dans les rochers. Elle observa soigneusement les environs.

Une minute plus tard, elle repéra une ouverture à proximité. Elle était vraiment petite et Louisa détestait les espaces confinés, mais il fallait éviter de rester une proie facile.

Elle rampa vers l'ouverture en se concentrant pour ne pas gémir de douleur. Quand elle l'eut atteinte, elle s'introduisit dans la cavité exiguë et sombre.

Elle sentit la panique l'envahir, mais se raisonna. Il valait mieux être dans cet endroit plutôt que d'être prisonnière.

Elle se cramponna à cette idée tout en se demandant comment elle allait se sortir de là.

19

Palmer ne prêta pas beaucoup d'attention au trajet. Comme il l'avait espéré, Anna avait refusé sa proposition de passer à l'arrière. Elle avait grommelé qu'il valait mieux qu'il bouge le moins possible et était montée derrière elle-même. Palmer se concentra sur l'image satellite du terrain qu'il avait trouvée. Il essaya de mémoriser la topographie.

— Il n'y a pas vraiment de route pour s'y rendre, expliqua-t-il à Hawk. Une fois au bon niveau sur la départementale, il faudra se fier au GPS. On dirait qu'il y a une sorte de bâtiment dans le coin sud-ouest. C'est trop petit pour être une maison, mais c'est une construction.

— Essayons de nous en rapprocher, dans ce cas, répondit Hawk.

Palmer regarda une minute par la fenêtre. Louisa devait être quelque part dans les environs. C'était forcément la bonne piste.

— Ils auront eu besoin d'un abri pour la nuit, dit Hawk. Surtout avec une prisonnière. N'importe quel genre de bâtiment. Même une bergerie leur aurait été utile.

— À moins qu'ils se soient préparés à camper dans la montagne, ou que tu nous entraînes sur une fausse piste, intervint Anna.

Palmer la regarda dans le rétroviseur. Sa sœur avait les

bras croisés. Elle avait l'air d'être de mauvaise humeur, mais il savait qu'elle était surtout inquiète. Et elle était épuisée.

— C'est une piste à suivre, dit Palmer avec douceur. Il vaut mieux vérifier, quitte à ne rien trouver, que de ne pas vérifier du tout.

— Votre frère arrive avec des renforts, mais pas tous les hommes dont il dispose. On devrait aussi avoir quelques agents du FBI, à un moment ou à un autre.

Anna se contenta de souffler avec un air boudeur.

Palmer se concentra sur le GPS et guida Hawk. Il n'était guère étonnant que cette propriété ne soit pas exploitée. Toute la zone, qui menait vers une petite montagne, était rocailleuse.

— Il n'y a pas de clôture, dit Hawk lorsqu'ils atteignirent la limite de la propriété. Je pourrais continuer à rouler, mais ça va abîmer ta voiture, Anna.

— Je m'en fiche complètement. Rapproche-toi autant que tu peux.

Ils se retrouvèrent tellement secoués que Palmer dut s'agripper à sa portière en serrant les dents pour supporter la douleur.

— Vous voyez ça ? demanda Hawk en indiquant un point au loin.

Palmer dut se pencher pour comprendre ce dont Hawk parlait, mais il finit par repérer une sorte de bâtiment en pierre.

— Approchez-vous-en, répondit-il.

Hawk poursuivit prudemment sa route en ralentissant, ce que Palmer apprécia. Il commençait à craindre de s'évanouir à cause des secousses.

— On devrait s'arrêter ici, où on peut encore cacher la voiture, au cas où il y aurait du monde dans le coin, suggéra Hawk.

Palmer et Anna acquiescèrent en silence. Le bâtiment était une sorte de cave en pierre à moitié souterraine. Il avait une porte et des fenêtres sans vitres.

Et il y avait plus inquiétant que ce bâtiment que Palmer trouvait sinistre : un feu de camp encore fumant près de la porte.

Hawk et Anna dégainèrent en même temps, et Anna tendit une arme à Palmer. Ils sortirent de la voiture et se placèrent dos à dos, en formant une sorte de triangle, sans avoir besoin de communiquer.

Palmer avait le souffle court et il transpirait à grosses gouttes, mais ils devaient suivre cette piste. Il faudrait bien qu'il oublie la douleur.

— Vous devriez peut-être rester dans la voiture, lui dit Hawk.

— Vous devriez peut-être vous mêler de vos oignons, riposta Palmer.

— Qu'en penses-tu ? demanda Hawk à Anna.

— On peut le forcer à monter dans la voiture, mais il n'y restera pas, alors autant qu'il nous accompagne, répondit-elle.

— Bon, il est évident que des gens étaient là il y a peu, dit Hawk. On ne sait pas si ce sont ceux qu'on cherche, s'ils sont dangereux, ni combien ils sont.

Hawk prenait clairement la direction des opérations. Comme il avait pour sa part du mal à tenir sur ses jambes, Palmer n'y vit aucune objection. En revanche, il fut surpris de ne pas entendre sa sœur protester.

Si elle se montrait conciliante, c'était sans doute parce que pour elle, comme pour eux tous, rien n'était plus important que de trouver Louisa.

— Jack ne sera pas là avant un bon quart d'heure, mais je crois qu'on ne devrait pas l'attendre, dit Anna. Chaque seconde compte.

— Je suis d'accord, à condition qu'on reste ensemble jusqu'à ce qu'on ait évalué la situation, répondit Hawk. On doit travailler en équipe. C'est bien compris ?

— Oui, c'est compris, grommela Anna.

Palmer se contenta de hocher la tête. Si la douleur était

toujours horrible, il craignait un peu moins de s'évanouir que deux minutes plus tôt, sans doute grâce à l'adrénaline, et il s'en réjouissait.

— Commençons par fouiller le bâtiment, proposa Hawk.

Ils avancèrent de façon coordonnée. Hawk ouvrit la porte, tandis que Palmer et Anna le couvraient.

Le bâtiment était vide. Il n'y avait pas de pièces à fouiller, ni de meubles derrières lesquels quelqu'un aurait pu se cacher. Une chaise trônait au milieu de la pièce, et des cordes et une couverture traînaient sur le sol.

L'estomac de Palmer se noua. Quelqu'un avait été retenu ici contre son gré.

— Elle était là, dit Anna, faisant écho à ses pensées. C'est sûr.

— Rien ne prouve la présence ici de Mlle O'Brien, objecta Hawk. Rien ne prouve non plus que ces cordes ont servi à attacher quelqu'un sur cette chaise. Il pourrait n'y avoir aucun rapport.

— Tout laisse à penser qu'elle a été retenue prisonnière là, intervint Palmer d'une voix rauque – qui n'était pas due à la douleur.

Il n'avait aucun mal à imaginer Louisa attachée à cette chaise, ainsi que toutes les raisons horribles qui pouvaient expliquer qu'elle n'était plus là.

— On ne peut pas se permettre de faire de telles hypothèses dans une enquête, protesta Hawk. Ça peut mener à des erreurs catastrophiques.

— C'est peut-être le cas dans les enquêtes concernant des incendies criminels. Mais on ne peut pas procéder de la même manière quand il s'agit de retrouver quelqu'un, dit Palmer.

— D'autres équipes suivent d'autres pistes, rappela Anna. On va suivre celle-ci en présumant que Louisa a été retenue dans cette pièce. Par au moins deux personnes, peut-être trois.

On va voir où nous mènent les empreintes qu'il y a dehors. J'ai une certaine expérience en matière de pistage.

Elle sortit sans attendre de réponse, et Hawk et Palmer la suivirent.

— Des traces de lutte ? demanda Palmer en voyant Anna accroupie devant une zone couverte d'empreintes qui se mélangeaient.

— C'est difficile à dire. Cette empreinte est celle d'une botte d'homme. Elle est plus large. Mais il y en a beaucoup d'autres, toutes un peu de la même taille. D'après les motifs, je dirais qu'elles proviennent de deux personnes différentes, peut-être trois. J'ai pris des photos sur le site de l'enlèvement.

Elle sortit son téléphone et compara ses photos à ce qu'ils avaient sous les yeux.

— Je pense que cette empreinte appartient à l'homme qui t'a tiré dessus, Palmer, finit-elle par dire avant de leur montrer une photo.

— Ça signifie qu'on est sur la bonne piste, commenta Hawk.

— Ces empreintes ne sont pas encore gelées, dit Palmer en montrant un groupe de traces. Celles-là, oui. Elles datent donc de la nuit dernière, ou peut-être d'hier. Les plus fraîches datent d'aujourd'hui.

— On suit les plus fraîches, j'imagine ? demanda Hawk.

— Quel miracle ! ironisa Anna. Tu as fait une déduction correcte. Jack et ses hommes réussiront à nous retrouver. Si on tombe sur un os, ils nous viendront en aide.

Palmer devina qu'elle affichait plus d'assurance qu'elle n'en ressentait. Mais que pouvaient-ils faire d'autre que suivre cette piste ? Si Louisa était en danger, chaque seconde comptait.

Hawk prit la tête de leur petit groupe et Anna se plaça derrière Palmer. Ils suivirent les traces en prenant bien garde de ne pas les recouvrir pour permettre à Jack d'identifier leurs empreintes. Les traces étaient suffisamment difficiles à interpréter comme cela.

Ils progressèrent lentement. Même s'il en comprenait la raison, cela agaça Palmer. Il ne voulait pas être prudent. Il ne voulait pas se soucier de sa blessure.

Il voulait juste retrouver Louisa.

Mais il voulait la retrouver en vie, alors il fallait bien qu'il contrôle son impatience.

Quand ils atteignirent un escarpement rocheux, Anna prit la place de Hawk parce qu'elle avait plus d'expérience en pistage. Néanmoins, ils ralentirent encore, parce qu'elle ne pouvait analyser que les endroits où subsistait de la neige, qui se faisaient de plus en plus rares.

Ils s'arrêtèrent une fois de plus lorsqu'elle s'accroupit pour examiner une petite plaque de neige.

— Deux personnes sont parties de ce côté, finit-elle par dire. Mais pas au même moment.

Elle se redressa pour leur montrer une autre direction.

— Et deux autres personnes sont parties par là ensemble.

— Quelles sont les empreintes de Louisa ? demanda Palmer.

Anna fronça les sourcils.

— C'est dur à dire. Trois des empreintes sont presque de la même taille. Si je fais l'une de ces hypothèses que je ne suis pas censée faire dans une enquête, je dirais que les empreintes de Louisa sont celles qui ont un motif différent, et que le tireur a deux complices féminines qui portent des bottes très semblables. Ça m'incite à penser que Louisa s'est échappée et que quelqu'un l'a poursuivie. Ça expliquerait que les empreintes n'aient pas été déposées au même moment. Par contre, je ne sais absolument pas pourquoi les deux autres sont partis dans une direction différente.

— On devrait se séparer, dit Palmer, ce qui lui valut des regards sceptiques de Hawk et d'Anna.

— Seulement si ça veut dire que vous retournez dans la voiture pendant qu'Anna et moi suivons les traces de Louisa, répondit Hawk.

— Dans vos rêves, répliqua Palmer.

— Alors on reste ensemble. Anna va...

Hawk laissa sa phrase en suspens et fronça les sourcils. Palmer distingua alors confusément un bruit. Il jeta un coup d'œil à Hawk, qui hocha la tête. Il avait entendu lui aussi.

Ils tendirent tous l'oreille, parfaitement immobiles. Cela ressemblait à des voix. Hawk leur fit un signe pour qu'ils le suivent et ils se remirent en route. Ils marchaient encore plus lentement que précédemment, mais cela leur permettait de ne pas faire le moindre bruit et de continuer à écouter.

Les voix se turent, mais ils perçurent un léger bruit.

Après avoir contourné prudemment un rocher, ils aperçurent l'homme qui avait tiré sur Palmer au milieu d'une zone plate, un peu en dessous d'eux. Il avait une arme dans une main et fouillait un sac en toile posé à ses pieds de l'autre. Il était accroupi, dos à eux, et ne les avait sans doute pas entendus approcher.

Quand Hawk dégaina, Palmer et Anna s'empressèrent de l'imiter.

— Lâchez votre arme ! ordonna Hawk.

Au lieu de lâcher son arme, l'homme les regarda par-dessus son épaule et parut surpris de voir Palmer.

— Je croyais t'avoir tué, dit-il.

— Tu t'es trompé, répondit Palmer en faisant de son mieux pour ne pas avoir l'air de souffrir de sa blessure.

— Trois armes sont braquées sur vous, reprit Hawk. Vous auriez intérêt à lâcher la vôtre.

— Ah oui ?

L'homme indiqua le rocher qui les surplombait d'un signe

de tête. Craignant une ruse, Palmer n'osa pas lever les yeux. Hawk et Anna jurèrent.

— Il y a un sniper là-haut, chuchota Hawk.

L'homme ricana.

— Si vous tirez, la fille se fait descendre, dit-il en montrant Anna.

Palmer jeta un coup d'œil au-dessus d'eux. Le sniper n'était pas très loin. C'était une femme qui semblait jeune - encore plus jeune qu'Anna. Elle ne portait pas de vêtements adaptés à l'hiver du Wyoming, et elle tenait son arme comme une vraie professionnelle. Et elle visait la tête d'Anna.

Anna rencontra le regard de Palmer et haussa un sourcil. C'était un vieux code. Dans d'autres circonstances, cela aurait fait rire Palmer. Malheureusement, ils n'étaient pas dans un bar où Anna réclamait un coup de main pour régler un problème.

La vie de sa sœur était en jeu.

Quand il secoua la tête, elle leva les yeux au ciel. Elle n'en ferait qu'à sa tête. Palmer comprit qu'il devrait s'en accommoder, comme toujours.

Cinq secondes plus tard, Anna sauta sur l'homme en contrebas pour le plaquer au sol, le sniper tira et ce fut le chaos.

20

Quelque chose tira Louisa de son étrange somnolence. Elle ne s'était pas vraiment endormie. L'état dans lequel elle était tombée n'avait rien de reposant, mais l'épuisement et l'ennui l'avaient submergée au point qu'elle ne s'était pas aperçue qu'elle avait fermé les yeux.

Si elle les avait rouverts subitement, c'est qu'il s'était passé quelque chose.

Elle resta parfaitement immobile, aux aguets. Il fallut un moment pour que sa vue s'habitue au contraste entre l'obscurité de sa cachette et la clarté aveuglante du monde extérieur. Elle essaya de tendre l'oreille, mais son cœur battait si fort qu'elle n'entendait presque que l'écho de ses battements.

Quand elle n'y tint plus, elle inspira profondément et essaya de bouger. Son corps était si courbaturé qu'elle faillit gémir.

Elle ferma les yeux et se répéta qu'elle pouvait supporter n'importe quelle douleur passagère si c'était le prix de sa survie. Elle s'était enfuie de la cave, il n'était pas question d'abandonner maintenant.

Elle rouvrit les yeux. Quand elle essaya de bouger une nouvelle fois, elle s'attendit à ce que ses muscles ankylosés et sa cheville foulée lui fassent mal.

Le souffle court et le front trempé de sueur, elle réussit à jeter un coup d'œil dehors.

Elle ne vit personne. Le soleil était plus haut. Comme il n'avait pas commencé à redescendre, elle n'avait pas dû somnoler très longtemps.

Alors qu'elle tendait l'oreille, quelqu'un dit d'une voix forte et claire :

— Tu n'aurais pas dû t'enfuir, Colleen.

Louisa reconnut la voix de Kyla. S'adressait-elle à elle parce qu'elle l'avait repérée ou parlait-elle toute seule en la cherchant ? Il était impossible de le déterminer tant que Louisa ne la voyait pas.

De petits cailloux tombèrent devant sa cachette.

Kyla était au-dessus d'elle. Louisa essaya de la localiser, mais le soleil était trop aveuglant et Kyla se tenait en surplomb.

— Sors, Colleen. Je sais que tu es là.

Louisa estima qu'il valait mieux qu'elle sorte plutôt que de se faire débusquer. Cela lui offrirait plus d'options. Bien consciente que Kyla avait l'avantage, elle s'extirpa du renfoncement et se retourna en essayant de ne pas montrer que sa cheville la faisait souffrir. Kyla était debout sur une corniche qui surplombait sa cachette, l'arme au poing et nimbée par le soleil.

— Je m'appelle Louisa, lui rappela Louisa, les poings serrés. Louisa O'Brien.

Elle ne pourait pas éviter une balle, elle n'était plus capable de courir, mais elle n'avait pas renoncé à combattre pour autant.

— Tu t'appelles Colleen Brown, répondit Kyla, les larmes aux yeux. C'est à cause de toi que ma vie a été un enfer. Je comptais attendre. Je comptais la faire payer. Tu as gâché mon plan. Tu as tout gâché, comme toujours. Je vous tuerai toutes les deux. Je nous tuerai toutes.

Pour le moment, elle ne visait pas Louisa. De coin de l'œil, celle-ci repéra un endroit où elle pourrait plonger pour se mettre à couvert si Kyla pointait son arme sur elle. Ce serait douloureux, mais elle avait une chance de survivre.

En attendant, elle chercha un moyen de se sortir d'affaire sans se faire tirer dessus.

— Pourquoi faudrait-il que quelqu'un meure, Kyla ? Je suis ta sœur. Je croyais que tu m'avais contactée pour qu'on se rapproche. On peut former une famille.

Kyla, qui pleurait maintenant à chaudes larmes, secoua la tête.

— J'avais un plan, répéta-t-elle. Tu as tout gâché.

— D'accord, répondit Louisa, même si le plan en question était de la tuer. Tu avais un plan. Il ne s'est pas déroulé comme tu l'espérais. Ce n'est pas grave. C'est la vie.

— Que sais-tu de la vie ? Tu as tout eu, et moi rien.

Elle était clairement en train de perdre pied. Malgré elle, Louisa ressentit de la pitié.

— Tu n'as pas rien parce qu'on est sœurs, répondit-elle, la gorge serrée. Ça pourrait compter si tu l'acceptes. Mais tu n'auras vraiment plus rien si tu me tues. Ce sera fini. Et tu en paieras le prix. Il ne faut pas que ça se termine comme ça.

— Si j'avais pu lui montrer que j'étais la meilleure de ses filles… Qu'elle se trompait sur moi, sur mon père… Alors, tout se serait arrangé.

Elle essuya son nez sur sa manche et retrouva un peu de sa dureté.

— Mais ça ne peut pas s'arranger à cause de *toi*, reprit-elle. Tout a toujours été dur à cause de *toi*. Elle est partie à cause de *toi*.

C'était tellement triste que Louisa eut envie de la consoler et de l'aider. Mais Kyla, submergée comme elle l'était par l'émotion, était encore plus imprévisible, c'est-à-dire encore plus dangereuse.

— Me tuer ne changera rien, dit-elle en essayant de soutenir le regard égaré de Kyla.

— Elle va le payer. Elle va enfin le payer.

— Mais si notre mère a organisé mon enlèvement, elle n'a jamais essayé de me retrouver, objecta Louisa tentant de la raisonner, même si elle n'était toujours pas sûre qu'il y ait la moindre part de vérité dans l'histoire de Kyla. Elle m'a abandonnée. Ça veut dire que je n'ai pas d'importance à ses yeux.

— Tu ne vois pas ? s'écria Kyla. C'est toi qui comptais le plus. Elle t'a éloignée de lui. Elle savait ce qu'il était. Elle savait ce qu'il ferait. Mais il fallait que je reste pour que ça marche. Elle t'a sauvée et elle m'a condamnée.

— Je suis désolée, répondit Louisa, qui commençait à ne plus pouvoir retenir ses larmes. Je suis désolée que tu aies subi toutes ces épreuves. Mais je n'y suis pour rien. Tu le vois bien, non ?

— Pourquoi faudrait-il que je le voie ? répondit Kyla en levant un peu son arme. Si tu n'étais pas née, tout aurait été différent.

— Différent, cela ne veut pas toujours dire mieux, tu sais.

Louisa bougea un peu vers la gauche en espérant qu'elle réussirait à prévoir le moment où Kyla tirerait pour plonger à temps.

Bien sûr, Kyla descendrait ensuite sûrement de son rocher pour tirer encore. Mais Louisa ne voyait pas d'autre option que celle-ci, qui serait probablement douloureuse et ne réglerait que provisoirement son problème.

À cet instant, un cri et une détonation à proximité déconcentrèrent Kyla quelques secondes. Louisa en profita pour aller se réfugier en boitillant derrière un rocher.

Était-on venu à son secours ? Allait-elle bientôt voir la fin de ce cauchemar ?

Quoi qu'il en soit, elle devait se mettre à l'abri d'un tir éventuel de Kyla. Elle entreprit de descendre vers le nouvel arrivant. Si quelqu'un était venu pour elle, elle devait le rejoindre au plus vite.

Elle dérapa sur un rocher lisse, et dut faire un petit saut pour éviter de tomber. Elle atterrit sur son pied valide, mais la réception fut si brutale qu'elle faillit se le tordre aussi.

Elle continua à descendre sans savoir si Kyla la suivait, ni si elle se dirigeait vers l'endroit où l'on avait crié. Cela n'avait aucune importance. Elle ne songeait plus qu'à trouver quelqu'un qui pourrait la sauver.

Elle tremblait tellement qu'elle finit par perdre l'équilibre et basculer du rocher sur lequel elle se tenait. Elle essaya de maîtriser sa chute. Mais, trop concentrée sur sa cheville qu'elle voulait épargner, elle ne protégea pas assez le reste de son corps et sa tête heurta violemment la roche.

Elle ne cria pas. Elle avait tellement mal partout qu'elle perçut à peine cette nouvelle douleur. Mais elle sentit un liquide lui couler sur le front.

C'était du sang, bien sûr. *Il ne manquait plus que cela*, songea-t-elle ironiquement. Elle l'essuya pour qu'il ne lui coule pas dans les yeux en sachant parfaitement qu'une blessure à la tête n'allait pas s'arrêter de saigner de sitôt.

Elle évalua la situation. Elle était tombée entre deux rochers. C'était plutôt une bonne cachette, à condition que Kyla ne passe pas directement au-dessus d'elle.

Soudain elle entendit des grognements, des bruits de bagarre et une nouvelle détonation. Elle roula sur le côté pour regarder en contrebas entre deux rochers.

Si des gens étaient là en train de se battre, cela signifiait que ses sauveurs étaient arrivés.

Dans la clairière qui s'étendait au-dessous d'elle, elle reconnut immédiatement la chevelure blonde d'Anna, accroupie derrière un rocher. La complice de Kyla, armée d'un fusil à lunette, essayait de l'atteindre depuis un promontoire situé en face de celui de Louisa. Hawk Steele se battait contre l'homme qui avait tiré sur Palmer. Ils s'efforçaient l'un et l'autre d'empêcher leur adversaire d'attraper les deux armes abandonnées sur le sol.

Puis Louisa vit Palmer. Il était *vivant*. Elle faillit fondre en larmes de soulagement. Il tenait une arme et visait la fille sur le promontoire. Tout allait s'arranger...

Quand elle entendit des pas au-dessus d'elle, elle comprit qu'elle devrait affronter Kyla une nouvelle fois avant qu'aucun d'eux ne soit tiré d'affaire.

Palmer était fou de rage de voir ses mains trembler. Il ne voulait pas rater sa cible et la fille continuait à tirer sur le rocher derrière lequel Anna s'était cachée.

Anna avait perdu son arme dans l'échauffourée. Quand elle avait échappé au premier tir de la fille et plaqué le type, Hawk était intervenu et s'était jeté sur celui-ci, pendant que Palmer poussait Anna à l'abri d'un rocher.

Une balle avait sifflé à ses oreilles dans la seconde qui suivait, et il avait lui-même dû plonger derrière un autre rocher, ce qui l'avait empêché d'aider Hawk à désarmer l'homme. De toute manière, il ne valait pas grand-chose au corps-à-corps dans son état. Hawk se défendait bien et, tant qu'ils se battraient, la fille ne pourrait pas tirer sur lui sans risquer de toucher son complice.

Ils devaient la neutraliser de toute urgence, mais Palmer ne trouvait pas le bon angle pour tirer.

— Tu veux bien te dépêcher ? lui lança Anna.

— Je ne peux pas. Je suis mal positionné.

Il devait prendre de la hauteur, mais serait exposé pendant son escalade, d'autant plus qu'il se déplaçait lentement à cause de sa blessure. Que faire ?

Il perçut un mouvement du coin de l'œil et tourna vivement la tête, craignant une nouvelle menace. Il reconnut le manteau, ces cheveux noirs… Alors qu'il s'apprêtait à appeler Louisa, il réalisa qu'il ne devait pas dévoiler sa cachette.

— Je peux l'atteindre ! cria Anna alors qu'un soulagement intense envahissait Palmer. Lance-moi ton arme !

C'était un pari très risqué, mais Anna était effectivement mieux positionnée. Et il pourrait rejoindre Louisa si Anna les débarrassait de la fille.

Il fit feu pour forcer la tireuse à se baisser, puis fonça vers Anna. Il venait de plonger derrière son rocher quand une autre balle ricocha au-dessus de lui.

— Neutralise-la si tu peux, mais surtout couvre-moi, dit-il en donnant son arme à Anna. Louisa est au-dessus de nous. Je vais la chercher.

Anna leva les yeux, puis lâcha un juron.

— Elle n'est pas seule, répondit-elle.

Palmer cessa de réfléchir. Il entreprit d'escalader les rochers sans plus se soucier de sa douleur, ni des détonations qui retentissaient autour de lui.

Il rejoignit Louisa presque en même temps que l'autre femme. Celle-ci ressemblait tant à Louisa qu'il comprit immédiatement à qui il avait affaire.

— Tu es Kyla Brown, dit-il en se plaçant devant Louisa pour lui faire un rempart de son corps.

Il vit que Louisa était blessée. Elle saignait même tellement qu'il eut du mal à rester concentré et à ne pas perdre sa lucidité.

— Et toi tu es le petit ami qui complique tout, répondit Kyla. On ne t'a pas tiré dessus déjà ? Je n'ai pas besoin de toi. Je serais ravie de te descendre. Dégage !

— Je ne te laisserai pas la tuer ! cria Palmer en écartant les bras.

Kyla haussa les épaules.

— Alors, je vous tuerai tous les deux.

Sentant que Louisa essayait de le contourner, il lui attrapa l'épaule pour la forcer à rester derrière lui.

— Lâche-moi, dit-elle, les yeux emplis de larmes.

— Es-tu folle ?

Elle lui échappa et réussit à s'écarter suffisamment de lui pour regarder Kyla dans les yeux.

— C'est fini, Kyla, lui dit-elle. Personne ne doit mourir. Si tu poses ton arme, on t'apportera l'aide dont tu as besoin. Je te le promets. Je ferai tout ce que je peux pour que tout s'arrange.

Kyla secoua la tête en détournant son arme. Elle avait l'air désespérée et perdue et ne semblait plus décidée à les abattre. Elle n'était pas aussi mal en point que Louisa, mais ses joues étaient couvertes de larmes.

— Ça ne s'arrangera jamais, sanglota-t-elle. Tu as tout gâché.

Palmer comprit ce qui allait se produire. Il poussa Louisa derrière lui.

La détonation l'assourdit, mais il ne ressentit rien. Était-il en état de choc ? Kyla avait-elle raté son coup ?

— Ça va ? demanda-t-il à Louisa.

— Oui. Regarde, Palmer, dit-elle en lui montrant l'endroit où se trouvait Kyla.

Celle-ci était à terre et Jack se dirigeait vers elle. Il s'approcha pour donner un coup de pied dans l'arme de Kyla, puis aboya des ordres dans sa radio.

Quand Louisa le contourna pour rejoindre sa ravisseuse étendue sur le sol, Palmer s'aperçut qu'elle boitait.

Elle s'agenouilla près de Kyla, qui était encore en vie et poussait de faibles gémissements. Ironiquement, celle-ci semblait avoir été touchée quasiment au même endroit que Palmer.

— Elle va s'en sortir ? demanda Louisa à Jack.

Comment pouvait-elle s'inquiéter pour cette femme qui avait bien failli les tuer ? Renonçant à comprendre, Palmer la rejoignit et lui caressa le dos.

— Les secours arrivent, répondit Jack. Les ambulanciers auront du mal à monter jusqu'ici, mais ils devraient la sauver. On a trouvé Hillary Brown, la mère de Kyla, ligotée dans le coffre d'une voiture pas très loin. Elle a besoin d'être hospitalisée elle aussi. Tout comme la fille sur laquelle Anna a tiré et l'homme à qui Hawk a mis une raclée.

— Elles méritent de mourir, gémit Kyla. Maman. Colleen. Elles méritent toutes de mourir.

— Qui est Colleen ? demanda Jack.

— Moi, répondit Louisa. Je suis Colleen Brown, apparemment.

Jack se contenta de jeter un regard interrogateur à Palmer. Les explications attendraient. Des ambulanciers arrivaient avec une civière et prenaient Kyla en charge. Palmer aurait voulu porter lui-même Louisa jusqu'à une ambulance, mais il savait qu'il en était incapable.

— Louisa a besoin d'être hospitalisée aussi, dit-il à Jack.

— Elle n'est pas la seule, grommela Jack. Tu serais mort si je n'avais pas tiré sur cette fille.

C'était sans doute vrai, mais si cela avait permis de sauver Louisa...

Il sourit à Jack en lui répondant :

— Alors, j'ai de la chance d'avoir un grand frère qui veille sur moi.

Jack soupira.

— Comment peux-tu avoir été assez con pour te lancer dans une mission de sauvetage vingt-quatre heures après une blessure par balle ?

Il tourna les talons sans lui laisser le temps de répondre et se mit à crier des ordres.

En attendant que d'autres ambulanciers s'occupent d'eux, Palmer attira Louisa dans ses bras.

— Je savais que tu t'en étais sorti, murmura-t-elle. Je savais que tu viendrais me sauver.

Il déposa un baiser sur son front avant de répondre :

— Évidemment.

21

Louisa fut emmenée à l'hôpital avec Palmer. Hawk et Anna, qui avaient été soignés sur place, n'eurent pas besoin d'être hospitalisés. Toute la bande de Kyla, en revanche, se trouvait dans un état critique, et sa mère, qu'elle avait kidnappée, souffrait d'une déshydratation sévère.

Louisa supposait qu'Hillary Brown, d'une manière étrange, était bien sa mère, mais elle n'arrivait pas à le concevoir. Il était difficile d'évaluer le degré de lucidité de Kyla. Y avait-il quoi que ce soit de vrai dans ce qu'elle avait raconté ?

À l'hôpital, Louisa avait été auscultée et prise en charge. On lui avait donné une attelle pour sa cheville et fait quelques points de suture sur le front. Les médecins voulaient approfondir les examens pour déterminer si elle ne souffrait pas d'une commotion cérébrale.

Des policiers venaient régulièrement lui poser des questions. Alors qu'elle commençait à perdre patience, Mary fit entrer sa famille dans la chambre.

Tout le monde pleurait, même son grand-père. Alors, elle se mit à pleurer elle aussi. Quand ils se rassemblèrent tous autour d'elle, Louisa prit conscience qu'elle avait beaucoup de chance d'appartenir à cette famille, quelle que soit la vérité sur ses origines.

— On ne comprend rien à cette histoire, Louisa, dit son père.

Il semblait éreinté. Il avait subi trop de coups durs en trop peu de temps.

— Je vais chercher Jack, suggéra Mary. Il devrait pouvoir expliquer certaines choses.

En attendant l'arrivée de Jack, la mère de Louisa essaya d'arranger les oreillers, qui n'en avaient pas besoin, pendant que son père et son grand-père faisaient les cent pas. Sa grand-mère s'était installée sur une chaise avec son tricot.

Quel que soit le fin mot de cette histoire, Louisa était absolument sûre que ces personnes ne l'avaient pas *enlevée*. Ils en étaient foncièrement incapables.

Jack entra dans la chambre quelques minutes plus tard. Il était en uniforme et Louisa savait qu'il n'avait pas dormi depuis plus de vingt-quatre heures. Plusieurs personnes lui avaient parlé des moyens qui avaient été déployés pour la retrouver. En plus de la police, les membres de sa famille et une bonne partie des habitants de Sunrise s'étaient mobilisés. Elle avait appris qu'Anna avait fait sortir Palmer de l'hôpital contre l'avis des médecins et que Hawk Steele avait mené sa propre enquête en parallèle.

Tant de gens s'étaient inquiétés pour elle qu'elle avait du mal à être en colère contre cette pauvre Kyla Brown, qui était seule au monde.

— On a mis la main sur Janice Menard, annonça Jack après avoir salué tout le monde. Elle refuse de parler, mais Birdie Williams s'est montrée plus loquace quand on lui a expliqué que l'enlèvement avait été perpétré dans sa propriété. Elle jure qu'elle n'est pas impliquée, et rien ne nous incite à penser le contraire pour le moment. Janice est une complice de Kyla, bien sûr, et Birdie nous a raconté tout ce dont elle se souvenait.

Jack leur rapporta la déposition de Birdie avec clarté et précision, en les regardant dans les yeux tour à tour. Louisa, qui avait souvent entendu Anna et Palmer se plaindre de

Jack, savait qu'ils le vénéraient malgré tout. Elle comprit cette ambivalence mieux que jamais.

S'il arrivait souvent à Jack de se montrer rigide et tyrannique, personne n'était plus doué que lui pour régler les problèmes et offrir aux gens traumatisés le calme dont ils avaient besoin.

— Hillary Brown a confirmé une bonne partie de l'histoire que Birdie nous a racontée, dit-il. Elle a voulu organiser un échange de bébés parce qu'elle avait peur que son mari découvre que sa fille n'était pas de lui. Elle a bénéficié de la complicité de Janice, qui était une relation de son frère, et échafaudé toute cette histoire d'enlèvement. Le plan était de donner sa fille à une femme qui venait d'accoucher, dont l'enfant devait être confié aux services sociaux.

La mère de Louisa, qui tenait la main de celle-ci, la serra si fort qu'elle lui fit mal.

— Alors, mon bébé a été élevé…

Jack posa sa main sur l'épaule de Minnie.

— Malheureusement, votre enfant était mort-né. Du coup, Janice a simplement mis Louisa dans vos bras.

La mère de Louisa laissa échapper un sanglot.

— Apparemment, Kyla Brown préparait son coup depuis un moment, poursuivit Jack. D'après nos recherches et sa déposition, elle avait trouvé la preuve qu'il y avait eu un échange de bébés, et elle avait fait chanter Janice pour la forcer à l'aider. Hawk pense que c'est Janice qui a incendié votre maison sur les ordres de Kyla.

Il les regarda tous l'un après l'autre.

— Je sais que ça fait beaucoup à encaisser, reprit-il. On poursuivra l'enquête pour tirer cette histoire au clair dans les moindres détails. En attendant, essayez de prendre soin de vous. Répondez aux questions de la police du mieux possible et faites-nous confiance pour tout régler. Tous les services coordonnent leurs efforts pour démasquer d'autres complices éventuels.

Minnie, qui tenait toujours la main de Louisa, hocha la tête.

Jack se tourna vers Louisa :

— Je sais que tu attends que les médecins t'autorisent à sortir, Louisa, mais j'aimerais t'emmener dans la chambre de Palmer, si ta famille est d'accord. Si je ne le fais pas, il va encore essayer de nous échapper, et il faut vraiment qu'il se tienne tranquille.

Louisa regarda sa mère, non pour obtenir sa permission, mais parce qu'elle voulait s'assurer qu'elle pouvait s'éloigner d'elle quelques minutes.

Sa mère lui offrit un sourire tremblant.

— Vas-y, lui dit-elle. On t'attend. Ensuite, on te ramènera chez papy et mamie dès que les médecins donneront leur accord.

Tous s'agitèrent pour aider Louisa à se lever. Elle eut beau leur dire qu'elle était capable de marcher avec des béquilles, ils insistèrent pour qu'elle s'installe dans un fauteuil roulant.

Elle finit par céder. Jack la poussa à travers l'hôpital en direction de l'aile où se trouvait Palmer.

— Comment va-t-elle ? demanda Louisa en se préparant au pire. Comment va Kyla ?

— Elle s'en sortira. Elle va subir une évaluation psychologique et on enquêtera sur sa mère. Quant à l'homme qui a tiré sur Palmer, on a découvert que c'était son père. On savait déjà qu'il avait un casier, mais on vient d'apprendre qu'il avait aussi usurpé plusieurs identités. Il est possible qu'il soit recherché pour des crimes commis sous ces noms. Nous avons très peu d'informations sur l'autre jeune femme. Il semblerait qu'elle soit liée au père de Kyla, mais on ignore encore comment. Ils vont tous survivre et feront tous l'objet d'une enquête minutieuse. Nous ferons tout pour que chacun soit traité comme il le mérite.

— Merci, Jack. Je... Tu...

Il lui avait sauvé la vie. Elle savait que c'était grâce à un effort conjoint, mais c'était lui qui avait empêché Kyla de les abattre. Parce qu'il était dans la nature des Hudson de se précipiter au-devant du danger pour sauver les gens.

— Je suis désolé pour tout ce qui t'est arrivé, lui dit Jack d'un air grave.

Il s'arrêta près d'une porte qui devait être celle de la chambre de Palmer et s'accroupit devant son fauteuil.

— Et je suis désolé qu'on ne t'ait pas retrouvée plus tôt, ajouta-t-il.

Elle savait qu'il était sincère et elle se doutait que son enlèvement avait ravivé le douloureux souvenir de la disparition de leurs parents. Même si elle n'en était pas responsable, elle s'en voulut. Si elle n'avait pas demandé l'aide de Palmer...

— Je suis désolée d'avoir entraîné Palmer dans cette histoire, répondit-elle.

— Il s'est très bien débrouillé pour s'y entraîner tout seul, répliqua Jack.

Il l'observa un moment avant d'ajouter :

— Je sais qu'il croit que je le vois comme un crétin immature, dit-il.

— Parce que tu le traites comme un crétin immature, lui fit-elle remarquer.

— Ce n'est pas faux, admit Jack.

— Tu pourrais changer ça.

Jack, qui n'avait visiblement pas envie de prolonger cette discussion, se leva et conclut :

— On verra.

Palmer regarda la perfusion, puis la porte de sa chambre. Après une série d'examens dont il ne voyait pas l'utilité, il était enfin seul sur ce fichu lit d'hôpital.

Les médecins avaient tenu à refaire ses points de suture, à le gaver d'antibiotiques et à lui répéter qu'il devait se ménager. Il ne s'était évanoui à aucun moment depuis sa fuite de l'hôpital. C'était le principal, non ? Il allait parfaitement bien.

Et il avait besoin de voir Louisa.

Comme elle était quelque part dans le bâtiment, il n'aurait pas besoin de s'évader, cette fois. Il pouvait même emporter la perfusion. Il devait juste bien calculer son coup. Il fallait qu'il s'échappe de sa chambre entre les passages des infirmières et les visites de ses frères et sœurs, qu'il commençait à percevoir comme une invasion de sauterelles.

Il était en train de fixer l'horloge en réfléchissant au timing idéal quand la porte s'ouvrit. Son regard fut comme aimanté par Louisa.

Elle était assise dans un fauteuil roulant, et un bandage clair lui entourait la tête. Mais ce qui frappa aussitôt Palmer, ce furent ses yeux verts éblouissants. Elle allait bien. Ils allaient bien tous les deux.

Le poids qui lui comprimait la poitrine depuis deux jours disparut subitement.

Il ne s'aperçut que plusieurs secondes plus tard que c'était Jack, toujours vêtu de son uniforme, qui poussait le fauteuil.

— Tu as de la visite, dit-il en plaçant le fauteuil de Louisa juste à côté de son lit. Elle ne peut pas rester très longtemps. Si tu ne te tiens pas tranquille après ça, je ferai en sorte que tu n'aies plus jamais de visiteurs.

Palmer réussit à quitter Louisa des yeux quelques instants pour regarder son frère, l'homme qui lui avait sauvé la vie. Alors que Jack, en tant que shérif, devait être surchargé de travail, il avait eu la gentillesse d'amener Louisa dans sa chambre.

— Merci, Jack.

Jack hocha la tête.

— Je vous laisse. J'ai des choses à faire.

Sur ces mots, Jack sortit sans lui faire de sermon, ce qui ressemblait à un grand cadeau venant de lui.

Quand Louisa se leva, il essaya bêtement de l'en empêcher.

— Tu ne devrais pas solliciter ta cheville !

Mais elle ne resta pas debout très longtemps. Elle grimpa sur le lit et se blottit contre lui.

— Tout va bien. Il faudra juste que je marche avec des béquilles pendant quelque temps. Ma cheville est seulement foulée. Je m'en remettrai.

Il la prit dans ses bras et elle posa sa tête sur son épaule en soupirant de plaisir.

— J'ai eu tellement peur que tu sois mort, murmura-t-elle.

— Moi aussi, chérie, répondit-il en la serrant plus fort. Mais on s'en est sortis tous les deux, alors on va être bien obligés de se supporter.

Il fut ravi de l'entendre pouffer.

— Il paraît que l'histoire de Kyla est vraie, dit Louisa.

— Oui, Jack me l'a dit. Comment le prends-tu ?

— Je ne sais pas. Je crois que je suis surtout très triste pour ma mère.

— Elle est forte, Lou. Vous vous en remettrez. Tes parents t'aiment et rien ne pourra changer ça. Vous surmonterez cette histoire et vous passerez à autre chose.

— Tu as sûrement raison.

Elle inspira profondément avant d'ajouter :

— Je suis aussi très triste pour Kyla.

— Elle était prête à te tuer, lui rappela-t-il.

Louisa l'avait échappé belle. Kyla aurait pu lui régler son compte pendant les vingt-quatre heures de sa séquestration.

— Elle ne va pas bien, et je crois que personne ne l'a jamais aidée à aller bien. J'espère juste qu'elle pourra obtenir l'aide dont elle a besoin.

— Je l'espère moi aussi.

Parce qu'il voulait que Louisa obtienne tout ce qu'elle désirait. Il voulait la voir heureuse et il savait qu'elle allait devoir encaisser beaucoup de choses. Si le fait que Kyla se fasse soigner l'apaisait un peu, il veillerait à ce que celle-ci soit prise en charge.

Ils avaient presque entièrement débrouillé l'écheveau de cette histoire, à présent, mais il y restait un détail qui le tracassait.

— Dis-moi... Il y a une chose que je ne comprends pas. Pourquoi ton grand-père a-t-il débarqué pendant qu'on fouillait le bureau de ton père ? Son comportement était franchement suspect, même si on sait qu'il n'a rien à voir avec tout ce qui s'est passé.

— Il m'a dit qu'il essayait de cacher le cadeau de Noël de mamie. Il a cru que je lui avais volé sa cachette, et ça l'a énervé.

Palmer éclata de rire, puis grimaça. Comme il avait refusé de prendre des analgésiques, sa blessure lui faisait franchement mal à cause de ses nouveaux points de suture.

— Pourquoi tiens-tu à souffrir autant ? demanda Louisa.

— Les analgésiques m'embrouillent les idées.

— Ils t'aident à te reposer et à guérir.

Elle releva la tête pour le regarder sévèrement.

— La prochaine fois qu'une infirmière passera, prends ce qu'elle te donne, ordonna-t-elle.

Malgré la douleur et malgré le fait que Louisa, affublée de cet affreux bandage, lui donnait des ordres, il fut envahi par un sentiment de gratitude. Il était si heureux qu'elle soit là, dans sa vie, dans son lit... même si c'était un lit d'hôpital.

— D'accord, répondit-il en écartant une mèche de son visage.

Il aurait peut-être dû dire « Je t'aime », mais il ne voulait pas prononcer ces mots dans une chambre d'hôpital. Il voulait quelque chose de mieux.

Pour elle.

Pour eux deux.

Épilogue

Le matin de Noël, il faisait froid et il avait de nouveau neigé pendant la nuit. La situation rappela à Louisa les Noëls de son enfance. Ils vivaient sous le même toit, ses parents, ses grands-parents et elle. Ils prirent le petit déjeuner et ouvrirent leurs cadeaux.

Personne ne parla de ce qui s'était passé, mais il régnait dans la maison une atmosphère particulière, empreinte de gratitude, qui n'aurait pas existé s'ils n'avaient pas eu à traverser toutes ces épreuves. Parce qu'ils avaient conscience d'avoir beaucoup de chance. Ils étaient tous sains et saufs et ils étaient réunis.

Dans l'après-midi, son père et son grand-père allèrent faire un tour dans le verger.

Sa mère et sa grand-mère discutèrent de la préparation du dîner, en se querellant un peu, comme d'habitude. Comme toujours, Louisa préféra ne pas s'en mêler. La normalité de cette journée l'émerveillait.

Elle ne voulait plus rien d'autre qu'une vie normale.

Elle changea d'avis quand par la fenêtre du salon elle vit la voiture d'Anna se garer devant la maison et Palmer en sortir. Non, elle ne voulait pas que sa nouvelle vie soit aussi *normale* que sa vie d'avant.

Malgré les protestations de sa mère et de sa grand-mère, elle prit ses béquilles, enfila son manteau et sortit.

— Ne descends pas les marches du perron, jeune fille ! lui lança sa grand-mère. Laisse-le venir à toi.

Louisa n'eut pas le temps de se demander si elle allait écouter ce conseil, car Palmer gravit les marches trop vite pour qu'elle ait besoin de prendre une décision.

— Tu ne vas quand même pas te promener en béquilles dans la neige, Lou ! s'écria-t-il.

— Et toi ? Es-tu seulement autorisé à prendre le volant ? riposta-t-elle.

— Les médecins ne me l'ont pas spécifiquement interdit, se défendit Palmer.

Elle scruta son visage avec méfiance et en conclut qu'il ne mentait pas sur ce point.

— M'as-tu apporté un cadeau de Noël ? demanda-t-elle.

— C'est moi, ton cadeau, déclara-t-il avec un grand sourire.

— C'est une réponse ridicule, même venant de ta part.

Mais elle prit ses deux béquilles d'une seule main pour enrouler son autre bras autour du cou de Palmer. Parce qu'il était venu alors qu'il était en convalescence et…

Ce n'était pas comme si toute la douleur du passé avait disparu par magie, mais Louisa se sentait bien. Il en était de même pour ses parents et ses grands-parents. Même si toute trace de chagrin et de confusion n'avait pas disparu, ils étaient tous soudés par l'amour.

Peu importait que ce soit une femme qu'elle ne connaissait pas qui lui avait donné naissance. Tout ce qui comptait, c'était que ses parents l'avaient élevée et l'aimaient.

Elle avait rencontré Hillary Brown quelques jours plus tôt. Elle n'avait pas eu l'impression d'avoir un lien avec cette femme. Elle n'était pas sûre d'avoir envie d'en nouer un, et il lui avait semblé que cela intéressait encore moins Hillary Brown.

Il était évident que les troubles de Kyla venaient, au moins en partie, de sa famille dysfonctionnelle. Étrangement, Louisa avait l'impression que cela ne la concernait pas vraiment.

Et Palmer était là pour elle... de toutes les manières qu'elle avait toujours désirées.

— Viens, dit-il. Je t'emmène faire un tour. J'ai déjà demandé la permission à ta mère.

— Ah oui ?

Il lui offrit son bras et elle laissa ses béquilles sur le perron. Elle n'en avait pas besoin. Où qu'ils aillent, il serait là pour l'aider. Comment aurait-elle pu s'apitoyer sur son sort alors que tant de gens la soutenaient ?

Il l'aida à monter dans la voiture, puis il prit la direction du ranch des Hudson. Il ne dit pas grand-chose pendant le trajet. Il lui demanda ce qu'elle avait reçu pour Noël et ils échangèrent quelques banalités, mais elle le trouva curieusement peu bavard. Il dépassa la grande maison en direction de l'ouest du ranch.

Elle ne lui demanda pas où il l'emmenait. Il semblait avoir un plan. Finalement, il quitta le chemin de terre pour se garer au milieu d'une jolie clairière. C'était une véritable carte postale de Noël, avec cette étendue de neige immaculée, des sapins qui bordaient la clairière et les montagnes qui s'élevaient au loin.

— J'envisage de construire quelque chose ici, lui dit Palmer. C'est la partie du ranch qui m'appartient. Ce serait sympa d'avoir une maison ici, non ?

Elle observa son profil. Il se comportait très bizarrement. Cela signifiait que ce qu'il lui disait était important pour lui. Elle observa la clairière, qui ne manquait pas de charme. C'était un endroit paisible où il se sentirait pleinement chez lui, et suffisamment proche de la grande maison pour qu'il ne soit pas coupé de sa famille.

— Ce serait parfait, répondit-elle.

— Ça prendra du temps, mais un jour ou l'autre...

Il tourna enfin la tête vers elle.

Qu'il était beau ! Et... ils formaient un couple.

— Un jour ou l'autre, répéta-t-elle.

Il lui sourit, secoua la tête et soupira.

— Je t'aime, Lou.

Elle savoura ces mots et les laissa pénétrer dans tous les recoins de son cerveau. Elle avait été convaincue pendant si longtemps qu'il ne les prononcerait jamais. Palmer Hudson l'aimait. Elle avait décidément beaucoup de chance.

— Alors ? demanda-t-il après un long silence.

Elle lui sourit et se délecta de son air perplexe, même si c'était un peu cruel de sa part.

— Alors quoi ?

— Tu ne me dis pas que toi aussi ?

Elle fit semblant d'y réfléchir, parce que voir Palmer complètement déconcerté ne se produisait pas tous les jours. Cela valait la peine d'en profiter.

— Il faut que je médite ça quelque temps.

Il la fixa, bouche bée, pendant une bonne minute. Elle finit par éclater de rire. Palmer Hudson l'aimait, et il parlait de maison et d'avenir... avec *elle*.

— Je t'aime, Palmer, lui dit-elle.

Elle l'aimait depuis longtemps déjà, mais ce sentiment n'avait fait que s'approfondir.

Elle se pencha pour presser ses lèvres contre les siennes avant d'ajouter :

— Et j'adore t'entendre parler d'un jour ou l'autre.

Il pouffa.

— J'espère bien. J'ai pris une balle pour toi.

Elle leva les yeux au ciel, alors qu'elle était ravie de le retrouver semblable à lui-même.

— Je me demandais combien de temps tu mettrais à sortir cette carte, répliqua-t-elle.

— Je ne suis pas sûr que tu m'aies convenablement remercié, lui fit-il remarquer en feignant d'être vexé. Je suis ton héros personnel, après tout.

— C'est vrai, répondit-elle, bien plus sérieuse que lui, avant de l'embrasser une nouvelle fois.

Il était son héros, il l'avait toujours été et il le serait toujours.

Vous avez aimé ce roman ?
Retrouvez Les enquêteurs du Wyoming dans :
L'ombre du silence.
Et découvrez prochainement
un nouveau roman de Nicole Helm !